土摩托看世界

行走在
世界之巅

袁越 著

生活·讀書·新知 三联书店

Copyright © 2018 by SDX Joint Publishing Company.
All Rights Reserved.
本作品版权由生活·读书·新知三联书店所有。
未经许可，不得翻印。

**图书在版编目（CIP）数据**

土摩托看世界：行走在世界之巅／袁越著．—北京：
生活·读书·新知三联书店，2018.1
 ISBN 978-7-108-06003-7

Ⅰ.①土⋯　Ⅱ.①袁⋯　Ⅲ.①游记-作品集-中国-当代
Ⅳ.① I267.4

中国版本图书馆 CIP 数据核字（2017）第 137054 号

责任编辑　王振峰
装帧设计　康　健
责任校对　安进平
责任印制　张雅丽
出版发行　生活·讀書·新知 三联书店
　　　　　（北京市东城区美术馆东街 22 号 100010）
网　　址　www.sdxjpc.com
经　　销　新华书店
印　　刷　北京图文天地制版印刷有限公司
版　　次　2018 年 1 月北京第 1 版
　　　　　2018 年 1 月北京第 1 次印刷
开　　本　720 毫米 × 965 毫米　1/16　印张 26
字　　数　350 千字　图 144 幅
印　　数　00,001-10,000 册
定　　价　79.00 元

（印装查询：01064002715；邮购查询：01084010542）

# 目 录

1　　序：旅行是为了更好地生活

4　　北极：享受孤独

94　　古巴：和你想的不一样

146　　斯里兰卡：一朵带刺的鲜花

214　　津巴布韦：黄金之国

288　　神秘的南太平洋

308　　南极：人类最后的边疆

# 序 | 旅行是为了更好地生活

我认识一个登山向导,每次登山都要冒生命危险,挣的钱也不能算多。我问他,既然如此,为什么还要继续登山呢?他回答说,登山的感觉的确很糟糕,又累又危险,过程苦不堪言。但他还是选择去登山,就是为了享受安全到家之后的感觉,那种快感是其他任何事情都无法替代的。

我走的地方越多,就越能体会他的感受。

我不是那种整天漂在外面的旅行家,我的大部分时间还是在北京的家里度过的。自从《土摩托看世界》出版后,经常有读者来信问我,怎样才能像我这样满世界旅游。我的回答是:我所做的事情叫作旅行,不是旅游。旅游就是出门找乐子,有钱有闲就行了;旅行的目的是出去学习,希望成为一个更好的自己。

我很少"旅游",几乎每次出差都是带着任务去旅行。出门在外,生活节奏被打乱,还要倒时差,本来就不是一件舒服的事情。再加上记者的旅行有其特殊性,并不是每一次出差都被照顾得很好。事实上,我的大部分旅行都是没有地接的,我必须自己买票,自己找旅馆,自己做计划,自己解决一日三餐,跟大家想象中的旅游有着天壤之别。既然如此,我为什么还乐此不疲呢?原因很简单:这是我的工作。而我之所以喜欢这个工作,是因为我在工作中学到了很多东西,让我的生活质量变得更高了。

旅行本身就是很有意思的人生经历。我在旅行的过程中尝试过在冰川上行走,在潟湖里浮潜,还曾经徒手爬上了一座活火山,登上了好几个荒无人烟的海岛,近距离观察过野生海豹和企鹅的行为,甚至还坐过一次自重只有450公斤的小飞机,从空中俯瞰非洲大地……所有这些都是人生的重要财富。

旅行让我可以更好地向世界其他地方的人学习，学习他们的生活智慧和生活经验。我在旅行中吃到了各种稀奇古怪的饭菜，学会了喝葡萄酒和威士忌，学会了应付各种极端情况，认识了各式各样的人，欣赏到了多姿多彩的自然风光，听到了各种民族的民间音乐，这些技能和见识都丰富了我的生活。更重要的是，旅行开阔了我的眼界，让我学会了和周围的人和事更好地相处。我原来是个愤世嫉俗的人，对很多事情都不满意。正是在旅行的过程中让我学会了理解身边的很多以前非常不解的事情。

旅行到底有多大价值，取决于你到底想从生活中得到什么。作为一个出生在20世纪60年代的中国人，我非常想弄清楚一件事，那就是落后的国家如何进步。世界上像中国这样的后发国家还有很多，这些国家的老百姓想的其实都一样，那就是如何才能尽快赶上先进国家，过上像他们那样的好日子。因为各种地理和历史的原因，不同的国家选择了不同的道路，其结果也不尽相同。我这十年之所以满世界旅行，就是想弄清楚他们为什么会那样选择，同样的选择为什么会有不同的结果。

这次我选择的是古巴、津巴布韦和斯里兰卡。前两个国家都选择了和中国类似的道路，结果却大相径庭。我很想知道他们当初为什么选择了这条路，今天为什么依然坚持。斯里兰卡看似毫不起眼，但这个印度洋上的小岛国是佛教最重要的根据地，被公认是考察传统佛教影响力的最佳目的地。可是，这个几乎全民信佛的国家却打了整整二十六年内战，将近10万人死于这场战争，这是为什么呢？更奇怪的是，战争结束后不久这个国家就迅速安定了下来，经济立刻开始腾飞，这又是为什么呢？

我考察了南极和北极，这两个地方绝对是地球上最为独特的旅行目的地，非常值得一去。事实上，这两个地方代表了地球中轴线的两端，在这两个地方发生的事情深刻地影响到了整个地球的生态环境。中国最近这几十年经济高速发展，好似一匹脱缰的野马向前狂奔，而生态环境就是那根缰绳，早晚会把我们拴住的。

我乘坐一艘豪华邮轮去了南太平洋诸岛，这趟旅行不够深入，却给了我一次难得的机会，去探讨政治制度和文化传统之间的关系。决定一个国家命运的核心因素到底是什么，相信很多关心国家前途的读者都会明白这个问题的重要性。

我把自己的这些旅行见闻和心得体会写成了这本书，希望大家喜欢。

袁　越<br>2017.5.10

# 北极：享受孤独

孤独其实是一种美妙非凡的体验，甚至比高朋满座还要充实。

# 到北极去

北极之所以让我心驰神往，绝对不仅是因为这里有美丽的北极光和巧夺天工的冰山，还因为这里的空旷和寒冷，这里的孤独体验，以及那些神秘的古老传说和历史传奇，甚至到达北极的整个过程都是让人难以忘怀却很难向别人述说的经历。

## 斯瓦尔巴的清晨

2015年9月底的一个早晨，天刚蒙蒙亮，我从温暖的被窝里爬出来，套上一件薄薄的羽绒服走出旅馆，准备去拍朗伊尔城（Longyearbyen）的日出。这座小城位于斯瓦尔巴（Svalbard）群岛的正中心，常住人口只有两千多人，放在中国恐怕连一个镇都算不上，但这已经是斯瓦尔巴群岛最大的城市了。

斯瓦尔巴群岛位于北大西洋和北冰洋的交界处，被公认为是北冰洋的门户，同时也是前往北极点的出发地。群岛的总面积约为6.1万平方公里，和爱尔兰差不多大。其中面积最大的岛名叫斯匹茨卑尔根（Spitzbergen），形状极不规则，边缘处布满峡湾（fjord）。这个词来自挪威语，指的是由冰川侵蚀而成的V形峡谷。除了挪威西海岸之外，格陵兰岛、阿拉斯加、智利和新西兰等曾经被冰川侵蚀过的地方也都能见到。峡湾的一头连接内陆冰川，另一头直通大海。海水顺着峡湾倒灌进来，最长的峡湾甚至可以深入内陆上百公里。

朗伊尔城就位于斯匹茨卑尔根岛中心的一个马蹄形的峡湾处，这里原本是一个冰川的入海口，但不知什么原因这个冰川后退了数公里，留下了一个狭窄而又相对平坦

朗伊尔城的早晨,斜射的晨光在地上留下了一个长长的影子

的峡谷,周围群山环绕。我抬头望去,发现山顶已经积了一层薄薄的雪,仿佛戴了一顶白色的绒线帽。此时北半球的大部分地区正值夏末秋初,但这里的最高气温已经接近0℃,似乎就要入冬了。不过,考虑到这个小镇的地理位置,这个温度实在是高得有些离谱。要知道,朗伊尔城位于北纬78°线上,距离北极点仅有1338公里,和北极圈之间的距离也差不多是这个数。

北极圈就是北纬66°33′的纬度线,是北半球能看到极昼、极夜现象的最南处。生活在这条线上的人每年刚好能经历一天极昼、一天极夜,而北极点则是半年极昼、半年极夜。朗伊尔城介于两者之间,每年的4月19日到8月23日是极昼,太阳永不落山;而从10月28开始直到来年的2月14日则属于极夜,全天见不到太阳。可惜的是,我去的那几天正好处于极昼和极夜之间,没法体会极地特有的异常天象。

走出旅馆,我沿着小镇唯一的一条公路径直向海边走去。一路上没有遇到一辆车,也没有见到一个行人;路两边密密麻麻的房子里也没有传出

斯瓦尔巴的日出,有一种静谧之美

任何声音,甚至连鸟鸣或者狗吠都听不到,仿佛走在一座鬼城,感觉相当怪异。途中走过一座白色的大帐篷,记得昨晚这里人声鼎沸,上百名游客聚在一起欢度啤酒节,还有一支摇滚乐队专程从挪威本土飞来助兴,但此时这里静悄悄的,仿佛什么都没有发生过。

帐篷后面有一条小路,穿过一小片荒地直达海滩。我从这条小路穿了过去,发现脚下的土壤竟然是松软的,上面长满了稀奇古怪的植物。极地植物大都贴地而生,从远处看像苔藓,走近了就能看到一朵朵精致的叶片和小花,颜色异常鲜艳。也许是因为靠近居民区的地方驯鹿不敢来,所以我经常能见到20—30厘米高的杂草,甚至还见到一丛野生棉花,花期刚过,花骨朵上结出了一朵朵细小的白色棉絮,煞是醒目。

又走了半个小时后,眼前出现了一片宽广而又平坦的滩涂,夏季河水流过的痕迹尚在,此时只剩下裸露的黑色土壤,以及一行行动物的脚印。我沿着一行驯鹿脚印向河滩的深处走去,很快便把城市远远地抛在了身后。此时天色已然大亮,周围没有一丝风,耳朵里只剩下鞋底和沙土接触时发出的沙沙声。一旦停下脚步，便什么声音都听不到了。像我这样久居大城市的人都渴望安静，一间隔音良好的密室虽然能够满足耳朵的要求，但眼睛却被禁锢在狭小的空间里，心依然静不下来。文人墨客喜欢把深山古刹形容为曲径通幽，但其实林子里充满了各种声音，只是被香客们选择性地忽略了而已，并不是真的万籁俱寂。但这里的寂静很不一样，眼睛里明明看到的是雪山、冰川和荒原，以及五颜六色的房屋和一望无际的公路，但耳朵里却听不到一点儿声音。换句话说，眼睛和耳朵这两个人体最重要的感觉器官传来了两种互相矛盾的信号，这是只有北极才会有的特殊体验，令人终生难忘。

我顺着那排脚印走到了这片滩涂的尽头，在一根已经干枯的漂流木上坐了下来，一个人静静地享受这美妙的孤独。恍惚间我仿佛看到一架无人机停在半空，飞机上有一架摄影机正在工作，而我则是一部科幻大片的男主角，刚刚从睡梦中醒来，发现房子还在，车子也还在，但人都不见了，只有烟囱里冒出的一丝青烟还保留着昨夜狂欢留下的印记。我冲出房门来到旷野高声叫喊，却没有听到一丝回音，我终于意识到这就是世界末日，

▼ 秋天的斯瓦尔巴随处可见北极地区特有的野生棉花

我是唯一活下来的地球人……

　　一声狗吠打断了我的美梦,把我拉进了现实之中。斯瓦尔巴市郊有一座狗舍,饲养着几十条专门用来拉雪橇的哈士奇,显然狗舍饲养员起床了,正准备给狗喂食。我睁开眼,惊讶地发现太阳已经从山背后冒出头来,整个小镇都笼罩在一片耀眼的金光之中。朗伊尔城的房屋原本都被涂上了各种鲜艳的颜色,此刻它们不得不屈服于太阳的威力,全都变成了明黄色。我站起身,地上出现了一个长长的身影,在这座无人小镇的衬托下显得格外孤独,却又带着一丝倔强。我掏出相机拍下眼前的景象,但其实那个场景早已深深地印在了我的脑海之中,一辈子也忘不了。

　　旅行的意义就在这里。我之所以喜欢去世界各地旅行,就是为了能看到地球上各式各样的风景,体会不同的地方带给我的那种独一无二的体验。这次北极之旅让我充分享受到了独处的乐趣,让我意识到孤独其实是一种美妙非凡的体验,甚至比高朋满座还要充实。挪威作家奥德·伊万·路德(Odd Ivar Ruud)肯定会同意我的观点,他曾经在斯瓦尔巴住了很多年,并以那段经历为蓝本,写出了《度日如年》(The Year-Long Day)这本书。他曾经说过这样一段话:"我知道我为什么来这里(斯瓦尔巴),

▼ 俯瞰朗伊尔城。因为缺乏植被覆盖,远处的山坡层次分明,是一座露天的地质学博物馆

而不是充满了霓虹灯、大公司和人群的城市，因为我不总是喜欢我和别人打交道时的样子。那是一种不自然的状态，我必须时刻控制自己的情感，必须学会扮演很多其他角色，比如儿子、朋友、情人、敌人、兄弟、公民、士兵……这些角色在斯瓦尔巴都不存在。当然了，我不是上帝，我不能让风停止吹，也不能让雪说下就下，有时我甚至不能指挥我的雪橇狗，但在斯瓦尔巴，我仅次于上帝，我是一个人，一个自己为自己负责的、活生生的生命。"

这种感觉很美。

## 独一无二的极地

说到旅游业，这是一个充满竞争的行业，相互之间比名气比服务比价格，但归根结底比的是旅游资源的独特性，这才是旅游目的地的核心竞争力之所在。从这一点来看，地球的南北极具备绝对的"不可替代性"，其他任何目的地都无法模仿。

一提到南北极，很多人首先想到的就是冷。其实低温恰好是南北极最不值钱的卖点，全世界很多地方都能提供。事实上，南北极甚至不是地球上最冷的地方，这个头衔大概要让位于西伯利亚的中心地带。如果你只是想体验一下那种刻骨铭心的酷寒，不妨去那里试试，肯定比南北极更容易得到满足。

南北极最有价值同时也是最无法替代的东西就是高纬度带来的各种神奇的自然现象，以及生活在高纬度地区的居民们为了适应严酷的自然环境而自发形成的独特的文化传统。说到极地特有的自然现象，最吸引人的当属极昼和极夜。极昼自然不用说，绝大部分地球人都喜欢光明胜过黑暗。极昼期间你可以选择在凌晨3点的时候坐在草地上一边看书一边晒日光浴，或者在午夜时分坐上一辆狗拉雪橇，在一望无际的冰原上追逐那颗绕着地平线转圈的红太阳，想想就很刺激。极夜听上去似乎很压抑，但实际情况恰恰相反，极夜时的天空并不都是黑色的，而是会呈现出一种诡异的深蓝色，难怪有很多资深玩家专门挑极夜的时候去极地旅行，就是为了欣赏这独一无二的人间奇景。另外，极夜时的太阳并不是完全沉入地平线，而是在地平线下面不远的地方徘徊，因此极夜期间的天空经常是彩色的，就像是朝霞和晚霞那样。懂摄影的人都知道，清晨和黄昏时的光线最容易出大片，所以摄影师们把这两个时间段称为"魔法时间"(Magic Hour),极夜就相当于把这个魔法时间拉长了,所以摄影师们特别喜欢在极夜时去南北极。

某些人之所以选择极夜,还有一个重要原因,那就是看极光。极光之美不用我多说了,但很多人一辈子都没有看到过,原因在于极光是一种非常难得的自然现象。从理论上讲,极光只能发生在地球的南北两极,而且只能在天黑的时候才能看到,极昼期间去极地旅游反而会错过这美丽的景象,并不一定划算。

对于某些有特殊兴趣的游客来说,极地还能提供很多独一无二的新奇体验。比如我这次在朗伊尔城夜观天象,发现北极星几乎就在头顶上。普通人很可能会认为这只是小事一桩,但对于我这个业余天文爱好者来说可是个大事件,绝对可以跟朋友吹一阵子了。除此之外,在斯瓦尔巴这样的高纬度地区还能见到在地球的其他地方难得一见的北方星座,这一点对于资深观星爱好者来说也是价值连城的福利。

还有一个极地特有的现象,对于普通人来说是祸,但对于某些极客来说则是福,那就是极点和磁极不一致所带来的奇妙体验。我在斯瓦尔巴的时候曾经试图用手表附带的指南针功能判断方向,结果发现表上的指针全乱套了,指的根本就不是北方。早年间勇闯北极的欧洲航海家可没少因为这个吃苦头,不少人甚至为此丢了性命。原来,北极点和北磁极是两个完全不同的概念,前者指的是地球自转轴所在地,是真正的北方,永远不会变;后者是地球磁场的北极,它一直在动,而且移动的方向和速度完全没有规律,很难做出预判。当然了,这两个点彼此之间相差不多,对于一个生活在北京的人来说完全可以忽略它们之间的差别,但在北纬78°的朗伊尔城,这个差别就非常显著了,指南针在这样高的纬度完全不起作用。对这个现象感兴趣的朋友可以带个指南针去北极试试,看看能不能根据指南针的方向和手机上的卫星定位功能大致判断出地球的磁极移到了哪个位置。

你如果不是技术宅那也没关系,极地为普通游客准备了大量好玩的东西。据我所知,有相当一部分游客去南北极就是为了看冰川。冰川虽然不是只有极地才有的自然景观,但一来其他地方的冰川数量很少,二来那些冰川的海拔都很高,要想近距离观赏那些高山冰川就必须忍受高原反应带来的痛苦。极地则不然,这里的冰川海拔都不高,无论是远距离观赏还是冰上行走都不费劲。

极地冰川多的一个结果就是峡湾多,尤其是斯堪的纳维亚的北极地区更是如此。

◥ 所有的冰山都是独一无二的，世界上没有任何两座冰山是完全相同的

前文说过，峡湾是冰川侵蚀的结果，大部分峡湾山高谷深，两岸极为陡峭，怪石林立，是拍风景照的好去处。因为峡湾里的海水和海平面没有差别，所以即使进入内陆很深的地方仍然能看到有规律的潮汐，这也是峡湾的一个引人入胜之处。

冰川多的另一个结果就是冰山特别多，而且体积巨大。看过电影《泰坦尼克号》的人恐怕都会对冰山没什么好印象，但实际上冰山绝对是地球上最美的东西之一，是大自然赐予人类的礼物。更妙的是，所有的冰山都是独一无二的，世界上没有任何两座冰山是完全相同的，你在某一时间某一地点拍到的那座漂亮的冰山只属于那个时间和那个地点，不但以前不会有，而且将来也不会再出现了。换句话说，那座冰山只属于你一个人。

如果你只喜欢活的东西，南北极也不会让你失望。这里的海水虽然冷，而且大面积结冰，但只要有阳光透过的地方藻类就能生存，有了藻类便有了鱼虾，有了鱼虾便有了海豹、海狮、海象和各种鲸豚，以及南极洲特有的企鹅。

陆地生物所面临的困难要大一些，不只是因为温度低，更大的困难在于大部分陆地常年被冰雪覆盖，植物难以生长。南极大陆这个问题尤为显著，所以南极洲几乎看不到植物，但北极地区还是有不少地方在夏天的时候是没有冰的，这就给植物提供了生存空间。极地的另一个问题是光照强度太低，即使是极昼期间太阳也升不高，阳光永远是斜射下来的。好在极昼期间太阳永远不落，所以极地植物大都具备了一种特殊的本领，在夏季的时候能够最大限度地利用太阳能，不分昼夜地拼命生长，并在很短的时间里开花结果，完成生命周期，然后便蛰伏在冰雪之中，等待来年的太阳将冰雪融化，这就是为什么极地的植物往往会开很好看的花，观赏性很强。

有了植物便有了以它们为食的陆生动物，北极地区生活着驯鹿、麝牛、北极狐和北极兔等多种哺乳动物，它们也像植物那样学会了适应北极特有的气候，夏天的时候一天24小时几乎都在吃，到了冬天则几乎不吃不喝，靠夏天储存起来的脂肪度日。

还有一种动物必须单独拿出来说，那就是北极熊。北极熊虽然是陆地动物，但它很少捕杀其他陆地动物，基本上以海豹为食。北极熊必须依靠海冰的掩护才能抓到海豹，所以北极熊的生物钟和其他北极动物正好相反，冬天海冰多的时候拼命进食，夏天则经常挨饿，靠体内储存的脂肪度日。另外，北极熊虽然是北极的象征，但游客很难在野外看到它们。事实上，如果你真的在近距离遇到一头北极熊的话，最终的结果往往是你们当中的一方会因而丢掉性命。所以说，如果从看动物的角度讲，南极要比北极好很多，因为游客在南极可以很容易地看到呆萌的企鹅和海豹，而且可以从很近的距离观察它们，北极游客却只能看到驯鹿、麝牛、北极兔和北极狐，而且还必须得运气好才行。另外，北极的动物无一例外都怕人，因为它们和人类相处了很多年，早就知道人才是这个世界上最可怕的物种，所以在北极看动物必须使用望远镜，否则根本看不清楚。

但是，南极的优点也就到此为止了。如果看动物不是你的唯一诉求的话，那么北极要比南极好玩太多了，原因就在于北极有人，或者更准确地说，因为北极有大量常住居民。正是因为他们的存在，才会有航空公司开通前往北极的航班，才会有政府投资修建公路，才会有商人愿意在北极开旅馆，才会有旅行社提供个性化的旅游服务。相比之下，南极大陆只有科考站有常住居民，没有民航服务，也没有商业旅馆，一名普通游客必须跟团才能去南极，而且只能坐船去，整个旅途的大部分时间都花在海上，被迫和一大堆认识或者不认识的游客生活在一起。更糟糕的是，即使花了这么多的时间和金钱，去南极的游客通常也只能在南极半岛的岛尖上待几天而已，那里的纬度只有南纬63°，连南极圈都没进去。去北极的游客则可以乘坐民航班机轻松地到达北极深处，而且可以像背包客那样充分享受自由行的乐趣。

多年的旅行经验告诉我，对于像我这样的普通游客来说，自由来自于人群，而不是荒野。越是没人的地方就越没有自由，只有在人类文明发展到一定程度的地方才能真正享受到独处的乐趣。这句话听上去自相矛盾，但只要你多去外面走走就会明白，快乐来自于人与人之间的分工合作和相互交流，幸福的基础是文明。

## 多姿多彩的北极

说了半天北极的好处，那为什么大多数旅游者一提到极地旅游首先想到的都是南极呢？原因就在于南极几乎就是一整块大陆，作为旅游目的地来说目标明确，既好说又好听，非常容易满足旅游者的炫耀心理。北极地形复杂，领土归属多样化，缺乏公认的地标性目的地，很难满足旅行者"签到"的要求。

我们可以按照领土归属的不同把北极地区分成四大块，面积最大的是俄属西伯利亚，几乎占到北极圈内陆地总面积的一半。但俄罗斯的北极部分地广人稀，绝大部分陆地都是长期无人居住的永冻土，交通和住宿等基础设施严重不足，旅游服务几乎不存在，和南极洲一样都不太适合独立的背包客前往旅游。不过，如果你野外生存能力特别强，既勇敢又懂俄语的话，不妨一试，也许会在那里发现别处没有的奇景。

总面积排名第二的要算是加拿大的北极部分，这块地方的情况和西伯利亚很相似，都是因为常住人口太少，缺乏后勤保障而不太适合独立的背包客。不过加拿大政府比较重视旅游业，正在逐渐加大投入，试图吸引更多的游客去加拿大北方旅游，也许未来的情况会有所改观。

第三大块是美国的阿拉斯加州，这个州的大部分地区都被划为了自然保护区，保护区内风景迷人，冰川、荒原、峡谷和森林等各式各样的风景一应俱全，驯鹿更是多得像非洲草原上迁徙的角马，可看的东西很多。作为世界上最富裕的国家的一部分，阿拉斯加的基础建设不错，后勤保障系统较为完善，公路、旅馆、餐厅和旅游服务都很到位，只是价格比美国本土稍贵一些而已，是一个比较适合背包客的旅游目的地。

阿拉斯加的主要问题在于纬度不够高，全州只有北部那三分之一的土地位于北极圈内，其余大部分地方虽然温度够低，但很多北极圈特有的自然景观都看不到。作为旅游目的地，阿拉斯加的"硬件"虽然不够好，但"软件"却是极佳的。这里是所有美洲原住民的起点，无论是后来遍布美洲大陆的印第安人，还是征服了整个北极圈的因纽特人，都是从阿拉斯加开始了他们的伟大征程，所以阿拉斯加还是非常值得一去的。

第四大块就是欧洲的北极部分，一般都称之为斯堪的纳维亚的北极，所有阿拉斯加州缺乏的东西都能在这里找到。斯堪的纳维亚的北极大致可以分为四个部分。

第一是位于北极圈内的欧洲大陆，挪威、瑞典和芬兰都有领土在这个区域之中。其中面积最大、地理位置最好、最重要的北极国家当属挪威。北欧三国当中只有挪威和北大西洋直接相连，面向大西洋一侧的出海口全都被挪威独占了。据统计，生活在北极圈内的挪威人口总数高达50万，相比之下，阿拉斯加州只有1.8万常住居民。不止于此，这50万人相当于挪威人口总数的十分之一，而阿拉斯加的那1.8万还不到美国人口总数的万分之一，所以挪威政府对于北极的重视程度远超美国。

挪威的北极部分，其核心城市当属特罗姆索（Tromso）。这是整个北极圈内规模最大的城市之一，常住人口7.2万，仅次于俄罗斯的摩尔曼斯克（Murmansk）和诺里尔斯克（Norilsk），位居第三，但排名前两位的都是工业城市，和旅游不沾边。特罗姆索则是一个以旅游业为主的城市，游客们夏天可以乘船出海观鲸，冬天可以乘车去郊外欣赏北极光，全年都可以去萨米（Sami）部落体验北极原住民的传统生活，可玩的东西很多。

除了旅游，科研也是特罗姆索的一大特色。这座城市位于北纬69°线上，深入北极圈内350公里。市内拥有全世界最北的大学特罗姆索大学（University of Tromso）、挪威极地研究所（Norwegian Polar Institute），以及在极地研究领域享有盛名的弗拉姆研究中心（Fram Center）。普通游客虽然很难去这些研究机构参观科学家们的工作，但可以去位于市中心的极地博物馆（Polar Museum）看看，近距离观赏海豹、海象，以及各种稀有的极地动植物。

如果说特罗姆索是北极旅游门户的话，那么真正资深的旅游者是不会只满足于在北极门口转一圈就走的，他们会以特罗姆索为中转站，从这里飞往北极三岛，也就是斯瓦尔巴群岛、冰岛和格陵兰岛,这才是北极旅游的精华所在。这三个岛我都去过,发现它们各有特点,基本上没有重合之处,不会因为去过一个岛之后就对其他两个岛失去兴趣。

第二是冰岛,这是北极三岛当中纬度最低的一个,只有一小部分位于北极圈内。但由于冰岛距离欧洲大陆非常远,岛上气候寒冷,常年被冰雪覆盖,所以传统上都把它算作北极地区的一部分。冰岛是一座火山岛,总面积约为10.2万平方公里,与韩国大致相当。岛上绝大部分地方都是高原,平均海拔在1000米以上,只有首都雷克雅未克所在的南部地区有一小块低洼平原,绝大部分冰岛人都住在这里。通常游客也都会先飞到冰岛南部平原,然后再乘车或者自驾去探索其他地方。冰岛的公路系统是北极三岛中最发达的,很适合背包客自助游。

从地理上讲,冰岛位于美洲板块和欧亚板块之间的一条断裂带上,由于地壳运动的缘故,这两个板块正在缓慢分开,于是岩浆乘隙而上,这就是为什么冰岛有那么多火山和温泉的缘故,这两样东西都是冰岛最为宝贵的旅游资源,不可错过。

有山就有河,有山有河便有了瀑布,于是瀑布便成了冰岛最独特的景观。距离雷克雅未克最近的大瀑布名叫"黄金瀑布"(Gullfoss),水势分成三段,加起来高差有六十多米,水量巨大,甚是壮观,是游客们最喜欢参观的景点之一。

冰岛丰富的地热资源还给冰岛人带来一个意外的礼物,那就是间歇喷泉,间歇喷泉的英文 Geyser 就来自冰岛语。第一个被世人知晓的间歇喷泉叫作"大盖瑟"(The Great Geysir),早在1630年便出现在欧洲人的文字记载当中,吸引了很多欧洲探险家专门漂洋过海来冰岛看它表演。据说"大盖瑟"力道特别足,最厉害的一次曾经把水柱喷到170米的高空。后来因为地震的缘故,"大盖瑟"停止了喷发,取而代之的是一个名叫"斯特洛克"(Strokkur)的间歇喷泉,水柱也能达到十几米的高度。我曾经有幸目睹过"斯特洛克"的风采,我认为它比大名鼎鼎的黄石公园的"老忠实泉"(Old Faithful)要好看多了。"老忠实泉"平均每半个多小时才喷发一次,而"斯特洛克"每隔五六分钟就表演一回,绝对是地球上最具观赏性的间歇喷泉。

第三是斯瓦尔巴群岛,这是北极三岛中面积最小的一个,总面积大约6.1万平方公里,和爱尔兰差不多,但常住人口只有两千六百人左右,还不如在这里生活的北极熊数量多。斯瓦尔巴群岛的纬度在北纬74°—81°,似乎应该相当冷,但实际上群岛附近海域基本不结冰,几乎全年都可以用来航行。另外,有多条重要洋流从斯瓦尔巴群岛经过,这使得群岛周围海域的海水富含营养,生物多样性极为丰富,是观鲸的好地方。岛上60%的面积被冰川覆盖,13%的面积有植被生长,剩下27%的面积都是寸草不生的光秃秃的岩石,非常便于地理学家研究不同地质构造的起源,或者大学的地理系进行野外考察等教学活动。

以上这些都不是最主要的。斯瓦尔巴群岛最吸引人的地方就是它的高纬度,以及独特的政治归属。斯瓦尔巴机场位于北纬78°线上,这是全世界纬度最高的民用机场,它所服务的朗伊尔城就是像我这样的普通游客所能飞到的纬度最高的旅游目的地(南北半球都包括在内)。这个地方有多北呢?只说一点大家就好理解了:这里已经错过了看北极光的最佳位置,必须往南走很远才能重新看到北极光!地球上像斯瓦尔巴这样的纬度通常都是苦寒之地,但朗伊尔城的气候却相当温和,夏天的最高气温经常可以达到10℃,有时甚至会达到20℃!冬天也没那么冷,1月份的平均气温在零下17℃左右,不比咱东北冷多少,比同纬度的加拿大和俄罗斯北部地区高出了10℃—20℃!这是为什么呢?原来,北冰洋四周几乎都被陆地堵住了,只在北大西洋这里开了个大口子,来自墨西哥湾的洋流一路向北,流经北大西洋后顺着这个开口汇入北冰洋。这股湾流(Gulf Stream,又被称为北大西洋暖流)把沿途所有地方的气温都升高了好几摄氏度,北欧、冰岛和斯瓦尔巴群岛是这股湾流的最大受益者,如果湾流减弱甚至停止的话,整个北欧的农业就垮了。

挪威可以说是湾流最大的受益国,如果没有湾流的话,挪威的绝大部分国土都会冷得不适合人类生存,像特罗姆索这样的地方更是不可能住那么多人的。不仅如此,北海石油和渔业资源的开发成本也会高到离谱,挪威的两根经济支柱便垮了。有了湾流之后,挪威可以把大量人口迁往广阔的北极地区,就连斯瓦尔巴群岛这样的极北之地也具有了开发价值。由于历史原因,斯瓦尔巴的政治地位相当特殊。根据1925年签署的《斯瓦尔巴条约》,各国承认挪威对该群岛拥有主权,但所有签字国的公民均拥有平等的开发权和经商权,理论上去那里旅游不需要签证。中国是《斯瓦尔巴条约》的四十二个签署国之一,中国在斯匹茨卑尔根岛的新奥尔松(New Alesund)建立了黄河科考站,有科学家常年在那里从事研究工作。小镇新奥尔松位于北纬78°55′,比朗伊尔城还要再往北107公里,被公认是地球上常年有人居住的最北的城市。其实每年冬天只有大约三十名科学家留在新奥尔松过冬，但好歹也算是有人气的地方。

第四是格陵兰岛。这是全世界面积最大的岛，总面积高达218万平方公里，在所有国家当中排名第十二位，比英、法、德、意、西这五个欧洲大国的总面积加起来都大。这个岛的常住人口只有5.6万，是全世界人口密度最低的国家。这个岛的三分之二位于北极圈以北，80%的陆地常年被冰雪覆盖，是全世界除了南极洲之外面积最大的冰盖。冰盖最厚的地方超过了3000米，总体积高达285万立方公里。这是个什么概念呢？仅举一例：如果格陵兰岛冰盖全部融化的话，海平面将上升7米！

从上述介绍可以看出，格陵兰岛最宝贵的旅游资源就是冰，最值得看的东西就是冰川和冰山。位于格陵兰岛中西部的雅各布港冰川（Jakobshavn Glacier）是北半球最活跃的冰川，同时也是北半球最高产的冰川，目前每年平均向北大西洋输送36万立方公里的冰山，如果全部融化的话够美国人民用一年的，并可导致海平面上升0.06毫米。雅各布港冰川又名瑟梅哥库雅雷哥冰川（Sermeq Kujalleq Glacier），据说当年撞沉"泰坦尼克号"的冰山就是从这个冰川上掉下来的。

除了自然景观之外，格陵兰岛还有丰富的人文旅游资源。要知道，斯瓦尔巴群岛在被欧洲船员发现之前一直是无人岛。冰岛最早的居民是847年上岛定居的维京人，相比之下，格陵兰岛早在四千五百年前就有人居住了，后来这个岛又被维京人占据，发展出了独特的文明。这些早期殖民者当中还有人曾经到达过美国和加拿大的东海岸，应该算是最早到达北美大陆的欧洲人，比哥伦布早了五百年。可惜这支维京族群只存活了不到五百年就神秘地消失了，没人知道他们是如何灭亡的，剩下的人都去了哪里。这件事至今依然是欧洲历史上最大的谜，而这个秘密很可能就隐藏在格陵兰岛的冻土层之下。

## ◆ 北极旅游的六大注意事项

世界上没有十全十美的事。北极虽然有诸多优点，但也有不少让人头痛的地方，动身之前需要做好充分的准备。第一，需要注意的当然是防寒，但是因为湾流的缘故，斯堪的纳维亚的北极地区比一般人想象的要热得多，如果你是夏季去旅游，一件薄外套就足够了。如果是春秋两季，带一件厚一点儿的羽绒服就可以了，只有在冬天的时候才需要认真准备御寒的冬装。

说到御寒的冬装，羽绒服和羽绒裤当然很重要，但一些小零件往往更能决定你的幸福指数。旅行时大部分时间都在户外活动，一副既保暖又轻巧的手套是必不可少的。帽子和围巾也很重要，刮风的时候用来挡脸。另外最好戴一副既防风又防紫外线的眼镜，这是雪地行走必备的利器。

第二，北极的衣食住行都很贵，事先必须做好心理准备。衣服自不必说，如果需要在当地添件羽绒服的话肯定会让你肉疼；北极的食品都是空运过来的，吃饭自然便宜不了，普普通通一顿简餐至少得花人民币 100 元；北极的住宿分淡季和旺季，一间最基本的客房每晚需要 600—1000 元人民币；最贵的是行，也就是飞机票。冰岛还好，本身居民比较多，航班自然也多，选择余地大。斯瓦尔巴群岛和格陵兰岛都没有太多居民，能有定期的商业航班就已经是很难得的事情了，而且这两个地方的航班几乎都是垄断经营，游客只有挨宰的份儿。

举例来说，目前只有北欧航空公司有飞朗伊尔城的航班，游客只能从挪威的奥斯陆或者特罗姆索出发，机票价格都很贵。据说 2016 年夏天芬兰航空公司将会开通赫尔辛基到朗伊尔城的直航航班，也许到那时价格会降下来。格陵兰岛的航空业则基本上被格陵兰航空公司垄断了，价格高得离谱。要知道，格陵兰岛所有的城镇都是孤立的，没有一个居民点有公路和外界相通，当地居民出远门也只能靠飞机（个别居民点有渡轮服务，但特别慢），格陵兰航空公司必须保证航班的密度，只能用热门航线赚的钱来补贴冷门航线，机票价格贵一些也是可以理解的。

整个格陵兰岛只有位于中部的康格鲁斯瓦格（Kangerlussuaq）有一个机场能够起降大型客机，所以大部分游客都只能乘坐格陵兰航空公司唯一的一架空客A330喷气式飞机从哥本哈根飞到康格鲁斯瓦格，再搭乘格陵兰航空公司的三十七座Dash-7型支线飞机飞往岛内的其他地方。个别城市在旅游旺季也有国际航班起降，但都必须从冰岛转机，因为这些航线同样使用的是Dash-7，这种加拿大生产的双螺旋桨飞机航程有限，一次飞不了那么远。有个别旅游景点的小机场甚至连跑道都没有，只能坐直升机往返，费用自然也就更高了。

第三，北极气候复杂多变，飞机经常晚点，必须做好航班大面积延误甚至被取消的准备。我这回一共飞了六次格陵兰航空公司的班机，其中有五次都晚点一个小时以上，最多的一次晚了六个小时，差点耽误后面的行程，这就是为什么去格陵兰旅游很难事先安排好整个行程的原因。格陵兰航空公司要求必须提前八天买票才有折扣，否则都是全价，我这回飞的最贵的一个航班要价人民币9000元，实际空中飞行时间只有三个小时，绝对是我飞过的单位时间最贵的航班。

当然了，北极再贵也比南极便宜，毕竟北极有常住居民，有商业航空公司为游客服务，南极没这个条件，只会更贵。

第四，在北极地区旅行必须耐得住寂寞，很多时候你都要一个人面对整个世界。地球上号称地广人稀的地方很多，但和北极相比简直都是人口密集的国际大都市。北极地区不但人口密度极低，而且绝大多数人平时都不会出门，所以大街上经常见不到一个行人，那种景象实在是相当诡异。另外，北极地区没有农田，因此也就没有农村或者郊区的概念，从市中心出发向城外走，刚一出城便什么人类活动痕迹都找不到了，甚至连路都没有了，你立刻就会直接面对一望无际的荒野。还有，北极的航班经常晚点，很多时候你只能在航站楼枯坐一整天，那滋味也颇不好受。北极上网也很不方便，斯瓦尔巴群岛还好，为了满足科研的需要安装了海底光缆，格陵兰岛就没有这么好的条件了，所以那里的网费奇贵，15分钟要价30元人民币，大多数人恐怕都只能上网查查邮件，没法和亲朋好友在网上聊天。

北极旅游刚刚起步，游客数量稀少。目前朗伊尔城每年只接待4万名访客，绝大部分集中在极昼的那三个月。还有大约同等数量的游客是坐邮轮去的，晚上不会在镇上过夜。格陵兰岛的旅游业则是1990年以后才慢慢发展起来的，很多地方的后勤服务设施不够完善，游客就更少了。不过这一点对于资深玩家来说应该算是好消息，可以看到最原始的北极风貌。

虽然旅途寂寞，但当我适应了北极的生活节奏之后，便体会到了独处的妙处。在北极旅行，我有大把的时间可以用来看书学习，因为平时工作忙而攒了很久的几本书都在北极看完了。更重要的是，北极虽然寂寞，但并不是一个枯燥的地方，每天都有新鲜的场景出现在我面前。来自大自然的刺激是很丰富的，只不过这些刺激一时半会儿很难找到人分享而已，但也正因如此，我可以全身心地投入其中，仔细品味每一个细节带给我的新鲜感受，并从中获得了很多灵感。

第五，任何旅游目的地都有季节变化，但大都差别不大，北极可就不同了，这地方四季变化巨大，旅游者很难通过一次旅行了解北极的全貌，无论哪个季节去，看到的都只是很小的一部分。比如我这回去的斯瓦尔巴和格陵兰岛，夏天温暖如春，绿草如茵，花香四溢，夜如白昼，游客最大的烦恼居然是蚊子太多，甚至需要戴面罩才能出门；一到冬天则万籁俱寂，全世界只剩下了黑白两种颜色，连太阳都见不到，但晚上却可以看到北极光。我这回选择在秋天去北极，本想同时领略冬夏的风采，但实际上春秋两季并不介于冬夏之间，而是另有一番景象。

春季和秋季算是北极的旅游淡季，因为游客太少，很多旅行社都关门了。这在其他旅游目的地也许不是什么大问题，但北极基本上没有公共交通，离开了旅行社的帮助就寸步难行，所以游客并不能享受到淡季带来的各种好处，反而会多花很多钱。总之，如果你想了解真正的北极是什么样子，必须在不同的季节多来几次，否则你永远不会知道北极的全部真相。

第六，不管你承不承认，对于绝大多数旅游者来说，旅行的乐趣不光是自己玩，回来后和朋友分享旅行故事也是很重要的一部分。我这趟北极之行一路上拍了很多照片，北极光、冰川和冰山什么的应有尽有。拍照时我心情无比激动，觉得自己看到了绝世美景。可当我把照片秀给亲戚朋友们看时，大家却普遍反应冷淡，完全体会不出我当时的激动心情，我想了很久终于明白了其中的道理。北极其实是一个很难用照片描述的地方，这地方之所以让我心驰神往，绝对不仅是因为这里有美丽的北极光和巧夺天工的冰山，还因为这里的空旷和寒冷，这里的孤独体验，以及那些神秘的古老传说和历史传奇，甚至到达北极的整个过程都是让人难以忘怀却很难向别人述说的经历。所有这些体验必须亲身经历才能知道它们好在哪里，一张照片无论照得多好，都只是北极的一瞬间而已，光看照片很难体会出北极的好来。

# 行走在世界之巅

我们看地图习惯于上北下南,所以北极一直被誉为世界之巅。如果说南极大陆是地球的坐垫的话,那么地球的头上似乎缺一顶帽子。其实帽子是有的,那就是格陵兰岛,只不过这顶帽子是贝雷帽,戴得有点歪而已,而且颜色显得过于单调了。不过,凡是去过格陵兰岛的人都知道,这个看似是一块浮冰的岛屿在其南部的边缘地带是有陆地的,那里蕴藏着极为丰富的动植物资源,完全可以养活人类。维京人的历史就是从这一小片陆地开始的。

10月初正值北半球的金秋,下午2点是一天里最热的时候。我放下行李走出旅馆,顺着旅馆后面的一条石子路走到一座山的脚下,那里有一株十几米高的松树,黄绿相间的叶子极是好看。旅馆服务员告诉我,这棵松树是登山小径的起点标志,我绕到树后一看,果然发现了一个木头路标,指引着一条狭窄的山道,山道两边是三米多高的灌木丛,有些枝杈上还带着刺,浓密的地方甚至只能容纳一人通过。

我小心翼翼地沿着这条山道一路向上攀登,不一会儿就出了一身汗,不得不把身上的登山服脱掉,只穿着一件短袖T恤。山里的空气中充满了松树特有的香气,让人心旷神怡。我不时停下来观察周围的植被,发现这里除了松树外还有不少柳树和桦树,但它们都比我熟悉的要低矮很多,树干更纤细,叶片也更小一些。山脚下的土壤比较干燥,杂草稀疏。走到半山腰,脚下出现了泉水刚刚流过的痕迹,泥土变得十分松软,林下杂草也随之浓密起来。有几株不知名的小草叶片十分宽大,简直就像是热带地区才有的那种阔叶植物,和周围环境显得格格不入。

▼ 格陵兰岛南部荒无人烟，是享受孤独的好地方

林子里的动物也不少，我经常可以看到兔子的脚印以及新鲜的羊粪蛋。山道的前方不时有小鸟被我的脚步声惊飞，但它们都不飞远，只是换棵树继续吃着果子。我甚至看到了一头白色的北极狐从我眼前 10 米的地方穿了过去，嘴里还叼着一块红色的肉，可惜它跑得太快了，看不清它嘴里叼着的到底是兔子还是老鼠，抑或是别的什么动物。

大约一个小时后，我终于登上了山顶。举目四望，眼前的景象和半山腰完全不同，仿佛是从某个生机盎然的温带山区一步跨越到了寸草不生的苦寒之地。只见山的右侧是一个巨大的山谷，两边是黑黝黝的山峰，中间夹着一个冰川，灰白色的冰面凹凸不平。冰川后面连着雪山，那是冰川的源头，冰川前面则是一个几近干枯的河床，显然是由于冰川退化而形成的。此时的气温在 10℃左右，从冰川上融化下来的冰水自发形成了几条小溪，蜿蜒曲折地流过这条干涸的河床，最终汇入左侧的一条主河道。这条主河道其实就是一个峡湾，里面流淌着的是蓝色的海水，水面上漂浮着几座白色的冰山，仅凭肉眼很难看出它们在移动。

河床的一侧有一条飞机跑道，上面停放着一架 Dash-7 型双螺旋桨小

▼ 北极地区很难在近距离看到野生动物，图为我抓拍到的一只北极狐

飞机，机身涂成了鲜艳的红色，我就是刚刚乘坐这架格陵兰航空公司的支线飞机从格陵兰岛首府努克（Nuuk）飞过来的。机场旁边就是这次飞行的目的地：格陵兰岛的南方重镇纳萨尔苏瓦克（Narsarsuaq）。这座小镇只有不到两百个常住居民，绝大部分人都是为这座机场，以及镇上唯一的一家旅馆服务的工作人员。这里是格陵兰岛南部地区的中转站，想去格陵兰岛南部参观的游客都必须先飞到纳萨尔苏瓦克，再搭乘直升机飞到周边的居民点或者其他旅游目的地。

纳萨尔苏瓦克位于北纬61°线上，虽然没进北极圈，但好歹也属于格陵兰岛，怎么会有这样一处宛如温带一般植被茂盛的地方呢？原来，这地方位于一个峡湾的尽头，远离冰冷的北大西洋，峡湾周围的高山挡住了寒冷的北风，营造了一个相对温暖的局部小气候，这才有了这样一个仙境般的世外桃源。

但是，这地方深入内陆一百多公里，在大西洋上航行的水手是看不到这里的，这就是为什么来自北欧的维京水手早在870年就发现了格陵兰岛，但他们只是从海上观察过此岛，认为这个常年被积雪覆盖的海岛不适合人类居住，直到一百多年后有个胆大心细的红发维京人冒险驾船深入峡湾，这才发现了这个隐藏很深的小秘密。

感谢维京人的到访，格陵兰岛终于在人类历史上留下了第一笔文字记录，我的格陵兰岛探险之旅就从这里开始吧。

### 红发埃里克的故事

格陵兰岛真是个考古的好地方，因为这里既寒冷又偏僻。寒冷意味着生物生长缓慢，地貌变化不大，文物容易保存；偏僻意味着访客很少，现代人的影响被降到最低。相比之下，世界上绝大部分古迹要么早就被埋在了地下，要么已经被后人改造得面目全非，很难看到当年的原貌了。

当我站在山顶俯瞰整个峡湾的时候，我几乎可以肯定除了那个小机场之外其余地方都保留着当年维京人刚来这里时见到的样子。虽然山顶依然常年积雪，虽然峡湾里仍然有冰山漂过，但峡湾两岸的缓坡上覆盖着厚厚一层杂草，个别避风处甚至可以见到十多米高的大树，树干虽细，但毕竟是树，有着远比杂草大得多的实用价值。任何人看到眼前的景象大概都会立刻得出结论：这地方可以住人。

可惜的是，在这样的地方，"酒香不怕巷子深"这句话完全不适用。根据历史记载，最早发现格陵兰岛的欧洲人是一个名叫甘比永·厄尔夫森（Gunnbjörn Ulfsson）的水手，他是个居住在丹麦的维京人，他原本打算驾船去冰岛，但因为暴风偏离了航道，无意中发现了格陵兰岛。

要想理解这件事的真正含义，首先必须了解一下维京人的历史。简单说，维京人原本是一群居住在斯堪的纳维亚半岛的少数民族，其成员大都身材高大，金发碧眼，皮肤白皙，性格彪悍。因为这块地方距离农业的发源地和古典文明的中心太远，直到公元前2500年才有了农业，是整个欧洲最晚开化的地区。可惜北欧气候寒冷，山地多平地少，农业的扩张性有限，养不起那么多人，人口很快就饱和了，饥饿的维京人被逼无奈当起了海盗，"Viking"这个词本来就是"海盗"的意思。

早年间维京人只有划桨船，直到600年才从地中海引进了帆船。他们将这项技术发扬光大，制造出了一种自带桨手的轻型帆船，速度快，吃水浅，可以顺着河流深入欧洲内地实施抢劫，"维京"（Viking）这个词就是这段时期叫响的。有时抢劫不成功，维京人便摇身一变成了商人，和当地人做起了生意，顺便留在了那里。就这样，原本居住在瑞典的维京人变成了现在的俄罗斯人，原本居住在丹麦的维京人变成了英国人，跑到诺曼底定居的维京人变成了法国人……

从这件事可以看出，维京人并不都是四肢发达、头脑简单的莽夫，而是很有智慧的一个民族。

大部分维京人都去欧洲大陆的其他国家抢劫了，小部分维京人则另辟蹊径，驾船出海一路向西，去寻找适合殖民的海岛。他们在800年发现了法罗群岛，又在870年左右发现了冰岛，这两个岛屿都是无人居住的荒岛，于是很快就被维京人占领。冰岛和欧洲大陆之间的海上距离超过1000公里，对于当年的帆船来说去趟冰岛简直比去西天取经还难，所以住在冰岛上的维京人群体逐渐脱离了欧洲大陆的影响，发展出一套独特的文化，甚至有了自己的语言。今天的冰岛人都是当年那批维京海盗和他们从苏格兰和爱尔兰抢来的凯尔特妇女的后代，人种相当单纯，是人类学家梦寐以求的一个绝佳试验场。

再接着说那个名叫厄尔夫森的丹麦水手，他发现格陵兰岛时曾经沿着岛的东海岸航行了很长一段距离，但他所看到的尽是些冰川和光秃秃的黑色山峰，所以他认定此岛不适合人类居住。后来他回到了冰岛，把这个消息告诉了住在冰岛的维京人。据说有几个胆子大的亡命徒真的移民到了格陵兰岛，但因为环境太过艰苦，以及其他一些原因而爆发了内斗，最终全部死亡。

但是，海外有个大岛这件事还是一直流传了下来，并在一百多年后，也就是982年，促使一个名叫埃里克·托瓦德森（Erik Thorvaldsson）的维京人驾船前去寻找它的踪迹。此人出生在挪威，天生一头红发，当地人都称他为"红发埃里克"（Erik the Red）。也许是遗传的原因，托瓦德森家族的人大都性格暴躁，埃里克的父亲当年就是因为犯了杀人罪而被迫从挪威流亡到了冰岛，红发埃里克长大后也因为杀人而被判流放。走投无路的他决定驾船出海，去寻找新的家园。

所有这些关于维京人的事迹都源自著名的冰岛传说（Icelandic Saga），也就是冰岛人撰写的关于维京人历史的文字。历史学家曾经认为这些文字准确性不高，但后来的考古发现证明其中还是有很多描述相当准确。红发埃里克的故事大都来自冰岛传

▼ 格陵兰岛南部的纳萨尔苏瓦克虽然有树，但最主要的植被仍然是灌木、杂草和苔藓

说，其中的绝大部分内容都在格陵兰岛的考古过程中得到了验证。根据冰岛传说，红发埃里克花了三年的时间考察了格陵兰岛，他不仅考察了东海岸，还驾船绕过格陵兰岛最南端的"送别角"（Cape Farewell），考察了岛的西海岸。更重要的是，他不光是在岛外绕圈，还进入了西海岸复杂的峡湾系统，驾船沿着一条东西向的峡湾一直深入内陆100公里，到达了峡湾的尽头，也就是我所在的这个地方。有理由相信，他当年看到的景象和我今天看到的大同小异，都是一个生机勃勃的世外桃源，他立刻意识到自己终于找到了一个理想的殖民地。

一千多年后的今天，我几乎毫不费力地来到了红发埃里克费尽千辛万苦才找到的这个世外桃源。站在山顶举目四望，周围群山环绕，山坡上长满了黄绿相间的植物，一条东西走向的"河流"从谷底穿过，这就是被后人命名为"埃里克"的峡湾，深蓝色的海水看上去似乎静止不动，几座冰山点缀其间。纳萨尔苏瓦克建在峡湾的南岸，坡度较缓。峡湾的北岸坡度要陡一些，岸边零星点缀着几间房屋。后来得知北岸的居民点叫作卡西亚苏克（Qassiarsuk），规模较小，只有几十名常住居民。

如果我是红发埃里克，我会把家建在哪里呢？

▼ 一位帅气的纳萨尔苏瓦克女骑手

现代人也许会选择坡度较缓的南坡，住起来更方便些，但是作为一个常年生活在冰岛的农民，埃里克肯定知道阳光才是北极最重要的资源。格陵兰岛纬度太高，即使是盛夏的太阳也只是斜斜地挂在半空，因此只有坐北朝南的山坡才能最大限度地吸收阳光中的能量，满足植物生长的需求，平地反而不行，所以他最有可能选择的是峡湾的北岸，也就是小镇卡西亚苏克的所在地。果然，20世纪初考古学家在卡西亚苏克附近发现了一个维京人农场遗址，发掘出的文物显示这极有可能就是红发埃里克于985年在格陵兰岛建立的第一个定居点。

去那个遗址参观必须乘坐摆渡船，旅游旺季时每天都有摆渡船来往于埃里克峡湾两岸，可是冰岛直航纳萨尔苏瓦克的航班只开到9月底，我到达的前一天最后一班飞机刚好离开，旅游者几乎全部撤走了，摆渡船于是也就停摆了。好在镇上唯一的一家旅行社还没关门，我只好央求他们单独为我开一次船。

这就是格陵兰和其他旅游胜地不一样的地方：这个岛的绝大多数基础设施都和游客密切相关，一到旅游淡季便都歇业了，在此期间来玩的散客往往需要付出更多的代价。

这家旅行社名叫"蓝冰"（Blue Ice），负责人是一个名叫雅基·西蒙德（Jacky Simoud）的法国人。他在1976年的时候和朋友一起驾船来格陵兰岛旅游，立刻狂热地爱上了这个地方，此后便一直住在岛上，以当导游谋生。1996年他搬到了纳萨尔苏瓦克，办起了这家蓝冰旅行社，几乎垄断了格陵兰岛南部的旅游服务业。夏季时他每天都会组织游客去对岸的维京农场遗址参观，但那天除我之外没有一个游客，于是他只答应把我摆渡过去，剩下的就不管了。好在旅行社的书架上放着好几本有关这段历史的书，我决定先学习一下再出发。

根据冰岛传说的记载，982年红发埃里克被流放到海外，花了三年时间考察了格陵兰岛，发现西南角的峡湾内有不少适合人类生存的地方，于是他返回冰岛，四处宣扬格陵兰岛的好处。他还为这个岛起了个好听的名字"绿岛"（Greenland），这就是格陵兰岛的由来。后人曾说这是有史以来最具欺骗性的名字，也有人称之为史上最佳房地产广告，不过我觉得现在还不能断定他是故意想骗人，因为根据气象记录，985年地球正好处于一个相对温暖的时期，大气平均温度有可能比现在还要高，格陵兰岛南部地区很有可能真的是绿色的。事实上，即使在今天，纳萨尔苏瓦克也称得上是郁

游客们可以乘坐这种摆渡船来往于埃里克峡湾的两岸

郁葱葱，完全具备生存条件。

在红发埃里克的煽动下，近千名住在冰岛的维京人决定跟着他去格陵兰岛开始新生活。985 年夏天，二十五艘满载人员和生活资料的帆船浩浩荡荡地从冰岛出发驶往格陵兰岛，没想到途中遇到罕见的暴风，最终只有十四艘船到达了目的地，其余的要么沉没要么被迫返航。

根据历史学家的估计，第一批登岛的大约有五百人，他们公推红发埃里克为首领，由他负责为每一户人家分配一块土地。这些定居点全都集中在格陵兰岛西南角的众多峡湾之中。但是，因为格陵兰岛整体上是从西北向东南方向倾斜的，因此这些定居点被维京人统称为"东聚落"。之后又有一批维京移民驾船来到格陵兰岛定居，眼看东聚落已经被占满，他们只能选择在北边的另一处峡湾定居，自称"西聚落"，也就是格陵兰岛首府努克的所在地。两个聚落基本位于北纬 61°—64°，相当于挪威的卑尔根（Bergen）和特隆赫姆（Trondheim）的位置。但是因为缺乏湾流的滋养，这里比卑尔根要冷得多。

值得一提的是，虽然被称为东西聚落，但其实这两个维京定居点都位于格陵兰岛的西侧，这个误会让前来寻找他们的后人吃了不少苦头，白白

▼ 格陵兰岛南部埃里克峡湾的绝美风光，颜色异常丰富

在东海岸浪费了不少时间,这是后话。

## 寻访维京部落

第二天一早,西蒙德用汽艇把我送到了峡湾对岸的卡西亚苏克,然后就把我丢在那里不管了。这里名义上说是一个小镇,其实就是几幢木头房子而已,它们零星地分布在一条泥土路的两边,所有房子都大门紧闭,也看不到炊烟,更看不见行人,像是一座被废弃的居民点。那天早上有雾,还下起了毛毛雨,我一个人撑着雨伞走在泥泞的小路上,望着远处雾蒙蒙的雪山,有一种被全世界遗弃的感觉。但不知为什么,这种感觉竟让我心生骄傲,仿佛我成了这个世界的主人,获得了空前的自由。我想,当年第一批上岛的维京移民也会有这种终获自由的感觉吧?

我按照地图的指示,很快就找到了维京农场的遗址。遗址的主体部分是一个足球场那么大的居住区,据说五十年前这里还能看到不少残垣断壁,但被考古人员挖过一遍之后,如今只剩下了一圈圈低矮的石头围墙,

▼ 丹麦艺术家在格陵兰岛维京人遗址附近的一座小山包上布置的维京人图腾艺术品

▼ 布拉塔里德农场遗址，当年的房屋都是用石块砌成的

大致标出了房屋的位置。整个遗址公园内长满了半米多高的荒草，我很难看清楚房屋的全貌，只能依靠标牌上刻着的文字介绍才能知道哪个建筑曾经是牛棚，哪所房子有可能是存放饲料的仓库。

这个居住区建在岸边，后面的山坡才是真正的农场。因为坡度较陡，红发埃里克将其称为布拉塔里德（Brattahlid），就是"陡坡"的意思。作为维京人的领袖，红发埃里克把他认为的最好的地段留给了自己，他和妻子索德海德（Thjodhild），以及他们的四个孩子就生活在这里。

说是农场，其实维京人几乎不种粮食，原因在于这里的夏天经常下雾，日照条件差，维京人从欧洲大陆带过去的大麦和黑麦都长不好，收成奇差，所以农场都被用来种牧草了。也就是说，这批维京人的后代一生中从未吃过面包，也从来没有喝过大麦酿造的啤酒。

这批移民最早从欧洲带去了牛马猪羊等家畜，但前三种的数量下降得非常快，到最后几乎只剩下山羊了，因为只有山羊知道如何从雪地里刨草吃，一年中的大部分时间都可以放出去让它们自行寻找食物，其他大型家畜只能依靠储存的饲料度过漫长的冬天，维京人每年夏天都要花费大量时间割草，饲养成本太高了。但是，考古记录显示，大部分维京农场一直没有彻底放弃养牛，原因在于他们多年来一直固执地遵从欧洲的饮食习惯，舍不得放弃奶酪和黄油。

光靠牛奶和羊肉是没办法生存的，于是维京人学会了打猎，夏天深入内陆去捕捉北极兔和驯鹿，冬天则到海边捕捉海豹。但是海豹肉不好吃，所以只有穷人和奴隶才会去吃海豹肉，少数酋长和奴隶主则一直保持着吃牛肉的习惯。

考古人员还发现了一件奇怪的事，那就是维京人几乎不吃鱼，维京定居点找不到鱼骨头。有人曾经猜想维京人始终没有掌握捕鱼的法门，但这个理由实在太过牵强，禁不起推敲。美国著名历史学家贾里德·戴蒙德（Jared Diamond）认为，最有可能的解释就是格陵兰岛的维京社会把鱼视为禁忌，禁止食用。他甚至猜想，当年红发埃里克曾经因为吃了腐烂的鱼闹了回肚子，于是下令所有臣民不准再吃鱼了。

除了饮食单调之外，维京人的另一个大问题就是缺乏木材。木材是古代社会最重要的资源，不但可以用来做饭、取暖、盖房子，还能用来造船，后者的重要性再怎么强调都不过分，因为前面三项都可以用干草或者牛粪来替代，造船绝对不行。除此之外，炼铁也需要用炭，铸铁所需要的高温只有炭才能提供。炭只能来自木材，通常4公斤木头才能制造1公斤炭，可以说没有木柴就没有铁器，也就无法生产出足够多的工具和武器，最后一条被证明是维京人致命的缺陷，这是后话。维京人刚来的时候这块地方或许尚有少量的森林，但很快就被砍光了，于是这些新来的殖民者只能依靠收集海上的漂流木来获取木材，很多事情都没办法做。农场遗址旁边有一幢根据历史资料原样复制的维京人长屋（Longhouse），这是一种人畜共居一室的长条形房子，屋顶和墙壁用的都是草泥，而不是木梁。窗户和门都极小，冬天的时候几乎从不打开，而牲畜也出不去，吃喝拉撒睡都在一起，味道可想而知。

我站在长屋前，想象了一下普通维京人的日常生活，早晨刚刚踏上这片土地时的浪漫想法消失得无影无踪。接下来的疑问是，格陵兰岛的生存环境如此艰苦，这批人究竟是如何坚持下来的呢？答案就在旁边。

布拉塔里德农场的西侧有一条小溪，小溪的另一边有一片平整的草地，草地正中间有个用草泥围成的房屋遗址，长3.5米，宽2米，即使按照维京人的标准来看也算是一间极小的屋子。但是，考古学家的研究显示，这很可能就是红发埃里克的妻子索德海德所建造的教堂。这是格陵兰岛上出现的第一座基督教堂，如果按照地理学的分类，把格陵兰岛划归到美洲大陆去的话，这间教堂甚至可以说是标志着基督教第一次传到了欧亚大陆之外的地方。

▼ 红发埃里克的妻子索德海德当年建造的教堂的复制品，这是北美大陆上的第一座基督教堂，标志着基督教第一次传到了欧亚大陆之外的地方

冰岛神话里详细记录了基督教传到格陵兰岛的过程。原来，维京人早年是不信基督教的，他们有自己的原始宗教。随着维京海盗的扩张，他们和基督教国家的交往越来越密切，矛盾就来了。按照教义，基督教徒不准和异教徒做生意，维京部落的国王们意识到改信基督教有利于自身的扩张，也有助于政治稳定，便开始考虑皈依基督教的可能性。首先是丹麦国王于960年宣布皈依基督教，挪威国王紧随其后，于995年宣布皈依。受其影响，维京人的海外殖民地也逐渐转向了基督教，冰岛是999年皈依的，格陵兰岛也在1000年成为基督教国家。

格陵兰岛之所以这么快就皈依基督教，和红发埃里克的大儿子莱夫·埃里克森（Leif Erikson）很有关系。埃里克森出生在冰岛，小时候跟随父母迁来格陵兰岛，999年他驾船去拜访挪威国王，在后者的劝说下皈依了基督教，并受国王委托回到格陵兰岛传教。他的母亲索德海德很快就被儿子说服，皈依了基督教，并且立即要求丈夫为她修建一所教堂，但红发埃里克坚决不信，不肯为妻子建教堂，于是索德海德以不和丈夫同房为要挟，终于迫使埃里克答应了这个要求。但埃里克也很固执，坚持要把教堂建在他看不到的地方，于是这个"新大陆首座基督教堂"便建在了距离布拉塔里德农场几百米远的地方。

后人根据冰岛传说的描述，以及考古的证据，按照 1∶1 的比例在遗址公园内建造了一个索德海德教堂的仿制品。新教堂的屋顶是用木板搭建的，围墙辅以草泥加固，外面再用石块围成一个大圆圈，复制了原教堂的庭院。考古人员曾经在原址的庭院地下挖出了一百四十三具遗骸，看来当年的教堂还曾经是维京人的墓地。

这个传教故事还有一个很有意思的小插曲。根据冰岛传说，莱夫·埃里克森在从挪威返回格陵兰岛的途中因为暴风而迷失了方向，意外地发现了一个全新的大陆。因为登陆地点长满了野葡萄（vine），埃里克森便称之为文兰（Vinland）。返航途中埃里克森又搭救了两名落难的水手，后人认为所有这一切都是上帝在向莱夫展示力量。因为这两件奇事，后人给埃里克森起了个外号，叫作"幸运的莱夫"（Leif the Lucky）。

不过，历史学家认为这个说法的演绎成分太大，另一个版本的冰岛传说（又名格陵兰传说）更可靠一些。按照这个版本，莱夫·埃里克森

▼ 莱夫·埃里克森雕像，他是第一个在北美大陆过冬的欧洲人，比哥伦布早了将近五百年

并不是最先发现文兰的人，这个头衔属于一个名叫布亚尔尼·赫尔约夫森（Bjarni Herjolfsson）的挪威人。他的父亲住在冰岛，于是他每年都驾船去冰岛探亲。986年他再次扬帆起航，却发现他父亲已经跟随红发埃里克去了格陵兰岛，于是他在没有做好充分准备的情况下驾船去格陵兰岛，结果迷了路，意外发现了文兰。后来他把这件事告诉了莱夫，于是后者找来三十五名水手，于1001年驾船在文兰登陆，并在当地过冬，次年才回到格陵兰岛。

不管哪个版本是正确的，这件事都非同小可。据考证，维京传说中提到的那个文兰很可能就是加拿大的纽芬兰岛（Newfoundland），或者是美国东海岸的某个地方。换句话说，首次发现新大陆的欧洲人并不是哥伦布，而是一个维京人，发现新大陆的时间也比哥伦布早了将近五百年。

不管莱夫·埃里克森是不是最先发现美洲大陆的欧洲人，但他肯定是最早在美洲大陆过冬的欧洲人。为了纪念他的壮举，北美的很多城市都立着他的雕像。后来有人根据西雅图市中心的雕像做了一个复制品，安放在位于布拉塔里德农场西侧的一座小山上。我专门爬上山去瞻仰这尊雕像，只见一个两米多高的巨人手按佩剑，双眼凝视着埃里克峡湾的出口，那是维京人通往外部世界唯一的大门，他们的所有希望都只能从那里来。

这一刻，我突然明白了基督教对于这群维京移民的意义。没错，确实有历史学家认为格陵兰岛人之所以信教，是为了得到挪威王国的保护。没错，挪威王国也确实在1261年同意将格陵兰岛纳入自己的版图，条件是每年至少派遣两艘帆船前来慰问岛民，顺便运送物资。但我更愿意相信，对于这群见识过文明世界的样子，却又不得不搬到这个远离人类的荒岛，过着近乎野兽般生活的人们来说，宗教既是他们和故乡之间唯一的联系，也是他们最好的精神寄托。他们之所以选择皈依基督教，就是为了时刻提醒自己：我们和故乡的人们有一个共同的救世主，我们不是一群无家可归的孤儿。

这，也许就是信仰的力量。

但是，俗话说得好，"成也萧何，败也萧何"。基督教虽然为这群维京人提供了无与伦比的心灵慰藉和无可替代的凝聚力，却也让他们思想僵化，不善于学习别人的长处。当环境发生改变时他们选择了听天由命，不思进取，最终在和大自然的搏斗中全军覆没,消失在历史的长河中。

## 南方的维京社会

布拉塔里德农场背后的故事很丰富,但这个遗址其实非常小,两个小时就看完了。剩下的时间干点什么好呢?我决定徒步去7公里之外的居民点塔西奥萨克(Tasiusaq)看一看,那地方现在是个牧羊场,但过去也曾经是维京人的农场。去那里需要翻越好几座山,但坡度很缓,路也很好走,如果当年的维京农民打算去邻居家串个门,估计也得走这条路。

此时雨停了,但乌云仍未散去,山里静悄悄的,没有一丝风。北极的天气爱走极端,糟糕的时候狂风暴雪、飞沙走石,好的时候则静如止水、纹丝不动。此地方圆几公里渺无人烟,在今天这个无风的日子里便一点儿声音也听不到了。我一路上走走停停,走的时候脚下发出轻微的沙沙声,可在我听来居然有些刺耳,因为只要我一停下来,便立刻万籁俱寂,甚至连心跳的声音都能听见。我去过全世界很多荒凉的地方,也曾经在喜马拉雅山脉、安第斯山脉和乞力马扎罗山等世界著名的徒步地域走过很多天,但没有一个地方像北极这样安静。

耳朵清净了,眼睛却忙碌起来。往远处看,戴着白帽子的雪山一座挨着一座,连绵不绝。往近处看,山坡上长满了各种颜色的荒草,它们喜欢抱团生长,看上去红一

▼ 格陵兰岛南部牧场的一头山羊,这里丰富的植被足以养活它们

▼ 格陵兰岛南部的峡湾深处气候温和，植被茂盛，可以养羊

块黄一块，就好像在山坡上铺了一层名贵的波斯地毯。爬到山顶，眼前出现了一个用围栏围起来的牧场，一群山羊正在吃草，它们全身静止不动，嘴虽然在动，却不发出一点儿声音，仿佛它们也喜欢安静的生活，不想破坏这难得的寂静。

山羊曾经是维京人最重要的牲畜，但它们毕竟不属于北极。随着第一批维京移民的灭绝，山羊也从格陵兰岛上消失了。20世纪初期有人从法罗群岛运来十一只山羊，一个名叫奥托·弗雷德里克森（Otto Frederiksen）的格陵兰岛人在布拉塔里德农场安了家，成为现代时期此地的第一位牧羊人。在他的带动下，中断了五百多年的畜牧业又重新恢复了，格陵兰岛南部的这片峡湾终于再一次升起了炊烟。正是这些散落在各处的牧羊人组成了格陵兰岛南部的后勤保障系统，使得像我这样的背包客能够顺利地来这里旅游。

7公里的山路两个小时不到就走完了。塔西奥萨克是一个和卡西亚苏克差不多的牧羊人聚居地，几幢彩色的房子零散地分布于峡谷之中，背景是蓝色的峡湾和白色的冰山，风景固然很美，但也有种绝世之感。现代牧民都有四轮驱动的越野吉普车,真要遇到急事倒也不难对付。当年的维京移民可就没那么方便了,好在各个居民点之间隔得不太远,偶尔串个门倒也不是件难事。

据统计,考古学家们已经在东聚落找到了二百五十余处农场遗址,绝大部分可以住人的地方都已经被维京移民开发利用了。西聚落只找到了一百余处农场遗址,但西聚落的面积要小一些,所以各个农场之间的交往应该是很频繁的。考古研究显示,当时的维京人经常交换物资,住在内陆的人会把打到的驯鹿运往沿海地区,交换后者打到的海豹。这样的物质交换进行得多了很难保证不产生矛盾,这就需要建立一个仲裁机构,教会适时地扮演了这样的角色。1126年,挪威王国真的派了一个主教来到格陵兰岛,成为这个殖民地实际上的国王和仲裁者。据说,为了让这位主教满意,各个农场都必须进贡牛肉给他吃。即使如此,格陵兰岛的生活条件也吓跑了很多传教士。格陵兰岛的最后一任主教死于1378年,此后挪威就再也没有派过主教登岛了。

除了担任仲裁者,主教们的存在还保证了挪威王国定期派船过来运送物资。据统计,鼎盛时期格陵兰岛人平均每年可以分到3.5公斤的货物,不过由于格陵兰社会等级森严,大多数货物都被教会和头领拿走了,普通老百姓分到手的货物远小于这个平均值。更糟的是,格陵兰岛的主教们经常占用有限的货仓资源运送宗教器具,比如教堂用的烛台和彩色玻璃之类的玩意儿,真正急需的物品,比如铁制农具和武器等就没地方放了。

根据冰岛传说的记载,格陵兰人至少在岛上修建了十二座教堂,九座已经被考古学家精确定位。其中保存得最完好的要算是赫瓦勒塞(Hvalsey)教堂,至今仍然可以看到高达6米的围墙。同位素测定显示,这座教堂大约建于14世纪,正是小冰期到达顶峰的时候。在缺少建筑材料的格陵兰岛建造这样一座教堂肯定耗费了当地人不少的时间和精力,而这些时间和精力本来是应该用来对付天灾的。

假如只有天灾也许还好对付,但如果再加上人祸的话那就麻烦大了。种种迹象表明,格陵兰岛维京部落的灭亡和一群北方来的"野蛮人"很有关系,要想了解这段历史,就必须去伊卢利萨特(Ilulissat)走一趟。

伊卢利萨特原名雅各布港,位于迪斯科湾(Disco Bay)的北岸。迪斯科湾位于格陵兰岛西海岸的中间点,是著名的雅各布港冰川的入海口。这地方原本只是一个小渔村,但随着旅游业的蓬勃发展,伊卢利萨特迅速发展成为格陵兰岛的第三大城市,

▼ 从小山上回望伊卢利萨特小镇，每种类型的房子都被涂成了相应的颜色

目前有大约五千名常住居民，绝大部分都是格陵兰岛原住民的后代。

从纳萨尔苏瓦克到伊卢利萨特的直线距离约为 1200 公里，总的飞行时间只有三个小时左右，只是中间需要转一次机而已，但是因为航班延误的原因，我花了整整一天的时间才飞到目的地，机票钱折合成人民币大约 9000 元，相当昂贵。和我同机的几个当地人上飞机前和前来送行的亲友抱头痛哭，让我有些纳闷，但我后来发现这是格陵兰岛的普遍现象，当地人无论是送机还是接机都表现得格外热情，经常可以在机场看到那种依依不舍甚至痛哭流涕的场面。我猜这一方面是因为当地人感情比较丰富，而且敢于表达；另一方面也说明格陵兰岛交通很不发达，出趟远门是一件非常不容易的事情，很可能今后很长的时间都很难再碰面了。

出发时的纳萨尔苏瓦克还是深秋的模样，树叶还没有掉光，目的地伊卢利萨特却已是寒冬，雪花漫天飞舞，气温也降到了零度以下。这地方位于北极圈以北 250 公里的地方，因为紧挨着大海，天气变化多端，很多飞机延误都发生在这里。

伊卢利萨特机场距离市区只有 3 公里，出租车 10 分钟就开到了。司机库努（Kuno）是格陵兰岛原住民的后代，英语说得非常流利。"我原来是个木匠，但现在不需要木匠这个工种了，于是我就开起了出租车。"库努对我说，"我小时候在学校学过一些书面英语，但口语主要还是通过看好莱坞电影学会的，美国大片在这儿特别流行。"

"你还会去打猎吗？"我问。

"会啊，不过政府在这方面限制得越来越严了。打猎是我们因纽特人的传统，不能丢。"他说。

此时天已全黑，昏黄的路灯照在空无一人的街道上，让人备感凄凉。突然前方出现了两个黑影，开近一看才发现是一对夫妇手拉着手走在马路中间。妻子手里还拎着一个超市塑料袋，看来是刚刚买完东西正准备回家做饭。库努放慢了车速，远远地跟着他们，似乎没有超车的打算。

"我们这里的人还没有养成给车让道的习惯，特喜欢并排走在路中央。"库努对我说，"还有很多小孩子在马路上玩小冰车，所以我开车特别小心，否则很容易出事。"

我摇下车窗，本想透透气，没想到空气中传来一股很浓的鱼腥味。原来这座小镇紧挨着迪斯科湾，冰川所带来的丰富养分使得港湾内的鱼类资源极为丰富，捕鱼业便成为本地人最重要的谋生手段，镇上光是鱼类加工厂至少有两个，所以我在伊卢利萨特的这几天经常能闻到一股鱼腥气。

鱼一多，海狮、海象和鲸之类的捕食者便蜂拥而至，所以迪斯科湾自古以来就是个极佳的猎场。移民至此的维京人很早就发现了这个好地方，每年冬天都会来此处打猎。他们最想要的是海象的象牙，因为当时奥斯曼帝国切断了欧洲大陆和其他地区的贸易联系，欧洲的王公贵族们买不到真正的象牙了。作为象牙的替代品，海象牙成了格陵兰岛居民唯一可以用来和欧洲大陆交换商品的硬通货。

根据冰岛传说的记载，当年的维京人用自己千辛万苦得来的海象牙换回了一大堆欧洲式样的服装，以及欧洲上流社会使用的奢侈品。这一方面说明当时的跨海贸易完全掌握在主教和酋长的手里，另一方面也说明这些殖民者虽然身处异乡，却仍然试图按照欧洲的方式生活，拒绝入乡随俗，拒绝向原住民学习。

当时格陵兰岛上有原住民吗？答案是肯定的，但他们并不是如今住在岛上的原住民，而是另外一个北极民族。

考古证据显示，格陵兰岛早在四千五百年前就有人居住了。在维京人到来之前，至少有四拨人到过格陵兰岛，建立了四个不同的文明，分别叫作萨克阿克文明（Saqqaq Culture）、独立一期文明（Independence I Culture）、独立二期文明

（Independence II Culture）和多赛文明（Dorset Culture）。这些名字都来源于最先发现的遗址的所在地，比如这个"独立"指的是遗址所在的独立峡湾（Independence Fjord）。其中多赛人大约在公元前800年来到格陵兰岛，生活了一千多年之后于300年放弃了这个岛，迁到了别的地方。700年他们又卷土重来，占据了格陵兰岛的西北部，和维京人的聚居地基本上没有重叠。多赛人没有狗，也不会用弓箭，主要靠捕杀海豹为生，他们才是维京猎手在迪斯科湾遇到的第一批原住民。根据冰岛传说记载，多赛人身材高大，但胆子似乎很小，不敢跟维京人正面冲突，很容易被吓跑。

值得一提的是，所有这些北极原住民均来自亚洲，因为大西洋太宽了，难以穿越，只有白令海峡有可能通过。这些原住民的祖先从中亚地区出发一路向北迁徙，先是占领了整个西伯利亚地区，然后跨过白令海峡到达阿拉斯加，再沿着北美大陆的北端一路向东迁徙，逐渐占领了整个加拿大北部。最终在浮冰的帮助下跨过巴芬湾，登上了格陵兰岛。这段历史绝对是一部惊心动魄的人类征服史，可惜这些原住民没有文字，留下的遗物也太少，很多部落都早已灭绝于北极的冰天雪地之中，他们的故事也被永远地埋在了北极冻土之下，恐怕再也不会有人知道了。

所有这些格陵兰岛原住民都来自于极北的苦寒之地，所以他们都更习惯于在寒冷的地方生活，格陵兰岛南部太热，反而不习惯了。维京人则正相反，这就是为什么双方在殖民初期并没有发生冲突，而是处于"井水不犯河水"的状态，直到对海象的渴望把他们聚在了一起，聚会的地点就是我现在所在的迪斯科湾。

维京人和原住民之间的第一场较量以维京人大获全胜而告终，但维京人高兴得太早了，又有一支原住民部落悄悄地出现在格陵兰岛的北方。这批新来的人骁勇善战，拥有远比多赛人更加可怕的武器，他们就是大名鼎鼎的因纽特人。

## 北方的因纽特

要想理解因纽特人的故事，就必须到他们的居住地走一走。我人生地不熟，只能去旅行社订那种由散客拼凑起来的旅行团。可惜，10月初正是格陵兰岛的旅游淡季，伊卢利萨特的旅行社要么歇业，要么大幅度减少了服务内容。我找了半天只订到了三个旅游项目，已经算是幸运的了。

第一个项目就是徒步，一位来自丹麦本土的白人导游带着十几名散客去市区附近的因纽特人遗址参观。我们这个团的成员来自世界各地，甚至还有几位来自中国大陆和中国台湾的旅行者。我这次旅行遇到了不少中国游客，看来格陵兰岛已经被富有冒险精神的中国驴友们发现了。

伊卢利萨特和其他格陵兰城市不一样，四千多平方公里的土地都被联合国教科文组织划为世界自然遗产了，所以我们出了城之后并没有立刻直接面对荒野，而是来到了一个类似遗址公园的地方，地上铺了条长长的木板路方便游客行走。因为昨天下了一天的雪，公园内覆盖着一层厚厚的积雪，如果没有这条木板路的话我还真不敢随便乱走。

导游一边走一边为大家讲解，重点放在了因纽特人的历史上。因纽特人的祖先原来只是北极原住民中的一个部落，大约在1000年崛起于白令海峡一带。这个部落的成员主要依靠捕食北极鲸为生，而北极鲸比海豹、驯鹿等大多了，可用的部分也更多，所以该部落的人口增长得很快。之前提及，1000年正值地球的暖期，北极海冰大量融化，为这些人驾船追杀北极鲸创造了条件，他们在追逐猎物的过程中一路向东迁徙，最终于1200年左右到达了格陵兰岛的西北部。考古学家最早是在格陵兰岛西北角的一个叫图乐（Thule）的地方发现了这些人留下的遗物，所以他们又被称为图乐人。

正是在这次大迁徙的过程中，图乐人逐渐取代（消灭）了多赛人，成为北极地区的新主人，今天居住在加拿大、阿拉斯加和格陵兰岛上的因纽特人都是图乐人的后代。美国人曾经把这些人称为爱斯基摩人（Eskimo），这个词的原意是"吃生肉者"，略有贬义，一些住在加拿大和格陵兰岛的因纽特人不太喜欢这个称呼，所以后来学术界都改用"因纽特"（Inuit）这样一个中性的名词来称呼他们。

"格陵兰岛既没有树也没有煤，缺乏燃料，所以因纽特人只能吃生肉。"导游边走边说，"因纽特人的生活方式是由北极的环境决定的，比如因纽特人穿海豹皮衣服，住在用雪搭成的屋子里，而且一直过着群居的生活。"

说话间眼前出现了一大片平地，上面覆盖着一层厚厚的雪。导游告诉我们，这里是因纽特人的冬季聚居地，他们用雪块搭建伊格鲁（igloo，因纽特人的圆形雪屋）作为自己的家，男人白天去位于迪斯科湾的狩猎场猎杀海豹或海象，打到的猎物大家分享；女人和孩子则在家整理毛皮，用骨针缝制皮衣皮靴，有时也会参与捕猎。因纽特人是典型的游牧民族，哪里有食物就去哪里，他们基本上没有私人财产这个概念，婚姻观念也十分淡薄。

因纽特人的这种原始生活状态一直保持到了20世纪初期，这就是为什么电影史上第一部真正意义上的人类学纪录片《北方的纳努克》(*Nanook of the North*)选择了住在加拿大北方的因纽特人为拍摄对象，并用平等的视角展示了他们的日常生活。这部片子拍摄于1922年，那时北半球绝大多数原住民早已受到了现代生活方式的影响，很难拍到原汁原味的人类学纪录片了。即便如此，《北方的纳努克》也用到了很多摆拍的手法，并在一些细节上做了特殊处理，以方便拍摄。比如电影中纳努克一家搭建的伊格鲁就要比真实的伊格鲁稍大一些，否则体积庞大的老式胶片摄影机就放不进去了。

凡是看过那部纪录片的人一定会对伊格鲁那狭小拥挤的内部空间印象深刻，真实的伊格鲁比电影里的还要小，说明因纽特人根本不可能有任何私人空间，睡觉时几乎像在海滩上晒太阳的海象那样赤裸着身体挤在一起。这么做一方面当然是为了保暖，但肯定也有寻求心理慰藉的成分在里面。北极人烟稀少，生存条件艰苦，人与人之间不但要在行动上相互合作，精神上也要互相依靠，多年的极地生活让因纽特人学会了用肉体的亲密接触对抗情感的孤独。

再往前走，眼前出现了一块墓地，但从坟墓上插着的十字架来判断，这显然不是因纽特人的传统墓地。"因纽特人非常迷信，传统墓地一定要离聚居区足够远才行，双方绝对不能相互看见。"导游介绍说，"因纽特人相信万物有灵，人死或者生病是因为灵魂离开了肉体，去了另一个世界，所以双方是不能直接碰面的。"

传统的因纽特社会里都有巫师，他们称之为"萨满"(shaman)，这个词后来特指一切原始宗教的巫师，其词根就来自因纽特语。因纽特人相信萨满是有特异功能的人，只有萨满才可以看到那个灵魂的世界，所以因纽特人一遇到困难就会请萨满来驱魔或者招魂，这个习惯后来被基督教传教士终止了。

"因纽特人还有一个特殊的习俗很有意思，死去的因纽特男人都是坐着下葬的，脸一定要朝向狩猎场的方向，而且他们的打猎工具也会和死者埋在一起。"导游继续介绍，"后来皈依了基督教的因纽特人遵循新的教规改成了躺着下葬，一些老人不喜欢这种方式，认为这样一来死者始终脸朝天，看不到狩猎场了，恐怕会挨饿。"

从这个小小的细节就可以看出因纽特人是多么惧怕饥饿，多年的生活经验让他们深刻地意识到，在这个冰天雪地的世界里，食物就是一切，而食物只能来自野生动物，所以他们从来不会对野生动物心生怜悯，而是认为动物被人吃掉是天经地义的事情。事实上，因纽特人的祖先之所以能够取代多赛人成为北极之王，原因就在于他们发明了很多高效的打猎技术，比如专门用于捕鲸的鱼叉，以及能够在水中高速前进的皮划艇。皮划艇的英文 Kayak 就来自因纽特语。因纽特皮划艇是根据猎手的身材专门定制的，用的是能防水的海豹皮，几乎像裤子一样合身，所以因纽特人的皮划艇可以在水中翻转而不会进水，特别适合用来猎杀北极鲸。当年初次见到因纽特人操纵皮划艇的欧洲人对他们的技巧赞叹不已，称他们为"半鱼"。因纽特男人之所以要把皮划艇作为陪葬，也是因为皮划艇几乎相当于猎手的个人衣物，别人没法用。

除了鱼叉和皮划艇之外，因纽特人还发明了狗拉雪橇，以及一种用鲸的骨架制成的乌米亚克（umiaq）。前者让因纽特人能够跟着猎物长距离迁徙，在特定的季节去合适的地方打猎，扩大了他们的捕食范围；后者是一种体积很大的皮艇，通常由妇女和孩子们操纵，很适合运货，是因纽特人最主要的海上运输工具。

"狩猎是因纽特人最重要的文化传承，但丹麦政府管得越来越严了，对于捕鲸和猎杀麝牛制定了严格的配额，因纽特人对此非常不满，认为这些规定侵犯了他们的正当权益。"导游的说法和那个出租车司机很相似，而我也一时想不出更好的反驳方式。毕竟他们已经这样生活了上千年，凭什么要改变呢？再说北极鲸也不是因为因纽特人的猎杀而濒危的，罪魁祸首是欧洲人，因纽特人似乎没有理由为欧洲人犯下的错误买单。

大约半个小时后，我们一行人终于走到了海边。只见迪斯科湾里布满了大大小小的冰山，最大的冰山看上去至少有几公里长，完全就是一座岛。不过大家都顾不上看冰山，因为最后这段路是没有铺木板的山路，不下雪应该没问题，但下雪之后看不到路面的状况，必须很小心地踩着导游的脚印前进。有的脚印相当深，雪都快没到膝盖了，我的登山鞋里很快就塞满了雪，因为温度太低，一时难以融化，居然有些硌脚。

这次徒步的终点是一处悬崖，三十多米高，悬崖下面是布满了冰山的迪斯科湾。这些冰山挡住了海浪，所以湾内的海水显得十分平静，只是偶有波澜。"这座悬崖以前是因纽特妇女自杀的地方，如果她们饿得受不了了，或者重病缠身，便会来这里一了百了。"导游介绍说,"更多的时候,这里是因纽特妇女弃婴的地方,如果打猎进行得不顺利,没有打到足够多的猎物,她们便会把刚出生的婴儿或者身体较弱的孩子从这里扔下去淹死,用这个办法来控制人口,好让剩下的人更好地活下去。有时男人也会自杀,不过他们通常会选择在身上绑块石头然后驾船出海淹死。"

听到这里,我突然明白了导游和司机的想法错在哪里了。因纽特人完全可以按照自己的方式生活,只要他们不再同时享受现代科技所带来的种种便利就行。因纽特人的祖先之所以能够以自己的方式生活了上千年,一个很重要的原因就在于他们的捕猎技术还很原始,在和猎物的生存竞争中并不占有绝对的优势,有时猎物也会暂时获胜,那时猎手们便只能用杀婴或者自杀这种残忍的方式渡过难关,以此来维持他们和猎物之间的生态平衡。现代科技改变了双方的关系,猎物和猎手之间的生态平衡被打破了,其结果就是人口暴涨。1838年整个格陵兰岛只有0.8万名常住居民,如今这个数字已经达到了5.6万。如果不加控制的话,未来的格陵兰岛居民无论是捕猎的能力还是人口的增长速度都将远远超过他们所居住的这个生态微环境的承受能力,如果他们依然按照过去的态度去对待野生动物的话,后者完全不是他们的对手,很容易被灭绝。

换句话说,如果因纽特人想要加入人类这个大家庭,就必须承担相应的责任。

回城的路上又一次经过那个墓地,我想到了一个问题:为什么丹麦人和维京人同样来自欧洲,甚至拥有共同的祖先,但前者很轻易地征服了因纽特人,甚至说服对方改变了信仰,后者却惨败给了对手呢?这个问题导游也回答不上来,需要从历史书中去寻找。

美国著名历史学家贾里德·戴蒙德在他的名著《崩溃》(Collapse)中用了整整三章的篇幅讲述了这段历史,着重分析了维京社会崩溃的原因。在他看来,第一批登上格陵兰岛的维京人犯了守旧和自大这两个致命的错误。一方面他们墨守成规,把欧洲大陆的生活方式照搬到了格陵兰岛,没有积极地去适应格陵兰岛的特殊环境;另一方面他们又拒绝向原住民学习,虽然后者远比他们有经验。

不过,如果我们再深究下去的话,不难看出维京人也有自己的苦衷。他们刚上岛的时候正值地球的暖期,格陵兰岛南部的自然条件和欧洲相差不大,应付起来并不困难。他们没有想到也不可能想到的是,从1300年开始地球进入了小冰期,野生动植物数量骤降，他们根本来不及适应就饿死了。

至于第二条，维京人遇到的第一批原住民是多赛人，维京人毫不费力地就把对方赶出了狩猎场，所以维京人放松了警惕，以为原住民都好欺负。没想到第二批上岛的因纽特人远比多赛人彪悍，人数也更多，维京人没有防备，吃了大亏。

可是，维京人毕竟来自欧洲，整体的文明程度要比因纽特人"先进"很多，即使人数处于劣势也不至于败给对方啊！熟悉历史的人肯定都听说过西班牙殖民者以少胜多征服南美两大帝国的故事，为什么西班牙人就能打赢呢？这里面的原因有很多。首先，西班牙人的武器比对方先进太多了，他们带去的枪炮和战马对于南美原住民来说具有极强的威慑力，后者完全不是敌手。相比之下，维京人没有枪，甚至连刀剑都严重匮乏（因为缺铁），在战斗力上只比因纽特人强那么一点点，不足以弥补人数上的劣势。其次，西班牙远征军的背后有王室的支持，维京人却只能单打独斗，没有后援。再次，西班牙人是有备而来，在和其他民族的交往过程中积累了足够多的经验，而维京人极度缺乏这方面的经验和知识，完全是按照本能在行事。想象一下，在一个生存条件极为艰苦的环境里，如果你在野外突然遇到一群不知底细的陌生人，甚至连长相都和你不一样，你会如何反应呢？答案很明显：如果对方比你弱，那就杀了他们；如果对方比你强，那就赶紧跑。这才是人类的本能，我们的祖先一直就是这样活下来的。

在格陵兰岛的案例中，有证据显示因纽特人大约在1300年到达了迪斯科湾，和正在那里打猎的维京人发生了正面接触。此后双方共享格陵兰岛长达二百五十年，但在维京人留下来的历史文献中提到对方的地方只有两三处，而且直接称对方是"坏蛋"，这说明双方肯定发生过多起暴力冲突。在这种情况下，维京人是不太可能从对方身上学习什么生存技巧的，反之亦然。

另一个例子是维京人在北美洲的经历。维京人早在1000年左右就发现并登上了北美大陆，那里不但有格陵兰岛急缺的木材，而且气候宜人，物产丰富，维京人很迫切地想在那里开辟新的殖民地。结果怎样呢？根据维京人留下的历史文献记载，他们在新大陆过的第一个冬天就遇上了九个印第安人，他们杀死了其中的八个，逃跑的那个人搬来大批救兵，把他们赶走了。此后虽然维京人曾经多次尝试在北美建立殖民地，但都因为敌不过当地原住民而作罢。

俗话说，幸运女神只会眷顾有准备的人。维京人照理说可比哥伦布幸运多了，早其五百年就发现了新大陆。可他们没有做好准备，只能放弃了殖民的企图，眼睁睁看着西班牙人捡到了历史上最大的一块金子。

合上这本书，我走出房门，一个人徒步至郊外，那里有个被废弃的发电厂，电厂紧挨着一座小山，山顶有个瞭望台，正好可以坐下来安安静静地看冰山。此时已是傍晚，雪虽然早已停了，但天空依然乌云密布。在昏暗的天空笼罩下，迪斯科湾就像是一幅水墨画，朦朦胧胧的，只看得出黑白两种颜色。白色的是铺满白雪的冰山，上面点缀着黑色的海鸟；黑色的是海水，上面点缀着白色的碎冰。那天晚上风很小，但迪斯科湾却并不寂静，不时地传来隆隆巨响，原来那是冰山崩解后掉下的冰块所发出的声音，乍一听很像是鞭炮爆炸的声音。我想起小时候曾经因为和家人赌气，一个人在大年三十的夜晚爬上北京的西山，在山上回望午夜的北京城。此时此刻我仿佛又回到了童年，回到了那个孤独的夜晚，我站在高山上冷眼旁观别人的春节，鞭炮声越响，孤独感就越强烈。

可不知为什么，今天的我却迷上了这种孤独的感觉，一个人在山上坐了很久。很多人都说极夜见不到太阳会让人抑郁，我却觉得极夜让人抑郁的真正原因并不是缺乏阳光，而是因为缺乏外界信息刺激导致的心智枯竭。人不是动物，人除了吃喝拉撒睡之外还需要思考。思考需要有外界的信息刺激，但极夜期间的北极缺乏这种刺激，不利于思考。因纽特人的解决办法就是全家人挤在一起，用人与人之间的感情交流对抗极夜的无聊。旅行中的我没这个条件，只能靠读书。这趟旅行我有大把的时间独处，正好借机看完了好几本书，学到了很多知识。我越来越觉得，知识是审美的前提条件。比如眼前这个布满冰山的海湾其实不适合人类居住，如果把我单独扔在这里，我肯定活不下去，那为什么我会觉得这地方很美呢？原因就在于我有知识，我知道这些冰川的来龙去脉，以及它们对整个地球生态系统的意义，所以我才会觉得它们是美的，而不是令人恐惧的。

正当我沉浸在思绪之中时，突然眼前一亮，云层中射出一道明亮的光，把眼前的黑白世界染成了一片金黄。我永远忘不了那一刻的景象，即将落山的太阳仿佛正努力地从云层中探出头来，用尽最后一丝力气告诉众人，它马上就要落下山去了，而且在今后很长的一段时间里再也升不起来了。

维京人肯定看到过眼前这个美如幻境的景象，可惜他们没能理解太阳想要传递的信息。考古证据显示，小冰期在 15 世纪初期达到顶峰，维京人在格陵兰岛中部建立的西聚落于 1350 年左右被遗弃，他们在南部建立的东聚落则在 1450 年左右被遗弃，格陵兰岛的维京文明就此彻底崩溃了。没有证据显示维京人留下了基因，这群勇敢的人永远地从地球上消失了，只留下了几段关于他们的传奇故事。

北极的天虽然黑得早，但黑得很慢。雪不知什么时候又悄悄地下了起来，风也越刮越大。我一个人在风雪中回到旅馆，不禁又想起了维京人的遭遇。历史书上说，维京人在格陵兰岛的人口总数从来没有超过五千人，如果按照维京人的技术水平来计算的话，这也是东、西两个聚落所能维持的人口上限。对于格陵兰岛这个全世界面积最大的岛屿来说，区区五千人简直就是汪洋大海中的一叶孤舟，稍不小心就会沉没。从这个角度讲，这群来自欧洲大陆的新移民居然能在如此艰苦的环境下坚持了将近五百年，简直是一个奇迹。要知道，第一批英法殖民者登上北美大陆后的第一年就因饥饿和疾病等原因死了一半人，在一个陌生的地方开始新生活真不是一件容易的事情。

维京人灭绝后，因纽特人独占了格陵兰岛，虽然小冰期同样饿死了不少因纽特人，但他们顽强地活了下来，苦熬了二百多年后终于渡过了难关。但是，还没等他们喘过气来，又有一批金发碧眼的欧洲人驾船来到了格陵兰岛，但这一次是欧洲人赢了。

## 徒步冰川

大多数国家的首都都是这个国家的政治经济文化中心，格陵兰岛首府努克也不例外。这是格陵兰岛最大的城市，现有常住人口 1.65 万，约等于全国人口总数的三分之一。

通常情况下，游客去一个新的国家旅游都要先飞到首都，再转往各个旅游景点，但努克没有大型机场，外国游客通常都是先从哥本哈根直飞康格鲁斯瓦格，然后立即转机飞往各个旅游目的地，作为首府的努克反而没有多少游客。我因为从冰岛转机才有幸访问了努克，这个曾经的维京西聚落要比位于纳萨尔苏瓦克的东聚落繁华太多了，市中心甚至有好几路公共汽车在同时运营。不过，对于游客来说努克乏善可陈，只有老码头周边可以逛一逛，那里有个维京博物馆值得一看，博物馆对面还有个教堂可以顺道参观一下。教堂的后面有座小山包，山顶立着一尊雕像，主人公身穿主教长袍，右手持棍，左手拿着一本《圣经》，显然是位传教士。果然，雕像的基座上刻着他的名字 Hans Egede，原来这就是被视为开创了格陵兰岛新时代的挪威传教士汉斯·艾格德。

艾格德于1686年出生于挪威，长大后在丹麦的哥本哈根大学获得了神学学位。当时的挪威已经和丹麦合并，成为一个政治联合体，但丹麦的综合实力要比挪威强很多，俨然成了整个斯堪的纳维亚地区的老大哥和代言人。

哥伦布发现美洲大陆后，欧洲进入了大航海时代，大西洋成了地球上最热闹的海域。16世纪后期，英国探险家重新"发现"了格陵兰岛，挪威和丹麦随即派出联合探险船前往格陵兰岛寻找失联已久的维京部落，但他们被"东西聚落"的名字所误导，一直在格陵兰岛的东海岸徘徊，当然什么也找不到。艾格德听说了这个故事后，认定这批维京殖民者要么都死了，要么被异教徒征服，背叛了基督教。作为一名虔诚的传教士，艾格德下决心一定要找到他们的踪迹，把基督教重新引入格陵兰岛。

在丹麦国王的资助下，艾格德率领一支船队从挪威出发，于1721年

格陵兰岛首府努克的港口，来往于格陵兰岛和欧洲大陆之间的货船大都从这里经过

▼ 格陵兰岛首府努克郊外的廉租房,这座城市的房租已经涨到当地人负担不起的程度了

登上了格陵兰岛。这一次他来到了格陵兰岛的西海岸,终于发现了维京人留下的遗物。但他经过仔细寻找后仍然没有找到一名活着的维京人,于是他认定维京人已经全部死亡了。考虑再三,艾格德决定继续留在岛上向因纽特人传教,为此他学会了因纽特语,甚至为了照顾对方的生活习性而修改了祈祷词,把"面包"改成了"海豹"。艾格德的坚持收到了成效,如今绝大多数格陵兰岛民都皈依了基督教,周日上午的努克教堂挤满了做礼拜的基督徒,其中不乏年青一代。因为艾格德的成功,1721年被认为是格陵兰岛正式成为丹麦殖民地的元年。格陵兰岛曾经的主人挪威多次向丹麦抗议,但无奈当时的挪威实力太弱,抗议无效。

在新一批传教士上岛之前,岛上的因纽特人被地理隔阂分割成了一个个单独的部落,完全就是一盘散沙,直到他们和欧洲人接触之后才终于意

识到自己属于一个单独的民族，拥有独特而又统一的语言文化和风俗习惯。但是，传教士们也改变了因纽特人的某些生活习惯，比如他们以前习惯群居，一群人住在一间长屋里，大家合作打猎，分享食物、工具甚至配偶。传教士们认为这种生活方式不符合宗教道德，强迫当地人回到了一户人家一间房的状态。

丹麦人虽然控制了格陵兰岛的贸易和外交，但20世纪初的丹麦只能算是个欧洲小国，自身没有太多实力发展格陵兰岛的经济，所以因纽特人的生活并没有发生实质性的改变，绝大多数人依然处于很原始的游牧状态，不少人甚至不知道世界上除了丹麦之外还有其他国家。

"二战"的爆发改变了这一切。1940年，希特勒出兵占领了丹麦，格陵兰岛成了实际上的无主之地，谁都想趁机将其据为己有。当年的螺旋桨式飞机航程有限，格陵兰岛介于美洲和欧洲之间，正好可以作为跨洋飞机的中转站，战略位置相当重要。最终还是强大的美国捷足先登，派代表和丹麦驻美代表以及格陵兰岛原住民代表一起组成了格陵兰岛委员会，共同管理格陵兰岛。通过这个方式，美国成了格陵兰岛的实际监护人，接管了格陵兰岛的外交、后勤和防务等所有事宜，条件是允许美军在岛上修建机

▼ 格陵兰岛首府努克的基督教堂，每到周日这里总是座无虚席

场和通信设施,但这样一来格陵兰岛也就没法再保持中立了,于1941年对德宣战,正式加入了反纳粹阵营。

美军最先建设的机场位于纳萨尔苏瓦克,如今已被用于民航,成为格陵兰岛南部地区的交通枢纽。美军所修的另一个重要机场位于格陵兰岛中部的康格鲁斯瓦格,该机场后来成为格陵兰岛最大的国际航空港,也是目前唯一能够起降大型喷气式客机的机场。我这次的回程航班从这个机场起飞,所以我的格陵兰岛之行的最后两天就是在这里度过的。

康格鲁斯瓦格是一个典型的人造城市,全市只有五百个常住居民,几乎全部都是为这个机场服务的。当初之所以选择在这里建机场,就是因为这地方距离海岸线有180公里,不受海洋气流的影响,天气状况特别稳定。据说这座机场平均每年只有两天的天气不利于飞行,是全世界最安全的机场之一。

绝大部分来康格鲁斯瓦格的游客都不会出机场,而是直接转机去其他旅游景点了。其实康格鲁斯瓦格位于格陵兰岛内陆很深的地方,接近冰盖的边缘,地理位置相当重要,看点也很多,值得多待几天。我到达的当天就在机场内的"北极圈"旅行社柜台订了第二天的冰川徒步项目,没想到那次徒步会成为我此次格陵兰岛之旅最难忘的一天。

第二天下午1点,一辆大巴车准时出现在旅馆门口,车里坐着十几个大学生模样的年轻人,一问才知他们是某个欧盟环保项目的参与者,这次是来格陵兰岛做田野调查的。不得不说,西方国家的年轻人之所以普遍成熟得早,一个重要原因就是他们从小就有很多机会去世界各地旅行,阅历比中国大学生丰富得多,看问题的视角也会因此而更加全面。我一直相信偏见源于无知,一个人只有积累了足够多的知识和经验,才能对这个复杂的世界少一些偏见。

我们的司机兼导游是个丹麦人,全程用双语解说,但说英语的时间要比说丹麦语的时间短很多,明显是在偷懒。好在车上的这批大学生性格活泼,个个能说会道,一路上嬉笑打闹,气氛活跃,没人真的在意导游说了些什么。

车子驶出机场后,沿着一条柏油马路一路向东驶去。这样的场景在格陵兰岛太少见了,因为几乎所有的格陵兰城市都没有郊区公路,出了城就只能步行。多亏当年美军工程兵修了这条路,我们这些游客才能从康格鲁斯瓦格市区一路坐车到达罗素冰川

▼ 格陵兰岛上的康格鲁斯瓦格冰川,从锋面来看这座冰川非常活跃

（Russell Glacier）的脚下。这条路全长只有35公里，但已经是整个格陵兰岛最长的公路了。

出城不久，路边便出现了一大块平地，虽然上面盖着薄薄的一层积雪，掩盖了原有的痕迹，但十八面还没来得及拔掉的小黄旗还是泄露了这块地的真实身份，原来这就是大名鼎鼎的"松岱北极沙漠高尔夫球俱乐部"（Sondie Arctic Desert Golf Club），这座球场位于北极圈以北80公里处，是全世界纬度最高的18洞高尔夫球场。这座球场同样是美军工程兵的"杰作"，美国人不但为格陵兰岛修建了机场和公路，还把美式快餐、高尔夫球和好莱坞电影等美国文化也传了进来。要知道，由于丹麦政府的刻意保护，此前的格陵兰岛一直处于半封闭的状态，"半开化"的因纽特人从来没见过这些来自发达国家的新鲜玩意儿，很快就被美式文化俘虏了，其影响至今仍然能够感觉得到。

又开了一阵，路边居然出现了一堆飞机残骸。大家下车一看，居然还真是一架坠毁的美军战斗机，除了发动机之外其余部分都在。导游介绍说，这是1968年发生的一次飞机事故留下的残骸，当时康格鲁斯瓦格机场突然停电，导致这架飞机无法安全降落，飞行员只好跳伞逃生，这架飞机便永远地留在了这里。

我这次旅行看到了很多老古董，全都像这样暴露在野外任凭游人参观。北极这地

▼ 美军在格陵兰岛上修建的"松岱北极沙漠高尔夫球场"，这是全世界纬度最高的18洞高尔夫球场，每年只有夏季的三个月可以打球

方天寒地冻，地广人稀，简直就是一个天然的历史冰箱，把历史上发生的一切都原封不动地保存了下来。

35公里的路，走走停停开了一个多小时才到。这条路真的是突然中断的，前面一座小山包挡住去路。"翻过去就是冰川了，我给大家一个小时的自由活动时间，记得准时回来。"导游停下车，只说了这一句话，便躲到一旁抽烟去了。

大学生们就像听到了下课铃声一样，立刻冲下车朝山顶跑去。我跟在大家后面翻过这座小山，眼前出现了一片白茫茫的雪原，目力所及的范围内除了雪什么都看不到，就连撒哈拉沙漠都没有这里那么单调。常听人说格陵兰岛蕴藏的冰如果全部融化了海平面将上升7米，以前没有感官认识，总觉得不可思议，今天我终于打心眼里相信了。

在雪地上行走总感觉心里不踏实，所以我一开始只敢踩着别人的脚印，沿着冰川的边缘往前走，我胆子渐渐大了起来，开始向冰川的深处走去。越往前走雪越深，有些地方都快没到膝盖了。就这样慢慢走了二十多分钟，我离开大部队越来越远，终于一个人也看不到，一点儿声音也听不到了。我停下脚步，躺在了雪地上，让自己的身体和格陵兰的雪来一次最亲密的接触。此时大约是下午3点，空气中没有一丝风，气温虽然已是零下，但强烈的阳光照在我的脸上，感觉并不怎么冷。我就这样静静地躺在雪里，闭上眼睛，任凭思绪飞向天空，回望雪地上的我，渺小而又孤独。

不知过了多久，一阵说笑声由远及近，我爬起身，发现几个大学生正朝我这边走来。我决定再往前走走，争取爬上不远处的一个小山包，来个登高远眺。但没过多久我就发现脚下有些发空，每走一步都会传来一阵冰层颤动的声音，很像走在一架钢丝床上。我突然感到一丝恐惧，不由得想起上一次在冰川上行走的经历。那是在十多年前，我第一次当背包客，在阿根廷南部的莫雷诺冰川也参加过一次这样的徒步旅行团，不过那个团的导游非常专业，给每个人都发了一双冰抓（crampon）套在鞋上，又嘱咐大家一定跟在他后面，不要轻易离队，否则很容易掉进冰缝。

回想起当年的情景，我犹豫了一会儿，终于决定还是不冒险了，便转过身子，顺着原路慢慢往回走。就在我即将翻过那座小山包回到公路上的时候，突然身后传来一阵尖利的呼喊声，我仔细一听，意识到喊的是"救命"。我回头一看，发现一个女学生正在一边往回跑一边拼命地呼喊。我立刻跑回去询问，她气喘吁吁地对我说："有两个同学掉进冰窟窿了，快去喊导游来救人，否则他们就要死了！"

我惊出一身冷汗，立刻决定让她去喊救兵，自己跑回去救人。因为雪很深，跑起来相当困难，我花了一刻钟才跑到出事地点，那里已经聚集了一群人，大家正在七嘴八舌地商量如何把人运回去。我仔细一看，发现一位来自土耳其的男大学生正躺在地上，身上盖着好几层羽绒服，但仍在不住地发抖，明显身体严重失温。一位来自丹麦的女生也在旁边瑟瑟发抖，她的两个同学一边一个紧紧地抱着她，正在柔声安慰。

人群中有一位东方面孔也在和大家一起讨论，后来才知他叫洪伟力，是一位来自上海的资深驴友，全程参与了救人过程。原来，他和一群来自上海的驴友参加了另一个旅行团，那天正好也来罗素冰川徒步。那个团的导游名叫吉姆，是个相当资深的户外导游，完全像我在阿根廷参加的那个团的导游那样领着大家往前走。他们上午就出发了，所以刚才已经在准备收拾东西离开冰川回城去了。就在此时他们听到了喊救命的声音，吉姆的反应极为专业，他没有跑向出事地点，而是立刻奔回营地去取绳索，然后迅速做了一个活套，再在绳子上每隔1米的地方打一个死结，方便使力。然后吉姆把绳子扔进冰缝，让里面的人套在自己身上，由他指挥一群小伙子用力向外拉，终于把掉进冰缝的两个大学生拉了出来，前后过程不超过一刻钟。

"如果我们早走10分钟，这俩人就没救了。"洪伟力对我说，"根据绳子的长度判断，他们掉下去的地方距离洞口至少有6米深，不但自己爬不出来，而且洞里温度极低，再多耽搁一会儿就会被冻僵了。"

我走到洞口旁，大着胆子向里张望，里面黑咕隆咚的，深不见底。那个来自丹麦的女学生后来告诉我，当时她和小伙伴们正在往一个小山包上爬，突然脚下一松，她和那位土耳其同学便掉下去了，幸亏中途踩到了一处凸起，这才终于止住了下跌的势头。她往下一看，发现下面深不见底，如果没有这个凸起的话他俩早就摔死了。

我突然意识到，这个洞就位于我刚才打算爬上去的那个小山包的下方，多亏我以前曾经在阿根廷玩过冰川徒步，知道冰川的厉害，否则掉下

▼ 姗姗来迟的救援直升机，当天的北极晚霞殷红如血

去的很可能就是我。

　　事情还没有完，那位土耳其学生似乎冷得厉害，而且据他自述，他在跌落的过程中伤到了腰，完全站不起来了，必须尽快把他抬到公路上，然后用直升机把他送去医院。导游吉姆已经打了求救电话，此时已经跑回公路准备接机了。一位来自挪威的小伙子主动担当起了搬运总指挥的任务，在他的指挥下，我们轮流抬着担架，终于把他抬出了冰川。这是我第一次亲手抬担架，以前曾经在采访四川地震时看到过消防员抬担架，没觉得怎样，可我一上手才知道，抬担架可是个苦差事，不但相当费力，而且还需要一定的技巧才能保证病人始终平躺，不至于因为颠簸而出现意外。尤其是上下山的时候，处于低位的那两个人需要将担架抬过头顶，即使是棒小伙子也坚持不了多久。挪威小伙子指挥大家走"之"字，频繁地调换头

北极：享受孤独

尾,这才顺利完成了任务。

整个救援过程中,我们团的那个丹麦导游始终没有露面。后来我问他为什么没有事先叮嘱大家小心一点,他辩解说这个冰川一直很安全,他已经带过上千个团了,从来没有出过任何事故。"冰缝是冰融化后产生的水冲出来的,通常只有夏天才有,一到冬天水就冻住了,冰缝也就被堵上了。今年天气有点反常,还没等冰缝全冻上就开始下雪,把冰缝盖住了。"他这样解释。

等我们回到公路上,却发现直升机还没有来。一问才知,康格鲁斯瓦格机场只有一架备用直升机,但飞了一半才发现体积太小,根本装不下一副担架,只得中途返航,再从其他机场调来一架大号的直升机。

此时太阳已经落下山去,晚霞映红了半边天空。虽然风景好看,但气温骤降,好在车里有空调,倒也不怎么冷,那两位刚刚在地狱门口走了一圈的年轻人病情似乎加重了,一直在不停地喊冷,喂他们喝了几杯热水都没缓过来,这下我们也没招了,只能耐心等待。

两个小时后直升机终于出现了,导游吉姆熟练地指挥直升机降在一块平地上,我和另外几个男人合力把两位病人抬上飞机,大家终于舒了口气,开始往回开。此时天色已然全黑,车窗外什么也看不见,一车人也都沉默不语,大家似乎还没完全缓过神来,都在默默地回味刚才那惊险的一幕。我戴上耳机,一边听歌一边把刚才发生的事情重新在脑子里过了一遍,再一次慨叹那两个年轻人真的是太幸运了,如果他们晚掉进去15分钟的话必死无疑。

我再一次想到,如果我当时没有因为经验和胆怯而选择后退的话,掉进去的人很可能就是我!想到这里我不由自主地打了个冷战,心想户外旅行真是一件相当危险的工作,而且越是好看的风景,危险系数就越高,说不定哪天我也会遇到这样的危险,而且没有他俩的好运气。

"不行!地球上还有那么多美景没有看过,我怎么好意思死呢?"我在心里对自己说,"但我今后一定要好好地锻炼身体,强健体魄,多读书,增加户外经验,以便更好地应对随时可能出现的危险,这才是正道。"

不知谁大声喊了一句:"快看北极光!"我摘下耳机侧过头往窗外看去,果然发现天空中出现了一条明亮的光带,蜿蜒曲折,宛如一条银河横跨夜空。我以前看过好几次北极光，效果都不尽如人意，但那天的北极光很不一样，绝对是我这辈子看到过的最明亮的一次，仿佛是老天爷为了补偿我们，特意为我们上演了一场极光秀。

车里立刻热闹了起来，大学生们毕竟年轻，似乎已经忘掉了刚才的事故，又开始嬉笑打闹起来。我默默地重新戴上耳机，转头盯着窗外，此时耳机里适时地传来一首很久没听的老歌《召唤》，只听朴树用他那标志性的嗓音轻柔地唱道：

   是夜吗
   是远方
   是那阵忧愁我的晚风
   在那往事翻动的夜
   在儿时没能数清的星斗下
   我知道她来了
   像风一样
   那些旧时光
   那些爱情
   那些渐渐老去的朋友
   在远方
   寻找我
   …………

# 冰山：拒绝永恒

北极最值得看的风景是什么？毫无疑问是冰山。冰山是冰川断裂后漂入大海的产物，所以只有寒冷的北极地带才会有冰山，它们从北极出发，顺着洋流一路南下，一边漂一边融化，不久便消失得无影无踪，再也看不到了。

## 斯瓦尔巴的小冰山

我在斯瓦尔巴群岛只有一天的自由时间，导游安排我们坐汽艇出海。一来只有坐船才能看到冰山，二来斯瓦尔巴首府朗伊尔城的道路全部加起来不到15公里，开车根本走不了多远。在这个群岛旅行，船几乎是唯一可用的交通工具。

我们的导游名叫弗雷德里克，是个冰岛来的小伙子。他先在办公室给大家做了安全培训，然后给每个人发了一件肥大无比的连体羽绒服，套上之后活像一头北极熊。然后他又给大家发了长筒靴、手套和防风镜，事后证明这些东西都必不可少。

汽艇不大，最多能坐十人，但马力不小，全速前进的时候冷风嗖嗖地从身上吹过，所有暴露在外的部位都冰冷刺骨。多亏导游发的这身行头，否则肯定吃不消。

夏末秋初的斯瓦尔巴其实不能算太冷，白天的最高气温保持在零度以上，峡湾里的海水不但没有结冰，连碎冰块都看不到。海水略显浑浊，一看就知道附近有冰川。冰川把山上的泥土和碎石块都带了下来，使得海水中所含的矿物质极其丰富，再加上适宜的温度和阳光，让这片海域充满了生机。

"过去这个海湾里全是鲸，密度大到船必须撞开它们才能往前走。"弗雷德里克介

一艘仿古帆船停靠在斯瓦尔冰川的前面

绍说,"可是,自从欧洲人发现了这个秘密后,仅仅捕捞了一百多年就把这片海域所有的鲸都捞光了,尤其是一种富含脂肪的北极露脊鲸,差一点就灭绝了。"

　　斯瓦尔巴海域纬度太高,中世纪之前欧洲人一直不敢擅自闯入。15世纪中期,葡萄牙和西班牙水手共同开创了大航海时代,进而垄断了和亚洲以及美洲大陆的贸易。英国、法国和荷兰等新崛起的欧洲国家想从葡、西手里抢一杯羹,决定开发北方航道,从北大西洋出发,横穿北冰洋到达东亚或者北美。荷兰探险家威廉·巴伦支(Willem Barentsz)正是在探索北方航道的过程中于1596年6月19日首先发现了斯瓦尔巴群岛,他还为这个群岛起了个荷兰名字,叫作斯匹茨卑尔根,这个词有"尖峰"的意思,因为他看到的山都很陡峭。现在大家当然都知道原因了,那些尖峰都是被冰川侵蚀多年的结果。

　　"大家看一下眼前这座山,山坡上的植被是不是比其他山更丰富一些?你们知道这是为什么吗?"导游弗雷德里克指着对面一座颜色明显有些发绿发黄的峭壁问大家，得到的回答五花八门，有的说是因为这面山坡朝南，得到的阳光更多，有的说是因为这里背风，所以适合植物生存。

"你们猜的都不对。"弗雷德里克说，"你们看山顶是不是有几只鸟？它们才是真正的原因。这面绝壁十分陡峭，北极狐之类的陆地捕食者爬不上来，很适合鸟儿筑巢，而鸟粪是极佳的肥料，所以这座山峰的植被就更茂盛一些。"

北极确实和我们熟悉的世界不太一样。这里的山峰被冰川侵蚀得非常厉害，山体表面全是裸露而坚硬的岩石，植物根本无法利用，只能依靠动物施肥。

北极的特殊性吸引了无数探险家前往考察，自从巴伦支拉开了北极探险的序幕之后，一大批欧洲探险家带着不同的目的争相进入这片神秘的海域。有人试图寻找北方航道，打破葡、西对东方的垄断；有人试图成为第一个到达北极点的人，这将使他名垂千古；还有人试图寻找矿藏，目的当然是发财。而巴伦支自己还有一个小小的个人愿望：他一直相信地球之所以有磁场，是因为北极点有块巨大的磁铁，他一定要找到它。

除了巴伦支的这个私人愿望之外，其他的目标后来都陆陆续续地实现了，但这个过程相当惨烈，不少探险家为此付出了生命。关于当年的北极探险已经出版过很多书籍，在此不再赘述。

所有这些人类活动都多多少少地对北极的生态环境产生了一些负面影响，但它们加起来都比不上捕鲸带来的危害大。当时欧洲的工业革命刚刚开始，照明、肥皂、皮革和纺织等新兴行业急需大量的鲸油作为原料，但鲸哪有那么好抓，所以鲸油价格一直居高不下，严重影响了欧洲的工业化进程。恰在此时，去北极探险的海员报告说在斯瓦尔巴附近海域发现了一种鲸，重达 100 吨，皮下脂肪厚达 30 厘米，游得又很慢，小船很容易追上……可以想象，这条消息传入欧洲后立刻引起了广泛关注。1612 年，一大批捕鲸船浩浩荡荡开往北冰洋，人类历史上针对一种特定动物的最残忍的大屠杀开始了。

水手们最喜欢抓的是北大西洋露脊鲸（North Atlantic Right Whale），学名叫作 *Eubalaena glacialis*。之所以英文名字里有个 Right，意思是说这种鲸最适合捕杀，专挑这种鲸去追就"对"了。北大西洋露脊鲸不但游得很慢，而且因为脂肪层厚，死后也不下沉，不用担心丢失猎物，可以将尸体绑在船尾一路拖回岸上再慢慢处理。

"大家向前看,岸上有块地方颜色很深对吧?那就是当年的捕鲸者炼制鲸油的地方。"弗雷德里克介绍说,"当年的斯瓦尔巴群岛几乎就是一个巨大的露天屠宰场,很多地方至今还能找到露脊鲸和海象等哺乳动物的骨头。"

资料显示,17世纪末期每年夏天都会有两三百艘捕鲸船在格陵兰岛到斯瓦尔巴群岛之间的这片海域活动,这一时期的捕鲸船比早年间的大了很多,捕到的露脊鲸可以不用拖上岸处理,而是直接在船上炼制成鲸油,生产效率大大提高。这个做法很像现在的鱼翅行业,都是只把猎物身上最有价值的部分拿走,其余的扔回海里。这两种方式都相当浪费,和因纽特猎人物尽其用的做法大相径庭。

据统计,1612—1720年这一百多年里,仅荷兰一个国家就捕杀了6万头北大西洋露脊鲸!如此疯狂的捕杀使得这种鲸的数量急剧下降,到后来已经很难找到它们的踪影了,再加上科学家找到了用植物油代替鲸油的方法,这股捕鲸热潮到1720年总算告一段落。从那时到现在已经过去了将近三百年,但北大西洋露脊鲸的种群数量仍然没有恢复,依然是全世界最稀有的鲸类。其中北大西洋西部海域因为温度较低,捕鲸船去的不多,至今还剩下大约四百头,勉强可以维持。北大西洋东部海域,也就是斯瓦尔巴群岛附近海域的露脊鲸只剩下十几头了,基本上处于功能性灭绝的状态。

没有鲸可捕了,人类又看上了北极的另一种资源,那就是矿产。1905年,美国商人约翰·朗伊尔(John Longyear)和合伙人一道成立了北极煤矿公司(ACC),开始在斯瓦尔巴采煤,这就是朗伊尔城这个名字的由来。如今的朗伊尔城仍然可以看到很多当年为了运煤而搭建的木制高架,因为挪威政府有规定,凡是1946年以前人类留在岛上的东西一律不准动。

因为朗伊尔的缘故,1906—1915年被称为斯瓦尔巴的"美国时期"。那时的斯瓦尔巴还叫斯匹茨卑尔根,属于无主之地。1925年签署的《斯瓦尔巴协议》正式把这个群岛划归挪威所有,名字也改成了现在这个挪威语名字,意为"寒冷的海岸"。虽然挪威拥有了斯瓦尔巴群岛的主权,但这份协议规定所有签字国都享有同等的经营权。当年的段祺瑞政府代表中国在这份协议上签了字,所以从法律上讲任何中国人都可以去那里开矿。

那么,为什么今天的斯瓦尔巴没有遍布矿山呢?"斯瓦尔巴是个有名的'公司

▼ 斯瓦尔巴群岛的巴伦支堡附近有一个被废弃的苏联煤矿，这几座房子是当年苏联煤矿工人居住的宿舍楼

▼ 斯瓦尔巴曾经有不少煤矿，产出的煤通过空中缆车被运到港口，装船运往世界各地

破产之地'，因为在这里开矿的成本太高了。"著名的北极研究机构南森研究中心的资深研究员阿里尔德·莫伊（Arild Moe）博士向我道出了实情，"另外，很多企业家没有意识到在北极开矿除了交通不便、基础设施很差之外，还有很多意想不到的障碍。比如有家公司曾经在斯瓦尔巴投资了一个大理石矿，谁知采出来的大理石一运到温暖的地方就裂开了，根本没法用，只好宣布破产。"

因为这些意想不到的困难，当年野心勃勃打算在斯瓦尔巴开矿发财的公司纷纷宣告破产，只剩下朗伊尔城和巴伦支堡（Barentsburg）的煤矿还在运营。前者属于挪威，生产的煤炭全部用于发电自用；后者属于俄罗斯,基本上也只能自产自用。我们的小艇在巴伦支堡的港口外面绕了一圈,没有上岸。从船上望过去,这座小镇比朗伊尔城冷清多了,大街上完全看不到行人,路上的车辆也很少,实在想不出这些俄罗斯人为什么还要留在这里。

距离巴伦支堡不远的地方还有好几幢废弃的小楼,一看就是当年煤矿工人们住过的宿舍,如今早已人去楼空,窗户玻璃也都碎了,看上去像是一个个黑洞,感觉相当诡异。"挪威政府规定,1946年以后建起来的人工建筑,如果十年没人管的话就会被拆除。这几幢房子虽然早就没人住了,但俄罗斯人每隔几年就会派人去那里拧个螺丝钉或者扫个地什么的,用这个办法来避免被拆除。"弗雷德里克说,"其实这种行为就相当于去图书馆占地儿,随便放本破书,别人就不好意思坐下了,俄罗斯就是用这个办法在斯瓦尔巴维持了存在感。"

当然这么做是需要成本的,只有像俄罗斯这样的大国才付得起。斯瓦尔巴现在的状态就是谁有钱谁说了算,那些超级大国都知道这地方的地理位置十分重要,一定要先占个座。

按照《斯瓦尔巴协议》,这个群岛永远不能被用于军事目的,所以大家抢着来占座的主要原因应该是看中了这里的资源。不过挪威政府已经清醒地意识到在这里采矿的资金成本和环境成本都太高了,是一种不可持续的行为,必须想办法转型,把斯瓦尔巴变成旅游胜地和科研基地。

科研这方面一直进展顺利,1993年挪威政府投资在朗伊尔城建立了"大学研究中心"(UNIS),为有志于极地研究的大学生提供一个学习和实习的场所。2015年一共有599名学生在69位老师的指导下在这里学习,其中有4人来自中国。相比之下,从事煤炭开采和发电的工人只有250人,至少在人力资源方面采矿业已经输给了科研。

不过,如果只比较就业人数的话,如今斯瓦尔巴最大的行业还得算是旅游业。朗伊尔城常住居民排名第二位的居然是泰国人,他们全都是从事旅馆和餐饮业的服务人员。目前每年约有4万名游客坐飞机来朗伊尔城旅游,另有相同数量的游客乘邮轮前来,他们都需要后勤服务。我们的小汽艇就遇到了一艘北极邮轮,当时它正停靠在特里格汉娜(Trygghamna)冰川的入海口附近,游客们乘坐小艇登上陆地,正准备在冰川上徒步。

说是入海口,其实这座冰川退化得很厉害,其前锋已经退回到陆地很深的地方去了,当然也就不可能有冰山。弗雷德里克调转船头,带我们去另一个名叫艾斯马克柏林(Esmarkbreen)的冰川看看,据说那是这附近最活跃的冰川,应该可以看到冰山。

果然,开着开着海面上出现了小块的碎冰,一开始只有脸盆那么大,后来已经可以看到桌子那么大的冰块了。不过,越往后开冰块并不是越来越大,而是越来越密,到最后我们的汽艇几乎是在碎冰中间穿行,船底不时传来乒乒乓乓的撞击声。

又开了一阵,前方出现了一道冰墙,最高处不到30米,却足足有1000米长,显得极有气势。开近一看,墙面就像是某种矿物质的结晶,参差不齐但自有规律,表面还覆盖了一层土,看上去是灰色的,但缝隙之中却隐隐显出蓝光,那才是冰川真正的颜色。

突然,一大块冰从墙面崩塌下来掉进水里,发出一阵轰响。汽艇上的人齐声惊呼,我却不以为然,因为我曾经在阿根廷南部的莫里诺冰川见过这景象,那座冰川要比眼前这座大好几倍,每次崩塌都会发出震耳欲聋的

▼ 斯瓦尔巴的冰川规模不大,但都非常活跃,因为这里的气温高,降水量大

巨响,并激起数米高的巨浪,那才真的壮观呢。

"冰川的大小和纬度没关系,只和降水量以及冰盖的大小有关。"弗雷德里克解释说,"别看斯瓦尔巴群岛纬度那么高,但这里降水量不大,平均每年只有200—300毫米,所以这里又被称为北极沙漠。这个群岛的总面积也不够大,所以形成不了太大的冰盖,因此也就产生不了照片里那种有几十层楼高的真正的大冰山了。"

话虽如此,但汽艇上的其他人都是第一次见到真正的冰川,大家都被它迷住了,目不转睛地注视着它,希望能再次看到冰川崩塌的盛况。这个冰川也没有让大家失望,每隔几分钟就有冰块掉落下来,断层处立刻现出了大片的蓝冰,比这里的海水还要蓝。

虽然见过更大的冰川,但我还是被眼前这座冰川吸引住了,盯着它看了很久。我突然觉得,冰川真是一种很雄性的东西,它坚硬、固执、外表冰冷,但内心却会不定期地崩溃一次,每次崩溃都极尽夸张之能事,轰隆一声碎成数块掉入海中,变成一座座冰山,此后它便再度沉默不语,静静地看着冰山漂向远方,消失在地平线上。

从这个意义上说,斯瓦尔巴群岛的冰山太小了,只能算是小男孩。要想看到真正的大冰山,那就必须去格陵兰岛走一趟。

▼ 判断一座冰川是否活跃,最直观的指标就是看冰川表面是否有很多裂缝,裂缝越多,深度越深,冰川就越活跃

北极:享受孤独

### 纳萨尔苏瓦克的中型冰山

格陵兰岛不愧是北半球看冰山最好的去处，一年四季都可以看得到。夏季的格陵兰岛南方虽然平均气温经常在 10℃ 上下，但冰山依然随处可见。我这趟格陵兰岛之行的第二站就是纳萨尔苏瓦克，这座小镇不仅是格陵兰岛南部的交通枢纽，还是一个看冰山的好地方。

看冰山需要坐船，但我到达时已是 9 月底，旅游季刚刚结束，游客都走光了，观光船自然也就不开了。幸亏"蓝冰"旅行社的老板雅基·西蒙德正打算驾船去远处的一个码头修理浮标，他答应捎上我，单独为我来一次冰山观光游。

第二天下午，我如愿以偿地坐上了西蒙德的汽艇，从纳萨尔苏瓦克码头出发，沿着峡湾的南岸向西南方向驶去。出发时正好涨潮，海水比早上退潮时高了两米多，好在纳萨尔苏瓦克深入内陆一百多公里，海浪影响不到这里，所以峡湾里的水面平静得如一面湖水，只有些许细微的波浪。

"我经常在峡湾里钓鱼，这地方盛产鲑鱼和大比目鱼，都是特别美味的鱼类。"西

▼ 纳萨尔苏瓦克的冰山，已经融化得差不多了，露出了核心部分，这部分冰块中的气泡较小，看上去呈现出诡异的蓝色

▼ 纳萨苏瓦克附近的冰山,因为刚刚从冰川上崩解下来,还没怎么融化,形状千奇百怪,最是好看

蒙德对我说,"尤其是大比目鱼,被公认为是格陵兰岛最美味的特产。这种鱼外表很丑,但肉很厚,肉质也极为鲜美,是做鱼排的上佳原料。"

得益于冰川带来的养分,格陵兰岛的河流和峡湾都是极佳的鱼类栖息地。可惜维京人不知什么原因拒绝吃鱼,浪费了宝贵的资源,最后被活活饿死了,实在怪不得别人。

出发后不久,天上下起了毛毛雨,峡湾被一层薄雾笼罩,能见度不高。目力所及之处看不到一艘船,只有孤零零的几座冰山漂在海上。它们都不算大,只有几米高,看上去仿佛静止不动,其实一直在缓缓地走向大海,走向自己的坟墓。"格陵兰岛的冰山密度很高,冰体非常坚实,融化速度比冰箱冷藏室里自制的冰块慢好多倍。"西蒙德对我说,"这就是为什么峡湾里的水温虽然高达4℃—5℃,但冰山却需要好几个月才能融化。"

又开了大约30分钟后,前方的海面上隐隐约约出现了一排冰山,它们一动不动地立在那里，仿佛是敌军布好的阵营，正等着我们入瓮。我的心脏突然莫名其妙地狂跳起来，恍惚间以为自己变身常山赵子龙，正要单人独骑闯入曹营，杀他个三进三出。

"前面就是库鲁克冰湾（Qooroq Icefjord），也就是库鲁克冰川的入海口，我们马上就要到啦。"西蒙德笑眯眯地对我说，"夏天的时候我几乎每天都要带着游客来这里看冰山，这么多年还没看厌。"

西蒙德告诉我，他在三十九年前和朋友驾船来格陵兰岛旅游，第一次看到了冰山，从此他便爱上了这里，从法国搬到格陵兰岛，一直住到现在。

说话间，我们的汽艇已经驶入了由冰山组成的敌军方阵中。这些冰山比刚出发时看到的大多了，最高的有十几米高，像一幢楼，最矮的也有两三米，和一辆坦克差不多。西蒙德放慢了速度，汽艇在冰山的缝隙间迂回穿行，我感觉就像是在参观一个冰雕博物馆，依次看到了狮身人面像、高卢雄鸡、龙猫、蘑菇头、拱形门和军舰模型，我甚至还看到了一个方方正正的讲台，很像是某个纪念碑的基座。

不过，更多的冰山形状极不规则，我只能把它们想象成某个先锋艺术家的作品。所有这些冰山的颜色都不太一样，大部分是白色和浅蓝色，但有些冰山呈现出迷人的海蓝色，很像蓝宝石。还有个别冰块的颜色实在是太深了，完全可以称之为黑冰。西蒙德告诉我，之所以有那么多颜色，一方面是形状不同导致的光影差别，但更主要的原因在于冰体内所含的气泡密度和大小不一样，使得光的折射发生了不同程度的偏差。可惜那天有雾，如果是阳光普照的大晴天，冰山的颜色还会更加多姿多彩。

虽然雨还在下，但我已顾不了那么多了，自始至终都站在舱外拍照。好在那天的气温不算太低，手虽然被冻得冰凉，但还能勉强活动，没有被冻僵。

"这些冰山的形状太奇怪了！简直就像是人工雕刻出来的！"我一边拍一边大声赞叹。

"它们都是大自然的杰作，每天都不一样。"西蒙德微笑着回答，"另外你别忘了，水面上的部分只是十分之一，冰山的主体部分都在水下呢。"

我突然明白了西蒙德当年的心情。眼前的景象实在是太美了，根本无法用语言来形容，只有亲自来体验一下才会明白。更妙的是，这些冰山每时每刻都在变化，好像有生命一样。今天的美景只有我和西蒙德看到了，全世界再也找不出第三个人,这就相当于老天爷专门为我俩准备了一场演出,演完就换布景、换道具甚至换演员,无论你出多少钱也看不到了。第二天老天爷会演什么,猜是猜不出的,只能第二天再来看一次。于是,当年那个年轻冲动的西蒙德便只有一个选择:留在这里,看一辈子冰山。

西蒙德没有像在斯瓦尔巴那样驾船接近冰川的入海口,而是在冰山中间绕了一圈后便直接返回。回程的路上,西蒙德给我简单普及了一下冰山知识。为什么这里的冰山要比斯瓦尔巴的大那么多呢?答案就在于格陵兰岛冰盖的总量比斯瓦尔巴的要大好几个数量级。据估计,斯瓦尔巴群岛的冰盖总体积约为7000立方公里,这当然是个很惊人的数字,但格陵兰岛的冰盖总体积高达285万立方公里,是斯瓦尔巴的400倍!换句话说,全球10%的淡水资源全都储存在格陵兰岛的冰盖里了。事实上,格陵兰岛上的冰盖实在是太重了,把岛中央的陆地压到了海平面以下,如果这些冰全部融化的话,我们将会看到一个由四面高山围住的潟湖,而不是一座完

▼ 这是纳萨苏瓦克冰川口附近的冰山,从冰川崩解下来后发生过一次翻转,所以才会出现这种奇怪的形状

整的岛。

这么多冰需要找出口，而格陵兰岛的出口并不比斯瓦尔巴多多少，这就导致每一个出口都挤满了冰。就拿我刚刚参观过的库鲁克冰川来说，这个冰川每天都要向峡湾里输送二十多万吨的冰，每次一块冰掉进水里都会激起巨浪，这就是为什么我们的小汽艇没办法驶近库鲁克冰川的入海口，而我们在斯瓦尔巴就可以停靠在距离冰川前锋不到20米的地方近距离观赏。

格陵兰岛和斯瓦尔巴的冰盖还有一个很大的不同，那就是年龄。斯瓦尔巴群岛在五千年前的平均气温比现在高5℃，大部分低海拔的冰都融化了，所以如今大家看到的冰川最多只有三四千年的历史。格陵兰岛则不一样，已经至少冷了十几万年没有热过，岛中央的冰盖因此也就从来没有融化过，而是从雪花直接冻成了冰，然后又被新的雪花覆盖，周而复始，永远保持固态，这就是为什么从格陵兰岛出来的冰山密度特别大，质地也特别坚硬的原因。当然了，这件事对于在北大西洋上航行的轮船来说不是个好消息，当年"泰坦尼克号"就是被来自格陵兰岛的冰山撞沉的。

不过，这件事对于科学家来说则是个利好消息，因为这就意味着过去十几万年的空气全都以小气泡的形式被原封不动地封存在冰里了。1989年，欧洲科学基金会出资组建了一个团队在格陵兰岛中部钻孔，四年后终于钻到了冰盖的底部，取出了一段长达3028.8米的冰芯。科学家通过分析冰芯中含有的微量空气，构建出了地球在过去十万年的气候史。

类似的研究后来又做过好几次，也在南极大陆采到过更长的冰芯。通过分析冰芯数据，科学家们已经能够相对准确地描绘出地球在过去几十万年里都是怎么过来的。

分析结果表明，因为人类活动排放的温室气体导致全球变暖，地球大气正在快速升温，而且升温的速度已经超过了过去几十万年里的任何时期。对于旅游者来说，这就意味着格陵兰岛最热门的旅游景点伊卢利萨特将会发生巨变，想看冰山的人一定要抓紧时间了。

### 伊卢利萨特的大冰山

全世界看冰山最好的地方在哪里？答案是格陵兰岛的伊卢利萨特，没有之一。这里是格陵兰岛游客最多的地方,在那个只有五千个常住居民的小镇上行走,冰山的影子无处不在,从任何两幢房子的空隙处向外望去,看到的都是一眼望不到头的巨型冰山。

伊卢利萨特位于迪斯科湾的北岸,这个小小的海湾是雅各布港冰川的出海口,这个又名瑟梅哥库雅雷哥的冰川是北半球最高产的冰川,平均每天向北大西洋输送4000万吨冰,产量是库鲁克冰川的200倍!为什么如此高产?原因要从地图上去寻找。格陵兰岛四面环山,其中东面和南面的山较高,中央冰盖的冰找不到出口,只能从西边出来。位于格陵兰岛西部中央位置的伊卢利萨特恰好提供了这样一个出口,于是大量的冰便集中到了这里。据统计,格陵兰冰盖每年排冰量的10%都来自雅各布港冰川,换句话说,从格陵兰岛出来的冰山里面有十分之一都是从迪斯科湾漂出去的。

雅各布港冰川不但产冰量大(仅次于南极大陆),流动速度也是全球最快的。2004年联合国教科文组织将其纳入世界自然遗产,一个很重要的理由就是其流动速度达到了每天20米,排名世界第一。请不要低估这个看似不起眼的数字,要知道,文学家们经常用冰川来形容某样东西老成持重,或者亘古不变,因为世界上绝大部分冰川的移动速度每天都不到1米。

再给大家看两个数字,可以帮助读者理解这个速度究竟意味着什么。目前雅各布港冰川前锋的宽度已经超过了5公里,水面上的高度在40—90米,水面下的深度大约是上面数字的10倍。请各位想象一下,这样一个庞然大物以每天20米的速度往海里冲,那是一个怎样的景象?

之所以有这样高的速度,主要原因当然是冰的总量大,但还有一个重要原因,那就是冰川入海口的海床特别深,能够容纳体积巨大的冰块。由于冰川的不断侵蚀,雅各布港冰川前面这条伊卢利萨特冰湾(Ilulissat Icefjord)的平均深度超过了1000米,最深的地方达到了1500米!考虑到冰山大部分都位于水下,如果没有这么深的冰槽,就不可能出现体积巨大的冰山。

今年距离伊卢利萨特被选为世界遗产已经过去了十一年,如今雅各布港冰川的移动速度是多少呢?答案是每天40米。也就是说,这个冰川的移动速度在过去的十一年里增加了一倍。接下来的问题是,如果这座冰川始终以这样高的速度向大西洋里冲的话,伊卢利萨特冰湾里是不会留下那么多冰山的,显然有某种原因阻止了冰山向大海的移动。不过,这个原因仅凭肉眼是看不到的,需要到水下去寻找。

◤ 伊卢利萨特港口的夜景,美到令人窒息

原来,在伊卢利萨特这个位置的海底有一条山脊,科学术语称为冰碛山脊(Moraine Ridge)。这个"冰碛"(Moraine)是由被冰川带下来的渣土和碎石堆积而成的,它们通常堆积在冰川的前锋处,年深日久慢慢形成了一条山脊,好像一座堤坝,挡住了后面冰川的去路。考古证据显示,雅各布港冰川的前锋在九千年前正好位于今天的伊卢利萨特附近,所以这地方才会出现一个冰碛山脊。随着气温不断升高,雅各布港冰川的前锋不断后退,让出来的地方就是今天的伊卢利萨特冰湾。前文说过,这个冰湾的平均深度超过了1000米,但这条冰碛山脊的最高处位于海平面以下200米的地方。如果从侧面看的话,整个冰湾就像一个水槽,肚子很大,但入海口附近突然收紧,体积大的冰山便被挡住了漂不出去,只好堆积在冰湾里,让我们这些游客大饱眼福。

看冰山当然要坐船,我在伊卢利萨特的一家旅行社加入了一个散客拼团,六名游客共乘一艘汽艇,从港口出发向冰湾的上游驶去。伊卢利萨特距离大西洋非常近,所以海浪很大,和在冰湾深处行船感觉很不一样,好在我们的船足够大,倒也不怎么晕。港口附近的海面布满了碎冰,撞击船底发出"呼呼"的声音,听得我心里发毛。"大家不用怕,我们的船非常结实的。"导游安慰我们说,"其实这几年的冰越来越少了,我记得十几年前的时候整个迪斯科湾全都被浮冰盖住了,白茫茫一片,根本看不到水,那才叫壮观呢。"

"为什么浮冰越来越少?是气候变化导致的吗?"我问。

"应该是的,这几年伊卢利萨特的气温确实越来越高了,海冰融化的速度加快了。"导游回答,"还有一个重要原因就是气候变化导致冰川后退得非常厉害,现在已经退到距离伊卢利萨特50公里远的地方去了,也就是说如今的冰山要在冰湾里漂50公里才能漂到伊卢利萨特,很多小冰块早就在这个过程中融化掉了。"

导游拿出一张卫星图为我们展示冰川后退的过程。根据这张图,雅各布港冰川在1902—2000年这近一百年里后退了大约14公里,2001—2010年这十年里后退了16公里,也就是说,20世纪这十年的后退幅度比此前一百年都要大。

"据老年人讲,20世纪60年代坐在家里就能看到一百多米高的冰山从窗前漂过,现在已经很少能看到这么高的冰山了。"导游说,"但大冰山还是有的,都在上游。"

确实,刚开始的这段航程遇到的冰山都不算太高,最多也就十来米高,但20分钟后大冰山突然多了起来,有的高达三四十米,像座城堡一样挡在我们面前。"我们刚刚经过的这片海域下面就是冰碛山脊，体积大的冰山就是被堵在这里的。"导游说，"通常情况下，一座冰山需要走一年的时间才能到达冰碛山脊这里，然后还要再等一年才能融化到足以冲过冰碛山脊，进入大西洋。但是像前面那么大的冰山恐怕得等上好几年才能冲得过去。"

导游向右前方指了指，我顺着他指的方向看过去，只看到一座白色的雪山。

"冰山在哪里呢？"我问。

"那就是啊！前面那座山就是。"导游回答。

这下轮到我目瞪口呆了！在我看来，那完全就是一座山，看上去至少有一百多米高，两三公里宽，无论是大小还是形状都很难让人相信那只是一块冰而已。

"这还算是小的呢，我亲眼见过的最大的冰山比一座城市还要大，我都想搬上去住几年了。"导游告诉我，卫星图像显示雅各布港冰川上个月刚刚崩解下来一块有史以来面积最大的冰块，总面积高达12.4平方公里，算下来它的总体积接近18立方公里，相当于在整个曼哈顿岛上堆一块300米厚的冰。

"我们能开过去看看吗？"我指着对面那座像小山一样的冰山问。

"恐怕不行，一来那附近的冰山太密了，我们的船要想接近它恐怕很困难；二来这种大冰山不知什么时候就会崩解，相当危险。前几年曾经有艘汽艇在接近一个100米高的冰山时被一块掉下来的冰砸中，一位女游客当场被砸死了。"

"不过，最厉害的不是掉冰块，而是翻转。"导游接着说，"要知道你看到的都是水面以上的部分，水下还有很大一块冰呢。这种大冰山经常会因为碰撞或者融化等原因失去平衡而在水中翻身，激起的海浪甚至有可能高达10米，比海啸还要厉害。以前住在岸边的因纽特人晚上睡觉都是不脱衣服的，以便来海啸时好迅速逃生。"

我盯着那座小山看了很久，发现自己的想象力完全不够用了，根本无法想象这样一个庞然大物突然翻身会是一种怎样的视觉体验。说实话，伊卢利萨特的冰山不如纳萨尔苏瓦克的好看，因为它们实在是太大了，超出了日常经验的范畴。人类对于这样的超级庞然大物只会感到震撼，很难产生美的感觉。不过，那种视觉震撼却是一种无法替代的体验，它让人着迷，让人欲罢不能。更宝贵的是，这种体验是视觉、听觉、触觉和嗅觉的混合体，它只能产生于现场，无法被复制。你一旦离开现场，那种体验就彻底消失了，根本无法向旁人描述。

此时我们的小船已经离开城市很远了，海浪也渐渐大了起来。小船摇摇晃晃地穿行在几十米高的冰山丛中，我感觉自己进入了一个魔法世界，周围的冰山就像是一座座城堡，里面住着各种奇奇怪怪的魔法师，随时随地都会跳出来对我们大施魔法。

那天的气温很低，但还没冷到手拿不出来的程度。我断断续续地用手机拍了很多视频，试图记录下当时的感觉，但我回来后在电脑上看这些视频的时候却再也没法体会到那天那种激动人心的感觉了。

冰山就是这样一种东西，别看它庞大而又坚硬，但其实本质上就是水，平淡无奇。正因为如此，冰山有一种独特的两面性，它看似沉稳，但随时随地都在变化，拒绝永恒。冰山的每一个变化都带有一种摄人心魄的美，只是这种美转瞬即逝，无法保留，只有看到的人才能体会。

# 北极三宝

北极不光有冰山,还有三样宝贝值得一提,分别是狗拉雪橇、北极光和北极熊。这三样好玩的东西只有北极才有,你必须亲自去那里才能享受到。

### 美丽又冻人的狗拉雪橇

嘭!嘭!嘭!随着几声沉闷的鞭响,雪橇缓缓地动了起来。这是一个长约 3 米的木制雪橇,坐垫上铺着一层驯鹿皮,既防震又保暖,就是太爱掉毛,很快我的裤子上便沾满了驯鹿的毛发。

这架雪橇平时能坐三人,今天只坐了两个,我坐在后面,前面是雪橇的主人尼尔(Neele)。他手里拿着一根五米多长的鞭子,像是用麻绳编成的,甩起来声音一点也不清脆,但打在身上估计很疼。他要打的是十二只哈士奇,它们排成一排在前面拉车,中间位置是一只六岁半的公狗,身形比其他狗都要大上一圈。原来它就是这群哈士奇的领袖,其他狗都得听它的,而它则一定要听尼尔的指挥,否则鞭子就上身了。

"这些狗都是我从小养大的,它们从半岁起就开始接受严格的训练,不听话就用鞭子抽。"尼尔回过头对我说道,"我训练的雪橇狗能连续跑八个小时不停歇,最快时每小时可以跑 50 公里。"

尼尔是个五十多岁的因纽特猎手,身材较胖,脸因为常年风吹日晒而变成了黑褐色,一张口说话便露出一嘴烂牙。他的英语词汇量不太够,但说得非常流利,发音也很正,很容易听懂。

"我有三个孩子,他们一共给我生了十一个孙子孙女,我很知足啦。"他笑着说,"现在我夏天去打猎,冬天带客人玩雪橇,日子过得还不错。"

说话间我们已经出了伊卢利萨特城区,眼前出现了一大块平坦的雪原。头天夜里刚刚下过一场大雪,积雪足有 20 厘米厚,而且相当密实。这样的大雪要是下在北京绝对可以称得上是罕见的暴雪了,但在格陵兰岛却只是刚刚开了个头而已,甚至还不适合玩狗拉雪橇。

"今天的雪太薄了,滑起来不够顺,所以我不敢滑得太快,怕弄坏了雪橇板。"尼尔回过头对我解释说,"我们一般都是等到积雪至少半米深了才开工,只有那样才能滑得起来。"

我知道他说的是实话。我一心想体验狗拉雪橇,但找了好几家旅行社才找到一家肯接单的,原因都是雪还不够大,怕把雪橇弄坏了。那十二只哈士奇显然也是今年第一次上班,跑起来不够熟练,多次让绳子绊住了后腿,尼尔只好一次又一次地停下来,把绳子理顺了再重新上路。

我仔细观察了一阵,发现这十二只狗都很有性格,有几只只顾埋头奔跑,身后的绳子一直绷得特别直,说明它们出力最大。还有几只狗爱耍小

▼ 带我体验狗拉雪橇的格陵兰岛原住民尼尔(左)

北极:享受孤独

▼ 哈士奇必须从小就接受严格的训练，长大后才能成为合格的雪橇犬

聪明，虽然也在跑，但绳子是松的，明显在偷懒。另有一只母狗特别调皮，特别喜欢往边上跑，这样一来它身后的绳子便很容易绊到路边的障碍物，尼尔不得不用鞭子使劲抽它，可抽完没几分钟它就又跑偏了，好像是故意在逗我们，特别好玩。最神奇的还得算是一只小公狗，居然有时间停下来拉了一泡屎，然后又紧赶几步跟上了大部队。

"格陵兰岛的哈士奇都是经过筛选的特殊品种，既抗冻又有耐力，非常适合拉雪橇。"尼尔对我说，"所以我们这儿不准任何人携带自己的宠物狗上岛，怕串种。"

跑着跑着，前面出现了一个大下坡，坡底有一条小溪，溪水尚未完全冻住，我有点紧张，生怕翻车，谁知尼尔一挥鞭子，雪橇反而加速朝小溪冲了过去。那一瞬间我终于体会到了传说中的"推背感"，不同的是跑车的推背感靠的是踩油门，雪橇的推背感靠的是甩鞭子。

小溪流过的地方没有雪，雪橇冲到谷底后阻力加大，尼尔拼命挥动鞭子，那十二只哈士奇齐心协力向上拉，终于顺利地把雪橇拉过了小溪。其实这条小溪很普通，走路的话一跨步就迈过去了，但坐在雪橇上感觉很不一样，颇有点坐过山车的感觉，也算是为我的这次雪橇之旅增加了一点小小的乐趣。

不过，像这样的小乐趣并不多，大部分时间雪橇都是在平地上匀速前进，两边的风景也很普通，说实话有些无聊，于是我开始有一搭没一搭地和尼尔聊家常，顺便也想了解一下因纽特原住民的日常生活。尼尔告诉我，他住在丹麦政府建的廉租房里，因为格陵兰岛的房子比哥本哈根贵一倍以上，他根本就买不起。他经常去迪斯科湾里打猎，主要是猎杀海豹，但他本人不怎么吃海豹肉，而是用来喂狗，因为狗粮实在是太贵了。

尼尔还告诉我，伊卢利萨特一共有三家超市，卖的都是进口食品，价格自然也非常贵。当地人大都以高糖、高盐、高脂食品为生，吃得很不健康，得高血压、心脏病的人越来越多。酗酒现象在因纽特人当中也非常普遍，已经成为当地最严重的社会问题了。另外据我观察，因纽特人当中吸烟的比例特别高，男人几乎个个抽烟，女人抽烟的也不在少数，这大概是当地人对抗无聊生活的一种方式吧。

后来我在飞机上读到一本当地杂志，说因纽特人一直想从丹麦独立出来，2008年曾经搞过公投，75%的人投了赞成票，之所以至今尚未独立，原因就是缺钱，没有这个底气。目前格陵兰岛每年的财政赤字高达10亿丹麦克朗（1丹麦克朗约等于1元人民币），相当于每人1.8万。这么大的财政亏空都是靠丹麦政府的财政拨款填平的，所以格陵兰人起码目前还离不开丹麦。不过，随着矿产价格的上涨，格陵兰人也动心了，投票废除了已经实行了二十五年的铀矿开采禁令，试图通过出口铀矿赚到足够多的钱来实现独立的愿望。

格陵兰岛除了铀矿之外还有石油、天然气和稀土矿，都是目前市场上走俏的东西，不知他们会不会为了独立而把自己的国家变成一座大矿山或者大油田？

不知不觉间，我们已经在外面待了一个多小时。那天是个大晴天，中午的气温是零下5℃左右，并不算太冷，再加上这里空气干燥，属于典型的干冷，如果站着不动的话身体的感觉要比温度计显示的热一些。但一动起来情况就完全不同了，冷风带走了身体的热量，不一会儿我就受不了了，冻得直打哆嗦。原本打算用手机拍几段视频，但手根本就拿不出来，只好作罢。尼尔大概看出了我的窘境，提议我们往回走，我立刻点头答应，再这么跑下去我要被冻僵了！

一路无话，我们终于回到了出发地。尼尔第一时间解开了领头的那只公狗的绳子，搂着它不住地拍打，它也使劲儿摇着尾巴，向主人示好。"哈士奇很重感情的，要想让它们为你工作，就必须和它们建立感情，否则再怎么用鞭子抽都没用。"尼尔说。

望着他憨厚的笑容,我心想因纽特人真是个充满智慧的民族,他们能在如此艰苦的环境下生存下来,实在是太不容易了。我们应该好好帮帮他们,办法就是多来这里旅游,让他们从旅游业中获益,那样的话他们也许就不会着急去开矿了。

### 神秘的北极光

说到北极的旅游业,北极光绝对是一个仅次于冰山的热门旅游项目。当地旅行社的人告诉我,越来越多的游客特意选择冬季去北极圈内旅行,就是为了去看北极光。在太阳黑子活动达到高峰的那一年,冬季游客甚至比夏季游客还多。但这也引发了一个问题。众所周知,太阳黑子活动以十一年为一个周期,于是在高峰的那几年北极圈内人满为患,其余的年份就门可罗雀。

"今年冬天北极旅游市场的前景不太妙,因为大家都在传今年是太阳黑子低谷年,怕看不到北极光。"一位导游对我说,"其实这是公众普遍存在的误解,太阳黑子低谷年并不一定就看不到北极光,好看程度也不一定就比高峰年差。"

这位导游说的对不对呢?这就必须从北极光三要素说起。首先当然是太阳风,也就是从太阳表面射出的高能带电粒子,这是产生北极光的前提条件,必不可少。其次是地球磁场,它把来自太阳的带电粒子导入地球的南北两磁极,这就是为什么北极光(当然还有南极光)通常只能在极地附近才能看到。再次,地球是高空大气层,那里的空气分子和来自太阳的高能带电粒子发生电离作用,产生出各种波长(颜色)的可见光,这就是北极光的由来。

因为地球磁极的特殊性质,被导入北磁极的带电粒子并不会聚焦成一条光束,而是围绕北磁极形成一个圆圈,这就是北极光带(Auroral Zone)。通常情况下这个北极光带的半径约为2500公里,比北极圈的半径小250公里左右,所以那些刚刚进入北极圈以内的城市,比如挪威的特罗姆索和格陵兰岛的伊卢利萨特、康格鲁斯瓦格等,都是观赏北极光的极佳地点。不过需要提醒大家注意的是,北极光带的圆心是北磁极,和北极圈的圆心,也就是北极点不一样,所以有些北极圈内的城市并不一定就是观赏北极光的好地方,必须上网查一下才能知道。

研究显示,北极光带的大小和太阳风的强度有关,强度越高,北极光带的半径就越大,所以太阳黑子活跃的时候北极光带的半径会增大,让低纬度的游客也能一睹北极光的真容。问题在于,显示太阳黑子活跃程度的那个十一年周期只是一个很粗略的比较,一来波峰和波谷之间的差别并不大,二来波谷期间也可能产生很强的太阳风,所以并不是只有太阳黑子活跃期才能看到北极光,只是那段时间概率稍微大那么一点点而已。事实上,网上已经可以查到未来一段时间内每一天的太阳风强度,以及北极光的最佳观测时间和地点,想看北极光的游客应该以这种专业的北极光预报作为行动依据,而不是笼统地按照那个十一年周期选择自己的出行时间。

但是,我必须告诉大家,即使是在太阳风很强的日子里去看北极光,也不太可能看到风景照片里那种令人窒息的美景。事实上,你看到的北极光很有可能不是绿色的,而是呈现出一种毫无生气的灰白色,稍不留神就会把它当成银河。之所以会发生这种现象,原因在于大部分照相机对于绿光的敏感度要比人眼高很多,所以才会把北极光中的绿色波段放大了。

话虽如此,但这并不意味着北极光不值得看。和世界上的很多其他风景一样,北极光的观看过程往往要比结果好玩得多。比如我这次在特罗姆索参加了一个北极光观光团,一行八人乘坐一辆中巴车于夜里 9 点从酒店出发,沿着一条山道在著名的挪威森林里开了一个多小时,颇有一种曲径通幽的感觉。我们的司机兼导游是个能说会道的挪威人,一路上不停地给大家讲各种关于北极光的传说,以及与挪威人有关的奇闻逸事,还没看到北极光就已经值回一半票价了。

我们最终开到一处野外观察站,大家先是围坐在火炉边喝茶聊天,享用导游为大家准备的挪威小点心,然后跑到野外仰头寻找北极光。找到了大家齐声欢呼,争相和北极光合影留念,场面热闹非凡。虽说那晚的北极光本身算不上有多么好看,甚至可以说有些乏味,但这已经不重要了。

后来我又去了斯瓦尔巴群岛,但在那个更北的地方反而看不到北极光了,因为斯瓦尔巴实在是太偏北了,北极光带已经被远远地甩在了身后。不过,虽然肉眼看不到北极光,但仪器可以看到。事实上,斯瓦尔巴是全球罕见的能看到阳面北极光的地点。

如前所述,北极光带是一个以北磁极为中心的圆圈,朝向太阳的那半圈虽然因为阳光太强烈看不见,但仍然是北极光,科学家称其为"阳面北极光",它的某些特性和背向太阳的所谓"阴面北极光"不一样,很值得研究。可惜只有在极夜期间从北极光圈内部观察才有可能看到阳面北极光，目前全世界只有两个观察站符合这个条件，一个在格陵兰岛，一个在斯瓦尔巴群岛。前者只是一个流动拖车，设备简陋，科学家们只能住帐篷，工作条件极为艰苦；后者因为靠近朗伊尔城，后勤保障充分，工作条件好太多了。这次我利用记者的身份专程去位于朗伊尔城郊区的 EISCAT 观察站参观，看到了两个口径巨大的射电望远镜，以及一大堆叫不上名字的精密仪器。站方介绍说，这个观察站是由欧洲非相干散射雷达协会负责构建的，但所用资金来自全世界很多国家，其中中国的贡献约占 12%，因此中方科学家可以名正言顺地分享观测数据。

研究北极光可不光是为了让游客玩得更开心，而是有很强的实用目的。强烈的北极光会干扰地球的无线电通信，带来不可估量的经济损失；北极光还会干扰卫星导航，导致结果不精确；甚至人造卫星在通过极光带时也会受到太阳风的阻力而降低飞行速度，需要适当地加速才能维持原有轨道……科学家之所以对北极光如此感兴趣，就是为了避免上述问题的出现，尽可能地未雨绸缪，减少损失。

斯瓦尔巴极光研究所的研究人员正在为游客展示该所的仪器设备。斯瓦尔巴的纬度非常高，可以同时从南北两个方向观察极光，是全球最好的极光观测点

当然了，我们普通游客不必关心北极光的内涵，只看它的美颜就可以了。不管你看到的是地平线上的一抹微光，还是横跨天空的灿烂光影，都请记住，北极光和北极冰山一样，每一刻都是独特的，是永远无法复制的奇迹，你看到的北极光只属于那个特定的时刻，只属于你自己。

### 看不见的北极熊

如果非要给北极找个形象大使的话，得票最多的一定是北极熊。但是，对于我们这些普通游客来说，在野外见到一头活的北极熊几乎是一件不可能完成的任务。

"如果你在野外近距离遇见一头成年北极熊，那么结果不是你死就是它死，没有第三种可能。"一位斯瓦尔巴导游对我说，"我们这里的常住居民几乎人人有枪，只要离开市区就必须随身携带。如果你在朗伊尔城的大街上看到一个头戴面罩手拿步枪的人一定不要惊慌，这是很正常的事情。"

据统计，目前约有三千头北极熊在斯瓦尔巴群岛生活，而这里的常住居民只有两千六百人左右，人比熊少。夏天的时候北极熊经常来朗伊尔城附近找吃的，自1971年开始到现在一共有五个人被北极熊杀死，八人严重受伤。三年前有一群大学生在距离市区不到1公里的地方进行野外考察，遇到一头饥饿的北极熊，结果其中一位女生不幸遇难。

"一头成年雄性北极熊体重最多可达700公斤，能以30公里的时速冲刺几百米，如果是赤手空拳搏斗的话，几个人加一起都不是北极熊的对手。"导游接着说，"如果在野外遇到北极熊朝你冲过来，你可以想办法吓唬它，比如挥舞双手、大声喊叫，或者敲击铁盆之类的。如果实在躲不开那就必须果断开枪，而且一定要瞄准北极熊的心脏部位，只有这样才能一枪致命。"

据统计，2012年全世界一共猎杀了七八百头北极熊，斯瓦尔巴人只杀死了两头，而格陵兰岛人却杀死了一百三十八头，原因在于很多当地人相信猎杀北极熊是因纽特祖先遗留下来的传统，不能丢掉。他们并不认为北极熊数量在减少，因为他们经常看到北极熊跑到居民点附近觅食，而以前要想看到北极熊就必须去很远的地方才行。

但是，这个现象恰好说明北极熊在野外找不到吃的，只能冒险去人类聚居地碰

▼ 北极熊猎手在斯瓦尔巴布置的陷阱，木箱的一侧放一块肉，另一侧则放一把枪，中间用隔板隔开，北极熊把头伸进木箱中吃肉，触发猎枪机关，一枪爆头

运气。根据世界自然保护联盟（IUCN）的估算，目前全世界还剩下大约 2.6 万头北极熊，分布于十九个亚种群之中，其中八个亚种群的数量近年来有所下降，一个亚种群的数量在上升，其余的十个亚种群缺乏数据，状态不明。

历史上北极熊数量减少的主要原因是人类的猎杀。我这次在斯瓦尔巴群岛看到了一个当年的猎手留下的北极熊自动捕杀机，看上去就像是个烤肉架，一头有个木头笼子，里面放几块肉作为诱饵，另一头藏着一把触发式步枪，扳机和肉块相连。只要北极熊一动肉块便触发扳机，一枪爆头。据说一台这样的捕杀机每年可以杀死一百多头北极熊，当年岛上安装了很多台这样的机器，几乎快把斯瓦尔巴的北极熊杀光了，禁猎了很多年之后才慢慢恢复到现在的水平。

北极熊早已被列入世界濒危物种名录，猎枪已不再是它们最大的敌人。IUCN 的最新报告显示，北极熊数量减少的最大原因是气候变化造成的海冰总面积减少，以及北极无冰期的增加。北极熊主要靠猎杀海豹为生，一头成年北极熊平均每年需要吃掉50—75 头海豹才能生存。北极熊虽然会游泳，但肯定游不过海豹，所以北极熊只能依靠海冰作为掩护，采用偷袭的办法猎杀海豹。如果没有了海冰，再厉害的北极熊恐怕连一头海豹都抓不到。

卫星数据显示，北极海冰的厚度在过去的五十年里减少了40%，总面积减少了25%。如果这个趋势继续下去的话，IUCN预计到2050年北极熊的种群数量将会比现在下降30%，有些亚种群有可能灭绝。

游客看不到北极熊倒也问题不大，如果科学家们也找不到北极熊了，那事情就严重了。要知道，气候变化不仅影响到北极熊的数量，还会给其他北极动物带来负面影响。我曾经认为全球变暖虽然伤害了北极熊，但应该对草食动物有利，因为气温高了草自然也就多了，但是弗拉姆研究中心的阿西尔德·彼得森（Ashild Pedersen）研究员告诉我，实际情况正相反。

原来，全球变暖确实增加了植被的数量，但却使得北极地区冬季的降水量大增。冬季降雨可不是件好事，会把地表冻住。斯瓦尔巴特有的驯鹿本来在冬季也可以拨开积雪啃食地表的草根，但现在它们拿地上的冰毫无办法，只能挨饿。对于驯鹿来说，夏季草多固然是件好事，但北极漫长的冬季才是真正的瓶颈期，如果整个冬天都吃不到一点草，驯鹿就会饿死。

接下来的问题是，如果驯鹿饿死了，对于那些依靠吃驯鹿腐尸为生的北极狐来说是不是一件利好消息呢？答案同样没那么简单。彼得森博士的研究结果显示，如果某年冬天驯鹿大批死亡，第二年夏天就会新出生大批小狐狸，但到了第二年冬天往往就没那么多死驯鹿可供小狐狸吃了，其结果就是刚刚出生的小狐狸因为缺乏食物而大批死亡，反而造成了北极狐种群数量的下降。换句话说，气候变化也会给北极狐带来负面影响，只不过这种影响需要晚一年才能体现出来。

弗拉姆研究中心是一个位于特罗姆索的国际性北极问题研究中心，该中心的研究重点就是气候变化对北极生态环境的影响，因为北极地区是气候变化最早的受害者。研究显示，北极的气温升高幅度至少是其他低纬度地区的两倍，原因在于气温升高会导致北极海冰加速融化，暴露出深色的海洋，白色的海冰可以将80%的太阳光反射回去，深色的海水只能反射20%，其余的能量都被海水吸收了。也就是说，北极地区有一个强烈的正反馈机制，会把气候变化的效果放大，这是地球上其他地区所没有的，这就是为什么科学界将北极视为全球气候变化的晴雨表，只要地球大气的热平衡机制稍微有点风吹草动，北极肯定最先有感觉。

对于居住在西欧和美东地区的居民来说，北极就更加重要了。北极的冰雪融化速度将对湾流产生直接的影响，如果湾流减弱甚至停止，这两个地区将变得和西伯利亚一样冷，后果不堪设想。

### 人类最后的避难所？

斯瓦尔巴群岛还有一个很有名的地方，有人称之为末日粮仓，有人称之为诺亚方舟，这就是位于朗伊尔城机场附近的全球种子库。这个种子库建在一座小山的内部，海平面上升暂时威胁不到它，地震也奈何不了它，即使停电了也能维持很长时间的低温，确保种子的安全。

种子库不对普通游客开放，我作为记者有幸被邀请进入种子库参观，发现其内部的装修平淡无奇，完全以实用主义为出发点，根本没有考虑任何审美的问题。种子库的核心部分是三个巨大的储藏室，永远保持零下18℃的低温。储藏室内排满了书架，架子上放着来自世界各地的种子，它们代表了这个地球上的生物多样性，这是人类赖以生存的根本。

种子库内有个很简陋的接待室，里面有一本留言簿，只有寥寥数十页，看来自从2008年建成后全世界只有几百个人参观过这里，我真是很幸运。留言簿的第一页留给了联合国秘书长潘基文，而不是挪威首相或者其他国家的政治领导人，这个小细节揭示了种子库的野心。设计者完全是按照拯救人类的思路建成了这个种子库，它属于全人类。

有意思的是，当初兴建这个种子库的主要目的是防止天灾，如果气候变化加剧，或者地球被一颗小行星撞上了，导致大批野生植物灭绝，人类还可以从这里取出种子，恢复主要农作物的生物多样性。没想到2015年9月便有人从种子库取种子了，这是种子库第一次派上用场。这次取种子的原因不是天灾，而是叙利亚的战乱，完全属于人祸。如果再这样发展下去，也许人类根本不用等到天灾，就已经被人祸击垮了。

真的到了那个时候，也许寒冷的北极会成为人类最后的避难所。

我在斯瓦尔巴的最后一天遇到了一位有趣的出租车司机，他是个六十多岁的老人，留着一脸大胡子，非常健谈。"朗伊尔城只有一个警察，但我认为还是太多了！"他对我说，"我真是怀念没修机场前的朗伊尔城，那时候这里没有警察，没有政府，

▼ 通往末日种子库的一条长长的甬道,甬道尽头的那扇铁门后面就是种子库的大门

▼ 末日种子库内的货架上摆满了来自世界各地的农作物种子

甚至整个冬天都没有一个外人来。那时候的朗伊尔城才是天堂,现在就像地球上任意一个普通城市,太没意思了。"

这位司机显然是个老嬉皮士,幻想生活在一个乌托邦的世界里。也许在他眼里朗伊尔城已经风光不再,但在我这个访客看来,这依然是全世界最像乌托邦的地方。问题在于,如今这个越来越扁平的世界真的能允许一个乌托邦永远存在下去吗?我没有答案。

# 古巴
## 和你想的不一样

古巴是中国人民的老朋友之一，原因自然是古巴曾经是西半球唯一的社会主义国家。西半球有那么多国家，为什么只有古巴实行了社会主义制度？答案要从古巴的历史中去寻找。

# 古巴：再不去就迟了

古巴是加勒比海中的一座小岛，虽然总面积不算大，人口也不多，但却发生过不少惊天动地的大事件，在人类历史上留下了很深的印迹。作为西半球唯一的社会主义国家，今天的古巴正处在大变革的前夜，很多有意思的东西即将消失，再不去看看恐怕就迟了。

### 冰激凌的故事

不知是什么原因，2015年夏天的哈瓦那天气格外炎热，稍微一动就一身汗。一个周日的中午，我在第23街和L街交界处发现了一个街心公园，公园入口处一左一右排了两条长队。我好奇地走过去一探究竟，在一个西语指示牌上看到了Coppelia这个单词。我立刻想起在"孤独星球"（Lonely Planet）频道的旅游节目上看到过这个字眼，原来这就是大名鼎鼎的葛佩莉亚冰激凌店所在地。这家店生产的冰激凌据说是全古巴最好吃的，难怪有这么多人在排队。

我口渴难耐，看到右边的队伍沿着树荫一字排开，看上去不到50米长，我想无论如何半小时以内总能吃得上，便决定去排队。据我观察，排队的全都是古巴本地人，年龄、性别、肤色、职业各异，什么样的都有。站在我前面的是一群中学生，衣着打扮相当时髦，叽叽喳喳地说个不停，乍一看和海峡对岸的美国小孩没有任何差别，但这群古巴孩子当中有黑人有白人，肤色好像完全不是问题，这一点要比美国的同龄人好一些。

20分钟过去了，我仍然站在原地，一步也没动。好在我站在树荫下，正好利用这个机会仔细观察一下古巴老百姓。来古巴之前我对这个国家的印象还停留在女排的"黑珍珠"时代，来到古巴后我惊讶地发现这个国家的居民至少有一半是白人，其余的也大多数是混血，纯黑人并不算多。更令我惊讶的是，我曾经以为像古巴这样一个实行了六十多年社会主义制度而且至今仍然如此的国家，是个干净整齐但却古板老派的地方，没想到哈瓦那的主要街道相当繁华热闹，老百姓的穿着打扮也五颜六色，一点儿也不寒酸。我尤其注意观察过往行人脚上穿的鞋子，根据我以往的经验，热带贫穷地区的人最不重视鞋子，经常是身上衣服看着还不错，脚上却穿着一双破烂的拖鞋，没想到古巴人的鞋子大都非常干净整洁，看上去生活过得很体面。

不过，除此之外，哈瓦那的落后还是相当明显的，美国对古巴长达半个多世纪的经济制裁还是给这个国家留下了很深的烙印。我最先注意到的当然是大街上随处可见的古董车，这些车大都是美国20世纪40—50年代生产的老爷车，间或也可以看到苏联车，但也都是60—70年代的产品，它们无一例外地都被重新漆过，颜色五花八门，很像是老电影里的场景又复活了。只不过这些车的动力系统都很陈旧了，一边走一边喷黑烟，而且据说大部分车子的底盘都不太结实，稍微遇到颠簸就会断为两截，所以这些老爷车只敢在城里跑，而且不敢开得太快。

这样的古董车之所以至今还在街上跑，正是因为美国的经济制裁使得古巴人买不起新车，只能尽可能地延长老车的使用寿命。不过，也正是因为美国的制裁，古巴变成了全世界最顶尖的二手车改造市场，无论多老的车都能起死回生，无论多么稀有的零部件都能够在这里被找到，或者被生产出来。

漂亮的老爷车满街跑是古巴独有的风景，全世界只此一家，别无分店，但这个风景很可能在不久的将来就会消失。随着美国经济制裁力度的减弱，以及包括欧洲和中国在内的其他国家伸出援手，哈瓦那的大街上已经可以看到很多20世纪90年代以后生产的二手车了，甚至偶尔还能看到几辆全新的高档汽车，以及在美国都不是很常见的大马力摩托车，看来古巴的经济改革确实已经产生了一些效果。

又过了20分钟，我仍然站在原地没动。一同排队的古巴人似乎没人有怨言，大家仍然有说有笑，仿佛这是一件很正常的事情。难道说这家店的冰激凌有什么特殊魅力，竟然能让大家在周日中午的太阳底下等这么长时间？我越来越好奇，决定继续排下去。

这座街心公园位于哈瓦那新区最热闹的地段，旁边就是著名的"自由哈瓦那"（Habana Libre）宾馆，这座外形相当现代的二十五层大楼建于1958年，是哈瓦那的地标。整个哈瓦那像这样高度的建筑物不超过十座，其余的要么是建于殖民地时期的西班牙风格的老房子，要么是建于苏联时期的火柴盒式的公寓楼，几乎看不到任何新建筑。事实上，我在哈瓦那逗留期间没有看到过一台吊车，只看到过一个脚手架，还是为了修复一幢老殖民地建筑而搭建的。当然也许是我走的地方还不够多，但哈瓦那确实在建筑方面几乎处于停滞状态，这是不会有错的。

"自由哈瓦那"是涉外宾馆，很多针对外国人的服务只能在这里找到，比如出租车和旅行社以及互联网服务。我注意到有很多人坐在23街和L街交叉口处的马路牙子上玩电脑，经人提醒才知道这个街口是哈瓦那仅有的几个Wi-Fi热点之一，普通古巴人可以在这里上网。公共互联网是古巴刚刚出现的新鲜事物，这种公共热点是2015年7月才刚开通的新服务，此前互联网只是有少数高级官员和科研人员才能享有的特权，普通古巴人是无福消受的。新开的Wi-Fi公共热点虽然没什么禁忌，脸书、推特什么的都能上，但是收费昂贵，每小时约合2美元，对于平均月收入只有50美元左右的古巴普通老百姓来说，这是一笔非常大的开支。我注意到有很多人是在用网络视频功能和别人聊天，我猜他们都是一些有外汇收入的人，正在用Wi-Fi和给他们寄钱的国外亲友通话。

又过了10分钟，队伍仍然没有向前移动的迹象，我终于忍不住了，走到队伍前面询问是否排错了队。一个古巴人告诉我没有排错，周末来吃冰激凌的人实在太多，等几个小时是常事。如果不想等的话，旁边有个专门招待外国游客的门市部，不用排队。我走过去一看，那里果然有个小卖部，只是价格有点贵。我点了个冰激凌双球，收了我2.75比索的外汇券，大约相当于人民币17.3元。冰激凌确实很好吃，但也没有传说中那么惊艳，只能说是用料比较足而已。

没吃到"正宗"冰激凌我很不甘心，于是第二天上午我再一次来到葛佩莉亚冰激凌店门口排队。虽然那天是周一，但门口仍然有三十多人在排队等待。好在这次只等了二十多分钟便进到了公园里面，没想到公园里还有一个队，又等了大约10分钟，这才得以进到店里。这是一幢二层小楼，店堂布置得像个餐厅。我挑了一张没人的桌子坐下，立刻有服务员端上一杯冰水。水的味道略有异样，感觉就是自来水。旅游书上都说不要喝古巴的自来水，但古巴人都这么喝，貌似也没事。当地人告诉我，古巴的自来水还是比较干净的，只是味道不敢恭维而已。

我一边喝着冰水一边吹着风扇，身上的热气逐渐散去。旁边桌上坐着一家人，拿着菜单热烈地讨论该点什么。我拿过菜单一看，上面只列着几款冰激凌，除此之外什么也没有。我突然明白了，之所以要排么长时间的队，原因在于古巴人把这家店当成了餐厅，把冰激凌当成了正餐！我后来得知，葛佩莉亚冰激凌店是哈瓦那的一块金字招牌，对于大部分来自外省的古巴人来说，来这家店吃一次冰激凌就相当于一次朝圣。年纪大一点的中国人对这种行为一定不会陌生，20世纪80年代来北京旅游的外地人也都会去全聚德吃一次烤鸭，无论排多久的队都心甘情愿，至于那烤鸭的味道到底怎样，其实已经无关紧要了。

我呆坐了一刻钟之后，服务员这才再次光顾我的桌子。我点了一份冰激凌双球，味道和昨天吃到的几乎一模一样，但只需5比索，约合人民币1.3元，不到昨天价格的十分之一，确实挺便宜的。但是如果我换一个角度想，昨天排了那么长时间的队，其时间成本也就相当于16元人民币而已，起码对我而言太不值了。这样的事情之所以能够发生，而且故事的主角竟然是冰激凌，是因为大部分古巴人既没钱又悠闲，两者缺一不可。全世界能够同时满足这两个条件的国家屈指可数，这个故事只能发生在古巴。

但是，这种情况不会持续太久，因为古巴正处在巨变的前夜。

## 巨变前夜的古巴

表面上看，现在的古巴和20世纪80年代的中国非常相似。区别在于，中国的改革开始于20世纪70年代末期，其动力来自于自身发展的需要。古巴的变革则是从苏东巨变开始的，在此之前，古巴是一个几乎完全依靠苏联的援助才存活下来的小岛国，苏联的解体让古巴失去了唯一的经济支柱，它不得不做出改变，否则将无法生存下去。

1959年以前的古巴并不是一个落后的国家，卡斯特罗革命的胜利也并不是老百姓吃不饱饭忍无可忍起来造反的结果，而是带有很强的民族主义特征。古巴是最早被西班牙殖民的加勒比海岛之一，但却是最晚脱离西班牙帝国统治的拉丁美洲国家，古巴的独立战争进行了很长的时间，战况也相当惨烈，虽然古巴人民最终获得了胜利，但他们却眼看着美国窃取了胜利果实，成为古巴新的宗主国。20世纪的前六十年里，古巴只是名义上的独立国家，实际上它就是美国的殖民地。

革命胜利之前的卡斯特罗不是一个坚定的共产主义者，他之所以选择暴力革命，最根本的目的就是要赶走美国人，建立一个属于古巴人的古巴。革命成功之后，美国立刻开动国家机器，千方百计要夺回对古巴的实际控制权。一开始是武装干涉，移民美国的古巴人冲在了最前面。这招没有成功，便改为经济制裁，试图用经济手段逼古巴就范。为了保卫革命成果，卡斯特罗选择了当时唯一能和美国抗衡的苏联，并加入了社会主义大家庭。从某种意义上说，这个选择是成功的。古巴没有被美国这个躺在身边的"巨无霸"吞噬，而是顽强地活了下来。但是，对于苏联的依赖使得古巴再一次成为超级大国实际上的殖民地。古巴在经济上变成了苏联的蔗糖供应国，以及苏联工业产品的倾销地，在政治上变成了苏联应对"冷战"的一枚棋子，苏联所采取的很多涉及古巴的政治和军事行动根本没有经过卡斯特罗的同意。

苏联的解体结束了这一切。作为全球唯一一个先后被西班牙、英国、美国和苏联这四大帝国殖民过的国家，古巴终于摆脱了老大哥们的束缚，长大成人了。此刻的古巴人终于意识到，独立自主的日子并不一定好过，长时间的贸易禁运使得古巴脱离了世界经济体系，变成了全球化的局外人，而计划经济的固有弊端使得古巴国内的生产力停滞不前，一直在吃老本。于是，古巴在1990年开始了艰难的改革。第一是屈服于黑市经济的压力，将美元合法化；第二是屈服于个体经济的压力，逐步向私人开放了服务行业；第三就是建立农业合作社，取代了旧的国有农场；第四就是改变了原有的以制糖业为主的单一经济模式，改为重点发展旅游业，试图以此作为古巴新的经济支柱。今天的古巴几乎对任何国家的游客都敞开大门，中国游客只需要带一本有效护照就可以来古巴玩。古巴政府花大力气建设了好几个半封闭式的海滨度假村，希望那些来自资本主义国家的游客一下飞机就被拉进专为他们准备的涉外旅馆，不用和普通古巴人发生任何接触，自然也就不会给古巴老百姓带来精神污染。所以说，如果你的目的只是享受相对廉价的加勒比海滩和阳光，那么古巴是个很好的选择；但如果你是一名对人文历史感兴趣的背包客，古巴并不是一个容易把握的地方。这个国家的公共交通设施非常落后，旅馆业也不够发达，懂英语的导游奇缺，好在哈瓦那有不少旅行

▼ 哈瓦那滨海大道上的一辆接新娘的老爷车

社推出了专门针对外国游客的旅游路线，我尝试了几次，效果还不错。

不方便不等于不好玩。事实上，我在哈瓦那市中心暴走了好几天，特意去参观了那些普通游客不会去的普通居民区，在小巷子里发现了很多有趣的东西。我出生于20世纪60年代末期，全程经历过中国的改革开放，这次古巴之旅让我寻回了很多儿时的记忆，光凭这一点便已值回票价了。比如，我在哈瓦那找到了中国70年代才有的那种副食品商店，柜台里面只陈列着寥寥几种生活必需品，顾客凭本购买。我还去逛了几家针对古巴人的百货商店，不但商品种类极少，而且价格昂贵，一套带卡座的老式组合音响要价600美元，一台42英寸杂牌平板电视被当作镇店之宝摆放在商店入口处，售价高达2000美元。

我还看到中国80年代风格的菜市场，农民们把自家地里生产出来的农产品运到菜市场里摆摊销售。因为缺乏化肥以及标准化的生产模式，古巴菜市场里卖的蔬菜普遍个头偏小，而且品相极不统一，和现在中国菜市场里出售的那种大农场生产出来的外形整齐漂亮的蔬菜差别很大。

虽然品种老旧，卖相也不好，但这类商店的一个共同特征就是价格极

古巴：和你想的不一样

101

哈瓦那街头几乎没有乞丐，大部分人都自食其力

为便宜，这就是为什么古巴人工资那么低却还能生活得不错。美国人一直不能理解为什么平均月工资只有50美元的古巴老百姓还不起来造反，但凡是在社会主义国家生活过的人都应该不难理解这究竟是怎么一回事。

事实上，卡斯特罗革命的宗旨就是要保证老百姓的基本生活需求，吃穿住行和医疗、教育一律由国家按需分配，其余的一切个人需求都属于享乐的范畴，价格立刻就上去了。老一辈中国人对这种模式应该不会陌生。在生产力不够发达的年代，这种模式对于普通老百姓而言还是很有吸引力的。事实上，即使在今天，能够满足大部分国民基本生活需求的国家也并不多，这就是为什么古巴在联合国人类发展指数（Human Development Index）排行榜上一直名列前茅。2014年的排名是第四十四位，在西半球仅次于美国、加拿大和智利，排名第四。相比之下，中国在这个榜单上的排名是第九十一位。要知道，这个指数是按照一个国家的人均寿命、健康水平、教育水平和生活质量等诸多方面进行打分的，反映的是一个国家老百姓的整体生活质量和幸福程度。古巴在人权和言论自由等方面肯定拉了不少分，这就更加凸显出古巴在健康和教育领域所取得的成就确实是很惊人的。作为一个旅行者，我最切身的体会就是这个国家既安全又卫生，深夜一个人在大街上行走也不用担心，这在拉丁美洲其他国家是不可想象的，甚至比美国的一些大城市都要好。

说到美国，这是和古巴距离最近的国家，两国之间的恩怨情仇延续了一百多年，双方结下了数不清的梁子。美国毫无疑问要比古巴强大得多，但古巴人也足够倔强，坚决不向美国屈服。这才是最近这一百多年里古巴外交政策的主旋律，其余的都是这一宗旨的衍生品。甚至就连古巴的社会制度也是如此，卡斯特罗原本并不是个坚定的共产主义者，他是为了和美国对抗才加入了苏联阵营。如今苏联人撤了，古巴失去了唯一的靠山。与此同时，美国的对古政策也发生了变化，不再强迫对方就范了，这一切都为即将到来的巨变埋下了伏笔。

### 美古关系的新篇章

2014年底，美国总统巴拉克·奥巴马和古巴总统劳尔·卡斯特罗（Raul Castro）分别在电视上发表讲话，宣布将就恢复两国外交关系的问题展开磋商，此举意味着美古关系在经历了半个多世纪的停滞后迎来了最大的转折。2015年4月，奥巴马宣布将古巴从"支持恐怖主义的国家"这一黑名单中去掉，为两国恢复外交关系扫清了障碍。同年7月20日，两国大使馆分别在对方首都挂牌开张，标志着美古两国正式恢复了外交关系。但是美国对古巴的经济制裁尚未结束，还必须经过美国国会的批准才能取消。

如此巨大的变化究竟是如何发生的？不少国外媒体认为这是梵蒂冈新任教皇弗朗西斯的功劳，但英国《卫报》发文指出，弗朗西斯虽然立下大功，但真正的源头还不是他，而是一次成功的人工授精。

事情还要从2013年说起。那年2月，美国参议员帕特里克·莱希（Patrick Leahy）访问古巴，古巴间谍杰拉尔多·赫尔南德兹（Gerardo Hernandez）的四十四岁的妻子找到莱希，请求他批准自己去美国监狱访问自己的丈夫，因为她想生一个孩子，再拖下去的话恐怕就生不出来了。

这个赫尔南德兹是臭名昭著的"古巴五人组"中的一员，这五人是古巴政府派到美国的间谍，1998年被美国抓获。美国法庭以间谍罪和杀人罪判处五人无期徒刑，赫尔南德兹当时已经在美国监狱里服刑十七年，他的古巴妻子也已等了他十七年。

莱希被这件事感动了，回国后给美国国务院打电话，询问美国外交部是否可以帮这个忙。经过一番考量，美国外交部居然同意帮忙。虽然最终还是没有批准古巴间谍的妻子去美国监狱探访丈夫,但却同意让美国监狱设法取得了赫尔南德兹的冷冻精子,并运到巴拿马,在巴拿马一家医院实施了人工授精。第一次没有成功,第二次终于成功地让他的妻子怀了孕(后来孩子也安全地生下来了)。

可以想象,这样复杂的事情没有双方政府官员的协助是不可能办成的。虽然当时双方的大使馆早已撤销,但古巴一直在华盛顿保留了一个办事处。虽然这个办事处多年来一直惨淡经营(据说美国政府不允许办事处的工作人员拥有美国银行账号,这些人只能通过其他方式从古巴运现金过来支付自己在美国的生活费),但正是在这个小小的办事处的努力下,美古两国最终完成了这次奇妙的人工授精,两国政府也终于在"冷战"了半个多世纪后第一次发生了正面接触。

人工授精事件结束后,美国和古巴政府决定抓住这一机会在第三国举行秘密会议,商量进一步改善关系的可能性。最终两国决定派代表在加拿大首都渥太华会面,双方一共开了七次秘密会议,与会双方都抱着非常务实的态度参与谈判,其结果就是2013年底奥巴马和劳尔·卡斯特罗在参加曼德拉葬礼时相互握手致意,这也是两国元首半个世纪以来的第一次直接对话。

此后才是教皇弗朗西斯和奥巴马于2014年3月在梵蒂冈的那次会面,两人确实花了很长时间讨论了古巴问题。弗朗西斯告诉奥巴马,历史证明制裁是不可能成功的,只有相互交流才能达到目的。

梵蒂冈会面之后,双方又经过一系列磋商,最终古巴同意释放已被关押五年的阿兰·格罗斯(Alan Gross),此人原是美国国务院下属的美国国际开发署(USAID)的一名雇员,因为向古巴犹太人社区偷运卫星电话和电脑设备而于2011年被捕。美国方面也同时释放了"古巴五人组"剩下的三名成员。就在双方交换间谍的同一天,也就是2014年12月17日,两位总统分别在电视上发表讲话,宣布恢复外交关系。

虽然美古关系的解冻表面上是因为一次成功的人工授精,但真正的原因是美国终于意识到经济制裁是打不垮古巴人的,甚至有可能反而让古巴人民团结起来一致对外,结果反而更加糟糕。另外一个重要原因是,美国的古巴移民成分发生了变化。第一代古巴移民大都是一些厌恶卡斯特罗的人,他们离开古巴纯属政治原因,这些人对于20世纪的美古关系产生了很大的影响,甚至可以说直接导致了美古关系的恶化,如今这一代移民大都已经去世。而1980年开始的第二波移民潮,以及21世纪以来的第三波移民潮主要都是出于经济原因，新一代古巴移民没有了老一辈对卡斯特罗政权的那种刻骨铭心的仇恨，这一点间接促成了美古关系的解冻。

同样地，古巴这边的情况也发生了变化。随着"冷战"的结束，古巴不必再担心被大国吞并，基于民族主义的治国理念也不再适用了，原有制度对于经济发展的限制效应便凸显出来。另外，随着生产力水平的提高，温饱不再是个大问题了，古巴民众高层次的需求便被释放出来。举个例子，我曾经参观过一所古巴公共图书馆，惊讶地发现里面陈列的书竟然全都是出版于20世纪的革命书籍，纸张早已发黄，内容可想而知。古巴也许是全世界文盲比例最低的国家之一，但古巴人虽然学会了认字，却没有多少有价值的书可看，这才是今天的古巴所面临的最现实的问题。

要想真正解决这个矛盾，不改革是不可能的。

统治古巴长达半个世纪之久的老卡斯特罗2016年就年满九十岁了（卡斯特罗已于2016年11月25日去世——编注），他早在2008年便把权力交给了自己的弟弟劳尔·卡斯特罗，但劳尔也仅比哥哥小五岁而已，他也已经宣布到2018年任期结束后退休，不再寻求连任。事实上，现在的古巴政府中真正做事的大都是20世纪60年代以后出生的官员，这批人没有经历过革命，接受的是全新的教育，他们是政治改革的动力来源。普通古巴民众也并不仇恨美国人，民间的冲突是不存在的。无论从哪方面看，改革都势在必行。

不管古巴将来的改革是突然发生还是循序渐进，这一趋势已无法避免。但现在的古巴仍然能看到过去的影子，可以让我们反思一下今天的生活。这个机会稍纵即逝。

古巴，再不去就迟了。

# 古巴的历史

著名的古巴历史研究者、英国记者理查德·戈特（Richard Gott）认为，人民最终倒向卡斯特罗的重要原因在于后者在军事上获得了胜利。如果巴蒂斯塔的军队能再坚持几年，甚至如果他不是如此一败涂地的话，古巴公众的看法就会倾向他了。换句话说，他认为人们通常会站在胜利者一边，古巴也不例外。

## 空降哈瓦那

2015年8月初的一个早晨，我乘坐墨西哥航空公司的一架小飞机从坎昆起飞，向东飞去，飞机还没达到巡航高度就又开始下降了，我都没来得及好好看一眼脚下的加勒比海。这片海域曾经是欧洲列强比拼实力的战场，很多震惊世界的重大事件都发生在这里，但其实这只是很小的一片水域，对于飞机来说简直是小菜一碟，一眨眼就飞过去了。

从地图上看，墨西哥的尤卡坦半岛和美国的佛罗里达半岛就像是两条胳膊，把墨西哥湾抱在怀中，只在东南方向留了一个缺口，却又被古巴岛挡住了去路。古巴岛是加勒比地区面积最大的岛，距离尤卡坦半岛的直线距离是210公里，距离佛罗里达南部的基维斯特岛（Key West）的直线距离更是只有不到150公里，美国人要想从东海岸驾船进入墨西哥湾，无论走哪条航线都必须从古巴人的门前经过。

加勒比海上岛屿众多，早在四千多年前就有南美原住民以这些海岛为跳板，一步步从南美大陆跳到了古巴岛上。岛上最早的一批居民被称为瓜纳阿塔贝伊斯人

（Guanahatabeyes），文明程度较低，主要靠打鱼为生，最终被泰诺人（Tainos）取代，后者发展出了较为高级的农业文明，把前者当作奴隶。哥伦布首次登上古巴岛时遇到的主要是泰诺人。

哥伦布是在1492年10月28日发现古巴岛的，他在岛上找不到黄金，遂改去了东边的伊斯帕尼奥拉岛（Hispaniola，意为"西班牙岛"），亦即今天的海地和多米尼加共和国的所在地。最终西班牙殖民者看中了距离欧洲大陆更近的伊斯帕尼奥拉岛，在岛上建立了第一个美洲定居点。原来生活在该岛的泰诺人大部分被杀，一小部分驾船逃到古巴岛，把西班牙人入侵的消息带到了岛上，于是古巴岛上的泰诺人做好了迎敌的准备。

1511年，一小队西班牙士兵在迪亚戈·贝拉斯克斯（Diego Velasquez）的率领下入侵古巴岛，岛上的泰诺人在酋长阿图伊（Hatuey）的带领下奋起反抗，最终被武器精良的西班牙人击败，阿图伊中枪被俘。西班牙人将阿图伊绑在火刑柱上，点火前一位方济各会传教士劝他改信基督教，宣称只有这样死后才能上天堂，否则就要下地狱，忍受无尽的苦楚。阿图伊略加思考后反问这位传教士，基督徒死后是否都会进天堂，当他得到肯定的答复后便不假思索地回答，如果真是那样的话，他选择下地狱，因为他不想再看到这些残忍的畜生。

说完这句话后，阿图伊便被西班牙人放火烧死了。今天的阿图伊成为古巴印第安原住民的形象代表，他的名字则被那些当初烧死他的人的后代用作啤酒和雪茄烟的商标。

阿图伊的遭遇只是西班牙殖民者占领美洲过程中的一个小插曲，同时也是古巴岛血腥历史的缩影。这个国家最显著的特征就是种族歧视，也就是白人对印第安原住民和黑人的暴力迫害，这一点几乎贯穿了整个古巴历史，直到1959年才总算告一段落。卡斯特罗上台后古巴倒向了苏联，成为西半球唯一的社会主义国家。这个标签一直贴到现在，估计每一个来古巴的中国人心里都会有一种异样的感觉。

一个小时之后，飞机降落在古巴首都哈瓦那的何塞·马蒂国际机场。我一下飞机就开始下意识地寻找社会主义的痕迹，结果一抬头就发现机场的墙壁全都被涂成了红色，而且不是那种体现热带风情的鲜艳的红色，略微发暗。除此之外，机场的内部装饰相当单调，缺乏变化。唯一的亮点就是两幅广告，一幅是烟草广告，另一幅是朗姆酒广告，全都是以外国人为主要消费对象的非生活必需品。

走出机场，一股热浪迎面扑来，那无所不在的湿热空气让人无处躲藏。机场附近没有公共交通，要想进城只能打车，上车前必须先换钱，但整个机场却只有一家银行，而且居然建在机场外面，我不得不在热浪中排队等候。

古巴的货币单位叫作比索（peso），古巴人自己用的比索颜色寡淡，被中国留学生称为"土比"。古巴政府专门给外国人印了一种颜色鲜艳的比索，称之为"红比"。红比类似于中国80年代使用过的兑换券，理论上和美元是1∶1的兑换关系。但古巴政府为了和美国斗气，规定用美元换红比要交15%的手续费，其他外币币种则不需要缴纳这笔费用。我这次专门换了些欧元带在身上，躲过了这一刀。

本以为会在机场外看到很多老爷车，但机场出租车大都是新车，我略感失望。不过一出机场，路上的老爷车立刻多了起来。这些车大都是20世纪40—50年代生产的老古董，以前只在博物馆或者电影里才能见到，美国大街上偶尔也能看到它们的身影，但都是在特殊节日或者场合开出来展览的，从里到外都尽量保持原来的样子。古巴这些古董车之所以一直在路上开，是因为古巴人别无选择。美国对古巴长达半个多世纪的贸易禁运让古巴人很难买到新车，只能想办法延长老车的使用寿命。大街上的这些老爷车大都只剩下一个外壳，里面的引擎和传动系统早就换过好几茬了。古巴人很爱美，几乎每辆车都被漆成了鲜艳的颜色，喜欢街拍的摄影师们一定爱死古巴了。不过因为古巴民间缺乏电喷设备，颜料大都是手工刷上去的，表面粗糙，颗粒感很明显，不能细看。

从机场到市区的这段公路质量还不错，沿途绿树成荫，地上基本看不到垃圾，视觉效果非常舒服，就是显得有些冷清，不但路上行驶的车辆少，而且路边基本上看不到广告牌，就连商店也很少见，自然也就看不到多少行人。

大约半个小时之后，车子进入了哈瓦那市区。就像全世界大部分海滨城市一样，哈瓦那基本上是以老港口为中心，沿着海岸线向两边延展。游客最常去的有三个区，老城区（Habana Vieja）是以港口为中心的旅游区，保存了大量殖民地早期的老建筑，其中不少都被改装成了高档旅馆，是外国游客扎堆的地方。老城区的西侧是中心区（Centro Habana），原本是资本家的乐园，有大量建于18—19世纪的办公楼和公寓楼，如今这里是古巴工人阶级的住宅区，是近距离观察古巴普通老百姓的好去处。再往西走就进入了维达多区（Vedado），原本是资本家们为了躲开市中心而修建的高档住宅小区，到处是独门独院的小别墅，从房屋设计到街区的布局都和美国非常相像。如今这里也变成了普通古巴人的住宅区，但要比拥挤的中心区安静许多。

大部分西方游客都不会住在哈瓦那，而是一下飞机便直奔海滩度假村晒太阳去了。出公差的外国人则大都会选择住在老城区或者维达多区的高档旅馆里，这里服务很好，但价格也非常贵。像我这样的对历史文化更感兴趣的背包客则大都会选择住在家庭旅馆里，这是古巴的新生事物，但只有少数具备一定条件的家庭才有资格接待外国游客，这样的房子门前会有一个类似"工"字的标记，表明它们通过了古巴政府的资格认证。我通过朋友介绍认识了一位正在古巴读博士的研究生，住进了他家里。他在维达多区租了一间两室一厅一厨一卫的公寓，月租金 250 美元。这房子位于一幢旧式别墅内，一看就是被改装过的，原本高大宽敞的起居室被分隔成了多个单元，一下子拥挤了很多。房间里空调、冰箱、水、电、煤气、抽水马桶等基本生活设施一应俱全，但却经常停水，我有好几天都没法洗澡，只能用存在水缸里的水简单冲一下。

古巴为什么会变成今天这个样子？为什么那么多拉丁美洲国家里只有古巴实行了社会主义制度？答案必须从历史中去寻找，而古巴的历史，是从哈瓦那的老城区开始的。

### 西班牙帝国的明珠

从我住的地方到老城区大约有 5 公里远，最省钱的办法自然是坐公共汽车。哈瓦那的公共汽车大都是中国产的宇通大巴车，虽然高峰时间人挤人，但坐一次只需 1 土比，几乎免费，不过哈瓦那的公交系统线路太过复杂，司机也从来不报站名，对于像我这样不懂西班牙语的游客来说很不方便，一不小心就会坐错车。挂牌的正规出租车倒是有，但一来大街上很不常见，往往只能去外国人住的宾馆门前才能叫得到；二来价格非常贵，不太合算。

那么，当地人如果不想挤车的话会怎么办呢？答案是去街边拦一辆共用的士，西班牙语称之为 Taxis Colectivos。这是一种刚刚在古巴出现不久的私营出租车，通常是那种 40—50 年代产的美式老爷车，招手即停，坐满为止。坐一次大约需要 10 土比，介于普通出租车和公共汽车之间。我给了司机1红比，他很熟练地找了我14土比。原来古巴的外币兑换券实际上已经和本国货币完全通用了，普通人也可以用红比，外国人也可以用土比，只要按照24∶1的比例换算就行了。

唯一的缺点是，这种车只跑固定的线路，上车前必须先问清楚。好在我时间充裕，只要是往东去的车都可以坐，感觉差不多到了就下车，再找个人问问路，很快就进入了老城区的地界。

南美洲有很多保护得非常好的殖民地时期的古城，哈瓦那老城绝对是其中的佼佼者。这座西班牙风格的老城自从古巴解放后便没有维修过，也没有被挪作他用，一直保持着原来的样子。但也正因如此，老城里的大部分建筑都因年久失修而摇摇欲坠，有几幢损坏严重的房子几近废墟。

联合国教科文组织（UNESCO）早在1982年就将哈瓦那老城列为世界文化遗产，但因为"冷战"一拖再拖，直到20世纪90年代中期才拨出专款，对这一地区的古建筑系统地进行修复。如今游客们看到的房子大都是修复后的结果，有些建筑物外面还贴着修复前的照片，简直惨不忍睹。

今天的哈瓦那老城完整地保留了当年的格局，五座主要的广场以及周边建筑基本维持原样，街道也仍然是石子路，几乎不用改装就可以用来拍古装电影了。古城里挤满了来自世界各地的游客，这要是在一般南美城市一定会挤满了小商小贩，以及各种小偷、骗子和掮客，但古巴政府显然不允许这样的事情发生，于是我看到了一个相当有秩序的旅游景点，游客可以很放心地在城里乱逛而不用担心被偷被抢，就连老城里的那些饭馆和酒吧的服务生也都相当专业，当然价格也不菲，恍惚间我觉得自己身在西班牙。

历史书上说，哈瓦那建于1515年，距今正好五百周年，但今天的哈瓦那却没有举行任何庆祝仪式，因为最早的哈瓦那城建在古巴的南部海岸，直到1519年才搬到了今天这个地方。搬家的原因主要是因为这里有个天然良港，港湾的主体部分一直深入内陆，通过一条狭长的水道和加勒比海相连，绝对的易守难攻。

虽然守着这么一个天赐的宝贝，但早期的西班牙殖民者却一直无动于衷，没有好好加以利用，因为最早来到美洲的都是一些强盗，他们只对黄金感兴趣。可惜古巴岛不产黄金，岛上仅剩的一点儿金子挖了几年便挖没了，于是古巴的第一任总督迪亚戈·贝拉斯克斯下令从西班牙运来了耕牛、种子和农具，开始发展农牧业。

这当然是最合乎情理的选择，如果西班牙殖民者一直这么做下去的话，今天的古巴也许就不会有那么多故事了。但是历史的发展往往是不合情理的，总会有少数人不走寻常路，最终凭借一己之力改写了人类的历史进程。古巴虽然只是一座小岛，却出过好几个世界闻名的叛逆者，其中一位名叫埃尔南多·科尔特斯（Hernan Cortes），是个出身于西班牙名门望族的法律系肄业生。1505年他被派往美洲，在征服古巴的战斗中显示出过人的才华和胆识，被贝拉斯克斯任命为圣地亚哥市的市长。他是个很有野心的人，对贝拉斯克斯转向农业的政策不以为然。他曾经说过这样一句话："我到那里（美洲）是为了发财的，而不仅是像一个农民那样去种地。"

1519年3月，科尔特斯率领一小队西班牙士兵在尤卡坦半岛登陆，长途奔袭至传说中的阿兹特克帝国首都特诺奇蒂特兰城（今墨西哥城），采用各种欺骗手段囚禁了阿兹特克国王，统治了这个中北美洲最强大的帝国。阿兹特克帝国盛产黄金和白银，科尔特斯终于如愿以偿地发了大财。消息传到西班牙后，原本定居在加勒比海岛上的西班牙殖民者纷纷放下手中的农具，乘船登上美洲大陆抢夺黄金，此事标志着西班牙帝国征服美洲大陆进入了一个全新的阶段。

作为这场运动的发源地，古巴并没有享受到任何好处，反而变成了一个纯粹的移民中转站。来自西班牙本土的移民们只在古巴做短暂停留便起身前往美洲大陆，导致古巴岛上大片农田被废弃，绝大部分城镇也人去楼空。据统计，到1544年时整个古巴岛仅剩下不到七千人，其中只有六百六十名西班牙殖民者，其余都是印第安原住民和黑人奴隶。这种萧条的状况直到16世纪下半叶才有了好转，原因在于西班牙人发现了一条从古巴出发，途经巴哈马群岛返回欧洲的新航道。

原来，加勒比海域的海水较浅，暗礁密布，一直是航海家的噩梦。殖民者如果想把从墨西哥抢来的金银运回欧洲的话，以前不得不绕道而行。这条新航线的发现为欧美之间的航运交通节省了不少时间。另外，欧洲航海家终于掌握了大西洋海风的运行规律，意识到从北非出发向西航行的船只可以借助强劲的海风快速抵达古巴南部沿岸的圣地亚哥，而从古巴北岸出发的船只则可以借助北大西洋盛行的西风穿过巴哈马群岛向东返航。

作为返航途中最重要的中转站，哈瓦那咸鱼翻身，经济开始了爆发性的增长。但是，停留在哈瓦那港口的商船吸引了海盗的注意力，这些海盗大都来自英、法、荷等国家，他们抢劫西班牙商船不光是为了钱，也有宗教的原因。加勒比海在这段时间成为北方新教列强和南欧天主教帝国之间的角斗场。好莱坞曾经拍过好几部关于加勒比海盗的电影，描述的就是这段时期发生的故事。

哈瓦那老城最著名的古迹——雷尔弗埃查城堡（Castillo de la Real Fuerza，又译皇家军队城堡）就是这段历史最好的见证。这座城堡位于古城的中心，紧挨着狭窄的航道，任何船只要想进入哈瓦那港口都必须先过这一关。城堡的围墙有6米厚，围墙外面还有一道护城河，看上去坚不可摧。但实际上这座城堡见证了西班牙人的无能，它的位置距离出海口太远了，敌舰完全可以在不和城堡守军发生正面冲突的情况下攻占哈瓦那，法国海盗雅克·德索雷（Jacques de Sores）就是这么做的。这个德索雷曾经被誉为"法国历史上最伟大的海盗"，他率领舰队在1555年洗劫了哈瓦那，将雷尔弗埃查城堡尽数焚毁。我们今天看到的城堡是西班牙王室拨款重修的，西班牙人意识到古巴岛的战略地位太重要了，必须全力保卫。

西班牙人拼尽全力保卫古巴，因此来自英国和法国的海盗在此后的几十年里都没能得手。法国人转而向东，占领了伊斯帕尼奥拉岛的西部，也就是今天的海地。英国人则转而向南，占领了古巴岛南边的牙买加。于是今天的海地人讲法语，牙买加人则说英文。最终西班牙王室和英法两国达成协议，西班牙承认了英法两国在加勒比海的殖民地，换来了几十年的相对太平。

可惜好景不长，野心勃勃的英国人绝不会满足于小小的牙买加，他们另有打算。

## 被英国人短暂殖民

哈瓦那位于北纬23°线上，位置大致相当于中国广州。8月的哈瓦那正值盛夏，天气炎热而又潮湿，我在太阳底下走了一会儿便口渴难耐，到处找水喝。哈瓦那老城里的小店倒是有不少，但大都只卖果汁、啤酒或者碳酸饮料，很少有卖瓶装水的，即使有的话价格也往往贵得离谱。当地人告诉我，普通古巴人没有喝瓶装水的习惯，觉得不合算。我后来在居民区里发现了几家专为古巴人服务的小店，居然有卖散装果汁的，顾客自己带着塑料瓶，让服务员用漏斗把冰镇果汁灌进去。我买了一杯尝了尝，发觉这就是兑了点儿果汁的糖水，味道很一般，但价格比瓶装水便宜多了，好像古巴的糖不要钱似的。于是我也入乡随俗，渴了就喝这种冰镇果汁，一天之内喝下去十几杯，确实很解渴，而且到了晚上我一点也不饿，连晚饭钱都省下了。

还别说，古巴的糖真的很便宜，因为这是个靠甘蔗支撑起来的国家。高峰时期全古巴有45%的可耕地都用来种甘蔗，制糖业从16世纪开始就是古巴最重要的经济命脉。

甘蔗并不是南美特产，最初是西班牙航海家带过来的。甘蔗对阳光和水的要求极高，加勒比地区的气候和降水条件都很适合，于是很快就在古巴岛流行开来。不过，甘蔗是一种劳动密集型农作物，古巴岛上的原住民大批死于欧洲人带去的传染病，劳动力极度短缺，殖民者只能从非洲贩运奴隶来古巴种甘蔗。

被贩运到古巴的黑奴大都来自西非，人数很快就超过了居住在古巴的西班牙人。据统计，到1886年奴隶制被废除时为止，一共有大约100万黑奴被贩运到古巴，黑人实际上成了19世纪古巴人数最多的族群。

西班牙人对待不听话的黑奴当然是非常残酷的，但对待一般黑奴的态度则要比北美奴隶主温和得多。古巴政府允许黑奴因为各种原因而获得自由，也允许他们保留自己的文化传统，甚至允许他们自由结社（比如组织同乡会），因此古巴黑奴从一开始就对古巴有很高的认同度，这一点和美国黑人有着天壤之别。

这么做的结果就是，古巴黑奴很快便把古巴视为自己的故乡。当年法国海盗雅克·德索雷入侵哈瓦那时，古巴黑奴（还包括印第安原住民）一直和西班牙殖民者并肩战斗，共同保卫自己的家园，这件事说明古巴的民族主义从一开始就有着和其他殖民地不同的特征，这一特征最终导致古巴走上了一条和加勒比其他海岛不同的道路。

可惜的是，尽管古巴黑奴和印第安原住民都愿意为奴隶主卖命，但实力不济的西班牙殖民者还是在和北欧列强的较量中败下阵来，古巴也逐渐变成了英法等国眼中的一块肥肉。18世纪中期，大英帝国的势力达到顶峰，英国人变得越来越有攻击性。1741年，英国海军上将爱德华·弗农（Edward Vernon）攻占了关塔那摩（Guantanamo），但很快就被一支由多种肤色的古巴士兵组成的自卫队击败，不得不退了回去。二十年后英国人卷土重来，最终于1762年8月攻占了哈瓦那。

英国人的胜利固然源于其强大的军事实力，但也和古巴岛特殊的地形有点关系。

古巴岛是加勒比地区最大的海岛，总面积约为 11 万平方公里，单从这个数字来看已经不能算是个小岛了，尤其对于古代那种落后的科技发展水平而言，如此大面积的领土是很难被有效管理的，军事防御就更成问题了。如今很多人认为一座岛理应属于同一个国家，这个看法是没有根据的。事实上，很多看似不大的岛都没有统一到一个政府名下，古巴旁边的伊斯帕尼奥拉岛就被分成了海地和多米尼加共和国。

更糟糕的事情还在后面。古巴岛状如一把长条形的钥匙（所以有人称之为"墨西哥湾的钥匙"），东西方向的长度约为 1250 公里，但南北方向的宽度却仅为 100 公里左右，这样一种形状使得古巴岛具有和自身面积不相称的漫长的海岸线，非常容易遭到来自海上的攻击。

就拿关塔那摩来说，这是位于古巴最东端的一块飞地，和古巴岛的主体部分之间隔着一座高山。这里距离哈瓦那有将近 1000 公里的距离，两者之间也缺乏高质量的道路，哈瓦那的官员们根本管不到这里，很长一段时间里都属于"三不管"地带。最终这块飞地被美国抢了去，至今没有归还。

正是因为古巴岛太难防守了，以及一些其他原因，英国人只在哈瓦那待了十个月就决定退出。1763 年 2 月，《巴黎和约》签订后，英国同意把古巴还给西班牙，但西班牙必须用佛罗里达作为交换。当时大英帝国已经占领了北美的东北部地区，获得佛罗里达就相当于把整个北美（加拿大除外）纳入了自己的势力范围。

《巴黎和约》为美利坚合众国的成立铺平了道路，也为古巴的未来埋下了伏笔。古巴好不容易摆脱了大英帝国的统治，却又不得不面对一个更加强大的邻居。《巴黎和约》还改变了西班牙对待古巴的态度。重新获得古巴后，西班牙统治者更加意识到这个岛国的重要性，决心尽一切可能使之变得更加强大。在西班牙国王查理三世的主持下，古巴开始了政治和经济改革，原有的土地分配政策、税收体系和教育制度等都发生了根本性的改变。如果照这样发展下去的话，古巴很有可能成为一颗真正的加勒比明珠。

但是，人算不如天算。1789 年爆发的法国大革命很快波及加勒比地区，作为这一地区唯一的法国殖民地，海地受到了直接的冲击。1791 年，海地的黑奴在宗主国大革命精神的鼓舞下爆发了武装起义，赶走了白人奴隶主，成为继美国之后西半球第二个独立的前殖民地国家，同时也是有史以来第一个以黑人为主的共和国。在这场战斗中，两千多名白人奴隶主被杀死，3万名法国农场主被迫逃到了古巴岛上。

这件事震惊了欧洲，西班牙人突然意识到黑奴们已经具备了反抗的意识，说不定会效仿海地的同胞，把古巴岛的白人殖民者赶出去。于是，来自马德里的统治者一方面加强了对黑奴的戒备，另一方面则修改法律，通过授予土地和减免税收的方式鼓励西班牙人移民到古巴去，最终在人数上超过黑人。经过多年的努力，这个目的算是达到了。根据古巴政府官方公布的数字，目前古巴这1150万人口当中有64%是白人，26.6%是黑白混血，9.3%是纯黑人，剩下的0.1%则是中国劳工的后裔。据我这几天的观察，古巴白人的比例似乎没有这么高，我猜是因为一些混血程度较轻的人被划到白人阵营里去了。不过古巴确实是加勒比地区白人比例最高的国家，如果仅凭街上行人的肤色或者衣着来判断，哈瓦那和马德里基本上没有差别。

另外，古巴同时也是我去过的美洲国家里种族差异最小的国家，我很难根据对方的衣着打扮或者所从事的工作类型去判断他的肤色，或者根据肤色判断他的职业，不过这很可能是因为我对古巴还不够了解。

古巴花了很长的时间才达到目前这种状况，当年这个国家的种族歧视也是相当严重的。如前所述，最早的古巴奴隶主对待黑奴的态度还算是比较开明的，但海地革命之后这种相对和谐的气氛便消失了。仅举一例：古巴是拉丁美洲国家当中最晚废除奴隶制的国家，直到1886年才正式废除了这一制度。南美洲只有巴西比古巴晚，1888年才废除。相比之下，加勒比海其他国家大都在1834—1848年废除了奴隶制。美国虽然种族歧视现象比古巴严重得多，也早在1863年便废除了奴隶制。

与此相对应的就是古巴白人对宗主国的忠诚度是拉丁美洲国家当中最高的，因为他们相信如果古巴独立的话，黑人有可能占据统治地位，他们就要背井离乡了。西班牙国王投桃报李，给移民古巴的西班牙人提供了很多便利。再加上蔗糖产业的兴旺为古巴的上层精英带来了巨额财富，他们更加不愿意独立了。事实上，只有少数处于社会边缘的知识分子，尤其是一些被放逐的异议人士才会积极地要求摆脱西班牙的统治，这批人虽然代表了历史前进的方向，但却在古巴遇到了比其他拉丁美洲国家更大的阻力，这就是为什么古巴的独立运动持续了这么长的时间，双方都不惜一切代价阻止对方达到目的，甚至不惜诉诸暴力。这种在独立战争期间形成的暴力传统后来几乎每十年就重现一次，古巴在1878、1879、1895、1906、1912、1933和1956年均爆发了各种形式的暴力抵抗运动，真正获得独立的时间比任何一个拉丁美洲国家都要晚。古巴之所以成为今天这个样子，和古巴人民对于民族独立的不懈追求有着直接的关系。

## 艰难的独立之路

拉丁美洲国家的人民特别喜欢广场，几乎每个城市的中心都有一座。广场中心通常都会安放一座人像雕塑，纪念对这个国家或者这座城市贡献最大的人。南美洲南部诸国（包括阿根廷、智利和秘鲁等）纪念的是何塞·圣马丁（Jose San Martin），南美洲北部诸国（包括委内瑞拉、厄瓜多尔和哥伦比亚等）纪念的是西蒙·玻利瓦尔（Simon Bolivar），两人并称为拉丁美洲解放运动的"南北双雄"。但古巴有自己的偶像，他的名字叫作何塞·马蒂（Jose Marti），哈瓦那机场就是用他的名字命名的。和前两位不同的是，马蒂既不是古巴独立运动的发起人，也不是最终的胜利者，而是一个充满理想主义和乌托邦精神的自由派诗人，这一点是古巴独立运动区别于其他拉丁美洲国家的一项很重要的特质。

和邻国海地一样，古巴的独立运动起源于宗主国西班牙发生的一场革命。1868年9月，马德里爆发了"光荣革命"，革命者驱逐了西班牙女王伊莎贝拉二世。一个月后，古巴的一位律师兼农场主卡洛斯·塞斯佩德斯（Carlos Cespedes）发动了古巴独立运动，虽然很快就被镇压下去了，但这场运动点燃了埋藏在人们心里的独立之火，从此起义军的枪声便此起彼伏，一直没有断过。

马蒂就是从这场运动中涌现出来的一位杰出的理论家和鼓动者。他于1853年1月28日出生于哈瓦那，父亲是响应政府号召从西班牙移民到古巴的一名炮兵中士。1868年的那场革命激励了还在上中学的马蒂，他和几个朋友一起创办了《祖国自由报》，并在报纸上发表了好几篇煽动性极强的社论。革命失败后，古巴当局把当时年仅十六岁的马蒂关进了监狱，只是因为他的身体出了问题，这才不得不将他流放到了西班牙。马蒂在马德里大学学习法律时接触到很多欧洲思想家的著作，尤其是德国人文主义学者卡尔·克劳斯（Karl Krause）对他影响最大。克劳斯非常注重教育，现在的古巴之所以在教育领域投入了巨大的人力物力，和这件事有很大关系。

学成后马蒂回到美洲大陆，最终定居美国，并在纽约生活了将近十五年，没想到这段生活却把他培养成为坚定的反美人士。他曾经说过这样一句话:"我知道这个怪兽(美国),因为我曾经生活在它的兽穴中,我的武器只有大卫的弹弓。"

马蒂之所以讨厌美国,一个原因是当时美国实行种族隔离政策。马蒂是一位坚定的种族平等支持者,这一点也深深影响了后来的古巴革命者。另一个原因是马蒂坚决反对美国式的资本主义制度,他虽然很羡慕美国的物质文明,但他认为这是建立在剥削少数民族的基础上的经济繁荣,古巴绝不能学。但是,与此同时他却又多次尖锐地批评马克思,觉得马克思那套理论同样也是行不通的。

不过,马蒂之所以如此反美,最重要的原因在于他认为美国对古巴不怀好意,一心想将古巴据为己有。当时有很多古巴精英希望独立后的古巴和美国结盟,甚至干脆并入美利坚合众国,马蒂对这个想法深恶痛绝,认为应当不惜一切代价避免被美国兼并。他曾经在一篇文章中写道:"任何民族的双手都必须是自由的,因为只有遵循自己的特性和个性,一个国家才能不受拘束地发展。"同样,马蒂对待美国的态度也在很大程度上左右了古巴后来的外交政策,反美一直是古巴革命者的核心议题。

1892 年,马蒂和几个志同道合之人在纽约成立了古巴革命党,准备用武力推翻西班牙殖民者的统治。三年之后,马蒂率领一支部队在一个偏僻的古巴小渔村登陆,正式开始了游击战。1895 年 5 月 19 日,游击队遭到了政府军的伏击,马蒂勇敢地冲在最前面,不幸中弹牺牲,年仅四十二岁。不少人指责他只会写字,不会打仗,是个百无一用的书生,但据当时参加战斗的人回忆,马蒂很可能是故意这么做的,为的是以死明志。他人生得十分矮小,身高只有 1.5 米,喜欢留八字胡,平时总是穿着一套黑色西装,系白色领带,这些外表特征人所共知,在战场上很容易辨认。那天他不但穿着自己标志性的服装,还故意骑了一匹白马,更是等于把自己暴露在敌人的枪口下。

事实上,他在出发去古巴前曾经撰写了一份革命党宣言,其中有"胜利或者牺牲"这样的字句,表明他早已做好了牺牲的准备。后来卡斯特罗从这句标语中得到启发,写下了"为祖国,毋宁死"的口号,成为他一生中说过的最有名的一句话。

马蒂对美帝国主义的担忧在他死后没几年就应验了。1898 年 2 月 15 日,一艘停靠在哈瓦那港口的美国军舰"缅因号"突然爆炸,当场炸死了二百五十八名美国水手。美国政府立即指责西班牙政府一手制造这场惨案,后者则坚称这是一次意外事故,反过来指责美国为了寻找战争借口，故意制造了这起惨案。双方谈判了两个月，谁也不肯让步。于是美国在1898年4月25日对西班牙宣战，并迅速派出军队攻击西班牙帝国在全球的很多殖民地，包括波多黎各、菲律宾和关岛。显然美国人打算把古巴解放战争扩大为美西战争，借此机会一举摧毁庞大的西班牙帝国，建立属于自己的王朝。

1898年7月1日，美军的一支莽骑兵团（Rough Riders）在古巴的圣地亚哥登陆，随即向古巴政府军发起攻击。羸弱的西班牙军队远不是装备精良的美军的对手，后者只用了三周的时间就把政府军彻底击垮，完成了对这个已有四百多年历史的西班牙帝国的最后一击。

一个有趣的细节是，这支莽骑兵军团的副总指挥名叫西奥多·罗斯福（Theodore Roosevelt），他当时的另一个身份是美国海军部长的助理。美西战争结束后他作为战斗英雄回到美国，受到热烈追捧，几年后便当上了美国总统，并且在这个位置上干了八年。

如果马蒂还活着，一定会反对美国的介入，但马蒂已死，大部分古巴义军领导人都对美军表示欢迎，毕竟美国人帮他们打赢了这场已经持续了三十年的古巴独立战争。美西战争结束后，西班牙把菲律宾、波多黎各、关岛和古巴都割让给了美国，美国正式成为古巴新的宗主国。但年轻的美国从未有过统治外国的经验，不知道应该怎么办，那段时间美国国会为古巴问题争吵了无数回，谁也说服不了谁，最终美国统治者只能从自身的经历中寻找经验，把他们所熟悉的那套运作方式运用到古巴人民身上。

于是，古巴全盘移植了美国的政治制度和运作模式，迅速在1900年组织了第一次民主选举，并召开制宪会议，仿照美国的模式制定宪法。1902年，第一部古巴宪法获得通过，美国旋即宣布撤军，将古巴交给了新成立的古巴共和国的第一任总统埃斯特拉达·帕尔玛（Estrada Palma）。

这一切看似合情合理，但在今天的古巴历史课本里则完全是另一种说法。1900年那次总统选举并不是真正意义上的公民选举，古巴的白人精英们害怕古巴会成为下一个海地，规定只有二十岁以上、能读能写、拥有250美元以上财产的古巴男子才有选举资格，这就等于剥夺了广大妇女和黑人的选举权。最终参与投票的选民总数只有大约10万人，只占古巴人口总数的5%，所以卡斯特罗政府一直把帕尔玛政府称为独裁政府，在 1902 年成立的古巴共和国名称前面加了个"伪"字。

如果说上述缺点属于时代局限的话，那么美国人强行附加在古巴宪法中的《普拉特修正案》(The Platt Amendment) 则被视为是对古巴人民的侮辱。这项修正案一共有八条，后人谈论得最多的是第七条，这则条款给予美国人在古巴建立永久军事基地的权力，其结果就是美军在关塔那摩建立了海军基地。这个基地最终因为关押中东战俘而闻名于世，但实际上它最重要的目的在于保障美国船只从美国东海岸的港口驶向巴拿马地峡（之后不久便成为运河）的航道，这就是为什么当《普拉特修正案》于 1934 年 5 月 29 日被废除后，美国仍然拒绝交出这个基地。

但是，《普拉特修正案》最关键的其实是第三条，这一条给予美国在它认为必要的时候干涉古巴内政的权力。当年投赞成票的古巴政治家认为一个受限制的独立总要比美国继续占领古巴好得多，但历史证明这一条相当于把古巴变成了美国的一个隐性的殖民地，使得古巴政府每当遇到麻烦的时候都会很自然地要求美国出兵干涉，借助美军的力量来解决一个真正独立的政府应该自己解决的问题。两国关系在此后的半个世纪里一直笼罩在《普拉特修正案》的阴影之下，双方的敌对情绪最终导致 1959 年卡斯特罗上台。

### 独裁者还是实干家

马雷贡（Malecon）大道是哈瓦那最宽敞的大街，其地位相当于北京的长安街，它沿海而建，把哈瓦那三个最主要的街区连接在一起。大道两侧随时可见各种名人雕像和纪念碑，全都保护得非常好，只有一个纪念碑例外。虽然它位于马雷贡大道的正中央，周围还有一圈护栏围着，但护栏内到处是参观者随意丢弃的垃圾，背阴处甚至变成了流浪汉的临时居所。这就是为了纪念在"缅因号"爆炸事件中死亡的二百五十八名美国水手而建立的纪念碑。古巴革命后愤怒的群众把这座碑毁坏了，原本安放在顶部的铁制雄鹰被砸烂，只剩下两根石柱孤零零地立在那里。这座纪念碑之所以没有被彻底拆除，完全是因为卡斯特罗政府在上面刻了一行新字：纪念"缅因号"爆炸事件的死难者，他们死于美帝国主义妄图吞并古巴岛的野心。

有趣的是，美国驻古巴大使馆就建在纪念碑西侧不到 400 米远的地方，那是一幢八层楼高的玻璃建筑，外表没有任何装饰物，也没有悬挂任何旗帜或者标记物，外人绝对猜不出这楼是做什么用的。大楼前有块足球场大小的空地，上面立着一堆旗杆，但旗杆之间距离非常小，像是一片无人管理的森林。原来这就是著名的黑旗广场，当年美国人在使馆楼的外墙上安装了一块大屏幕电视，整天播放"反革命"宣传视频，卡斯特罗一气之下，在大楼前安置了138根插满黑旗的旗杆，挡住了大屏幕，这样一来从马雷贡大道上通过的车辆和行人就看不到美帝国主义的反革命宣传了。

记得我当初读到这个故事时还以为是瞎编的，因为我不能想象两个有头有脸的国家之间竟然会像小孩打架一样搞这种无聊游戏。但当我真的看到这个黑旗广场时，便意识到美国和古巴的关系并不像我以前想象的那样"你死我活、势不两立"，而是有很多微妙之处。

今天人们对于美军当年先扶持亲美傀儡政权，再用《普拉特修正案》给自己干涉古巴内政留后路的做法相当不齿，但实际情况并没有那么简单。刚独立的古巴和其他那些前殖民地国家一样，头几年也是矛盾不断，暴力冲突频发。西班牙人和美国人的突然撤出让原本被外来殖民者压制的

▼ 位于哈瓦那主干道旁边的"缅因号"纪念碑

▼ 哈瓦那美国使馆门前的黑旗广场，如果每一根旗杆上都挂上一面黑旗的话，往来群众就看不到这座使馆的外墙了

本土力量看到了机会，各个利益集团开始钩心斗角、相互倾轧，而作为各个利益集团代言人的政治家更是尔虞我诈。每个人都想通过贿赂等手段拉拢选民为自己投票，一旦上了台便开始大肆贪污腐败；选举失败的一方也绝不会善罢甘休，而是立即开动自己掌握的宣传机器，指责对方卑鄙无耻。台上的人自然不喜欢听这个，新闻管制是他们所能想到的让敌人闭嘴的最有效的方式；台下的人一看翻身无望，便转移到深山老林之中打游击，毕竟这是古巴政治家们最熟悉的抗争方式，他们的前辈们已经做过很多次了。一旦游击队得势，掌权者控制不住局面了便会立即去美国大使馆寻求帮助，而美国也有求必应，立即派遣海军陆战队登陆古巴，在全国实行军事管制。据统计，美国于 1906—1909、1912、1917—1923 年先后对古巴实施了三次武装干预，其中有两次长达三年以上，为古巴政权维持和平提供了强有力的安全保障。

美国政府之所以这么做当然不只是为了维护古巴人民的利益，它有自己的目的。古巴独立后大批美国商人去古巴做生意，使得美国迅速跃升为古巴最大的贸易伙伴。到了 20 世纪 20 年代时美国公司已经控制了三分之二的古巴农田和绝大部分矿产资源，他们最需要一个和平稳定的古巴。当然了，这也是大部分古巴老百姓的愿望，他们早已厌倦了无休止的党派斗

古巴：和你想的不一样

争，希望古巴社会能安定下来，好好发展经济，于是古巴人在1925年把自由党的格拉尔多·马查多（Gerardo Machado）选为古巴新一任总统，希望这个商人出身的政治家能为古巴带来一些改变。

马查多上台后恰逢世界糖价暴跌、国家财政面临严重困难之时，于是他采取了很多极端措施，比如动用国家财政大搞基础建设。横贯古巴全境的第一条高速公路就是在他的任期内完成的，至今仍然是唯一的一条连接古巴东西两端的公路。他还主持修建了古巴议会大厦，整体设计完全模仿美国国会山，两者看起来简直一模一样。

不过，马查多骨子里是个自由市场的拥趸，他开放了古巴的旅游业，利用外资建造了一批高档酒店和度假村，打算把古巴变成美国富人的度假胜地。当年建造的古巴国宾馆至今仍然是古巴最豪华的高级饭店，各国元首和影视明星都会选择住在这里。距此不远的地方还建了一座五星级的希尔顿酒店，但古巴革命胜利后被政府收回，改名为自由哈瓦那酒店，价格比国宾馆稍微便宜一些，是普通外国游客的首选。如今这两幢建筑都变成了哈瓦那的地标，外国游客需要的很多服务都可以在这里找到。我刚到哈瓦那的第一天找不到吃饭的地方，只能跑到自由哈瓦那酒店附设的24小时餐厅吃了来古巴后的第一顿饭，记得我要了一份汉堡薯条外加一杯果汁，要价10.75红比。后来我才知道，同样的东西在古巴人自己开的饭馆只需三分之一的价格，只是就餐环境差点儿而已。

市场经济的一个不可避免的结果就是让一部分人先富起来，这就必然招致另一部分人的不满。对于古巴这样一个人口成分复杂、发展极不均衡的国家来说，这种矛盾就更为突出。马查多的新政让很多没有尝到甜头的古巴人心怀不满，一时间罢工抗议之声此起彼伏。为了应付来自各方的压力，马查多采取了铁腕统治，一边修改宪法限制反对派的权力，一边采用各种手段限制新闻自由，甚至还指使手下人暗杀了几位左派异见人士。一位古巴共产主义运动领袖给马查多起了个外号，称他为"热带的墨索里尼"。其实像马查多这样的总统在拉丁美洲很多国家都能找到，几乎所有刚当选的总统都野心勃勃地想干一番事业，但很快就都变成了独裁者，这几乎成了南美的常态。

最终把马查多赶下台的是一位军人，名叫富尔亨西奥·巴蒂斯塔（Fulgencio Batista）。他同样是拉丁美洲国家最常见的一类政治家：出身低微但野心勃勃，因打仗勇敢当上军官,再因善耍手腕而掌握兵权,又因能说会道而取得民心,最终看准时机发动政变,一举掌握了国家最高权力。

巴蒂斯塔是古巴第一位混血儿总统,据他自己说他身上流着非洲人、西班牙人、印第安人和中国人的血,从这点来看古巴比美国先进了近七十年。1933年,巴蒂斯塔还只是个没什么名气的陆军中层士官,但他非常聪明,先用革命为诱饵骗取了一群教授和大学生的信任,让他们加入自己的叛军队伍,以此来赢得古巴民众的信任。革命胜利后他立刻把这些知识分子一脚踢开,跑去和那些真正掌握权力的资本家和美国政客拉关系,顺利地当上了古巴军队的最高统帅。

古巴在1933—1940年一共换了七任总统,但手握军权的巴蒂斯塔才是古巴真正的最高领导人。1940年他眼看时机成熟,这才亲自出来参加竞选,毫无争议地当选为古巴的新一任总统。上任后他立即召开制宪会议修改宪法,赋予工人8小时工作制的权利,规定每年必须有一个月带薪假期,并增加了养老金和社会保障制度。新宪法还扩大了选民的范围,贫穷的黑人和广大妇女终于有了投票权。因为这部新宪法,以及其他一些明显带有社会主义和民粹主义色彩的政治措施,让巴蒂斯塔得到了古巴民众的普遍支持,他的个人威望和权力都达到了顶峰。

与此同时,巴蒂斯塔却私下里和美国黑手党拉上了关系。最早发现古巴潜力的是臭名昭著的阿尔·卡彭(Al Capone),他为了躲避美国的禁酒令来古巴发展,很快就发现古巴是个赚黑钱的好地方。这个岛和美国距离近,法律形同虚设,官员很容易被贿赂,也是偷税漏税的天堂。在他的带领下,大批黑手党进入古巴,那段时间古巴成了嗜酒美国人的好去处。巴蒂斯塔则更进一步,默许黑手党在古巴开设赌场和妓院,甚至半公开地贩毒,把哈瓦那变成了一个加勒比海上的拉斯维加斯,为美国富翁准备的黄赌毒俱全的天堂。今天的哈瓦那中心区还能依稀看到当年灯红酒绿的样子,只不过那些富丽堂皇的夜总会和赌场如今已变成了古巴工人阶级的公寓,美国富人下榻的高档酒店被分隔成很多小房间,每间住着一户人家。原本宽敞明亮的交际舞厅则被改装成了汽车修理厂房,仓皇出逃的富人没有带走的豪华汽车在这里被不断地延续着生命。

美国黑手党的介入虽然加重了贪污腐败,加大了贫富差距,但毕竟吸引了大批美国人前来消费。普通古巴人间接地从中受益,这就是为什么独裁的巴蒂斯塔在第一届任期内受到了古巴老百姓的普遍欢迎。但是巴蒂斯塔的所作所为遭到了两类人的强烈抵制：一类是共产主义者，他们反对资本家对工人阶级的剥削，希望建立一个全民分享财富的共产主义社会；另一类是民族主义者，他们厌恶美国对古巴的颐指气使，甚至讨厌那些财大气粗的美国游客。正是在这两类人的反对下，巴蒂斯塔亲手挑选的接班人没能顺利地当选下一届古巴总统。他一看情况不对，立刻逃往美国，在迈阿密躲了几年。多亏美国黑手党投桃报李，暗中出钱出人帮助他发动了军事政变，这才重新夺回了总统宝座。

此后，巴蒂斯塔完全变成了另一个人，他修改法律，取消了总统选举，用各种卑劣手段清除政府内的异己分子，彻底变成了一个独裁者。这次政变让很多反对他的人丢掉了幻想，纷纷效仿前辈拿起步枪，走上了武装革命的道路。其中最有名的一位自然就是后来叱咤风云几十年的菲德尔·卡斯特罗（Fidel Castro），他是第二代西班牙移民，父亲是一位来自西班牙北方的农民，靠在古巴种甘蔗发了财，因此卡斯特罗和他的几个兄弟姐妹都受到了良好的教育，为后来的革命打下了基础。

年轻时的卡斯特罗是一名狂热的爱国青年，一心要实现古巴民族英雄何塞·马蒂未竟的事业。1953 年 7 月 26 日，二十六岁的卡斯特罗率领一群游击队员攻打蒙达卡兵营，试图从军火库中获取武器。但就像马蒂一样，这群热血青年对于战争的复杂性和残酷性准备不足，这次行动以惨败告终。唯一不同的是，卡斯特罗没有被当场杀死，而是逃进了兵营北边的马埃斯特拉山（Sierra Maestra）里。几天后，一名乡村卫队的黑人中尉抓住了他，这名黑人军官同情卡斯特罗和他的革命，没有把他直接送到兵营，而是将他送到了警察局。这个看似不起眼的行为改变了古巴历史，因为兵营里的士兵肯定立即就把卡斯特罗处决了，但警察局却不得不走法律程序，这就给了卡斯特罗一个求生机会。卡斯特罗不但抓住这个机会活了下来，而且还利用这次机会让自己成为家喻户晓的名人。

原来，卡斯特罗口才极佳，是个天生的演说家。他大学学的是法律，专业知识也不缺，因此他要求自己为自己辩护，并利用这次机会在法庭上公开阐述了自己的施政方针，包括还政于民、分田到户、打击腐败和保障就业等很多改革措施，获得了很多人的支持。他甚至想办法把自己的演讲记录整理成书在古巴出版，在书的最后一页他写道："历史将宣判我无罪。"

这份辞藻华丽的辩护书完全是为历史准备的，法官没有被它打动，判了卡斯特罗十五年监禁。两年后，巴蒂斯塔实行大赦，居然把卡斯特罗放出来了！从这件事就可以看出，卡斯特罗之所以没有像马蒂那样早死，和古巴社会文明程度的进步有很大关系。

出狱后卡斯特罗立即动身前往墨西哥，准备在那里养精蓄锐，招兵买马，伺机反攻古巴。正是在墨西哥逗留期间，卡斯特罗认识了一位对他本人乃至古巴都产生了巨大影响的阿根廷人，他的名字叫作切·格瓦拉（Che Guevara）。

格瓦拉出生于阿根廷一个中产阶级家庭，大学学的是医学，但他从小就不安分，二十二岁那年决定中断学业，和好友骑着一辆老式摩托车纵贯了整个美洲大陆。一个从小娇生惯养却没有什么社会经验的热血青年这么早出来看世界，看到的一定是那些丑陋的地方，格瓦拉也不例外。这趟旅行还没结束，格瓦拉就已经变成了一个狂热的革命者，而且他最想革的就是美帝国主义的命，因为他把南美洲大陆上发生的一切罪恶都归咎到了富裕而又强大的美国头上。

后来有人将他俩的这段经历拍成了一部电影，取名《摩托日记》，电影中的格瓦拉由著名的墨西哥帅哥演员盖尔·加西亚·伯纳尔（Gael Garcia Bernal）扮演。但看过格瓦拉照片的人都会同意，本人比演员要好看无数倍，这种情况恐怕是电影史上的第一次。

换句话说，卡斯特罗和格瓦拉的那次墨西哥相会可以理解成是一位百年不遇的演讲奇才遇见了一位千年不遇的美男子。前者有人脉，有胆识，有武装；后者有魅力，有知识，有视野。最终两人强强联手推翻了巴蒂斯塔政权，建立了一个崭新的古巴。

## 古巴革命

1956 年 12 月 2 日，一艘载有八十二人的摩托艇"格拉玛号"（Granma）在远离哈瓦那的古巴东海岸登陆，船上除了卡斯特罗和格瓦拉外，还有卡斯特罗的弟弟劳尔·卡斯特罗。这群革命者几乎照搬了马蒂当年的做法，但因为缺乏作战经验，刚上岸即遭到伏击，只有十几个人活了下来，躲进了马埃斯特拉山区的密林之中。此后两年，巴蒂斯塔多次派正规军前往镇压，但始终奈何不了他们。最终游击队逼近哈瓦那，巴蒂斯塔在 1958 年的最后一天举家出逃，一个时代就这样结束了。

卡斯特罗的成功并不能完全用"得道多助，失道寡助"来解释，虽然他得到了很多古巴乡村民众的支持，但游击队中所有的骨干成员全都是出身于中产阶级家庭的白人，而他们要推翻的巴蒂斯塔则是个出身贫寒的混血儿，所以很多黑人民众心存芥蒂，并没有公开支持卡斯特罗。

卡斯特罗的成功，很大程度上要归功于他的知人善任。他重用了两位优秀的指挥官，这点在后来的战斗中被证明价值连城：一位是格瓦拉，他不但极富魅力，而且精通医术，再加上他特别能吃苦，打仗时总是身先士卒，因此深得士兵的爱戴；另一位名叫卡米洛·西恩富戈斯（Camilo Cienfuegos），也是一位智勇双全的猛将。作为卡斯特罗的左膀右臂，革命胜利后两人都当上了高官，但却都没能善终。格瓦拉死于玻利维亚的游击战，西恩富戈斯则死于一次飞机事故。今天的哈瓦那解放广场上有两座巨型浮雕，刻画的正是这两位古巴革命的烈士。

卡斯特罗最终获胜的另一个很重要的原因就是美国的态度。他虽然反美，却深知美国的实力不容小觑。于是他邀请了美国著名的左派报纸《纽约时报》的一名记者和他一起打游击，利用这位记者手中的笔把游击队的消息传到世界各地。美国政府一直搞不清游击队到底想干什么，甚至连美国中央情报局（CIA）都被他骗了，认为卡斯特罗是自己人。事实上，巴蒂斯塔之所以在局势尚未明了的情况下就仓皇出逃，就是因为美国决定不再支持他了。

著名的古巴历史研究者、英国记者理查德·戈特认为，巴蒂斯塔虽然确实是一个独裁者，但他的很多作为都是为了对付城市恐怖主义和游击战争的，人民最终倒向卡斯特罗的重要原因在于后者在军事上获得了胜利。如果巴蒂斯塔的军队能再坚持几年，甚至如果他不是如此一败涂地的话，古巴公众的看法就会倾向他了。换句话说，他认为人们通常会站在胜利者一边，古巴也不例外。

古巴革命的胜利受到了来自全世界左派阵营的欢迎。包括加西亚·马尔克斯、马里奥·略萨、保罗·萨特和西蒙·波伏娃在内的一大批左派作家要么撰文支持，要么专程来访。美国也有一大批左派作家对这个邻国发生的一切表示欢迎，一批古巴支持者于 1960 年在纽约成立了"古巴公平竞争委员会"（Fair Play for Cuba Committee）。美国著名作家威廉·威廉姆斯、艾伦·金斯堡、诺曼·梅勒和劳伦斯·弗林盖提等都是这个委员会的成员。

美国政府一开始是支持卡斯特罗的。也许是受了中情局的误导，美国人认为卡斯特罗的上台将有助于加速拉丁美洲的民主进程，没想到卡斯特罗上台后干的第一件事就是土地改革，规定只有古巴人才能拥有古巴的土地，于是所有的美国农场主不得不放弃了他们在古巴的甘蔗园，所得到的经济补偿简直微不足道。不过，这个决定与其说是源于社会主义对抗资本主义的意识形态之争，不如说是古巴民族主义对抗美帝国主义的结果。很多资料表明，卡斯特罗在革命胜利的初期并不是一个坚定的共产主义者，只是在思想倾向上偏左而已。他首先是一个民族主义者，他最想做的就是把古巴从美国人的掌控中夺回来，建立一个古巴人自己的古巴。

但是，这个政策损害了美国商人的利益，美国政府当然不干了，对待卡斯特罗的态度立即来了个一百八十度大转弯。1960年4月14日，大约一千四百名古巴流亡者在中情局的暗中帮助下在古巴南部的猪湾登陆，试图用武力推翻卡斯特罗政权。结果，这批乌合之众在几天内就被卡斯特罗的军队彻底消灭了，美国政府成了国际社会的笑柄。

很多证据表明，美国政府决定推翻古巴政权的想法一开始也不是因为担心共产主义的威胁，而是纯粹出于经济原因，但"猪湾事件"使得两国关系的性质发生了根本性的变化。卡斯特罗丢掉了对美国政府仅存的一点点幻想，开始想方设法防止类似事件再次发生。他深知美国的实力比古巴强太多了，如果美国政府真心要用武力颠覆古巴政权，他绝对无力抵抗，于是他别无选择地倒向了苏联，希望这个世界上唯一能和美国抗衡的超级大国能够帮助他保住革命成果。这个想法与格瓦拉倒是不谋而合，后者从一开始就是一个坚定的共产主义者，而且从来没有动摇过。

但是，苏联却另有打算。赫鲁晓夫很高兴在西半球找到了一位盟友，决心利用古巴这枚棋子和美国对抗。当时卡斯特罗希望和苏联签订一个《苏古军事条约》，他认为这样一个简单的条约就足以让美国人不敢轻举妄动了，但是苏联方面执意要在古巴建设导弹基地。卡斯特罗虽然勉强答应了，但他内心清楚，这样做等于把古巴变成了苏联的军事基地，或者更准确地说，古巴从美国的殖民地变成了苏联的殖民地。但他那时已经没有选择了，只能照办。

没想到导弹基地刚一开工，美国的高空侦察机便在第一时间发现了它。美国政府立刻提出强烈抗议,并决定对古巴实行海上封锁,这就是震惊世界的"古巴导弹危机"。当时很多人都以为美苏两国马上就要互扔原子弹了,第三次世界大战即将爆发,好在肯尼迪和赫鲁晓夫没有彻底失去理智,最终双方和解,苏联撤出了导弹。问题是,就和当初苏联决定在古巴建设导弹基地一样,赫鲁晓夫自始至终都没有和卡斯特罗商量,这让卡斯特罗感到羞辱,但他根本不敢发作,因为古巴的经济命脉也已经完全掌握在了苏联人手里。

### 在夹缝中生存

古巴是个天主教徒占多数的国家,哈瓦那的天主教墓地建在维达多区,我专程跑去参观,惊讶地发现这块墓地的面积大得惊人,逛了半天都没有逛完。后来查了资料才得知,这座中北美洲最大的陵墓建于19世纪末期,总的规划面积高达5平方公里,保证在未来一百年里新增加的棺材都能装得下。

从这个细节就可以看出哈瓦那的光辉历史。事实上,哈瓦那曾经是南美洲最富有的城市,卡斯特罗继承的是一个相当富裕的国家,他并不需要在废墟上重建古巴。资料显示,20世纪50年代古巴的人均GDP高居拉丁美洲第二位,仅次于依靠石油发家的委内瑞拉,和当时的意大利实力相当。古巴普通工人的平均工资排在全世界第八位,农民的平均年收入高于不少欧洲国家。古巴的城市化、识字率、婴儿死亡率和平均寿命等硬指标早在当年便已高居世界前列,是公认的拉丁美洲五强之一。

旧古巴的主要问题是经济发展不均衡,贫富差距过大。卡斯特罗当然要首先解决这个问题,但这么做的结果必然导致富人不满,他们当中有很多都是有一技之长的律师和工程师等专业人才,这些人选择了出走。据统计,古巴革命胜利之后的四年时间里有25万名医生、律师、工程师和管理人员逃离古巴,他们大都去了美国。"古巴导弹危机"之后,两国之间的航班被迫停止,那些想要离开古巴的人只能坐船偷渡,许多人被淹死。面对这场人道危机,卡斯特罗却宣布了一项新政策:任何人如果想要离开古巴都可以不受约束地这么做。这项新政策引发了更大规模的移民潮,更多的古巴人被淹死,最终还是美国总统约翰逊签署了《古巴调整法案》,由美国政府出钱增开了三千多次免费航班,将26万古巴移民送至美国并出钱安置。

此后卡斯特罗又数次故技重施,把非法移民当作和美国政府斗争的武器。在1980年,他甚至把大批古巴囚犯送上了前往美国的偷渡船,搞得美国狼狈不堪,并间接导致当时的美国总统卡特在竞选时败给了里根。这么做的结果是:目前已经有超过100万的古巴人移民去了美国,占古巴总人口的十分之一。他们当中的绝大部分都是受教育程度较高的白人,其中很多都是高级技术人才,这些人留在古巴的个人财产被充公。哈瓦那中心区和维达多区的大部分公寓和别墅都是在那个时期被老百姓抢占的。

卡斯特罗之所以这么做,一方面是为了和美国较劲,另一方面则是为了清除异己,因为富裕的人当中反对他的比例很高,这么做相当于把反对派都清理干净了。但是,这个做法也有一个明显的坏处。美国著名左翼学者C. 赖特·米尔斯(C. Wright Mills)在革命胜利后不久来古巴考察,回去后写了一本书盛赞卡斯特罗,但他在书的结尾处警告说,这场革命的主要缺点就是没有留住建设国家所需的人才。他的这个判断事后被证明是非常正确的,人才的匮乏是古巴经济停滞不前的主要原因,美国政府的单方面经济制裁只能排在第二位。

革命胜利后,卡斯特罗任命格瓦拉担任国家银行行长,两年后又把工业部长的重担放在了他的肩上。格瓦拉本人不是一个经济专家,习惯于从政治的角度想问题。他认为工业化是发展社会主义经济的基础,经济多样化是古巴摆脱殖民统治的必要条件,但古巴根本不具备发展重工业的条件,人才也极度匮乏,卡斯特罗很快就否决了格瓦拉的这个不切实际的想法,决定在苏联的支持下集中发展制糖业。为了留住古巴这个小兄弟,苏联也慷慨地和卡斯特罗签署了协议,答应以高于国际市场价格的金额购买古巴生产的糖,条件是其中一部分款项用苏联产品支付。

就这样,古巴重新回到了殖民时代的单一经济模式。整个20世纪70年代,古巴外汇收入的四分之三来自蔗糖出口,高峰时期甘蔗种植面积达到国内可耕地面积的45%。因为古巴蔗糖在苏联卖出了高价,1970—1988年古巴的平均经济增长率是4.1%,当时整个拉丁美洲的平均值还不足1.2%。如果仅从这几个数字上看,古巴革命应该算是成功了,但实际上古巴的这种经济模式严重依赖苏联,后者成了古巴真正意义上的宗主国。为了独立,古巴的革命者绕了一大圈,最后又回到了原点。

不用说,格瓦拉对这一状况是很不满意的。眼看自己的革命理想就要付诸东流,他决定离开古巴,去其他国家继续搞革命。他先是去了非洲的刚果,帮助刚果游击队闹革命,但由于言语不通、水土不服等,革命进行得很不成功。他很快吸取了教训,回到自己熟悉的南美,去玻利维亚打游击,却因村民的出卖而被捕,很快就被玻利维亚政府军处决了。英年早逝让格瓦拉成为全世界革命者共同的偶像,他那张凝望远方的照片出现在无数人的T恤上。不过,据我观察,格瓦拉头像在哈瓦那大街上出现的频率还不如布宜诺斯艾利斯多,原因在于阿根廷首都到处都是卖纪念品的小贩。换句话说,格瓦拉形象的存在感只和商品经济的发达程度有关,和老百姓对格瓦拉的热爱程度关系不大。

为了纪念这位开国元老,古巴政府在位于古巴岛正中间的圣塔克拉拉(Santa Clara)为格瓦拉建造了一座陵墓,内设一座小型博物馆,展出了不少他当年用过的东西。我专程去那里参观了一下,游客确实不少,但大都是外国人。一位来自西班牙的游客对我说,他并不认同格瓦拉的做法,只是觉得这个人坚持理想的精神很迷人。

美国政府当然不认同这个判断。事实上,当年抓捕格瓦拉的行动正是

▼ 格瓦拉陵墓的纪念碑,这是全世界格瓦拉崇拜者的朝圣之地

▼ 格瓦拉陵墓的雕像，这是个有争议的人物

在一位中情局特工的指挥下实施的，枪毙格瓦拉的命令也是美国人下的；他们把格瓦拉视为恐怖分子，是全人类的公敌。当然了，美国人最想干掉的人还得说是卡斯特罗，尤其是美国总统肯尼迪，他和卡斯特罗斗了很多次，对卡斯特罗产生了"个人仇恨"。中情局在肯尼迪的授意下启动了一项"猫鼬行动"，试图在古巴制造混乱，继而推翻政府。大部分行动都是由在美国的古巴流亡者实施的，内容包括在古巴繁华街道上的百货公司安放炸弹，破坏古巴制糖厂等。中情局还试图暗杀卡斯特罗，尝试过几百种方式，结果都被他逃过去了。走投无路的中情局甚至尝试过给卡斯特罗服用致幻剂 LSD，试图让他在公开场合出丑，结果仍然没有成功。最后反倒是肯尼迪自己被"古巴公平竞争委员会"的一位名叫李·哈维·奥斯瓦尔德（Lee Harvey Oswald）的成员在达拉斯枪杀了。

如果说这些做法还勉强说得过去的话，那么1976年那次针对古巴民航的袭击简直和恐怖分子没有任何区别了，就连最仇恨卡斯特罗的人恐怕也很难认同。那年的10月6日，载有古巴击剑队的一架古巴民航班机从委内瑞拉起飞返回古巴，一枚安放在厕所内的炸弹在空中爆炸，机上七十三名乘客全部被炸死。这是"9·11"事件之前北美地区发生的最严重的恐怖袭击，很多证据显示这是在中情局的暗中帮助下由在美国的古巴流亡者负责实施的，直接负责人是一个臭名昭著的古巴流亡者组织的首领奥兰多·波什（Orlando Bosch）。波什后来被当时担任中情局局长的老布什保了下来，逃过了法律的制裁。

就这样，卡斯特罗领导下的古巴在苏联和美国这两座大山的夹缝中有惊无险地过了三十年，直到1990年苏联这座大山垮掉为止。戈尔巴乔夫单方面中断了苏古之间的政治、军事和经济合作，古巴几乎在一夜间就回到了解放前。

统计显示，在苏联解体之前，苏联对古巴的粮食供应达到了其所需总额的63%，机械设备供应达到了80%。古巴所有出口商品当中有63%的蔗糖、95%的柑橘和73%的镍是被苏联买走的，而且价格相当优厚。比如，1990年古巴出口到苏联的蔗糖是按照每吨602美元的价格被苏联买走的，当年的国际市场糖价为每吨277美元。到1992年时国际市场糖价跌到了每吨200美元，古巴不得不以此价格出售本国农产品，这使得古巴的蔗糖出口收入从1990年的43亿美元跌到了1992年的12亿美元。如此大幅度的下跌对于古巴经济的影响是致命的，因为古巴国内需要的绝大部分的机械部件、化肥农药和动物饲料等几乎都是用蔗糖换回来的。

根据古巴官方公布的数据，古巴的国民生产总值在1990—1993这四年里分别下降了2.9%、10%、11.6%和14.9%，进口总量下降了70%。因为缺油，古巴的街道上重新出现了四轮马车；中国政府赠送了一百多万辆自行车，取代了原来的汽车和大卡车。古巴农村则重新请出了耕牛，代替原来的3万辆苏制拖拉机。

有个小插曲很有意思。苏东巨变时苏联已经向古巴提供了最后一批米格-29战斗机，其中的六架已经运到了古巴。几年后俄罗斯政府询问古巴政府是否愿意再买几架，劳尔·卡斯特罗问了问价格，得到的回答是2000万美元，劳尔立即答复说："要不我们把已经购买的六架飞机再卖回给你们吧。"

那段时间有不少外国旁观者预言古巴将会像东欧的那些前社会主义国家一样改变颜

色,但他们不仅误读了古巴领导人的决心,也误读了古巴人民的态度。为了应对危机,卡斯特罗宣布古巴进入了"和平时期的特殊阶段",除了免费医疗和免费教育被保留下来之外,古巴政府决定在全国范围内暂时中断汽油、水和电力供应,恢复了粮食和衣物的配给制度,依赖外国进口原材料的工厂大量关闭,成千上万名工人被下放到农村参加农业生产。与此同时,古巴政府决定不再把蔗糖作为创汇的主要产品,而是转向了旅游业,并在这一领域率先进行了改革,聘请来自西班牙和法国的管理人员对古巴的旅游业进行全方位升级改造,力求符合西方消费者的口味。为了防止这股资本主义风潮影响到其他领域,古巴将国际和国内的旅游业严格区分开,外国人如果不是特意去找的话,完全可以不和普通古巴人有任何接触。

这些应急措施收到了一定的效果,再加上委内瑞拉、玻利维亚、巴西和中国等友好国家在石油、汽车和农产品等方面对古巴的慷慨援助,把古巴从崩溃的边缘拉了回来。今天的古巴虽然不能说完全恢复了元气,但起码已经走上了正轨,正在朝好的方向发展。

◀ 哈瓦那港口附近的一座炼油厂。古巴并不是一个盛产石油的国家,所需石油大部分需要从委内瑞拉进口

# 古巴的未来

除了甘蔗、阳光和沙滩之外,古巴还有三样宝贝举世闻名,古巴的未来全都寄托在这三宝身上。

## 古巴医生

哈瓦那中心区靠近海滨的地方耸立着一幢约有二十五层楼高的灰色建筑,和周围那些老式的殖民地小洋楼形成了鲜明的对比。这幢高楼原本属于一家私人银行,但古巴革命后卡斯特罗政府将其改建成了一所综合性医院,取名为艾美杰拉斯(Ameijeiras)医院。我这次专程前去拜访了这家医院的眼科主任米盖尔·莫基·卡斯特拉诺斯(Miguel Mokey Castellanos)博士,我想通过采访弄清楚一件事:古巴的医生到底好在哪里?

"古巴现有八万多名医生,平均不到150人就有一位。"卡斯特拉诺斯医生开门见山地说道,"另外,古巴还有超过4万名医生在世界各地为穷人看病,仅在委内瑞拉就有2万人,巴西也有1.15万,其余的大都分布在非洲。"

确实,医生很可能是仅次于蔗糖的古巴第二大出口"商品",除了帮助古巴政府实现某些政治目的外,还真的能换回一些有用的东西。比如古巴现在的石油大都是用医生从委内瑞拉换来的,古巴的粮食和其他一些稀缺物资也是用医生从巴西换来的。古巴和中国之间也有类似的互惠互利模式,至今还有几百名中国学生在哈瓦那的医学院学医,卡斯特拉诺斯手下就有一名来自中国的博士研究生。

"中国医学院里学外科的医生很难有机会自己做手术，中国的医科研究生大都在给老板打下手，可古巴不一样，我现在就有很多机会亲自动手术，这在中国是不可想象的。"这位博士研究生对我说，"学医最重要的就是实践，光读书有什么用？古巴的医院为我提供了很多实践的机会，这就是为什么我愿意每年花1.7万美元学费在这里学习的主要原因。"

"那你不怕病人知道了跟你急吗？"我问。

"古巴医患关系比中国好太多了！因为古巴看病是免费的，绝大部分药物也都是免费的，所以病人很难去告医院，病人和医生之间没有相互仇恨的基础。"他回答说。

全世界实行免费医疗的国家不只古巴一个，但古巴至今仍然是一个发展中国家，综合国力相对很弱。这样一个穷国依然坚定地实行免费医疗制度，而且水平还不低，这就显得十分突出了。

"古巴的建国宗旨就是人人平等，力争让所有的古巴人都能享受到同等质量的医疗和教育。"卡斯特拉诺斯医生对我说，"所以古巴的医疗和教育全部免费，而且不但自己这么做，还向第三世界国家输出医生。"

问题是，古巴哪来那么多医生呢？据卡斯特拉诺斯医生介绍，古巴革命刚刚获得成功的时候有大约四千名医生逃到了美国，国内医生奇缺。卡斯特罗从全国各地招募了一大批年龄在14—16岁的年轻人来哈瓦那学医，他本人就是其中之一。他在哈瓦那医学院学习了十年，从一个半文盲变成了一名眼科大夫。国家又出钱让他去西班牙，去布达佩斯和莫斯科进修，学习先进国家的医疗技术。之后他又被派往非洲小国几内亚比绍，在实践中提高自己的技艺。直到1982年艾美杰拉斯医院建院时他才应邀回国，担任了这家医院的眼科大夫，最终当上了眼科主任。

"古巴的医院一共分为三个级别，一般小病都去初级医院，治不好再到二级医院，如果还治不好才会转到我们这种三级医院。"卡斯特拉诺斯医生对我说，"我们的医生和国际医学界保持着紧密的联系，我可以负责任地说，古巴的医疗水平一点儿也不比美国差。"

但是，这么做的代价就是：古巴拿出了国家财政的三分之一用于补贴免费医疗，另有三分之一被用于免费教育，其他领域就只能从剩下的三分之一里拿钱。要知道，卡斯特罗特别喜欢体育（他从小就是个优秀的运动员），古巴政府花了很多钱在竞技体育上面，多枚奥运奖牌就是明证。另外古巴还必须养活一支拿得出手的军队用于防止各种敌对势力的进攻，这也需要很多钱。如此算下来，其余领域能分到的钱就不多了。

这样的免费医疗，还能持续多久呢？

## 古巴雪茄

雪茄，在其他国家只是烟草的一种消费形式，但古巴雪茄代表了这个国家的精神内核，是全体古巴人民的形象代言人。

全世界很多国家都产雪茄，古巴雪茄是公认质量最好的。雪茄在古巴人心目中有着非常特殊的地位，不仅因为雪茄是古巴最重要的出口创汇商品之一，而且因为雪茄的原产地就在古巴，它远比蔗糖更能体现古巴人的气质。

据考证，烟草的原产地就是加勒比地区，当年哥伦布的水手们从这一地区的原住民泰诺人那里学会了抽烟，并把这一习惯带到了欧洲，最终成为人类的一大公害。

古巴岛最主要的烟草产区在岛的西端，尤其是比那尔德里奥（Pinar del Rio）省出产的烟草占整个古巴烟草产量的80%以上。正好哈瓦那的旅行社推出比那尔德里奥一日游，我决定利用这个机会去雪茄的原产地看一看。

第二天一早，一辆中国产的宇通大巴车准时出现在宾馆门口，车里坐满了外国游客，绝大部分来自西班牙和前社会主义阵营的国家，没有一人来自美国。美古之间虽然恢复了外交关系，但美国公民仍然不能以旅游者的身份随便来古巴玩，得给自己找个借口才行，比如文化交流或者扶贫什么的。不过，美国政府对于古巴雪茄的禁令松了不少，原来任何人都不准带古巴雪茄进入美国，现在允许每位旅客携带价值100美元以下的古巴雪茄入关。虽然杯水车薪，但总算是开了个口子。

美古交恶之前，古巴雪茄最大的市场就在美国，包括美国前总统肯尼迪在内的很多名人都是古巴雪茄的忠实拥趸。根据肯尼迪的新闻官后来撰写的回忆录，肯尼迪在签署古巴贸易禁令之前事先委托助手采购了一箱（1200支）乌普曼牌（H. Upmann）古巴雪茄，这批雪茄到货后的第二天他才在禁令上签了字。贸易禁令生效后，大批古巴雪茄师搬到了多米尼加或者洪都拉斯等周边国家，把古巴独有的手卷雪茄技艺传了过去。但美国人仍然只认古巴雪茄，于是美国市场上出现了大量假货。据说那段时间美国人抽的古巴雪茄有 95% 以上都是假的，但谁让肯尼迪签署了禁令呢？他本人倒是不用发愁，可惜第二年就被一位亲古巴的左派人士暗杀了，那 1200 支雪茄肯定还没抽完呢。

我们乘坐的大巴车一出哈瓦那，道路立刻就变得通畅起来。古巴的高速公路质量不错，但车速快的根本原因在于古巴车少。我注意到沿途有不少搭车者，还在一座大桥下面看到警察在拦车检查。导游告诉我，因为缺乏汽油，古巴政府号召大家共享资

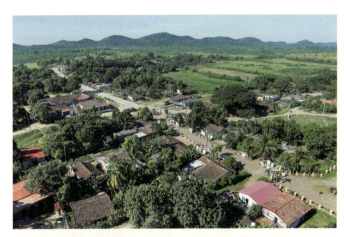

▼ 俯瞰古巴中部的乡村，这里的土地利用率不是很高

▼ 古巴东部是烟草的故乡，绝大部分古巴雪茄都是用产自这里的烟叶制成的

▼ 哈瓦那的一位名叫厄内斯托·托拉诺的雪茄师正在为游客演示古巴雪茄的卷法

源，任何跑长途的私人车辆都必须接上沿途的搭车者，否则就算违法，那些警察查的就是这个。不过这个法律只适用于本国车辆，像我们坐的这辆载有外国人的车不必遵守。

古巴地广人稀，田野上根本见不到人，只有牛群在吃草。据我观察，古巴的农业水平远不如中国，很多田地都荒芜着，看来古巴农民种地的积极性不高。导游告诉我，古巴政府正打算进一步扩大私有化的范围，希望能刺激古巴农民的积极性。

两个半小时之后，我们来到了位于比那尔德里奥省中心区的维纳利斯（Vinales）山谷，这是古巴最有名的烟草产地，绝大部分高档雪茄烟叶都出自这里。导游介绍说，这块地方是烟草的发源地，气候和土壤条件最适合这种植物的生长。可惜 8 月份烟草都已收割完毕，我们只能去参观烟民晒烟叶的作坊。烟叶收下来后先要在小木屋里阴干几十天，去掉烟叶中的水分和糖分，然后再进行发酵，将烟叶处理成不同的厚度和干湿度，这才能被用于制作雪茄。

一位当地烟农接待了我们，还为我们演示了如何卷雪茄，看上去似乎很容易，不到一分钟就卷好了一根，贴上商标就可以卖了。他点上一支烟让大家试抽，小木屋里顿时烟香四溢。我虽然不抽烟，但也忍不住去试了几口。雪茄烟和香烟不一样,吸烟者通常不把烟吸进肺里,而是吸到嘴里立刻呼出来,体会那独特的香气。

这位烟农当场叫卖自家产的雪茄烟,每根只要人民币3元,比免税店里卖得便宜多了,而且保证不是赝品。但整车游客只有一个人掏钱,因为对于不抽烟的普通消费者来说,古巴雪茄虽然是送礼佳品,但只有贴上商标才值钱。

雪茄是古巴为数不多的出口商品,当然要全力保护。古巴政府把雪茄的经营权垄断了,所有的品牌其实都属于国家。由于美国的贸易禁运,古巴雪茄的价格直线上升,变成了地位和权力的象征。参观雪茄工厂是哈瓦那旅行社的保留节目,所有涉外宾馆也都会附设一间雪茄店。我专程去自由哈瓦那宾馆下设的雪茄店参观,商店内部装潢高贵典雅,冷气开得十足,部分较为昂贵的雪茄品种还专门有一间恒温恒湿的储藏室,条件比葡萄酒酒窖还严格。店里出售的雪茄自然也都相当昂贵,但同样的品种在欧美的商店里价格至少翻一番。

这家店聘请的雪茄师厄内斯托·托拉诺(Hernesto Torano)现场为顾客答疑解惑,他告诉我,卷一根雪茄要用到三种不同的叶子,最外面的湿叶子决定了一根雪茄的最终长度,对味道的贡献很小;中间的干叶子决定了雪茄的硬度,对味道的贡献中等;最中心的薄叶子对味道的贡献最大,

▼ 古巴烟草种植者正在为游客讲解烟叶的制作工艺

一根雪茄的味道基本上由薄叶子决定。好的雪茄都是用一整片叶子卷成的,而且要把叶梗切掉,赝品雪茄往往外表看着不错,但里面用的都是碎叶子,有经验的雪茄师只要用手揉一揉就能分辨出来。

之所以要用一整片叶子,是为了保证雪茄燃烧得缓慢而又均匀,不吸的时候就会自然熄火。这种对细节的极致追求正是奢侈品的特点,但说实在的,我没有看出这里面有多少技术含量。美国的贸易禁运把古巴雪茄从一种普通农产品变成了奢侈品,这恐怕不是美国人想要达到的效果吧。

## 古巴音乐

大概只有一样东西比雪茄更能体现古巴人的精神内核,那就是音乐。古巴音乐之所以风格独特,主要原因在于古巴黑奴所受的待遇比北美好很多。黑奴们从非洲带来的家乡音乐在这个小岛保存得相当完好,其结果就是来自非洲、南美洲和欧洲的传统音乐在古巴岛有机地结合在一起,诞生了古巴音乐这朵奇葩。

我第一次知道古巴音乐是因为一部名叫《乐满哈瓦那》(Buena Vista Social Club)的音乐纪录片,记录了一群古巴老音乐家的传奇历史。里面的远景俱乐部其实就是哈

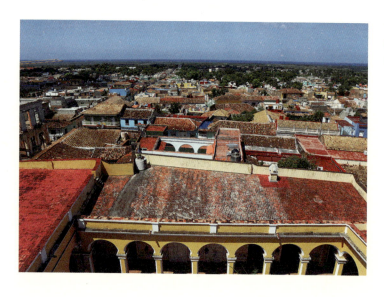

▼ 俯瞰特立尼达古城,远处就是加勒比海

▼ 正在特立尼达街头表演的古巴民间艺人

▼ 一年一度的哈瓦那狂欢节

瓦那一家专门为有钱人服务的音乐酒吧。卡斯特罗革命胜利后它被取缔了，音乐家们被迫改行，远离音乐很多年，直到一位美国音乐家把他们重新聚在一起，录制了一张怀旧专辑，这才重新被世人知道。这部纪录片和这张专辑是1999年世界流行文化圈最热门的事件，很多人因此知道了古巴音乐。

片中的主要角色都是20世纪初出生的老人，如今大部分都已去世，只剩下少数几个边缘人物还活着。他们招募了几位年轻乐手，组成了新的远景俱乐部，每周六晚上在哈瓦那老广场附近的塔博纳咖啡馆（Cafe Taberna）演出。我抱着朝圣的心情专门去听了一场，结果大失所望。糟糕的舞美和音响效果就不说了，关键是音乐完全没有了当年那张专辑里的灵气，以及那种时隐时现的淡淡的忧伤，而是彻底变成了刻意取悦观众的口水歌，和如今遍布北京三里屯的那些造作的酒吧歌曲没有任何区别。

失望之余，我决定去古巴的东部走走，那里是古巴音乐的发源地，也许在乡下才能找到好听的古巴音乐。于是我加入了一个散客拼成的旅行团，花了一天时间来到了古巴最有名的旅游城市特立尼达（Trinidad），终于如愿以偿。

特立尼达有一座殖民地时期遗留下来的老城，被公认为是全古巴乃至整个南美洲保存得最完好的殖民地老城。蜿蜒的石子路和漂亮的老房子构成了古城的核心，偶尔穿城而过的老爷车为这座古城增添了一种很特别的气氛。有几幢老房子被改成了餐馆，音乐声不时从墙内传出来，让沉睡了几百年的古城一下子活了起来。

我们挑了一家高档餐馆吃午饭，为我们表演的是一支七重奏小乐队，这是古巴乐队的标准配置，包括两把木吉他，一把低音贝斯，两个鼓手，一个主唱兼沙锤手，以及一把小号。从这个配置就可以看出，古巴音乐是一种融合了欧洲弦乐和非洲打击乐的混合音乐，综合了两种音乐的长处。这支乐队清一色是小伙子，那个小号手特别出色，经常会玩点儿即兴，很像是曾经盛行于美国 60 年代的拉丁爵士乐。

他们演奏了将近一个小时，全都是快乐的曲子，没有一点忧伤。吃完午饭我上街瞎逛，顺着音乐在一棵大树下发现了几位老人，他们每人头上都戴着一顶礼帽，坐在自带的板凳上弹琴唱歌。虽然节奏舒缓，但仍然听不出任何忧伤的味道，而是带有一种看破红尘的释然。

▼ 哈瓦那狂欢节上的舞者

▼ 圣塔克拉拉市的一个小女孩和她的狗

古巴音乐自古以来一直都是这样，这也是这个岛国民众普遍的精神状态。无论发生了什么重大事情，这个地方永远不缺食物和阳光，也就没什么可愁的了。

第二天晚上我回到哈瓦那，正好遇到一年一度的哈瓦那狂欢节。原本车水马龙的滨海大道被栏杆隔开，一群身穿艳丽戏服的舞者站在花车上扭动身躯。只有少数有票的观众和来自周边城市的劳模们才被允许进场观摩，大部分民众只能站在围栏外面向里张望。人群中到处是荷枪实弹的武警，密切地注视着大家的一举一动。一位当地人告诉我，这是古巴政府组织的狂欢节，相当于为老百姓提供的免费福利。

我站在街边看了一会儿，觉得实在是很无聊，便离开人群向我住的地方走去。沿途路过好几个迪厅，从里面传出震耳欲聋的电子音乐声，那是古巴年轻人最喜欢的雷击顿（Reggaeton），这是一种结合了牙买加雷击乐和加勒比流行音乐元素的新音乐形式，歌词里经常会带有一些色情意味。古巴政府嫌这种音乐太粗俗，曾经下过禁令，但还是没能阻挡古巴年轻人对这种新形式的热情。对于他们来说，无论是宋（Son）还是索萨（Salsa）都过时了，雷击顿才是属于他们的音乐。

哈瓦那的白天太热，只有深夜才能让人感到一丝凉意。我拐到一条小巷子里，迎面走过来一个头戴棒球帽的年轻人，他怀里抱着一台体积巨大的蓝牙音箱，一边走一边随着音箱里传出的强烈节奏摇头晃脑。恍惚间我想起了中国的80年代，北京的大街上也经常可以看见这样的年轻人，他们戴着茶色太阳镜，上身一件紧身花衬衫，下身是一条夸张的喇叭裤，肩膀上扛着一台四喇叭录音机，里面传出邓丽君的歌声。

然后，仿佛就是一瞬间，这些年轻人突然就从北京的大街上消失了，就像这位刚刚从我身边走过的古巴小伙子一样，转眼间便消失在哈瓦那的夜色之中。

# 斯里兰卡：
## 一朵带刺的鲜花

斯里兰卡人信佛，花是献给佛祖的最好的礼物。斯里兰卡人爱笑，他们的笑容永远像鲜花那样灿烂。如果你稍微了解一点这个国家的历史，你会发现斯里兰卡这朵花的花瓣里有一根尖锐的刺。

# 斯里兰卡内战

这个如鲜花一般美丽的佛教国家竟然打了二十六年内战，从 1983 年一直打到 2009 年。根据联合国的统计，有 8 万—10 万人死于这场旷日持久的战争，受伤者更是不计其数。

斯里兰卡是一个位于印度洋上的小岛国，总面积 6.56 万平方公里，排名世界第一百二十二位，人口总数约为 2200 万，排名世界第五十七位。该国几乎不产石油和天然气，除了有一点宝石之外也没有什么值得一提的矿产资源。2014 年斯里兰卡人均国民生产总值约为 7000 美元，排名世界第九十九位。无论从哪个角度来看，这似乎都是一个无足轻重的穷国，没什么值得关注的。

斯里兰卡曾经有过辉煌的过去。因为岛上盛产香料，在那个香料比黄金还贵的年代，斯里兰卡在世界香料贸易中扮演了一个举足轻重的角色。但是，随着香料的价值降到谷底，斯里兰卡辉煌不再。如今这个岛出产的拳头产品是茶叶，斯里兰卡红茶的口碑虽好，但这毕竟只是一种农产品，无法单独支撑起一个国家的经济命脉。

斯里兰卡的另一个主要经济来源是旅游业。该国旅游发展局发布的最新数据显示，截至 2014 年 11 月底，来自全世界的游客总数达到了 134.8 万人次，同比增长 20.3%。其中，中国赴斯里兰卡的游客总数达到了 117766 人次，同比增长 137.6%，增长幅度惊人。这其实不难理解，斯里兰卡距离中国不算太远，不用倒时差，非常安全，价格也不贵，一年四季气候宜人，有很多美丽的海滩……最重要的是，中国护照可以落地签！这些都是吸引中国游客的卖点，让人无法拒绝。

如果你还没去过斯里兰卡的话，那么请问，这个国家在你心目中是什么样子呢？如果你觉得这应该是一个又脏又破的穷地方，那你可就大错特错了。事实上，这是一个非常干净整洁的现代化国家，基础设施齐全，公路网覆盖全国，道路质量堪比欧洲，一点也不像大家想象中的南亚穷国，比相邻的印度和孟加拉国强太多了。

这还不是最重要的。凡是去过斯里兰卡的人都会告诉你，这是一个到处都是鲜花的国度。斯里兰卡人信佛，花是献给佛祖的最好的礼物。斯里兰卡人爱笑，他们的笑容永远像鲜花那样灿烂。翻开任何一个斯里兰卡旅游者的照相册，里面肯定会有很多张当地人冲着镜头微笑的特写。

但是，如果稍微了解一点这个国家的历史，你会发现斯里兰卡这朵花的花瓣里有一根尖锐的刺。这个如鲜花一般美丽的佛教国家竟然打了二十六年内战，从1983年一直打到2009年。根据联合国的统计，有8万—10万人死于这场旷日持久的战争，受伤者更是不计其数。

那么，这场内战究竟是为什么打起来的呢？

从表面上看，交战双方是斯里兰卡政府军和闹分裂的猛虎解放组织（Liberation Tigers of Tamil Eelam），但实际上这是一场发生在两个民族之间的种族冲突。政府军代表僧伽罗人，他们占斯里兰卡人口总数的70%左右，说僧伽罗语，主要居住在岛的中部和南部。猛虎解放组织则代表泰米尔人，只占人口总数的12%左右，说泰米尔语，主要居住在北部和东部。除此之外，无论是历史研究还是基因证据都表明，这两个民族实际上来自同一个祖先，双方从外表上看根本分不出来，基因层面更是没有任何区别。

看来，问题是出在宗教上了。僧伽罗人信佛教，泰米尔人信印度教，双方因为信仰不同而相互仇恨，这是当今世界最常见的戏码。但是，这个说法也有问题。众所周知，佛教和印度教都诞生于印度，双方在教义和礼法上有很多相似之处。印度教是多神教，据说有几百万个神，佛教的创始人释迦牟尼也是其中之一。佛教从严格意义上讲并不是一个典型的宗教，佛祖释迦牟尼本人反对偶像崇拜，不提倡祷告念经。换句话说，这两个宗教本质上非常相似，都没有那么排外，和基督教、天主教或者伊斯兰教等有着根本的差别。

种族冲突和宗教冲突都很难自圆其说，这就是斯里兰卡内战最奇特的地方。

▼ 杰夫纳海边的一位渔家女,黝黑的肤色健康而又美丽

说到战争,自从"二战"结束,世界上就再也没有发生过大规模的战争了,只有局部地区有过一些零星的小规模战斗,尤以中东地区和北部非洲最为集中。这两块地方都是伊斯兰教的重镇,于是有很多人把这些局部战争的原因归结于伊斯兰教,认为这个宗教本身存在某些特质,导致其信徒比较爱走极端。

斯里兰卡在这幅"世界武装冲突热点分布图"上显得格外刺眼。因为佛教在很多人看来几乎可以跟"和平"画等号,怎么会卷入内战中去呢?

看来,这个问题的答案必须从一个大多数人想不到的地方去寻找。

如果大家真的在脑海里画一幅"世界武装冲突热点分布图",你会发现一个事实,那就是绝大部分冲突热点地区都是前殖民地。很多人忘记了,仅仅在一百年前,世界还远不是今天这个样子。那个时候,地球上的绝大部分陆地都被少数几个欧洲列强瓜分了,非洲、亚洲和南美洲的大部分原住民都是被来自欧洲的异族统治着。拜文艺复兴和工业革命所赐,当时的欧洲要比其他大部分地区都要发达得多,无论是硬实力还是软实力都远在亚非拉之上。甚至可以说，是欧洲人为现代社会制定了游戏规则，并且一直沿用至今。我们今天习以为常的国家、民族、宗教和民主制度等概念全都是欧洲人发明出来的，然后通过殖民的形式强加给了亚非拉地区的原住民。

斯里兰卡就是一个典型的前殖民地国家。这个岛早在1505年就被葡萄牙人占领了，斯里兰卡的原名"锡兰"就是葡萄牙人给起的。在此后的四百五十多年里，斯里兰卡先后被葡萄牙、荷兰和英国殖民，无论是社会结构还是经济结构都发生了翻天覆地的变化。但是，殖民者毕竟人数太少，不可能从根本上改变斯里兰卡的文化结构，以及斯里兰卡普通民众的生活习惯和宗教信仰，其结果就是欧洲人带来的新思想在斯里兰卡水土不服。等到欧洲人撤走，斯里兰卡宣布独立之后，两者的矛盾立刻就显现出来了。

这就好比一个21世纪的软件运行在一个20世纪的硬件之上，时间长了肯定会死机。

斯里兰卡的内战，以及很多前殖民地国家爆发的区域性武装冲突，就是这么来的。

# 神圣的现代性

对于任何国家来说,大自然都是最宝贵的财富。一个国家的自然环境很大程度上决定了这个国家的命运。同样地,一个国家对待自然环境的方式,也在很大程度上取决于这个国家的性格。

## 亚拉的自然史

2014年10下旬的某一天,早晨5点,天还没有亮,一间乡下旅馆的灯却已经亮了起来。我和几位穿着冲锋衣的德国游客揉着惺忪的睡眼涌进餐厅,每人喝了一杯热气腾腾的红茶,然后坐上一辆敞篷越野吉普车,在清晨的微光中驶出了旅馆大门。

此地虽然地处热带,早上的气温还是有些低的。敞篷车在平整的柏油马路上疾驰,凉爽而又湿润的空气迎面扑来,大家终于彻底醒了,有说有笑地谈论着即将开始的游猎(safari)。半个小时后,吉普车离开大路,沿着一条土路开到了一座公园的大门前,那里已经有几十辆敞篷车在排队了,大部分都是路虎越野车,每车三排座位,可以坐三个人,后排座位比前排高一点,不影响后排视线,设计相当专业。

6点整,公园开门,吉普车鱼贯而入,然后迅速分散开来,沿着各自选择的小路向森林深处驶去。这片树林枝叶繁茂,但密度并不高,有些地方显然是故意清理出来的,方便游客看到野生动物。我们很快就发现了几头正在觅食的野猪,还看到一群鹿正在悠闲地散步。路边经常可以见到水坑,似乎也是专门挖出来方便动物饮水的,坑边能看到不少动物的脚印,可惜我们经过的时候只看到了几只鳄鱼和蜥蜴,没看到传说中的大象和豹子。

恍惚间,我以为自己身处肯尼亚或者南非的某个野生动物保护区内,这里的景色和非洲实在是太像了。突然,路边出现了一只鸟,头是黑色的,脖子是蓝色的,上半身的羽毛是白色的,下半身拖着一束长长的绿色尾羽,长度几乎是身体的三倍。显然这是一只印度蓝孔雀,我不在非洲,而在斯里兰卡。确切地说,这里是位于斯里兰卡东南角的亚拉国家公园(Yala National Park),里面生活着大象、豹子、猴子、野猪、水牛、鹿和熊等大型哺乳动物,体长超过1米的蜥蜴和鳄鱼,以及包括孔雀在内的各种珍奇鸟类,被誉为是非洲之外最像非洲的国家公园。国家公园每天都能吸引大批国内外游客来此游猎,门票收入占到斯里兰卡国家级自然保护区旅游总收入的一半以上。

俗话说,一方水土养一方人。一个国家独特的地理位置和自然环境,很大程度上决定了这个国家的命运。反之,不同的人,对待自然环境的方式也不同。作为一个外来的观察者,要想尽快了解一个陌生的国家,最好的办法就是走出大城市,去乡村看一看,研究一下它的自然环境,从风土中体察人情。

作为斯里兰卡最有名的国家公园,这个国家的精神密码就蕴藏在这片密林的深处。

虽然亚拉国家公园自称是"穷游者的非洲",但当我在公园里转了10分钟后,便意识到这里真的不是非洲,而且差距相当明显。亚拉的野生动物种类虽多,但数量稀少,尤其是大型哺乳动物,更是难得一见。清晨本来是野生动物们最活跃的时候,但我只见到了一群鹿和几头野猪,没有看到传说中的大象、熊和豹子。

但是,也许这个问题应该反过来问:为什么在距离非洲如此遥远的一个南亚小岛上,竟然还能保存下这么一个大型野生动物的栖息地呢?这就要从斯里兰卡的地理位置说起了。这个岛国位于印度的东南外海,不但距离印度大陆非常近,而且两者之间的路桥也很浅,据说几千年前的古人能直接走过去,只是因为海平面的上升,以及海浪的破坏作用,这座路桥最终还是沉到了水下。换句话说,远古时期的动物们完全可以毫不费力地从印度大陆直接走到岛上。

动物可以,人自然更可以。考古学家们相信,当人类第一次走出非洲时,是沿着东非海岸一路向北,再沿着阿拉伯半岛的东南沿海一路走到中东地区。考虑到当时人类的能力有限，他们很可能会选择一条熟悉而又安全的路线，继续沿着海岸线前进，最终到达今天的印度。事实上，有人认为今天非洲之外的所有人类都是最先到达印度的这群人的后代。

既然最先到达了印度，就没有理由怀疑他们到过斯里兰卡。考古证据显示，斯里兰卡有人类居住的历史极为久远，甚至可以追溯到十二万年以前，也就是说，最早的斯里兰卡居民甚至有可能是坐船直接从非洲漂过来的。

在人与动物的关系问题上，时间是最重要的因素。非洲是人类的发源地，现代智人是和动物一起进化的，在这一过程中人的狩猎能力逐步提高，野生动物逐渐适应了这一点，学会了躲避，这才侥幸活到了今天，这就是为什么只有非洲大陆才保存了如此丰富的大型野生动物的原因。地球的其他地方原本也都是动物们的天堂，但不幸的是，当那些掌握了高超狩猎技巧的智人们出现时，动物们毫不知情，因此也就来不及做出反应，在很短的时间里被人类杀光了。

也许，正是由于斯里兰卡很早就被原始人光顾过，动物们有足够的时间和那些打猎技巧尚未完善的人类周旋，并在这一过程中逐渐进化出了生存之道，这才幸运地活到了今天。

另一个重要因素是气候。斯里兰卡距离赤道很近，气温变化不大，但这个海岛位于两大海域之间，受到来自西南方向和东北方向的两股海洋信风的交替冲击，再加上这个岛地势不均，南高北低，因此斯里兰卡虽然面积只有6.56万平方公里（大约相当于海南岛的两倍），但各地的旱季和雨季相差极大，降水量也很不均衡。总的来说，西南地区每年4月—10月为雨季，东北地区则正相反。降水量北低南高，岛的东南角和西北角降水量最少，一年里的大部分时间都处于旱季，非常不适合发展农业，没想到这个看似不利的特点却保护了野生动植物。事实上斯里兰卡面积最大的两个国家公园，亚拉和维尔帕图（Wilpattu），正好分别位于岛的东南角和西北角。

悠久的历史和严酷的气候，让斯里兰卡成为野生动植物的天堂。全球有二十五个公认的生物多样性热点地区，斯里兰卡就是其中之一。斯里兰卡人对此相当自豪，不仅因为这是一种荣誉，而且因为这是斯里兰卡吸引游客的王牌之一。旅游业一直是斯里兰卡最重要的经济来源，这个地位直到最近几年才被劳务输出抢走。目前有一大批斯里兰卡女性在中东地区从事低端的服务行业，她们寄回来的钱是斯里兰卡最主要的经济来源。

生物多样性的好处可不仅仅是吸引游客那么简单，这个特点从根本上改变了斯里兰卡的历史。这个岛的植物种类极为丰富，尤其盛产各种香料，比如肉桂（cinnamon）的原产地就是这里，于是这个岛一直是香料商非常喜欢光顾的地方。最早看到商机的是阿拉伯商人，他们从7世纪开始就来到岛上收购香料，再用船贩卖到欧洲去。阿拉伯人将此岛称为Serendib，意为"珍珠之岛"。从这个词又衍生出一个新的英语词"serendipity"，意思是"意外发现的珍品"。

为了打破阿拉伯人对香料市场的垄断，葡萄牙王室派哥伦布率领一支舰队向西进发，试图横跨大西洋，开辟一条通往香料岛的新航道。哥伦布并没有完成这个任务，却在无意之中发现了美洲，为欧洲人找到了一个远比香料岛更珍贵的聚宝盆，从根本上改变了整个世界的格局。

虽然哥伦布没有找到香料岛，但葡萄牙人也没放弃。探险家达伽马率领的一支船队另辟蹊径，向南绕过非洲好望角，终于获得了成功。从此欧洲舰队进入了印度洋，改变了周边国家的历史进程。

葡萄牙人于1505年到达斯里兰卡，从此开始了长达四个半世纪的欧洲殖民史。葡萄牙、荷兰和英国先后统治了斯里兰卡，时间恰好分别都是一百五十年左右。在人类近代史上，四百五十年可不是个小数字。要知道，1505年中国还处于明朝中叶，想象一下，如果中国从明朝开始就成为欧洲殖民地，会是个什么结果？

别的先不说，亚拉国家公园本身就是殖民的产物。欧洲殖民者千里迢迢来到斯里兰卡，可不光是为了传播基督教文明的，他们的主要目的是掠夺宝贵的自然资源。首当其冲的当然是香料，但当香料供过于求，价值大幅度下降之后，殖民者又先后引进了甘蔗、咖啡、橡胶和茶叶，并在这一过程中砍伐了大量原始森林，将其变为专门种植经济作物的大农场。亚拉地区气候干旱，不适合种庄稼，在殖民者眼里经济价值很低，但他们也不会放着不管，最后英国人灵机一动，将这块地方开辟成一个猎场。

狩猎在今天的名声不太好，但在那个年代，这可是一种非常"绅士"的运动，只有王公贵族才有机会玩。英国著名历史学家约翰·麦肯齐（John MacKenzie）曾经在1988年出版的《自然帝国》（The Empire of Nature）一书中分析过英国殖民者喜欢狩猎的心理原因，他认为英国人受到古罗马人的影响，坚信如果想更好地在"野蛮地区"传播文明,最好的办法就是在当地打猎。想象一下,一群骑在马背上的男人拿着世界上最先进的武器,追逐狮子、老虎这些大自然中的猛兽并将其杀死,然后还要将猛兽的尸体制成标本放在客厅中炫耀……还有哪种游戏能够比打猎更好地展示先进文明的力量呢?当年欧洲出版过好几本关于狩猎的小说,进一步美化了这种行为,将其等同于男性的阳刚之气。这股风潮影响过很多人,其中就包括著名作家海明威。

从另一个角度看,打猎的盛行反映了当时欧洲人对待大自然的态度,那就是一切为我所用。这种实用主义的思想几乎贯穿了整个殖民史,是西方殖民者共有的思想基础。西方人的所谓"现代化"正是通过对大自然的征服而实现的。

有意思的是,狩猎行为最终却导致了环保意识的萌芽,一些富有远见的猎手提出,狩猎场应该专门划出一块地作为野生动物休养生息的场所,这就是现代意义上的自然保护区的雏形。当然了,猎手们最初的动机并不是为了保护野生动物,而是担心如果猎物被打光,狩猎这项运动就不存在了。但这个倡议的最终效果是好的,比如亚拉狩猎场早在1898年就专门划出一块地作为禁猎区,据说这是全世界殖民地当中最早开始这么做的狩猎场之一。

值得一提的是,打猎这一行为在几乎所有的殖民地国家都被殖民者垄断了,只有欧洲人和少数与之合作的当地买办才有资格"狩猎"(hunting),当地人只能"盗猎"(poaching),属于违法行为。亚拉狩猎场很早就修了若干条车道,其目的就是方便管理人员在狩猎场内巡视,防止当地人进来"盗猎"。

随着社会的进步,人们对待大自然的态度也发生了转变。1938年,亚拉狩猎场正式改名为亚拉国家公园,任何形式的狩猎活动都被禁止了。1943年,这块地方又更名为卢胡纳国家公园(Ruhuna National Park),不过当地人习惯了老名字,私底下仍然还用亚拉来称呼它。别小看这次改名,其背后的含义极其深远。卢胡纳是斯里兰卡一个古代部落的名字,改名是为了给亚拉国家公园增加一点文化元素。从某种意义上说,斯里兰卡之所以成为今天这个样子,原因就在这里。

## 亚拉的文化史

上午8点,太阳出来了,气温骤然升高。赤道附近的气温上升得特别快,大家

▼ 亚拉国家公园内的帝沙佛塔,斯里兰卡以佛教立国,国家公园内遍布佛塔

很快就都把冲锋衣脱了,只剩下背心短裤,可还是热得直冒汗。亚拉的旱季刚刚结束,据说昨天才下过一场暴雨,但国家公园内沙质的土壤早已干涸,看不出半点雨水的痕迹,只有几个人工挖掘的水坑里还保留着一点浑浊的泥水。不过,对于野生动物来说,这点水已经足够了,它们显然都已吃饱喝足,躲进树丛里乘凉。我们的吉普车在国家公园里转了两个多小时,仍然没有看到传说中的大象和豹子。司机有点着急,不断改变方向,向丛林深处驶去。

雨,对于野生动物来说绝对是个好东西,但对于我们这些想看野生动物的游客却是个坏消息。这个悖论同样适用于广义的旅游业:地球上所有人都想发财,所有国家都想加快现代化进程,但游客却最喜欢看到原始的自然风光,最希望体验传统的风俗习惯,内心里都希望这个所谓的"现代化"晚些到来。

车子开着开着,树丛上方冒出一个白色的尖顶,在蓝天的映衬下显得格外醒目。走近一看,是一座十几米高的佛塔,外墙显然重新刷过漆,白得刺眼。底座周围却是一堆碎砖烂瓦,像是从地下挖出来的古董。导游操着极不熟练的英文解释说,这是希图帕胡瓦(Situlpahuwa)佛塔,距今已有两千两百多年的历史了。

偌大一个国家公园里发现一座古代的佛塔,这本身并不是一件值得大惊小怪的事情。但这座佛塔有些特殊之处,值得细说。

斯里兰卡和邻国印度一样,都有着非常悠久的历史。人类走出非洲后很快就到了这里,而根据考古学家和基因学家的考证,这块地方的人早在五千多年前就已经发展出了非常高级的文明形式,出现了结构复杂的城市和村庄。历史上称这些人为达罗毗荼人(Dravidian),他们是南亚地区真正的原住民,有自己独特的语言、文化和原始宗教。大约在公元前1500年,一群居住在中亚高加索地区的雅利安人(Aryan)入侵南亚,带来了一种新的宗教(吠陀教)和种姓制度。雅利安人的文明程度不如达罗毗荼人,但他们能征善战,凭借武力统治了这块地区。不过,双方混居了几千年,彼此之间的基因交流非常普遍。DNA证据显示,今天的印度、巴基斯坦、孟加拉国和斯里兰卡等南亚国家的居民大都是这种交流的结果,从基因上已经分不出谁是谁了。

以上是科学研究的成果,但这段历史在民间故事里则有很多不同的版本,彼此间相互矛盾,可信度很低。因为宗教和文化等原因,南亚国家普遍不重视修史,这就是为什么研究印度史的学者只能依靠法显和玄奘等去印度取经的中国僧侣留下的记录。斯里兰卡同样有这个问题,这种情况直到英国人到来后才发生了根本的改变。1837年,英国史学家乔治·特纳(George Turnour)将一本用已废弃的巴利文撰写的历史古籍翻译成英文后出版,这就是著名的《大史》(*Mahavamsa*)。此书是由一位生活在4世纪的佛教僧侣所写,其地位大致相当于中国的《史记》,可信度相对较高。英文版出版后,这本书成了斯里兰卡历史学家公认的参考文献,被认为是迄今为止关于斯里兰卡王朝更迭的最准确的历史记录。

按照这本书的描述,斯里兰卡的历史始于公元前543年。一位来自印度北方(即今天的孟加拉国)的被黜王子维阇耶(Vijaya)带着七百名武士乘船来到斯里兰卡,在岛的北部平原上建立了第一个王朝。武士们娶了当地姑娘做妻子,生下的后代就是斯里兰卡的主要民族——僧伽罗人(Sinhalese)的祖先。此后僧伽罗人不断向南扩张,最终占领了整个海岛。

据说维阇耶登岛那天正好是佛祖释迦牟尼悟道的日子,但佛教直到三百年后,也就是公元前247年才正式传到了斯里兰卡。印度历史上著名的佛教王朝孔雀王朝的国王阿育王在那一年派遣自己的儿子摩晒陀（Mahendra）率领一个传教团去斯里兰卡传教，在摩晒陀的劝说下，当时的僧伽罗国王帝沙（Tissa）决定皈依佛门，从此僧伽罗人便放弃了印度教，变成了一个信仰佛教的民族。

可惜好景不长。四十多年后，也就是公元前205年，来自印度南部的一位名叫伊拉纳（Elara）的王子率军入侵斯里兰卡，占领了僧伽罗王朝的首都阿努拉达普拉（Anuradhapura），把僧伽罗人赶到了斯里兰卡南部的丛林之中。因为有这片密林作为屏障，伊拉纳的军队攻不进来，僧伽罗人终于得以休养生息，并暗中积蓄力量，准备反攻。

几年之后，位于东南部的一个名叫卢胡纳的僧伽罗部落出了一位英勇善战的国王杜图伽摩奴（Dutugemunu）。他率领一支军队向北进发，和伊拉纳的部队激战了十五年，终于攻进了首都阿努拉达普拉，杀死了伊拉纳，把斯里兰卡从印度人手里夺了回来。

这个故事是《大史》的核心。这本书（编订本）一共有三十七个章节，其中有六章都是在叙述国王杜图伽摩奴的事迹，他和伊拉纳的终极决斗甚至被当作了整本书的结尾，可见这场战役对于僧伽罗人来说有多么重要。事实上，国王杜图伽摩奴被公认为是僧伽罗的民族英雄，其名望和地位有点类似于中国的岳飞。据说他之所以如此勇武，是因为有一头名叫坎杜拉（Kandhula）的神象助力，这才击败了同样有头神象助力（可惜老了）的伊拉纳。

说到大象，我们的越野车在国家公园里转了快三个小时，居然还没有看到一头象，我们的司机兼导游终于急了，不断用手机和同伴们通话，显然是在询问大象和豹子的踪迹。突然，他似乎听到了好消息，立即调转车头，跟在几辆车后面开到出事地点，没想到此处早已有十几辆越野车在排队了，把道路堵得水泄不通，我们只能远远地看着两头大象悠闲地从两辆车中间穿过马路，消失在丛林之中。

当然了，没人真的相信这个世界上会有神象存在。事实上，《大史》中记载的很多英雄事迹都太像神话故事了，极尽夸张之能事，很难让人信服。比如，这本书把僧伽罗人的祖先维阇耶描写成一个半人半狮的怪物，他的祖母和一头公狮子偷情，生下了一对儿女，这兄妹俩结为夫妻，生下了维阇耶，这就是斯里兰卡自称狮子国的原因，Sinhala 的意思就是狮子。

如果说这些小细节只是一种夸张的文学手法，尚且情有可原的话，那么这本书的另一个硬伤就不能不被重视了。《大史》成书于 4 世纪，写的却是公元前 6 世纪时发生的事情，将近一千年的时间跨度在那个信息不通的时代简直是一条难以逾越的鸿沟。所以，无论是英国殖民者还是斯里兰卡人都对《大史》的权威性产生过怀疑。于是，斯里兰卡殖民政府于 1868 年成立了一个考古委员会，专门从英国请来了格德施密茨（P. Goldschmidt）和斯密瑟（J. G. Smither）等考古学领域的专家学者前来主持工作。他们相信考古学属于科学，比古代文献的可信度高。这些专家将整个海岛梳理了一遍，找出了《大史》中描述过的几个古代都城的确切位置，并对这些遗址进行了细致的挖掘整理工作，证明《大史》所描述的历史事件基本正确，今天的亚拉国家公园就是当年那个卢胡纳部落的领地，杜图伽摩奴就是在这片森林里休养生息，积蓄力量，最终击败了伊拉纳的军队。考古人员在国家公园内挖掘出了大量古代建筑的遗迹，希图帕胡瓦佛塔就是其中之一。

值得一提的是，同样的工作也在印度进行了，佛祖出生、悟道、首次传教和涅槃的地点就是在这一时期被确定的。事实上，很多亚洲和非洲殖民地的历史古迹都是被欧洲的考古学家首先发掘整理出来的，他们这么做的本意是为了学术研究，但其结果却为殖民地国家的独立运动打响了第一枪。原来，欧洲殖民者一直以文明的代言人自居，坚信自己是在传播先进文化。没想到考古证据表明，起码在南亚地区，早在三千多年前就已经存在着很高级的文明了，欧洲人反而更像是野蛮人，有种蛮族入侵的感觉。

同样，考古证据也为那些被殖民地区的有识之士增添了谋求独立的勇气和信心，斯里兰卡就是其中相当典型的案例。但是，这些人没有想到的是，他们早已在不知不觉中受到了殖民者的影响，他们所追求的东西，已经和自己祖先的教诲相去甚远了。

## 神圣的现代性

我们的吉普车又在公园里转了一个多小时，还是没有看到豹子。司机也有些累了，把车开到海边的一处露营地休息。2004 年这里曾经遭到过海啸的袭击，几名日

▼ 加勒古城内卖食品的小贩。斯里兰卡以素食为主，当地人比较喜欢油炸食品，咖喱和辣椒都放得很多

本游客不幸丧命，部分设施被冲毁，原址上只剩下几个水泥台子，和一个日本人捐献的纪念碑。

已经有不少吉普车停在这里休整，据我观察几乎有一半的游客是本地人。斯里兰卡人的长相和印度人没什么区别，但是衣着风格略有不同，平时穿西式服装的斯里兰卡人比例远比印度要高。另外，尽管斯里兰卡天气炎热，但很少有男人穿短裤，上衣也大都是有领子的，大街上几乎看不到圆领T恤。我认识的一位斯里兰卡记者朋友对我说，印度出了个甘地，对外来文化有抵制情绪，西化的进程受到了很大阻力。斯里兰卡人则相对被动一些，对于西方文明的接受程度比印度人高得多。

虽然衣着较为西化，但斯里兰卡人仍然保留了古老的饮食习惯。他们平时最常吃的是咖喱米饭，就是在米饭上浇上几勺用咖喱汁煮过的蔬菜，然后用手拌着吃，不用任何餐具。斯里兰卡人也很少吃肉，即使有肉菜，量也特别少，鸡肉饭里面常常只有两小块鸡块，牛肉饭更惨，最多只有几个半厘米见方的牛肉丁。

和衣着相比，饮食习惯更能反映一个国家的国民性，从中可以推测出关于这个国家的很多信息。众所周知，家畜和家禽对土地的需求比同样热量的水稻蔬菜高得多，一个吃肉的民族要么需要大量的土地用于农业生产，要么必须大力发展工业，用赚到的外汇从国外进口肉食。中国改革开放后肉蛋奶的需求量成倍增长，给农业生产带来了很大的压力，这是中国近几年环境恶化的重要原因。

素食的一个缺点就是碳水化合物容易过剩，蛋白质不足，这就是斯里兰卡人普遍偏胖的原因。但是，素食最大的问题是比肉难吃，素食传统需要满足一些特殊的条件才能延续下来。斯里兰卡人之所以吃了这么多年素，一个重要原因是岛上有丰富而又廉价的香料。有人曾经认为南亚食品中的香料是为了防腐，这个看法不准确。香料的主要作用就是让素食变得好吃，我在斯里兰卡吃了两个多星期素食，一点也没有觉得厌烦，原因就是这里的咖喱不但味道好，而且种类繁多，起码在短时间内是吃不腻的。

素食的另一个原因自然是佛教。曾经有一位斯里兰卡学者撰文称，斯里兰卡是全世界最早建立动物保护区的国家，当年摩晒陀来印度传教时，看到国王帝沙喜欢打猎，就向他转述了佛祖关于众生平等的教诲，帝沙听从了佛祖的话，禁止臣民打猎，这就相当于把整个斯里兰卡变成了动物保护区。

这篇文章是在斯里兰卡独立后不久写成的。斯里兰卡的独立过程相当平和，被誉为前殖民地国家争取独立的典范。独立后，斯里兰卡的政治家们急于摆脱英国的影响，在国际上树立起斯里兰卡（当时还叫锡兰）的国家形象，但他们忘记了，"国家"这个概念本身就是一个舶来品。在今天看来，"国家"似乎是后殖民时代的一个不言而喻、无须解释的东西，但实际上现代意义上的国家是一个诞生在欧洲的新事物，世界其他地方一直是按照王朝、家族、部落甚至村庄来划分势力范围的。1505年葡萄牙人上岛之前，斯里兰卡被七个王朝瓜分，它们有不同的语言和文化传统，彼此之间明争暗斗，却也相安无事。欧洲人到来后，这种分裂的状况又维持了很长一段时间，直到英国人于1815年攻陷了僧伽罗人的最后一个王朝——康提王朝之后，这才终于把全岛纳入了同一个政权统一管理。换句话说，即使是在斯里兰卡这样一个面积不大的海岛，"国家"都不是一个自然而然就能形成的概念，需要新政府动用一切手段不断强化。

那么，现代国家的法理基础是什么呢？答案是民族。绝大部分后殖民时代建立起来的国家都是以民族为基础的，所以叫作"民族国家"（nation state），斯里兰卡自然也不例外。在一个民族国家里，国民不再服从于某个皇帝或者君主，而是团结在一面"民族"大旗之下，以该民族独特的语言文化和宗教信仰来作为黏合剂。但是，出生于中国昆明的美国历史学家本尼迪克特·安德森（Benedict Anderson）在系统地研究了世界诸国，尤其是东南亚地区新兴国家形成的过程后，提出了一个新颖的观点。他认为民族不是一个天然存在的社群，而是一群人想象出来的产物。他在1983年出版的《想象的共同体》（*Imagined Communities*）一书中详细阐述了这个观点，被公认为是关于民族国家和民族主义的经典著作。

斯里兰卡为这本书提供了一个绝佳的案例。斯里兰卡独立时大约有70%的人口是僧伽罗人，另有12%是泰米尔人——这是一个来自印度南部的族群，多年来一直聚居在斯里兰卡的北部和东部，说泰米尔语，信印度教，当年那个率军入侵斯里兰卡的国王伊拉纳就是泰米尔人。这个12%的比例相当微妙，既没有少到可以忽略不计，又没有多到有资格在民主选举中和僧伽罗人抗衡，再加上泰米尔人历来重视教育，无论是文化水平还是见识都要比同时代的僧伽罗人高，内心深处对于占多数的僧伽罗人不太服气，于是麻烦就来了。

斯里兰卡独立后不久，人数占有绝对优势的僧伽罗人便通过民主选举掌握了权力。当僧伽罗的政治家们试图强化民族这个概念时，急需构建一个敌人，泰米尔人很自然地就成为这个敌人。于是，《大史》被当作民族的正史收入中小学历史课本；国王杜图伽摩奴被抬上神坛，成为拯救僧伽罗人的民族英雄；亚拉国家公园改名为卢胡纳国家公园，变成了僧伽罗民族的避难所；国家公园内的大象曾经因为破坏农田而被定期捕杀，如今却变成了僧伽罗的民族图腾，严禁猎杀；杜图伽摩奴和伊拉纳之间的那场战斗被改编成电影和戏剧，深深地植入了斯里兰卡的文化体系当中……就这样，原本一场发生在两千多年前的两个部落之间争权夺利的普通战争，变成了一场侵略者和被侵略者之间的卫国战争。

更有意思的是，几位斯里兰卡史学家根据《大史》考证出泰米尔人是印度南方土著，属于达罗毗荼人中的一支，而僧伽罗人则是雅利安人的后代，出身比泰米尔人高贵。换句话说，泰米尔人不但占领了僧伽罗人的家园，还把后者高贵的雅利安基因"污染"了。虽然后来的DNA研究证明这两个族群的基因没有差别，但这个说法在斯里兰卡依然深入人心。

这还没完。泰米尔人和僧伽罗人虽然语言不同，文化各异，但这些都是可以改变的，唯独宗教信仰很难更改，这才是最根本的差别。于是，在斯里兰卡政府的大力扶持下，佛教的地位直线上升，成为斯里兰卡的国教。政府在岛内大兴土木，修建了很多佛教寺庙。那些被英国人从土里挖出来的古老佛塔则被粉刷一新，看上去像是一座崭新的建筑物，亚拉国家公园内的希图帕胡瓦佛塔就是如此。很难想象美国人会在自己的自然保护区内大兴土木，或者意大利人会把古罗马斗兽场重修一遍，但这两件事在斯里兰卡却成为普遍现象，还有好几处遗址都是如此。

伦敦大学学院人类学系副教授塔里克·扎基尔（Tariq Jazeel）在他2013年出版的《神圣的现代性》（*Sacred Modernity*）一书中详细分析了这个现象。扎基尔是斯里兰卡移民，对东西方文化都有很深的了解。在他看来，两种文化对于"自然"这个概念的理解是不同的。对于斯里兰卡人来说，大自然绝不仅仅是山川河流以及花鸟鱼虫，而是这个国家历史、文化和宗教的展示平台。斯里兰卡政府于1988年首次出版的《斯里兰卡地图册》的第一页既不是斯里兰卡地形图，也不是行政区地图，而是根据《大史》记载而描绘的各个古代僧伽罗部落的边界，以及各大佛教寺庙的势力范围。除此之外，斯里兰卡政府还不断地通过修建佛教寺庙、翻新佛塔，以及挖掘整理僧伽罗古城遗址等工程，进一步强调佛教对于斯里兰卡的重要性，以及僧伽罗人在这个岛上的主人公地位。换句话说，这个国家把大自然当作展示僧伽罗人民族性的舞台，而信仰印度教的泰米尔人则在这一过程中被逐渐异化成了外来侵略者。

扎基尔还指出，如果说西方人眼里的现代化是高科技的话，那么斯里兰卡人眼里的现代化则带有很浓的佛教色彩，并且十分强调对于民族传统的尊重，是一种"神圣的现代性"（sacred modernity）。通过对佛教和民族传统的不断宣扬，斯里兰卡人终于找到了一个共同的"身份标识"（identity），斯里兰卡政府则找到了一个为大多数国民（僧伽罗人）公认的立国之本。但是，他们没有意识到，"佛教"和"民族"这两个概念其实都是被西方殖民者异化了的，和斯里兰卡传统文化相去甚远。于是，斯里兰卡最终还是没能避免后殖民时代特有的种族冲突，爆发了一场旷日持久的内战。

传统与现代之间，没有中间道路可走。

## 尾 声

因为旱季刚刚结束，动物们需要时间休养生息，亚拉国家公园每天只开放半天，中午就关门了。导游开车把我放在了帝沙佛塔（Tissa Dagoba）旁，这是亚拉国家公园附近最重要的一处古迹，塔高 55.9 米，周长 165 米，通体白色，肃穆庄严。原塔建于两千多年前，据说是为了纪念大英雄杜图伽摩奴的母亲而修建的。这位母亲原是帝沙王国的公主，帝沙国王误杀了一名佛教僧侣，为了赎罪而把自己的女儿绑在一艘小船上漂向大海，最终却神奇地停靠在了卢胡纳王国的海岸线边。于是这位女儿嫁给了卢胡纳王国的国王，生下了杜图伽摩奴。

有趣的是，据《大史》记载，这位杜图伽摩奴曾经因为自己杀了太多的人而感到良心不安，他手下的一名佛教高僧安慰他说，你其实只杀了一个半人，一个是佛教徒，另一个正准备皈依佛教，其他那些死者都是动物，不算人。于是这位国王便释然了，继续大开杀戒，打败了北方侵略者，统一了斯里兰卡。

这个案例说明，在特定的情况下，一向以仁慈为先的佛教经典完全可以成为大屠杀的辩护词。

参观完毕，我沿着一条公路徒步走回旅馆。正走着，一场大雨不期而至。我撑着伞在雨中艰难前行，一辆手扶拖拉机在我身边停了下来，司机招手让我上车，把我载到目的地，分文未收。

在我短暂的旅行过程中，我遇到了很多像他这样的斯里兰卡好心人。总体来说，斯里兰卡的普通民众非常乐于助人，脸上总是挂着微笑。但是，为什么一个佛教国家竟然会打了二十六年的内战呢？为什么一个对待外国人善良友好的民族却对本国的少数民族充满了仇恨？这就是我想要知道的问题。

# 佛教的传播与异化

佛教诞生于印度,却在周边国家发扬光大。在佛教向印度之外的地区传播的过程中,斯里兰卡起到了至关重要的作用。如今佛教已经成为斯里兰卡的国教,对这个岛国的政治、经济和民生等许多方面影响深远。

## 一颗牙的传奇

清晨,一轮红日在薄雾中悄然升起,古城康提(Kandy)慢慢从睡梦中醒来,本来就不宽敞的马路很快就被冒着黑烟的公共汽车和三轮摩托车塞满了,空气中弥漫着汽车尾气的味道。虽然从居民人数上讲康提排在科伦坡(Colombo)之后,位列第二,但这座城市在最近这四百多年里一直被认为是斯里兰卡的文化之都,原因有两个:第一,这是斯里兰卡历史上最后一个古代王国的首都;第二,这里保存着这个国家最为珍贵的东西:佛祖释迦牟尼的一颗犬齿。

康提市位于斯里兰卡中部的丘陵地带,整座城市建在一个山谷之中,市中心有一个人工湖,保存佛牙的舍利塔就建在湖边。清晨 7 点刚过,门前就已经排起了长队,从衣着上看以本地人居多,女性占七成以上。据说这座舍利塔是斯里兰卡最重要的朝圣之地,斯里兰卡的佛教徒们一生中至少要来朝拜一次,而且来的次数越多越好。

我跟随朝圣的人流走到大门前,发现这里的安保措施极为严格,门口停着两辆警车,车内坐着数名荷枪实弹的武警。入口处安装了金属感应门,所有人进门都要过安检,每个包都要打开来仔细搜查。一个佛教圣地为什么会这样如临大敌呢?因为这里曾经发生过恐怖袭击。1998年1月25日，斯里兰卡猛虎解放组织的三名敢死队员驾驶一辆装满炸药的卡车强行闯关，并引爆了炸弹，三名袭击者和一名两岁儿童当场死亡，另有数十人受伤。此事立即在康提市区引发了暴乱，愤怒的群众烧毁了数辆汽车，并把康提市内的一所印度教寺庙烧毁。爆炸案发生后的第二天，斯里兰卡政府正式将猛虎解放组织定为非法组织，此前双方虽然已经激战多年，但斯里兰卡政府一直试图通过和平途径解决冲突，爆炸案让内战再次升级，政府和猛虎解放组织之间的关系从此走上了一条不归路。

幸好那次爆炸没有伤到舍利塔，佛牙也貌似没有受损。如今被炸的建筑物也早就被修好了，几乎看不出爆炸的痕迹。

游客进门后自动分成两队，外国人必须付35美元的高价才能进入。这里对游客的装束要求极为严格，不但不能暴露肩膀和小腿，连鞋也不许穿。前一条还好说，但赤脚对于很多外国游客来说是个不小的麻烦，原因在于这里的大部分区域都是露天的，不但路上布满了硌脚的小石子，还有不少鸟粪，于是我看到很多来自东亚国家的游客一个个踮着脚尖，龇牙咧嘴地往前走。

令人惊讶的事情还在后面。对于中国游客来说，如果你对佛教建筑的印象还停留在少林寺这种深山古刹的话，那么这座佛牙塔一定会让你大吃一惊。首先，这不是一座单独的佛塔，而是一组建筑群，几乎每一幢建筑物的外表装饰都极为繁复华丽，一点也没有国内寺庙那种朴素的风格，反而更像印度教寺庙。事实上，这组建筑群当中真的有一座专门为印度教大神毗湿奴（Vishnu）修建的寺庙，管理人员告诉我，毗湿奴是斯里兰卡的四大庇护神之一，同时也是佛祖的一名弟子，不是外人。不过，印度教徒的说法则正相反，他们认为印度教才是老大，佛教属于印度教的一个分支，佛祖释迦牟尼只是印度教几百万个神祇中的一个而已。斯里兰卡距离印度太近了，佛教和印度教之间不可避免地有着千丝万缕的联系，相互间并不排斥，这点和世界上的其他宗教非常不同。

其次，佛牙塔的内部装饰不仅繁复华丽，简直可以说到了奢侈的程度。我随着人流走进大门，眼前出现了一座金光闪闪的佛龛，不但墙壁上涂满了金箔，而且佛龛两侧居然还立着八根巨大的象牙。在这个保护野生动物的观念已经深入人心的时代，这八根象牙让人感觉很不舒服。装佛牙的宝塔放在二楼，上得楼来，却被告知这里

▼ 康提著名的佛牙舍利塔，是斯里兰卡佛教徒心目中最重要的佛教圣地

▼ 佛牙舍利塔旁边就是一座印度教的毗湿奴寺庙，但游客不多

每天只开放一小段时间供游客参观，其余时间大家只能坐在地上干等。对于那些虔诚的佛教徒来说这不算难事，他们坐在二楼的地板上，每人手里拿着一本佛经，一边等一边默默念诵。但是，这样的时间安排对于游客来说可就不那么方便了。大概是为了不让我们等得心烦，墙上挂着的两台电视机不断地循环播放"佛牙节"（Esala Perahera）上拍的一段视频。这个"佛牙节"在每年的七八月间举行，为期十天，不但是斯里兰卡最重要的节日，甚至也被认为是整个东南亚地区最重要的节日之一。从视频上看，"佛牙节"热闹得就像是南美狂欢节，游行队伍前面有数十头披着花布的

▼ 康提的民族舞蹈表演秀,演员服装颜色鲜艳,动作夸张

大象引路，后面跟着一大群身着民族服装的吹鼓手，再后面是来自世界各地的佛教表演团体，大家在鼓乐和烟花爆竹的伴随下载歌载舞，场面热闹非凡。这场面一点也不像中国的佛教仪式，倒是和印度教的节日庆典有些相似。

好不容易等到佛牙塔开放，参观者再次排起了长队。因为人数实在太多，每个人只能在那个装着佛牙的宝塔前停留几秒钟，时间稍长一点便会遭到工作人员的呼喝，根本来不及细看。其实再多待也没用，因为佛牙是藏在一个金光闪闪的微型佛塔里面的，游客们根本看不到它的真身。

佛牙塔后面有个博物馆，内部装饰同样是金碧辉煌，光象牙就有十四根。馆内展出了一个佛牙的复制品，居然有3厘米长，怎么看怎么不像人的牙齿。我提出了这个疑问，管理员回答："佛祖身材高大，异于常人，不信你看佛祖留下的脚印。"一边说一边指给我看一个印在石头上的大脚印，足有半米多长。

博物馆的墙上贴着二十多幅画，用图说的形式介绍了这颗佛牙的来历。根据画的描述，佛祖释迦牟尼于公元前483年圆寂，遗体被火化后，一位僧人从柴火堆里捡出这颗牙齿，交给了一位印度国王保管。此后，为了争夺这颗牙齿，印度的各个王国之间爆发了无数场战争。一位鬼迷心窍的国土夺到此牙后，想出了五种办法欲将其毁掉，当他试图用锤子将其砸碎时，这颗牙突然升到天空，变成了一颗流星。这位国王见到此景，立即洗心革面皈依了佛门。不过，后来仍然不断有人试图抢夺这颗牙齿，由此而起的战争持续不断。为了保护它的安全，一位印度国王在371年派自己的女儿将这颗牙偷偷运出国境。这位公主把自己打扮成婆罗门的模样，将这颗牙藏在头巾里，乘船到达斯里兰卡，并在一位高人的指引下，来到了位于斯里兰卡中北部平原的古城阿努拉达普拉，把这颗牙献给了古城的统治者。

根据民间传说，这位公主之所以选择斯里兰卡，是因为佛祖生前曾经三次到过斯里兰卡，认定这个岛是佛教徒最安全的避难所。但是，后来的历史学家都认为，释迦牟尼根本就没有到过斯里兰卡。事实上，他一辈子都没有离开过印度和尼泊尔交界的这块地区，古人的旅行范围远比现代人要小。

不管怎样，自从来到斯里兰卡之后，这颗牙便具备了某种魔力，斯里兰卡人相信，谁拥有了这颗牙，谁就可以做斯里兰卡的国王，统治全岛。于是，为了争夺这颗牙齿，斯里兰卡也像印度大陆那样爆发了无数场战争，血雨腥风不断。据说这颗牙曾经被来自印度的侵略者抢回了印度,但最终又被斯里兰卡人夺了回来。再后来,信奉天主教的葡萄牙人上岛,夺到了这颗牙并将其烧毁。但是斯里兰卡佛教徒们坚称葡萄牙人抢走的只是一枚复制品,真品仍然保留在康提的某个秘密地点。1815年,英国殖民者攻占了康提,这颗牙终于落入敌手。好在英国人比较尊重殖民地人民的信仰,将其还给斯里兰卡佛教徒保管。从此这颗牙便一直保存在康提的佛牙塔内,接受来自世界各地佛教徒的顶礼膜拜。

佛祖的一颗犬齿怎么会变成一个类似玉玺一样的东西呢?佛教为什么会和权力联系在一起?斯里兰卡佛教为什么会变成今天这个样子?同样是佛教,为什么斯里兰卡佛教和中国佛教看上去相差十万八千里?为了回答这些问题,我来到了斯里兰卡最古老的首都阿努拉达普拉寻找答案。

## 佛教的分裂

古城阿努拉达普拉始建于公元前377年,是斯里兰卡最古老的首都。在此后的一千多年里,这里一直是斯里兰卡的政治和文化中心,其地位有点类似中国的西安。今天的阿努拉达普拉是个中型城镇,市内仅有的几条主要街道白天还挺热闹,天一黑立刻就安静了下来。古城遗址公园位于西部郊区,景点较为分散,光是核心区的总面积就高达3平方公里,走路太费时间,开车也不方便,租辆自行车是最合适的选择。

我骑着自行车在公园里转了一天,发现这里完全不像是一个古代城邦的遗址,更像是一座露天的佛教纪念馆,几乎所有被贴上标签的古代建筑都是和佛教有关的,除此之外我只看到了一段古城墙,其余类型的建筑物一概缺失。

公园里数量最多也最吸引眼球的古代建筑就是佛塔。其中比较著名的是一座建于公元前3世纪的都波罗摩佛塔(Thuparama Dagoba),孤独星球出版的斯里兰卡分册的封面用的就是这座佛塔的照片。据说这是斯里兰卡有史以来建成的第一座佛塔,曾经保存有佛祖的一根锁骨。可惜原塔已毁,原址上新修了一座白色的佛塔,只保留着几根原始的立柱。

还有一座建于公元3世纪的祗陀林佛塔(Jetavanarama Dagoba)也很有名。这座高达122米的佛塔据称是当时全世界第三高的人工建筑,仅次于埃及的两座金字塔。

不过，真正的原型也早已毁于战火，目前能看到的是后来修复过的，但也有七十多米高，看上去相当宏伟。整座塔都是用红砖垒成的，当年英国考古学家挖掘此塔时曾经派人仔细数过红砖的数量，得到的数字是 9330 万块！

不过，遗址公园里最具文物价值的景点当属位于公园南端的大寺（Mahavihara）和北端的无畏山寺（Abhayagiri Vihara），这两座寺庙在斯里兰卡佛教发展史上享有崇高的地位。大寺是斯里兰卡第一位佛教国王帝沙主持修建的，当年印度阿育王派儿子摩晒陀来斯里兰卡传教，说动帝沙皈依了佛门，并修建了这座寺院，用来供养斯里兰卡的第一个僧团。僧团传统是从佛祖释迦牟尼开始的，指的是一群僧人住在一起学习佛法并相互讨论，有点类似于现在的大学。无畏山寺则是另一个著名僧团的所在地。中国东晋时期的高僧法显曾经在这里住了两年，钻研佛法。后来法显带了二百五十余册佛经回到中国，并撰写了一本《佛国记》，讲述了自己在斯里兰卡的经历。根据这

▼ 古城阿努拉达普拉内遍布古迹，图为建于公元前 3 世纪的都波罗摩佛塔，据说这是斯里兰卡有史以来修建的第一座佛塔，曾经保存有佛祖的一根锁骨，但今天只剩下几根石柱了，后面的白塔是后人重修的

斯里兰卡著名的无畏山寺佛塔,中国东晋时期的高僧法显曾经在这里住了两年,钻研佛法

本书的记载,5世纪时无畏山寺住着五千多名僧侣,是当时斯里兰卡最为重要的佛教中心。如今这里只剩下一座后来修复的红砖佛塔,一个水池,以及几幢建筑物的基座和石阶,其余部分尽皆被毁,感觉甚是凄凉。

如今遗址公园里最热闹的地方无疑是大寺,每天都有成千上万的斯里兰卡人前来朝圣,他们的目标只有一个,那就是位于庭院中央的菩提树。传说当年阿育王不但派了自己的儿子来传教,还把自己的女儿僧伽蜜多(Samghamitta)派到斯里兰卡。这位公主随身携带着从佛祖悟道时倚靠过的那棵菩提树上剪下来的一根树枝,在大寺的花园里扦插成功。两千多年过去了,当年的那根小树枝已经长成了一棵参天大树,而印度的那棵正牌菩提树却被嫉妒的阿育王妃砍掉了。如今游客们在佛祖悟道之处菩提伽耶(Bodhgaya)看到的那棵菩提树是由大寺的这棵菩提树上剪下的树枝扦插而成,应该算是孙子辈了。斯里兰卡的这棵树反而变成了最正宗的菩提树,在全世界佛教徒的心目中享有崇高的地位。

和菩提伽耶一样,大寺也是个喧闹的地方。虔诚的佛教徒们围坐在菩提树周围,跟随扩音器里播放的诵经录音集体念经。更多的人只是来这里朝拜一下就走,在中国他们被叫作香客,但在斯里兰卡,他们应该被称为"花客"才对,因为每人都会献上一朵鲜花。花的香气吸引了成群的蜜蜂,围着佛龛嗡嗡地打转,吵得人心烦,于是这里雇用了两名清洁工,定期将

斯里兰卡:一朵带刺的鲜花

鲜花倒在垃圾桶里运走。

如果佛祖释迦牟尼真的像佛教徒们希望的那样转世了，看到这一幕估计会被气死。他一生致力于解放人的心灵，极力宣扬众生平等的理念，反对贵族特权和偶像崇拜，反对咒语和巫术，但是今天的佛教已经走向了相反的方向。

这一转变究竟是如何发生的呢？这就必须从佛祖生活的时代说起。释迦牟尼大约生活在公元前 6 世纪左右，当时的印度人民生活在两座大山的阴影之下：一个是种姓制度，它把人分成了三六九等，贱民天生低贱，永世不得翻身；另一个是婆罗门教，这是印度教的前身，宣扬业报轮回说，认为万物有灵，死后再投胎转世，继续受苦，永远不能解脱。

这两座大山都不是印度原住民的产物，是由来自北方的雅利安侵略者带来的。他们自认为比印度原住民高贵，相信只有雅利安的宗教僧侣（也就是婆罗门）才掌握真正的知识，这就是为什么婆罗门阶层拥有无限特权的原因。但对于普通的印度民众来说，这两座大山导致了严重的贫富分化，低种姓的老百姓不但物质生活苦不堪言，精神上也饱受煎熬，看不到任何希望。身为王子的释迦牟尼走出宫廷，看到了这一切，发誓要改变现状，找到解脱的法门。

英国著名历史学家渥德尔（A. K. Warder）在《印度佛教史》（*Indian Buddhism*）一书中提出了一个新颖的看法。他认为在公元前 800 年左右印度进入了铁器时代，兵器的杀伤力大增，战争的残酷性加大，社会发生了剧烈的动荡，这就是那一时期全球各个地方都出现了大批思想家的根本原因，佛祖只是其中之一而已。不管怎样，释迦牟尼通过自己的思考，终于悟出了超越轮回达到解脱的法门。根据北京大学国际关系学院尚会鹏教授撰写的《印度文化史》一书中的说法，佛祖意识到人有生老病死等"八苦"，而痛苦的原因在于人的贪欲，只有抛弃一切世俗的追求，才可以达到无生无灭的极乐世界。要想实现这一点，极端苦行或者沉溺于肉体的欢乐都是行不通的，只有在外按照佛教的戒律生活（八正道），在内坚持修习禅定，深入自己的内心去寻找答案，才能最终得到解脱，达到涅槃的境界。换句话说，释迦牟尼提倡走一条中间道路，"中道"是佛教的核心要点。

渥德尔则认为，释迦牟尼是一个具备某种现代意识的知识分子，他反对种姓制度，反对偶像崇拜，反对祭祀杀生，不赞成婆罗门具有天赋特权，支持用道德标准代替世袭制度。他还反对咒语和巫术，认为这是婆罗门教的愚人糟粕，一个人不可能通过念咒达到涅槃的境界，而是必须依靠自身的力量，通过冥想和思考来实现。

那么，这些听上去很有道理的教诲，传到后来为什么走样了呢？一个原因在于文字的缺失。在公元前6世纪的印度，文字是一件很稀罕的东西。佛祖虽然到处开坛讲法，却没有人将他的思想记录下来。佛祖去世后，他的弟子们召开了第一次佛教大会，由两名平时一直陪伴在佛祖身边的弟子将佛祖的话背诵了出来，一人负责背诵佛法，一人负责背诵戒律。就这样，佛祖的话终于第一次变成了文字。若干年后，一批僧人在此基础上将佛祖的教导编纂成书，称为"三藏"。但这些文字毕竟是弟子们凭脑子记下来的，难免有误，公信力自然不如基督教的《圣经》或者伊斯兰教的《古兰经》。于是，到了阿育王时代，即佛祖去世两百年之后，佛教发生了第一次重大分裂。一批佛教徒认为一部分戒律过时了，应该做出修改，但老一辈佛教徒不同意。于是前者退出了佛教大会，另立门户，史称"大乘佛教"（Mahayana），另一派严格遵守佛教长老（上座部）的教诲，史称"上座部佛教"（Theravada）。有人为了和大乘佛教对应，将后者翻译为"小乘佛教"（Hinayana），不过这一派的人并不喜欢这个称谓。另外，在佛教术语里，"小乘佛教"有另外的含义，并有单独的名称与之对应，个中细节较为复杂，不再详述。

阿育王的儿子摩晒陀来斯里兰卡传教时，带来了用巴利文写在贝叶上的《三藏》等佛教经书，这是迄今为止保存下来的最古老的佛教经文，是研究佛教发展史的珍贵文物。这批经文是上座部长老们认可的，因此由摩晒陀主持修建的大寺被归为上座部派。但此后大寺僧团发生了分裂，一部分人另立门户，建立了无畏山寺。这一派僧团比较开放，同时学习上座部佛教和大乘佛教。再后来这一派也发生了分裂，一部分僧侣脱离出去，建立了祇园寺。据说鼎盛时期曾有三千僧侣在祇园寺学习，祇陀林佛塔就是由这一派修建的。

从此，斯里兰卡佛教分裂为三个大派，彼此间争斗不休。不过，这三派类似于现在的三所大学，它们之间的争斗更像是不同学派之间的学术争论，和现在那些动不动就杀人放火的宗教派别之争有着天壤之别。

在渥德尔看来，这一时期的原始佛教极具理性，而且相当入世。佛教经典不像《圣经》或者《古兰经》那样着力描述神的事迹，而更像是一本心理学指南，其目的在于教导人们怎样才能获得幸福,和迷信什么的没有关系。

再后来,上座部佛教以斯里兰卡为基地,逐渐传到了东南亚地区。今天的泰国、缅甸、越南和老挝等国,以及中国南方的傣族等少数民族所信仰的佛教就是上座部佛教,因此这一派又被称为南传佛教。大乘佛教则向北传播,今天的中国、日本、韩国和印度北方部分地区信仰的佛教就属于大乘佛教,因此又叫作北传佛教。

那么,这两派究竟有什么本质上的不同呢?渥德尔认为两者区别不大,而且区别主要集中在戒律方面,双方对于佛法的理解基本相同,否则就不是佛教了。总的来说,上座部属于正统派,比较接近佛祖的原始思想,主张严格遵守戒律,强调自我修行。大乘佛教则更愿意相信佛祖是个会施魔法的超人,迷信的成分更多,而且对于守戒的要求更加宽松,不再强调独善其身,更愿意普度众生,所谓"大乘"就是"多数人获得拯救"的意思。

两者还有一个微妙的差别,对后来的事态发展起到了很关键的作用。

阿努拉达普拉遗址公园里有座考古博物馆,展出了一些从地下挖出来的古董。其中有个石质小便池很有意思,据说是从西边的一个小庙里挖出来的。池子里刻着一个寺庙的图案,看上去像是无畏山寺的模样。导游解释说,西边这个小庙(西寺)的僧侣比较愤世嫉俗,甘愿过清苦的生活,瞧不起大寺、无畏山寺和祇园寺的奢华作风。这三座大型寺庙都是由王公贵族出钱养着的,僧侣们不愁吃不愁穿,每天的工作就是钻故纸堆,对佛经进行烦琐的考证。

从这个小细节可以看出,佛教的这两大派别最根本的区别在于对待统治阶级的态度上。上座部佛教从一开始就依附于权贵,上座部教义甚至有一种说法:"有二法不可违,一为佛法,一为王法。"事实上,这一点曾经帮了佛教的大忙,早期佛教之所以传播得那么广,主要原因就是阿育王动用了国家的力量,属于一种自上而下的传播。另外,上座部佛教的高僧们历来有参政、议政的传统,热衷做国王的高参,帮助统治阶级更好地行使权力。与此相反,大乘佛教从一开始就不喜欢巴结权贵,而是善于走群众路线,属于自下而上的传播。这一派佛教的基础在民间,大乘佛教的信徒们甚至警告世人不要亲近国王和大臣等权势者。

换句话说,上座部佛教有点像今天的政府机关或者国家级研究院,上座部佛教徒类似于国家培养的高级知识分子,有意无意间成为了国家机器的一部分。而大乘佛教徒则更像是流亡知识分子，善于运用一些不正统的手段（比如封建迷信或者偶像崇拜）来团结民众，达到自己的目的。

接下来很自然的问题是：佛教之所以发生分裂，难道真的是因为世界各地的佛教徒们对佛祖训示的准确性有疑问所导致的吗？这里面有没有其他原因？和斯里兰卡的国情有什么关系？

## 佛教与斯里兰卡

阿努拉达普拉的考古博物馆里有一组照片，分别展示了遗址内几座重要佛塔和寺庙刚刚被发现时的样子，以及它们被修复后的模样。从这组照片可以看出，在英国考古学家发现阿努拉达普拉古城遗址之前，这块地方就是一片被遗弃的荒地，所有的古建筑全都被一层厚厚的泥土覆盖着，上面长满了荒草。也就是说，斯里兰卡历史上的第一个首都其实早就被后人遗忘了，是英国人帮他们找回了过去的记忆。

根据博物馆的文字介绍，整座遗址只挖掘了一小部分，大部分珍贵文物和宝藏仍然被埋在地下，不知何时才能重见天日。那么，到底应该先挖哪里？先修复哪座古建筑呢？这个决定是由政府做出的，人们今天之所以看到了那么多和佛教有关的古迹，是因为政府希望人们看到这些，其目的就是要通过这个遗址，再次强调一个概念：斯里兰卡自古以来就是信仰佛教的僧伽罗人的故乡。

但是，实际情况却并不是这样简单。根据《大史》记载，早在维阇耶王子率领七百名武士乘船来到斯里兰卡、建立第一个僧伽罗王朝之后不久，来自印度南部的泰米尔人就到达了斯里兰卡，与僧伽罗部落争夺这个岛的控制权。阿努拉达普拉在作为首都的这一千多年里曾经多次易手，其中有相当一部分时间是被信仰印度教的泰米尔人控制的。这就好比北京这座城市早在一千年前就成为中华帝国的首都，但其间经历了金、元、明、清等若干朝代，统治者也换过好几茬了。

举例来说，早在公元前1世纪，一支来自印度的军队就攻占了阿努拉达普拉，把当时的僧伽罗国王赶到了南边的一个山洞里。在洞里修行的几名佛教僧侣收留了他，让他在这里躲了十四年，休养生息，最终率军打回了老家，夺回了阿努拉达普拉。

▼ 丹布拉石洞内的佛像，大部分都千篇一律，像是一条流水线上组装出来的

这个著名的山洞位于丹布拉（Dambulla）市南郊，从外表看就是一块巨大的岩石，但里面却藏有无数天然山洞，其中有五个山洞对外开放，内藏一百五十多座佛祖雕像，墙壁上还画着多幅佛教壁画，俨然就是一个小型佛教艺术展厅。

值得一提的是，其中有四个岩洞内混进了几尊明显来自印度教的雕像，包括印度教大神毗湿奴和象头神，这说明在那个年代，佛教和印度教并不是相互敌视的，双方的兼容性很强。

我在洞里转了一圈，发现了一个问题。绝大部分佛祖雕像都是一个姿势、一种表情，连衣服的样式和颜色也都一模一样，简直就像是从一条流水线上组装出来的廉价工艺品。洞顶的壁画也是如此，常常是一整面墙的几十幅佛祖画像全都一样，好像是用复印机复印出来贴上去的广告画，和印度教寺庙里千姿百态的神像和壁画形成了鲜明的对比。

奇怪的是，这种差别在五百多年后似乎被抹平了。

距离丹布拉半小时车程的地方有一块巨大的岩石，约有200米高，岩壁直上直下，顶端几乎是平的，从远处看好像是一块四四方方的积木，这就是斯里兰卡最著名的景点狮子岩（Sigiriya）。这是阿努拉达普拉时代唯一修建在别处的都城，修建者为僧伽罗国王卡萨帕（King Kassapa）。他杀死了自己的父亲，自己取而代之成为国王。也许是因为内疚，或者是因为

▼ 狮子岩是斯里兰卡最著名的景点，古代僧伽罗国王卡萨帕把王宫修建在一块巨大岩石的顶上，易守难攻，但今天的游客可以沿着这条人工修建的梯子一直走到岩顶

害怕有人试图谋权篡位，卡萨帕在 477 年把首都从阿努拉达普拉南迁到了这块地方，并把自己的皇宫建在狮子岩顶端的平台上，岩石周围又修了一条护城河，绝对易守难攻。卡萨帕死后，继任者又把首都迁回了阿努拉达普拉，狮子岩被一个佛教僧团接收，山顶的宫殿变成了寺庙。再后来佛教徒们也弃之而去，这块岩石被彻底遗忘了。最后还是英国考古学家发现了此处，使之成为最受游客欢迎的旅游目的地。

狮子岩的西侧有一条人工开凿出来的石阶，我沿着台阶爬到半山腰，眼前出现了一段一人多高的砖墙，挡住了夕阳，使得阳光照不到凹进去的一段岩洞内部，保护了岩壁上的几幅女性肖像画。这么多年过去了，这些画颜色依然鲜艳如初，令人叹为观止。

▼ 狮子岩内保存完好的古代壁画,技巧高超

据导游说,这几幅画的技法非常超前,女子的肌肤在画师的笔下显得格外饱满圆润,这在斯里兰卡以前的绘画作品中是没有出现过的。但是最让我惊讶的是画中女子的衣着和神态,她们全都裸露着丰满的乳房,姿态各异但毫不猥琐,充满了生活气息,同时又散发出神性的光芒,和丹布拉岩洞里那些表情严肃、姿势呆板的佛祖雕像形成了鲜明的对比,完全可以和印度寺庙里那些千姿百态的雕像相媲美。

由此可见,经过几百年的交战,斯里兰卡和印度发生了多次文化交流,斯里兰卡佛教也明显带有印度教的气息。

有趣的是,壁画前的那堵墙上写满了涂鸦,都是后来的参观者留下的,最早的涂鸦可以追溯到7世纪,最晚的则大约写于13世纪。这些涂鸦是用古僧伽罗文字写的,大都是对这些女性肖像画的赞美之词,可见僧伽罗的文人墨客对这些裸女画也都十分欣赏。

为什么会这样呢?尚会鹏教授认为,佛教之所以会发生分裂,出现了那么多分支,变得和原始佛教完全不同,原因不是后人对佛祖遗训的真实性产生了怀疑,而是因为佛教在传播过程中,由于各地的自然、种族、风土和民情的不同,信徒们对教义的理解、遵守戒律等方面都和佛祖生活的时代不同了,这才导致了上述结果。举例来说,佛教之所以在印度逐渐式微、却在中国发扬光大,原因就在于佛教中有一些东西不那么符合印度人固有的脾性,而这些东西恰恰在中国人身上引起了共鸣。也就是说,中国传统文化中有与佛教契合的潜质。

斯里兰卡著名的历史学家兼专栏作家查尔斯·沙文(Charles Sarvan)在一篇讲述斯里兰卡宗教的文章中更进了一步,认为宗教根本无法决定一个社会的最终形态,而是正相反,社会形态最终决定了宗教的形式和性质。在他看来,宗教就像水,最终的形态是由社会这个容器决定的。

那么,斯里兰卡这个"容器"有什么特殊之处呢?这就要去波隆纳鲁瓦(Polonnaruwa)走一趟。这是斯里兰卡历史上的第二个首都,始建于1070年。一位斯里兰卡国王为了防范印度侵略,把首都迁至东南方向的波隆纳鲁瓦,并在此处维持了两百多年。

波隆纳鲁瓦也有个古城遗址,面积也不小,但和阿努拉达普拉古城

▼ 波隆纳鲁瓦遗址内的一座保存相当完好的宫殿

▼ 波隆纳鲁瓦遗址内的一座宫殿，围墙已经坍塌，仅剩下周围的几根石柱了

▼ 波隆纳鲁瓦遗址内的一座莲花池

非常不同。这里的古迹大都维持原状，只做了最低程度的整理，没有像阿努拉达普拉那样大规模翻新，所以看上去更像是古城遗址应有的样子。不过，正因为如此，这里的人气远不如阿努拉达普拉，来此参观的只有游客，不像前者那样吸引了那么多朝圣者。

古城遗址的旁边是一个面积巨大的人工湖，一眼望不到边，当地人称之为帕拉克拉马海（Parakrama Samudra）。这个人工湖是在帕拉克拉马巴胡大帝（Parakramabahu the Great）的主持下修建而成的，这位 1153 年登基的国王是斯里兰卡历史上最后一个统治全岛的君主，他非常重视水利建设，新修了 1470 座水库，其中就包括这座总面积高达 25 平方公里的人工湖。他有一句名言："我不会让一滴雨水在没有被人类利用的情况下白白地流进大海！"

帕拉克拉马巴胡大帝的做法不是偶然的。事实上，如今的斯里兰卡到处可见这种人工湖，以及古人留下的、至今仍在使用的灌溉系统，原因就在于这里独特的气候条件。之前说过，这个岛气候温暖，理论上每年可以种三季水稻。但降水量非常不均衡，大部分地区只有旱雨两季，强度又都非常大，导致雨季常常带来洪涝灾害，旱季则滴雨不下，导致旱灾。斯里兰卡中北部平原地势平缓，缺乏自然形成的湖泊，雨水留不下来。于是，为了保障粮食生产，斯里兰卡人自古以来就非常重视水利建设，在整个岛上挖了几千座水库，其中大部分水库至今仍在使用。甚至可以说，水库就是斯里兰卡文明的基石，也是理解斯里兰卡社会形态的一把钥匙。

部分历史学家相信，凡是需要仰仗水利设施才能发展农业的古代文明都很快进化出了复杂的社会体系，对水利设施的要求越高，社会结构就越复杂，古埃及和中华文明就是两个极好的案例。修建水利系统需要全社会一起合作，水资源的分配也需要有法可循，如果没有强势而又高效的管理体系是做不成的。古埃及拥有一条经常泛滥的尼罗河，中国的中原地区则有一条极难驯服的黄河，这就是为什么这两个国家都很早就发展出了集权政府，两国的老百姓都意识到只有相互合作并统一管理大家才能活命。

欧亚大陆的主要粮食作物中，水稻的单位面积产量比小麦高，能养活的人口也更多，但对于水资源的要求也比小麦高多了，因此稻农之间相互合作的程度要比麦农高很多。美国弗吉尼亚大学心理学家托马斯·塔海姆（Thomas Talhelm）在2014年5月9日出版的《科学》（Science）杂志上发表了一篇论文，分析了中国南方和北方的居民性格与主要粮食作物之间的关系，得出结论说，稻米种植区的人普遍性格内向，重集体轻个人，善于相互合作；小麦种植区的人则正相反，性格豪爽，个性鲜明，更喜欢独来独往。这种区别当然不是大米和小麦的营养成分不同造成的，而是因为两种农作物的种植过程对于水资源的利用模式有差异。

如果上述理论正确的话，斯里兰卡就是一个最为典型的水稻国家，而佛教恰好是一个和专制制度结合得非常完美的宗教，这就是为什么佛教发源于印度，却在斯里兰卡流行开来的原因之一。印度地大物博，不同地区的生活环境差异极大，再加上种姓制度的流行，使得印度自古以来就被分裂成许多不同的部落，相互之间和而不同。印度人也因此习惯了社团式的生活，因为一个种姓就是一个社团，社团里不存在绝对领袖，大家一视同仁。印度教相信万物皆可为神，教义包罗万象，本质上是一种非常

一只正在照镜子的斯里兰卡猕猴,迪士尼纪录片《猴子王国》就是在波隆纳鲁瓦遗址内拍摄的

"民主"的宗教,和印度文化相得益彰,两者契合得非常好。

但是,在斯里兰卡佛学专家帕里哈卡拉(K. S. Palihakkara)看来,印度教有一点非常适合统治阶级,那就是轮回说。这位帕里哈卡拉曾经是斯里兰卡僧侣入门考试的出题人,该国所有想当和尚的人都要先通过这个考试才能注册。帕里哈卡拉认为,轮回说让普通百姓安于现状,是统治阶级非常喜欢的思想。佛祖本人不相信有灵魂存在,从根本上否定了轮回说。但是佛教传入斯里兰卡后,一直和统治阶级走得很近,为了适应本国的社会现实,便逐渐采纳了印度教的轮回说,这就等于背离了原始佛教的教义。另外,斯里兰卡本来就距离印度很近,双方的人口和文化交流非常频繁,斯里兰卡不可能不受到这位比自己强势得多的"老大哥"的影响。

换句话说,为了适应新的环境,斯里兰卡佛教在很多方面被"印度教化"了,这就是为什么斯里兰卡佛教虽然自称是正统的上座部佛教,但实际上和佛祖释迦牟尼创立的原始佛教相去甚远,也和中国的大乘佛教非常不同,却和印度教非常相似的原因所在。

斯里兰卡到处是森林，林子里生活着很多斯里兰卡猕猴（Toque Macaque），波隆纳鲁瓦古城遗址当然也不例外。我在这里见到了美国动物学家沃尔夫冈·迪图斯（Wolfgang Dittus）博士，他从1968年开始一直在斯里兰卡研究野生动物，对于猕猴的生活习性非常了解。美国迪士尼公司计划在2015年地球日那天上映了一部关于斯里兰卡猕猴的纪录片《猴子王国》（*Monkey Kingdom*），专门请了他当科学顾问。

迪图斯博士告诉我，因为宗教信仰的缘故，斯里兰卡人特别喜欢喂猴子，结果导致猴子们的胆子越来越大，开始偷居民家里的食物，近来甚至发展到公开哄抢的程度，给斯里兰卡人，尤其是农村地区的居民带来了不小的麻烦。

"猕猴是群居的灵长类动物，实行的是等级制度，高等级的猕猴优先获得一切资源，包括食物和配偶。自然状态下的猕猴是不会主动分享任何资源的，只有低等级的猴子遇到高等级的猴子时才会这么做。"迪图斯博士对我说，"所以在猕猴们看来，人类是低级别的动物，从人类那里抢食物是一件理所当然的事情。换句话说，人类觉得喂猴子是在做慈善，猴子们却把这一行为看成是示弱的表现，反而瞧不起人了。"

他把这个观点写成了一篇论文，发表在一本关于动物保护的学术期刊上。他认为要想解决这个问题，必须改变习惯，不能再喂猴子食物了。问题是，向野生动物投食这种行为源自斯里兰卡的佛教传统，具有悠久的历史，能轻易地被改变吗？

一个更值得探究的问题是：既然斯里兰卡人对待野生动物如此友好，为什么会对同类那样凶残呢？这就要从殖民地时期说起。

# 斯里兰卡的殖民时代

斯里兰卡在独立之前被欧洲列强殖民了将近四百五十年，葡萄牙、荷兰和英国各占三分之一。欧洲殖民者按照自己熟悉的方式对斯里兰卡进行了全方位的改造，为后来的各种矛盾和冲突埋下了伏笔。

## 葡萄牙人来了

考虑到地理位置，很多从中国飞斯里兰卡的廉价航班都选择在午夜降落。斯里兰卡国际机场距离科伦坡有40公里远，打车需要一个多小时，于是包括我在内的很多人便选择距离机场只有5公里远的尼甘布（Negombo）作为第一个落脚点。

第二天清晨，我被窗外传来的诵经声吵醒。旅馆不远处有座清真寺，楼顶安装了数个高音喇叭，保证全城都能听见真主的召唤。我吃完早饭进城转转，第一眼看见的竟然是一座天主教堂，外表庄严雄伟，和欧洲的教堂有一拼。再往前走，我又发现了一座印度教寺庙和一座佛教白塔，看来这是一个宗教信仰混杂的城市。

"其实尼甘布市的大部分居民都是天主教徒，斯里兰卡人都把我们这里叫作'小罗马'。"旅馆服务员对我说，"当年葡萄牙人最先在这里定居，强迫当地人改信了天主教。"

葡萄牙人之所以选择尼甘布，是因为这片地区出产的肉桂是斯里兰卡最好的。早在7世纪时阿拉伯商人就已经知道了这个秘密，派商队来尼甘布收购肉桂，运到欧洲赚大钱。15世纪末期，葡萄牙舰队绕过好望角到达印度，并在1505年登上了斯里兰卡岛，将其命名为锡兰（Ceylon）。这个名字一直沿用到了独立后，直到1972年才改回了原来的名字——"兰卡"（Lanka）。这个词前面加上一个敬语"斯里"（Sri），就是斯里兰卡这个名称的由来。

葡萄牙商人在军舰的护卫下赶走了阿拉伯商人，垄断了斯里兰卡的香料贸易。英国专栏作家汤姆·斯坦迪奇（Tom Standage）在2009年出版的《舌尖上的历史》（*An Edible History of Humanity*）一书中详细记录了当时的情况。当葡萄牙人的舰队进入印度洋海域时，惊讶地发现来来往往的摩尔人船只都没有武装。原来，当时的印度洋周围没有居支配地位的政治或者军事力量，商人们自由竞争，通过价格战或者提供更优质的服务来打败竞争对手，凭借良好的口碑和当地人做生意。葡萄牙人习惯了地中海贸易模式，这种模式始自古希腊和古罗马时代，各个商队凭借武力相互竞争，胜者通吃，败者退出江湖，甚至连命都保不住。葡萄牙人把自己熟悉的这套地中海模式带到了印度洋，用武力赶走了阿拉伯商人。虽然因为各种原因葡萄牙人未能建立香料垄断企业，但它却成功地为欧洲人在东方的贸易界定了新的模式：以垄断与封锁为基础，由武装船舰从连成网络的贸易据点执行。

尼甘布就是这样的一个据点。

除此之外，葡萄牙人还带来了一种新的宗教——天主教。其实阿拉伯人很早就把伊斯兰教带到了斯里兰卡，但他们并没有强迫当地人改变信仰，所以阿拉伯商人和当地的佛教徒以及印度教徒相处愉快。但葡萄牙人就不一样了，他们强迫当地人改信天主教，这让很多老百姓非常不满，纷纷逃离沿海地区，退到了斯里兰卡南部的高山之上。当时这片山区归康提王国管辖，葡萄牙人一直试图占领康提，曾经三次派军队入侵康提，均未得逞，康提王国成了僧伽罗人最后的避难所。

我们来回顾一下1505年葡萄牙人初次登岛时看到的究竟是一个怎样的国家。根据史书记载，当时的斯里兰卡岛一共分成了七个王国，并不是一个统一的国家。这七个王国彼此间争斗不休，谁也没有必胜的把握。其中有三个王国实力最强，分别是位于南部山区的康提王国、位于西部沿海的科特（Kotte）王国和位于中北部平原的杰夫纳（Jeffna）王国。前两个属于僧伽罗人，后者则是泰米尔人的地盘。葡萄牙人在斯里兰卡西海岸登陆之后，派葡萄牙驻印度总督的儿子洛伦科·阿尔梅达（Lorenco de Almeida）作为谈判代表，和科特王国的国王谈判，最终双方达成协议，葡萄牙人垄断了科特王国的香料贸易。杰夫纳王国距离印度很近，战略地位十分重要，但泰米尔人比较强硬，拒绝向葡萄牙人屈服，最终葡萄牙军队决定采用武力的方式解决问题，并于 1619 年击败了泰米尔军队，占领了杰夫纳王国。

此时的葡萄牙殖民者已经把总督府从尼甘布转移到了科特王国的都城科特，也就是今天斯里兰卡行政首都斯里贾亚瓦德纳普拉科特（Sri Jayawardenepura Kotte）的所在地。为了便于出海，葡萄牙人在距离科特不远的一个深水港旁边建造了一座城堡，这就是今天的斯里兰卡第一大城市科伦坡的雏形。我坐长途车来到科伦坡，第一印象就是这座城市非常干净，大街上几乎看不到垃圾，也没有乞丐，更不用说贫民窟了，这一点和印度形成了鲜明的对比。

"斯里兰卡人长得像印度人，生活习惯也和印度人非常相似，富裕程度好像也差不多，为什么斯里兰卡比印度干净这么多呢？"我问一位当地的记者朋友，"难道佛教徒天生就比印度教徒爱干净？"

"我觉得这和宗教没有太大的关系，而是因为斯里兰卡基础比较好。我们很早就接受了现代文明，比印度要早很多。"这位记者朋友回答说，"斯里兰卡是所有南亚国家里人类发展指数唯一列为'高'的国家，在经济和民生等方面要比印度强一些。"

在她看来，斯里兰卡人对于西方殖民者的敌意没有印度人那么深，在四百多年的殖民过程中一直处于被动接受的状态，再加上斯里兰卡面积不大，改变起来相对容易，不像印度，国土面积大，人口成分复杂，又出了个甘地，来自民间的反抗运动持续不断，导致印度的现代化进程一直进行得很不顺利。

"斯里兰卡在独立的时候就已经是一个非常发达的国家了，国民的教育水平和健康状况都是前殖民地国家当中最好的几个，所以才会有现在这个相对干净的环境。"她说。

不过，第二天我在科伦坡市内暴走了一天，专门挑那些一般游客不会去的小巷子，发现当地人的卫生习惯并没有想象中那么好，随地乱丢垃圾的情况屡屡出现，只不过科伦坡的环卫工人比较勤奋，地上的垃圾很快就被清走了。另外，这座城市显然正处于新一轮大开发的过程中，到处都在修路盖房子，新盖的楼房多半是摩天大楼，和周围低矮的老楼形成了鲜明的对比。

"这是现任总统马欣达·拉贾帕克萨（Mahinda Rajapaksa）的弟弟，国防部长戈塔布哈亚·拉贾帕克萨（Gotabhaya Rajapaksa）的功劳。"我的另一位斯里兰卡朋友对我解释说，"他为了保护科伦坡周边的湿地，强制要求新建住宅楼都必须是摩天大楼，鼓励科伦坡向高空发展，减缓城市扩张的速度。"

这位朋友还告诉我，就在几年前，科伦坡的市容还很糟糕，大街上远不如现在这样干净，街边摆摊的人也特别多，司机开车不守规矩，乱闯红灯，过人行道时也不减速。内战结束后，戈塔布哈亚决定动用军队的力量加以治理，他先是派士兵每天去大街上扫垃圾，给市民们发出一个强烈的信号，然后在科伦坡市的很多地方安排了军警站岗，并安装了无数摄像头，凡是乱扔垃圾或者开车不守交通规则的人，一旦被抓到一律重罚，这才终于把科伦坡的市容环境整治得像点样子了。

科伦坡是一个功能性城市，除了买东西或者观察民风之外，没有太多值得一看的景点。我像大多数游客那样，只在这里逗留了一天就决定坐火车南下，去斯里兰卡最富裕的西南地区看一看。那里曾经是荷兰人的天下，现在则是欧美游客最喜欢去的地方。

## 荷兰人来了

和印度一样，斯里兰卡的铁路系统是英国殖民地时期修建的，一直沿用至今。斯里兰卡的火车时速甚至比印度还要慢，整体算下来平均只有 30 公里左右。但因为斯里兰卡面积小，人口也少，人口密度只有中国台湾省的一半，所以铁路运输的压力没有印度那么大，车厢内远不如印度那么拥挤，再加上旅程较短，所以在斯里兰卡坐火车要比印度舒适很多。我买了一张最便宜的三等坐票，4 小时车程居然只要 100 卢比，相当于人民币 5 元左右。斯里兰卡的公共交通系统享受了大量国家补贴，票价便宜得让人不敢相信。

火车开出科伦坡火车站后，沿着一条海边铁路向南驶去。这条铁路在中国驴友圈里非常有名，据说宫崎骏的动画电影《千与千寻》中那个海上小火车的灵感就来自这里。确实，这条铁路线距离海岸线只有几米远，从印度洋上看过来一定很美，但坐在车厢里往外看其实没什么意思，就是一片海而已，风景永远不变。

这条铁路线之所以独一无二，原因就在于全世界恐怕没有第二个国家会傻到把海滩这块黄金宝地用来修铁路。这样的地方本应是海景房或者是海滨度假旅馆的地盘，用来通火车实在是太浪费了。为什么会发生这种情况呢？原因就在于当年负责修铁路的是英国殖民者，他们的目的只有一个，那就是用尽可能廉价的方法把产自内陆的农产品尽可能快地运到港口，再装船运往欧洲。至于说这条铁路究竟应该修在哪里，是否必须尊重沿途居民的正当权益，以及是否应该照顾到这个国家的长远发展目标等问题，显然都不在英国人的考虑范围内。

　　好在因为地势等原因，这条铁路最终还是离开了海岸线，这就为斯里兰卡保住了西南角的一长条海滩。这里的海水非常干净，岸边长满了棕榈树，风景优美，气候宜人，是斯里兰卡旅游业的一块金字招牌。每年圣诞期间，大批来自欧洲和北美的游客都会来此过冬，享受热带海岛应有的温暖与宁静。

　　我此行的目的地是位于斯里兰卡西南角的加勒（Galle），这里有一座

▼ 加勒古城也是当地学校组织学生春游的好地方

保存完好的古代城堡。城堡建在一个半岛的岛尖上，三面环海，但因为地势较高的缘故，2004年那场印度洋海啸并没有造成太大的破坏。

这座古城最早是葡萄牙人修建的，后来荷兰人打败了葡萄牙人，把大部分建筑推倒重来，现在大家看到的古城大都是荷兰时期留下来的，迄今已有四百多年的历史了。和其他古城遗址不同的是，加勒古城是有生命的。城里的大部分房屋都住着人，仍然在行使正常的功能。虽然有不少临街的房子被改造成了旅馆或者商店，但房东们都相当节制，装修简朴，没有夜总会或者高音喇叭，晚上关门也很早，尽可能不影响居民休息，这种低调的作风和如今的丽江古城有着天壤之别。

那么，荷兰人当初是怎么进来的呢？这和葡萄牙人太过嚣张的做法有着直接的关系。葡萄牙殖民者依靠武力强迫沿海地区的原住民接受统治，改变信仰，在执行过程中遇到了很大阻力。当时全岛唯一幸存的康提王国的国王自知没能力赶走葡萄牙人，便派出特使向荷兰求援。正好荷兰东印度公司也正打算进军斯里兰卡市场，双方一拍即合，荷兰舰队开到斯里兰卡，把葡萄牙人赶了出去。于是，这个岛自1656年开始就变成了荷兰殖民地，直到1796年被英国人接手为止。

荷兰人吸取了葡萄牙人的教训，在管理政策和宗教传播等方面要比葡萄牙人宽松很多。另外，荷兰人并不像葡萄牙人那样只顾着赚钱，而是投入了一定的人力物力建设斯里兰卡。比如，荷兰人挖了很多条人工运河，其中有不少至今仍在使用。再比如，荷兰人把欧洲的司法系统带进了斯里兰卡，这套系统也一直沿用至今。虽说荷兰人这么做主要是为了方便东印度公司谋取更大的经济利益，但其中的一些措施客观上帮助了斯里兰卡，使这个当时还处于封建君主时代的小岛迅速走上了现代化的道路。

不过，荷兰人毕竟是外来的殖民者，和原住民之间的关系远谈不上融洽。当荷兰人终于从葡萄牙人手里夺回加勒城堡后，荷兰军队的总司令官科斯塔前往康提索要军费。这原本是双方事先谈好的条件，但康提国王不但拒绝支付这笔钱，还设下埋伏，砍掉了科斯塔的脑袋。为了报复，荷兰人向康提王国发动了数次进攻，均因地势险要而败下阵来，所以在荷兰人统治期间斯里兰卡仍然分为两部分，荷兰人统治着沿海地区和中北部平原，南部山区归康提王国管辖。

在荷兰殖民时期，斯里兰卡南部沿海一带得到了很好的发展。我从古城加勒出发，坐长途汽车沿着海岸线向东驶去。沿途是一个个小城镇和小村庄，环境优美，气氛安静祥和,不愧是斯里兰卡最富裕也最悠闲的地方。这条公路靠近大海,坐在车里就可以看到斯里兰卡独特的高跷渔夫。说是高跷,其实就是一根插在海里的木桩,中间绑一根短木头当作凳子,人坐在木头凳子上垂钓。这种钓鱼方式虽然看上去很美,但钓鱼者需要在杆子上坐一整天,非常辛苦。车里有位当地人告诉我,其实现在的渔民都是驾船出海用网捞鱼的,游客看到的高跷渔夫大都是在作秀而已,或者是闲着没事来试试手气的。

这件事点出了旅游的悖论。游客都希望在异国他乡看到和自己平时生活不一样的场景,但如果旅游的目的地是发展中国家的话,这就意味着贫穷的当地人必须维持旧的传统,不能进步,否则就失去了吸引力,挣不到游客的钱了。现在的很多发展中国家都会专门为游客上演一出传统大戏,游客很容易上当受骗,以为人家真的那样生活。

不过,有一样东西骗不了人,那就是斯里兰卡的长途大巴。我这趟旅行大部分时间都和当地人一样坐普通的大巴车,切身体会了当地居民的生活状态。斯里兰卡的长途汽车四通八达,而且非常便宜,只是车内有些拥挤,习惯了倒也并无大碍。据我观察,斯里兰卡人大都很有礼貌,相互之间非常友善,我从来没有看到过一起吵架事件,违反公德(比如在车里大声喧哗或者抽烟)的事情也极为罕见,说明这个国家的文明水平确实是相当高的。

旅行中我还发现,大部分斯里兰卡公路的质量都非常好,但车速仍然提不上去。原来,为了方便沿途的农民乘车,斯里兰卡的长途车基本上没有车站这一说,而是招手即停,按铃即下,其结果就是长途车经常会在路中间停下来上下客,跟在后面的所有车辆也只能停下来等待,或者减速绕行,这就大大降低了车速,限制了斯里兰卡公路的通行能力。

一个看似便民的措施,最终让全体国民都遭了殃。

在斯里兰卡,类似的案例还有很多。这些政策之所以会出台,和这个国家的政治制度有很大关系,而这个制度的始作俑者,就是斯里兰卡的第三个也是最后一个殖民者——英国人。

### 英国人来了

我乘坐的长途车离开南部沿海转向北方，进入了斯里兰卡的山区。海拔超过500米之后，山势迅速变得陡峭起来，盘山公路在浓密的亚热带雨林中间穿行，绝对易守难攻。但天险最终还是没能挡住装备了现代化武器的英国军队，康提王国在1815年被英军征服，斯里兰卡在分裂了将近一千年之后终于再一次统一在了同一个统治者手下。

英国是欧洲的后起之秀，依靠工业革命迅速积累了巨额财富，一跃成为新的世界霸主。不过，英国在斯里兰卡的成功不仅是因为新式武器，而且是因为英国实行了更为务实的政策。比如，为了打败康提军队，英军从沿海地区招募了大批说僧伽罗语的当地人充当士兵，这些人熟悉环境，在攻克康提的战斗中起到了很重要的作用。

读到这里也许有人会问，僧伽罗人怎么会打自己人呢？这不是自相残杀吗？查尔斯·沙文博士曾经写过一篇文章，分析了个中原因。他发现"僧伽罗"这个词直到19世纪末时仍然只是一个用来描述王公贵族的政治名称，不代表种族，更和佛教没有直接的关系。换句话说，这是一个象征着身份和地位的词语，会说僧伽罗语的人不一定被称为僧伽罗人，只有那些有钱有势的人才可以这么叫。所以，沿海地区的那些说僧伽罗语的当地人并不觉得攻打康提是在自相残杀，他们根本就没把康提人当成是自己人。

同理，当年也有一批印度教徒为信奉伊斯兰教的莫卧儿王朝战斗。在那个年代，民族、语言、肤色或者宗教信仰并没有像现在这样成为一个人最重要的身份标识，种姓、部落和财富才是。古代战争的主因几乎全都是为了争夺财富、权力和地位，与种族没有直接的关系。

事实上，殖民者们都很善于利用这一点。比如，如果当年美洲的原住民没有被挑唆得相互争斗的话，光凭那几个西班牙水手是不可能征服整个美洲大陆的。再比如，大部分非洲黑奴是非洲当地人抓来并贩卖给奴隶贩子的，这些人并不认为他们贩卖的是自己的同胞，而是其他部落的陌生人，因为"非洲人"这个概念在当时是毫无意义的。还有，19世纪时整个孟加拉地区只有二十个英国人，却统治着250万原住民，仅用"武器精良"是无法解释这一现象的，根本原因就在于当地人没有团结起来抵抗

"异族"侵略者,他们的头脑里还没有形成这样的概念。

由于这个原因,不少历史学家甚至认为,英国在印度和斯里兰卡的所作所为不能算是殖民,而应该算是帝国主义侵略,英国人并没有大规模移民到这两个国家,只是派来少数人掠夺了两国的自然资源而已。

具体到斯里兰卡,沙文博士发现,康提王国的普通老百姓从来没觉得自己属于"僧伽罗人",也不认为自己和沿海地区的那些原住民属于同一族类。欧洲人到来之前,那里是科特王国的天下,双方是敌我矛盾,哪有什么民族感情可言。事实上,1948年锡兰独立之后,康提人曾经提议组建一个联邦制国家,原来的康提王国以自治州的形式加入这个假想中的"锡兰联邦共和国"。这个观念的影响是如此之深,以至于直到1972年斯里兰卡进行全国人口普查时,"康提"还被当作一个单独的民族,只有那些住在西南沿海的原住民才被登记为"僧伽罗人"。

同理,所谓"僧伽罗人和泰米尔人之间的民族冲突"在历史上也是不存在的。据沙文博士考证,康提王国中的几名酋长其实是来自印度的泰米尔人,杰夫纳王国中也有很多说僧伽罗语的臣民,这些人效忠的是各自的国王,不是各自的"民族",各个王国之间的争斗与民族或者宗教都没有关系。换句话说,即使整个斯里兰卡岛的居民都说泰米尔语,也不可能阻止来自印度的泰米尔人的侵略。而说僧伽罗语的斯里兰卡人也曾经和说泰米尔语的南印度部落结成暂时的利益联盟,携手攻打其他的印度部落。

最终让斯里兰卡人意识到自己还有"民族问题"的,是英国人。

要想知道英国人到底在斯里兰卡干了些什么,必须去艾勒(Ella)走一趟。这个小村庄位于斯里兰卡南部山区的一个峡谷之中,我到达的时候刚好是傍晚时分,村子里到处可见穿着全套登山装备的欧美游客,显然都是刚刚徒步回来的。艾勒在喜欢玩户外的驴友当中名气很响,村子周围有好几条适合徒步的线路,每天都有大批欧美游客来此登山。

第二天一早,我按照地图上的标识向"小亚当峰"爬去。这是一条修得非常整齐的山路,沿途全是茶园,绿油油的,甚是好看。路上看到不少背着篓子的斯里兰卡妇女,显然都是去采茶的。斯里兰卡红茶全球闻名,绝大部分都产自南部山区。这片地方的平均海拔约有1000米,常年笼罩在云雾之中,是种植高山茶的好地方。

英国人在统治斯里兰卡的初期曾经引进过咖啡和橡胶,因为病虫害等原因都失败了。1870年英国人试着引入茶树,没想到大获成功,斯里兰卡出产的红茶深受英国消费者欢迎,为殖民者带来了巨额收入。采茶是一项劳动力密集的行业,技术含量又不高,需要大量廉价劳工。当地人懒散惯了,没人愿意干,于是英国人从印度招募了100万泰米尔劳工来斯里兰卡采茶。这些人属于印度的底层,和斯里兰卡原有的泰米尔人属于不同的种姓,后者瞧不上前者,一直拒绝接纳他们。僧伽罗人因为语言和生活习惯上的差异,自然也很难接纳这些劳工。锡兰独立后,这些人无家可归,只能继续留在斯里兰卡,为后来的民族冲突埋下了一颗定时炸弹。

为了把山区出产的茶叶运出来,英国人规划了一条铁路,从山里一直通到科伦坡。这条铁路线至今仍在使用,是当地人通勤的主要交通工具。我从艾勒火车站上车坐了一段,感觉像是回到了殖民时代,无论是汽笛声,还是车轮和铁轨有规律的碰撞,甚至那慢如蜗牛的车速,都和老电影里的场景毫无分别。我像其他游客那样,全程吊在车厢外,一边呼吸山里凉爽而又新鲜的空气,一边欣赏周围美丽的景色。对于这样一个节奏缓慢的国家来说,恐怕连窗外的风景都和殖民时代没有太多差别。我看到的是漫山遍野的茶园,以及见缝插针种下的玉米和蔬菜。按照斯里兰卡银行家兼人类学家斯里坎萨·纳达拉贾(Srikantha Nadarajah)的说法,英国商人摧毁了斯里兰卡原有的农业模式,把斯里兰卡从一个以小农经济为主、自给自足、以物易物的原始社会一夜之间变成了以大庄园为单位,以金钱为基础的现代国家。

纳达拉贾曾经是斯里兰卡一位非常成功的银行家和社会活动家,后来厌倦了职场生活,移民澳大利亚,师从澳大利亚著名人类学家麦克·罗伯茨(Michael Roberts)学习人类学,并于2014年7月出版了一本分析斯里兰卡内战的专著,名为《斯里兰卡的民族主义》(*Nationalism in Sri Lanka*)。在纳达拉贾看来,英国殖民者给斯里兰卡带来了翻天覆地的变化,动摇了整个国家的基石,这个变化来得太快了,以至于大多数斯里兰卡人都没能很好地适应,这就为后来的冲突埋下了伏笔。

比如,斯里兰卡原本是一个分裂的社会,虽然国土面积不大,但地方割据现象非常严重,各个王国的老百姓相互之间很少直接打交道。英国人消灭了各地的军阀,统一了全岛,将原本分散的部落纳入同一套管理体制,由中央政府派官员统一管理,这就不可避免地带来了矛盾和摩擦。

再比如,斯里兰卡农民原本受到王役制度和佃农制度的限制,行动很不自由。英国人取缔了王役制度，并在全国范围内建设公路和铁路网，把主要城市连接了起来，大大加快了劳动人口的流动性，以及信息的流通速度。原本不怎么打交道的不同族群的成员一夜之间成了邻居，彼此之间还要相互竞争，同样不可避免地导致了冲突。

话虽如此，但类似的情况在几乎所有的殖民地国家都曾经发生过，为什么斯里兰卡的民族矛盾会变得如此激烈呢？

我乘坐的小火车停靠在一个山区小站，上来了一大群穿着同样制服的年轻小伙子。他们显然都很兴奋，一上车就开始唱歌，唱的是僧伽罗传统民歌。领唱者没有乐器伴奏，便用手敲打车皮，为大家打拍子。他们就这样唱了一路，每个人的脸上都洋溢着幸福的笑容。

我好奇地询问他们的来历，其中一人告诉我，他们都是斯里兰卡空军学校的学员，这次结伴去科伦坡参加资格考试，合格后就可以加入斯里兰卡空军，成为战斗机飞行员了。

虽然他们都是佛教徒，但在参军这件事上，他们和全世界的年轻人都没什么两样。

# 从独立到内战

斯里兰卡的传统文化和英国人引入的现代体制不兼容,斯里兰卡人没能很好地适应新的社会制度,其结果就是长达二十六年的内战。

## 佛教的复兴

斯里兰卡南部山区一直被认为是僧伽罗民族的大本营,努瓦拉埃利亚(Nuwara Eliya)正好位于这片山区的中心。我乘火车来到这个小镇,发现这里简直就是一个山寨版的英国乡村,到处可见那种老式的双层木屋和英式花园,甚至还能见到英式电话亭,如果不是因为大街上的行人肤色太黑,我简直会以为自己穿越到了英国。

小镇位于一个山清水秀的山谷之中,这个风水宝地是在1819年被英国殖民者"发现"的,思乡心切的英国人立即决定将其改造成一个避暑山庄,并在这个和家乡气候非常相似的地方种上了各种英国蔬菜,建造了许多英式度假屋,还修建了一座高尔夫球场。如今那些老房子大都保存完好,而且还在行使正常功能,因此这个小镇得了一个贴切的绰号:小英格兰(Little England)。

努瓦拉埃利亚体现了英国殖民者的野心,那就是试图按照英国的模式把斯里兰卡改造成一个现代化国家。这些殖民者不光要引进英国的房子、铁路和马车,还要引进他们认为更有价值的农作物。咖啡最早就是在这里试种成功的,可惜后来斯里兰卡咖啡树染上了一种病毒,引种失败了。急于挽回损失的英国商人又率先在这个努瓦拉埃利亚试种茶树,获得了成功,此后茶园模式逐渐在斯里兰卡推广开来,成为殖民时代该国最主要的经济来源。

这些殖民者们不仅引进了欧洲的物质，还引进了欧洲的思想，他们要以英国人为模板，改造斯里兰卡的原住民。要想做到这一点，首先需要把原住民的家底摸清楚，于是英国政府派来了各个行业的专家学者，对斯里兰卡的历史、地理和生态环境等方面系统地进行考察研究，试图在此基础上制定出相应的政策，改造这个国家。

这其中，宗教是英国人最重视的领域。这是可以理解的，因为宗教在欧洲发展了这么多年，逐渐形成了很多具有排他性的派别。教会也与政治紧密地联系在一起，成为欧洲人最重要的身份标签。

可是，当欧洲传教士们试图按照欧洲那套标准给斯里兰卡人贴上宗教标签时，却发现这么做行不通。北部的印度教包罗万象，号称有几百万个神，任何一种宗教都可以被纳入到这个体系中来，而且印度教几乎没有神职人员，更别说教会了，缺乏宗教应有的组织和结构。南部的佛教也不好办，正宗的原始佛教不相信神迹，不提倡个人崇拜，本质上更像是无神论，充满了理性色彩。更奇怪的是，这两种宗教相互之间并不排斥，完全不像欧洲宗教那样各自有一套排他的信仰体系。换句话说，佛教和印度教更像是两种生活方式，抑或是两套行为准则，仅此而已，与欧洲人熟悉的宗教大不相同。

美国哥伦比亚大学人类学家大卫·斯考特（David Scott）在1999年出版过一本名为《重塑未来》（*Refashioning Futures*）的书，他以斯里兰卡和牙买加为例，分析了殖民地国家的原始信仰是如何在西方语境下被异化的。斯考特发现，19世纪之前的斯里兰卡并没有与"宗教"或者"佛教"对应的词语，无论是僧伽罗语还是巴利语都没有。现代僧伽罗语里的宗教（Agama）一词是由英国传教士在19世纪时创造出来的，也就是说，传统的斯里兰卡社会根本就没有一种能够和基督教、天主教或者伊斯兰教并列的，自成一体的信仰体系，这个概念是英国人强加给斯里兰卡人的。

事实上，在英国殖民初期，斯里兰卡佛教几近消亡，大量寺庙被废弃，也没有多少职业僧侣了。平心而论，英国殖民者的宗教政策非常宽松，并没有通过武力强迫当地人改信基督教。但毕竟有很多英国传教士来斯里兰卡传教，这一事实本身，以及英国历史学家和考古学家们在斯里兰卡开展的学术研究，重新激起了斯里兰卡人对于佛教的热情。1937年，英国学者乔治·特纳将斯里兰卡最著名的历史典籍《大史》翻译成英文出版，帮助僧伽罗人找回了关于自己祖先的记忆。但是，这部史书是一位佛教僧侣写的，作者故意夸大了僧伽罗人和泰米尔人之间的冲突，以及佛教在僧伽罗民族发展史中的作用。这本书出版后极大地提高了佛教在斯里兰卡的地位，为斯里兰卡独立后佛教上升为国教埋下了伏笔。

1860年前后，英国传教士在斯里兰卡举办了五场公开的宗教辩论会，代表佛教出场的是一位名叫羯那难陀（M. V. Gunananda）的高僧，他有着出色的口才和辩术，在与基督教代表的辩论中丝毫不落下风，振兴了佛教的士气。历史学家都认为，这次公开辩论是斯里兰卡佛教的转折点，标志着这个古老的东方宗教终于在斯里兰卡得到了复兴。

但是，复兴后的佛教和传统佛教不一样了。斯里兰卡人类学教授坦比亚（S. J. Tambiah）认为，新佛教和佛祖当初的教导几乎没有关系了。传统佛教是一种精神信仰，关心的是世界和平和消除贫困这类宏大命题。新佛教则只对民族问题感兴趣，为了维护佛教的尊严不惜和其他宗教对抗，佛祖号召的爱与宽容变成了对异教徒的仇恨，佛教典籍也变成了佛教民族主义的象征。另外，新佛教极度渴望和权力联系到一起，成为权贵的附庸。

佛教，一个源自东方的古老的思想体系，就这样变成了西方宗教体系下的一个具有排他性的宗教派别。成为宗教后的佛教变得极具侵略性，不再像以前的佛教那样提倡宽容和忍让了。

佛教的这种转变和殖民者有着直接的关系。美国弗吉尼亚大学宗教学教授大卫·李特尔（David Little）在1993年出版的《斯里兰卡：制造仇恨》（*Sri Lanka: The Invention of Enmity*）一书中详细记录了斯里兰卡人对待西方殖民者态度的转变过程，并分析了其中的原因。李特尔教授发现，早期的原住民对于西方殖民者的态度是相当宽容的，虽然西方传教士采用的传教方式非常具有侵略性，但斯里兰卡人很少公开反抗，忍无可忍时最多逃离家乡，一走了之。但是，自1860年开始，斯里兰卡人的态度发生了一百八十度大转变，敢于公开反抗了。

美国著名政治学家弗朗西斯·福山（Francis Fukuyama）在2011年出版的《政治秩序的起源》（*The Origins of Political Order*）一书中指出，西方殖民者天真地相信这个世界的发展轨迹是线性的，永远从低到高，每一个新的阶段都是对前一个阶段的否定，互相之间没有交集。既然欧洲能够成为世界霸主，那么来自欧洲的一切都应该是好的，是进步的，代表着人类未来的发展方向，所以欧洲殖民者一直试图按照自己的方式改造殖民地国家，让他们忘掉自己的文化传统，跟上世界发展的潮流。可惜的是，事实证明这套思路在非洲和亚洲的很多国家都失败了，如今很多前殖民地国家的糟糕状况都和这一思路有关。

就拿斯里兰卡来说，英国殖民者全盘采纳了欧洲的政治制度和宗教政策，创造出了一个"现代化"的新锡兰。但是当锡兰独立后，英国人撤走了，也带走了佛教最大的敌人——基督教。于是，复兴后变得极具侵略性的佛教需要寻找一个新的敌人，自认为是佛教唯一继承人的僧伽罗人便把目光转向了国内第二大族群——信印度教的泰米尔人。

## 泰米尔人的前世今生

斯里兰卡的泰米尔人主要居住在这个岛最北端的杰夫纳，但也有相当一部分人住在东北部的沿海一带。亭可马里（Trincomalee）是这一区域的中心城市，驶往亭可马里的长途车司机在距离终点还有两个多小时的时候就提前换了音乐，喇叭里传出了节奏强烈的印度流行歌曲，听了一路绵软的僧伽罗情歌的我立刻来了精神，再也不困了。

那天正好是排灯节（Diwali）的最后一天，这是印度教最大的节日，庆祝光明战胜了黑暗，智慧战胜了愚昧，好人战胜了坏人。长途车晚上8点才到达亭可马里，大街上一片漆黑，但路边的一个自由市场却是灯火通明。我走过去一看，立刻感觉自己来到了印度。只见小贩们在临时搭起的塑料大棚里叫卖各种零食和小玩意儿，五颜六色的商品在高瓦数白炽灯的照耀下显得格外诱人。有个卖小吃的摊位用一只大喇叭播放流行歌曲招徕顾客，我居然听到了《江南Style》。一圈转下来，我感觉斯里兰卡的泰米尔人比僧伽罗人活泼多了，也更会做生意，没有僧伽罗人那么多禁忌。

泰米尔人的祖先来自印度，是印度半岛的原住民达罗毗荼人中的一个分支，有自己的语言和文字。如今全世界有大约7700万泰米尔人，是目前人数最多的没有自己国家的民族。提到没有国家的民族，很多人都会想到犹太人。他们在世界各地漂泊多年，饱受欺凌，最终在以色列建立了自己的国家，结束了寄人篱下的日子。在别人的地盘上讨生活，除了需要团结和忍耐之外，更需要掌握一两门别人没有的绝技。犹太人选择做小买卖或者放高利贷，在那些因为宗教原因不愿意做生意或者放贷的国家找到了自己的位置。此后又通过发展教育，培养了一大批具备高等知识的人才，在那些需要特殊技能的白领岗位站稳了脚跟。泰米尔人也是如此，他们像犹太人那样善于经商，在整个南亚地区都留下了足迹。他们也非常重视教育，家长们宁可饿肚子也要送孩子上学读书，这就是为什么在医生、律师、科学家和银行家这些需要高学历的领域能找到大批泰米尔人，百事可乐公司现任主席兼首席执行官卢英德（Indra Nooyi）就是其中的佼佼者。

我住的旅馆的老板也是一位泰米尔商人，他看上去五十多岁，略微有些发福，能说一口流利的英语。亭可马里有好几家旅馆和度假村都是他开的，但他却告诉我，自己差一点儿就要倾家荡产了。

"内战那几年我们全家都移民到印度去了，我的四个女儿迄今为止仍然留在国外没敢回来，其中一个已经嫁到了加拿大，大概永远不会回斯里兰卡定居了。"他对我说，"内战结束后我又观望了几年，觉得短时间内不会再打了，这才壮着胆子回来继续干老本行，在国外坐吃山空毕竟不是长久之计。"

他听说我是记者，便主动提出开车带我去周围转转。我俩先去了一座印度教寺庙，和我在印度见到的完全一样，只是外墙上的雕像颜色特别鲜艳，显然是刚刚粉刷过的。寺庙里只有一个清洁工，没有住庙和尚。过路的行人拐进来祷告几句，然后出门继续赶路。

我们又去了镇上最繁华的商业街，看上去和其他的斯里兰卡小镇没什么两样，大部分招牌都是用英语、僧伽罗文和泰米尔文这三种文字写成的，据说这是斯里兰卡的法律，任何人不得违反。不过，地上的垃圾比南部沿海的那些村镇多了一些，我还见到几头耕牛站在马路中间反刍，这两条毫无疑问地告诉大家，亭可马里是泰米尔人的地盘。

"其实这条街上的民族成分很复杂，泰米尔人、僧伽罗人和穆斯林都有。"旅馆老板对我说，"大家平时相处得还算不错，谁也不招惹谁，可一旦出点事，便会立刻按照不同的民族成分分成不同的派别，团结起来一致对外。"

"为什么大街上看不到内战的痕迹呢？难道当初这里打得不够激烈吗？"我问。

"哪里？！亭可马里是内战的主战场之一，经常能听到枪声，爆炸案也时有发生。我那个旅馆前面的一幢房子就是被一颗炸弹炸毁的，现在正在重修。"他一说我立刻想起，旅馆门前确实有片空地，上面堆满了建筑材料。这样的场景其实在任何城市都很常见，但如果我不问的话，根本不会想到那块空地其实是被炸出来的。

我们离开市中心，朝海边开去。我注意到马路上到处是警察，几乎到了三步一岗五步一哨的程度，即使远离市中心也是如此。"政府一直歧视泰米尔人，居然派了这么多僧伽罗警察来管我们。"这位老板愤愤地说，"他们听不懂我们说什么，我们也听不懂他们在说什么，出了问题怎么管？"

这个细节非常关键，语言是斯里兰卡在现代化过程中所遇到的非常棘手的问题。殖民时期大家没得选，只能说英语，所以当时在政府机构和其他一些重要部门任职的斯里兰卡人必须是会说英语的"洋买办"。如前所述，泰米尔人历来重视教育，会说英语的泰米尔人比例远比僧伽罗人高。据统计，1948年斯里兰卡独立时大约有40%的政府官员是泰米尔人，而当时的泰米尔人口总数只占斯里兰卡人口总数的12%。

还有一个原因值得一提。当年美国也派了一个传教团来到斯里兰卡，但是英国人怕美国人借机扩大自己在南亚的势力范围，不准美国传教士染指中南部地区，只准他们待在北部的杰夫纳传教。事后证明，美国传教士远比英国同行敬业，他们在泰米尔人的大本营开办了很多高质量的教会学校，大幅度提高了泰米尔人的英语水平和教育水平。

问题是，这样一来僧伽罗人就不干了。他们觉得自己是被一个少数民族管理了，心里很是不服。根据斯里兰卡人类学家纳达拉贾在《斯里兰卡的民族主义》一书中的描述，殖民之前斯里兰卡普通民众的民族意识并没有那么强，英国殖民者引进了英国政府的那套管理模式，在户籍制度、宗教政策和儿童教育等许多方面强化了双方的差异，加深了各自的民族意识。

事实上，这是欧洲殖民地的常态。在欧洲式的管理体制之下，亚洲、非洲和美洲的各个原始部落均获得了发展各自独特文化的机会，其结果就是许多原本界线模糊不清甚至几近消亡的民族纷纷经历了文化复兴运动，并在这一运动中明确了各自的定义，加深了彼此间的差别。

这方面的一个典型案例就是印度。英国殖民者1881年在英属印度组织了第一次人口普查，表格上需要填写的第一项就是宗教。当时很多印度人已经不知道自己应该属于哪个宗教了，这张表强迫他们选一个身份标签贴在自己身上，这就等于被迫选择了一种具有排他性的社团或者党派。当时印度最大的两个教派是印度教和伊斯兰教，双方的关系远不如佛教和印度教那样融洽。人口普查导致印度人按照宗教信仰的不同分成了两大阵营，彼此之间充满敌意。最后当印度打算脱离英国宣布独立的时候，人口较少的穆斯林不愿意和占多数的印度教徒组成联合政府，双方只能分家。穆斯林分到了东西两块土地，组建了巴基斯坦伊斯兰共和国，这就是历史上著名的印巴分治。因为时间仓促，国土分割线居然是在短短六个星期的时间里画出来的，很多原本相安无事的混居村落被一分为二。因为害怕遭到对方迫害，1400万印度人被迫向东西两个方向迁徙，在此过程中双方大打出手，最终有大约100万人死亡，酿成了人间惨剧。

惨剧发生后，很多人指责印度教和伊斯兰教的领导人太过自私。但也有一部分人认为，印度教徒和穆斯林本来就分属于两个不同的王国，是英国人硬把双方捏合到一起去的，印巴分治只是恢复了殖民前的原状而已，如果独立之前没有分家，独立后的日子很可能更不好过。

斯里兰卡的情况要比印度好一些。这个国家本来就小，作为少数派的泰米尔人也只占总人口的十分之一左右，力量有限。再加上英国殖民者一直试图把斯里兰卡培养成一个模范殖民地，在很多方面给予了优惠政策，独立前的各种准备工作做得要比印度充分多了。比如，斯里兰卡很早就实行全民选举，二十一岁以上的斯里兰卡公民，不分男女，全都有选举权，是南亚国家当中第一个这么做的。再比如，英国人从20世纪30年代起就开始有意识地培养当地政治家，并从1945年开始实行全民免费教育制度，这在南亚国家中也是独一份。于是，当斯里兰卡于1948年获得独立时，无论是政治家的素质还是老百姓的觉悟都是南亚国家里最好的，独立的过程也进行得非常顺利，没有动一枪一炮。

但是，这并不等于说斯里兰卡的民族问题彻底解决了。纳达拉贾认为，独立前的斯里兰卡存在两种民族主义，一种可称为锡兰民族主义，主要成员是受过良好英式教育的僧伽罗人和泰米尔人，他们的诉求就是让锡兰独立，其余免谈；另一种可称为僧伽罗民族主义，其主力是佛教僧侣团，他们不但要独立，还要求给予佛教以"国教"的地位，并允许佛教徒参政议政。

1948年前的斯里兰卡，独立是头等大事，各个族群目标一致，很容易团结起来一致对外，于是锡兰民族主义者成为主流，享有更大的话语权。为了防止宗教干政，破坏独立进程，开国元勋们甚至特意在宪法中写明，斯里兰卡政府是世俗政府，实行政教分离的政策。

正因为如此，独立后的斯里兰卡享受了几年和平时光。但是，僧伽罗民族主义者们并没有轻易放弃，他们在宪法中找到了一个漏洞，那就是民主选举制度。他们意识到，如果能很好地利用这个漏洞，自己就有机会东山再起。

于是，斯里兰卡内战的导火索就这样悄悄地被点燃了。

## 从英语到僧伽罗语

要想弄清楚斯里兰卡内战的前因后果，必须去泰米尔人的大本营——杰夫纳看一看。我坐上一辆长途汽车，一路向北驶去。

斯里兰卡的北部平原地势极为平坦，宛如一块绿色的地毯。刚开始还能见到一些森林，越往北走树木越是稀少，车窗外出现了大片大片的草场，一眼望不到头。据说这里曾经是猛虎解放组织藏身的地方，真不明白他们能藏到哪里去。

仔细看，不少草场还能看出田埂的痕迹，显然都是被抛荒的农田。难道内战把农民都吓跑了吗？一位乘客告诉我不是这样。原来，斯里兰卡北部雨季短、旱季长，总体来说相当干旱。在这里种田非常辛苦，收入又无法保证，很多农民受不了这个苦，便抛下农田，改行干别的去了。

事实上，这就是泰米尔人为什么如此重视教育的主要原因。泰米尔人居住的北部平原自然条件恶劣，不但不适合发展农业，也没有宝石矿，可供人类利用的资源非常有限，于是泰米尔人都愿意把孩子送进学校，让他们接受高等教育，利用知识上的优势找一份工作，这几乎是泰米尔人唯一的出路。20世纪50年代初，普通斯里兰卡人所能找到的最好的工作就是政府公务员，泰米尔人利用语言上的优势，在这场竞争中脱颖而出，这就引起了僧伽罗人的不满。经过几年的酝酿，这股不满的情绪终于找到了一个突破口，斯里兰卡的历史从此被改写了。

前文说过，斯里兰卡是和平独立的，并由全体国民通过民主选举选出了新的政府。第一届执政党叫作统一国民党（United National Party），主要由受过西方教育的各界精英人士组成。1951年，该党的一位得力干将班达拉奈克（S. W. R. D.

斯里兰卡北部是印度教的地盘，图为杰夫纳的一座印度教寺庙

Bandaranaike）突然宣布退党，另立山头，组建了斯里兰卡自由党（Sri Lanka Freedom Party）。五年后，自由党联合了包括斯里兰卡共产党在内的各种左翼政党一同参选，决心和执政的统一国民党一决高下。

班达拉奈克出生于科伦坡的一个天主教家庭，大学毕业后去牛津大学深造，是个标准的高学历海归。他在英国学习期间焕发了蕴藏已久的民族主义热情，回国后放弃了天主教，皈依佛门，发誓要尽自己一切努力振兴佛教，恢复僧伽罗民族的光荣传统。就在1956年的那次民主选举中，班达拉奈克公开打出了僧伽罗民族主义的旗号。他预言，如果自己能唤起占人口总数70%的僧伽罗人内心的民族主义情结，必将在选举中立于不败之地。事实证明他的预言非常正确，自由党在那次选举中大获全胜，班达拉奈克以自由党主席的身份出任新一届总理，成为斯里兰卡实际上的最高领导人。

班达拉奈克上任后干的第一件事就是打破了英语的垄断地位，规定僧伽罗语代替英语成为斯里兰卡唯一的官方语言。纳达拉贾认为这个新法律是斯里兰卡内战的起因，因为这就等于把泰米尔人挡在了斯里兰卡的官僚体制之外，切断了他们的从政之路。但是，查尔斯·沙文认为这个新政策是有一定道理的，因为英语在普通民众中的普及率并不高。据统计，1946年时斯里兰卡只有6.3%的人能够熟练使用英语，如果只有这些精英人士才能当公务员，显然并不公平。同样，泰米尔人只占总人口的12%，更不可能把泰米尔语定为官方语言。两种官方语言并存也不妥，那样的话每个斯里兰卡人都要学一门"外语"，太浪费资源了。

值得一提的是，独立后的印度也遇到了这个问题。印度人本来比斯里兰卡人更有理由放弃英语，但印度国家太大，民族成分太复杂，光是常用的方言就有上百种之多，没有任何一种占有绝对优势。所以印度政治家们别无选择，只能继续让英语成为印度的官方语言。这么做的结果就是英语成为印度学生的必修课，直到今天依然如此。普通印度人的英语水平迅速超过了斯里兰卡，并且为后来印度经济的复兴，尤其是软件业的兴旺奠定了基础。类似的情况还发生在很多非洲国家，比如赞比亚的官方语言也是英语，原因和印度相同。

斯里兰卡属于另一类殖民地，也就是其中一个民族占有绝对优势。这样的国家几乎都放弃了英语，改用民族语言作为官方语言了。问题在于，斯里兰卡是个小国，本来知识底子就不足，国内市场也很小，将来注定要走出去，发展外向型贸易，照理说应该远比印度这样的大国更需要英语教育。只是因为一个偶然的原因，英语被放弃了。

▼ 杰夫纳的一座印度教寺庙内正在举行一个宗教仪式

英语的遭遇再一次说明，印度和斯里兰卡都不是自然形成的国家，而是被殖民者生造出来的，这两块地方原来都是若干民族分而治之的局面，不存在语言的问题。英国人硬生生地把这些民族混在了一起，组成两个全新的国家，自然产生了各种矛盾。幸亏印巴在建国前就分了家，否则矛盾会更多。

查尔斯·沙文虽然认同这个新政策，但他认为应该准备充分了再行动。事实是，新的语言政策实行得非常迅速，斯里兰卡大中小学的课本很快就都换成了僧伽罗文。但斯里兰卡的知识分子能力有限，来不及把英语课本和参考书籍全部翻译成僧伽罗语，尤其是理工科，更新速度更是缓慢，不但缺课本，合格的理工科教师也严重不足。可是，为了兑现竞选时的承诺，让更多的僧伽罗孩子能够接受高等教育，班达拉奈克政府拨出大笔经费增加师资力量，扩大招生范围。但因为上述原因，新增的师资力量大都集中在文学、历史和艺术等文科领域，理工科严重不足。比如，1959年锡兰大学的文科生只有365人，1965年这个数字便蹿升到了3500人，增加了将近10倍。根据斯里兰卡教育部的统计，1964年全国85%的毕业生修习的是文化和艺术等文科专业，但斯里兰卡显然不需要那么多艺术家或者报纸编辑，于是这批年轻人大学毕业后根本找不到工作，只能在大街上游荡。和一般失业人口不同的是，这批人都受过高等教育，思想活跃，却又因为英语不好，无法从外部渠道获得更加中立的信息，很容易受到国内激进思潮的影响，做出极端的事情来。事实证明，这群满怀理想却又手无缚鸡之力的"高学历失业者"就是斯里兰卡在20世纪70—80年代发生社会动荡的主力军。

在纳达拉贾看来，班达拉奈克就是一个幻想建立乌托邦社会的理想主义者，他凭着满腔热情在斯里兰卡发动了一场群众运动，矛盾却越积越多，最后只能通过暴力的方式加以解决。

这场大变革的发动者班达拉奈克注定是一个悲剧人物，他打开了潘多拉盒子，却又没有甘地或者尼赫鲁那样强大的个人魅力，当局面开始失控时，他便手足无措了，只能不断地妥协。1958年，僧伽罗人和泰米尔人之间的矛盾终于达到了顶点，双方爆发了建国之后的第一次民族冲突。班达拉奈克处理不当，得罪了两边的人。第二年，一名对他不满的和尚用一把藏在僧袍内的左轮手枪杀死了他。

就这样，一位发誓要用自己毕生精力振兴佛教、恢复僧伽罗民族光荣传统的政治家最后却死在了一名僧伽罗佛教徒的手里。

## 从民族主义到内战

中午时分,我乘坐的长途车驶进了杰夫纳王国的地盘。前方突然出现了一个检查站,我被告知斯里兰卡政府刚刚出台了一个新法规,所有想去杰夫纳的外国人都必须先去外交部申请通行证,否则不准通过。

"杰夫纳已经开放旅游好几年了,怎么突然又变卦了?"我问。

"因为一些外国NGO在杰夫纳从事非法活动,危害国家安全。"一位少校军官对我解释说,"我们可以帮你把申请传真给外交部,但不敢肯定今天一定能办得下来,你要是等不及就顺原路返回,找个旅馆住下,明天再来吧。"

我决定在这里死等,便找了把椅子坐了下来。这位军官三十多岁,说一口流利的英语,态度也很友善。大概是怕我等得不耐烦,他一直坐在旁边陪我唠闲嗑,后来还主动请我吃了顿咖喱米饭,顺便带我参观了一下士兵的营房。但是,我一直等到下午5点多钟还是没有结果,渐渐有点不耐烦了。

"你们为什么这么害怕外国人呢?我们只是游客,来你们国家就是来玩的,被你们这么一折腾,前几天留下的好印象全没了。"我有些气恼地对他抱怨道,"这个通行证制度是谁想出来的馊主意,费力不讨好,真是太蠢了!"

"这是我们政府外交部的决定,所有外国人都必须遵守。"这位僧伽罗军官脸上的笑容突然消失了,好像换了一个人,"不是我们害怕外国人,而是为了防止敌人借机闹事,分裂我们的国家。"

我一直等到晚上6点多钟才被放行,因为一顿饭而培养起来的对这位军官的一点好感在漫长的等待中消失得无影无踪。

到达杰夫纳时已是夜里8点多钟。和其他那些斯里兰卡中小城市一样,杰夫纳几乎没有路灯,大街上一片漆黑。我很快就迷了路,正踌躇间,一辆摩托车停在我身边,车上的人主动提出带我去找旅馆。此后的两天里我又多次遇到这样的热心人,看来泰米尔人和僧伽罗人一样,都是生性善良的人。

两个热情而又友善的民族,为什么相互之间却如此凶恶呢?美国著名的神学家莱茵霍尔德·尼布尔(Reinhold Niebuhr)在其1932年出版的名著《道德的人与不道德的社会》（*Moral Man and Immoral Society*）一书中对这个问题做出了解答。在他看来，人类作为个体在行动的时候遵循的是理性原则，以及对他人需求的切身感受，这让我们超越了自身固有的自私和偏见，成为"道德的人"。但是，当我们身处一个集体当中时，这种理性机制就消失了，人的自私本性就会暴露出来。换句话说，当我们身处集体中时，会做出一些作为个体时绝对做不出来的事情，各种形式的集体主义（比如民族主义和爱国主义）变成了我们新的行为准则。

尼布尔的这个理论可以用来解释国与国之间的关系。按照这个理论，无论组成群体的个体多么优秀，群体之间的关系一定是不道德的。当群体变成国家时，这个结论同样适用，因此国与国之间不存在道德问题，只有政治。解决国际争端不能依靠道德，因为国际关系从来就不讲道德，所谓"国际社会"就是一个各方展示实力的舞台。这大概就是为什么美国总统奥巴马亲口承认，尼布尔是他最喜欢的哲学家。

从尼布尔的理论还可以推出一个结论，那就是单纯运用民主机制来解决一个国家的内部冲突并不一定会有好的结果，反而有可能导致多数人暴政。20世纪50—70年代的斯里兰卡就是一个经典案例。班达拉奈克被杀后，他的遗孀接替了他的位置，成为全世界第一个女总理。班达拉奈克夫人继承了丈夫的遗志，有些政策在今天看来简直就是赤裸裸的种族歧视。比如，当僧伽罗学生都去读文科时，聪明的泰米尔人坚持己见，仍然愿意去读理工科，导致斯里兰卡的私营企业雇用了更多的泰米尔学生。于是斯里兰卡政府出台了一项新政策，泰米尔人必须获得比僧伽罗人更高的分数才能进入理科系读书。这个新政使得泰米尔学生当中学理科的比例从1970年的35.3%下降到1975年的19%。

再比如，眼看国内的好机会都被僧伽罗人占据了，很多泰米尔家庭便纷纷出钱送自己的孩子出国读书。此时政府又出台了新的法规，以节约外汇为由，不允许斯里兰卡学生参加国外大学的入学考试，这就等于关闭了泰米尔学生去国外求学的大门。

事实证明，这项明显欺负人的法规是压垮骆驼的最后一根稻草。

斯里兰卡政府当中的泰米尔政治家曾经多次抗议新法规歧视少数民族，要求政府效仿印度，把泰米尔聚居区变为自治区，给予一定的优惠政策。但他们忘记了，印度是个大国，民族成分复杂，中央政府实在管不过来，这才允许少数民族拥有一定的自治权。斯里兰卡太小了，民族成分简单，不存在管不过来的问题，没有足够的动力让泰米尔人自治。

还有一位名叫切尔瓦亚加姆（S. J. V. Chelvanyagam）的泰米尔政治家非常崇拜甘地，决心效仿甘地，在斯里兰卡发起一次"非暴力不合作"形式的反抗运动。他组织了一群泰米尔人去科伦坡静坐示威，结果遭到一伙僧伽罗暴徒的袭击，政府则根本不予理睬，任凭僧伽罗暴徒殴打示威人群。这位天真的政治家没有想到，殖民地时期的印度是多数老百姓对抗少数英军，甘地模式很管用；而独立后的斯里兰卡则是少数民族对抗多数民族，甘地模式不可能成功。

正是在这种情况下，一个名叫普拉巴卡兰（Vellupillai Prabhakaran）的狠角色登上了历史舞台。1972年，当时还只有十八岁的普拉巴卡兰成立了泰米尔伊拉姆猛虎解放组织，决心用暴力手段谋求独立，成立"泰米尔伊拉姆王国"。

这个普拉巴卡兰就出生在杰夫纳北边的一个小渔村。第二天一早我租了一辆三轮摩托车，向斯里兰卡岛的最北端开去。和亭可马里不同的是，杰夫纳的战争痕迹非常明显，路边随处可见被炸毁的建筑物，以寺庙和教堂居多。有几座印度教寺庙还在修复过程中，教徒们已等不及了，在残垣断壁间举行宗教仪式，迎接湿婆的降临。

一路上我看到特别多的骑车人，据说这是因为战争年代汽油供应中断，当地人无法开车，只能骑自行车，战争结束后这个习惯保留了下来。

我还在路边看到一块巨大的标语牌，上面写着中国政府援助了94.5亿卢比（相当于4.5亿人民币），帮助杰夫纳修建了一条长达90公里的通往内陆的高速公路。事实上，中国政府还帮助斯里兰卡修建了一条从杰夫纳到科伦坡的铁路，为重建斯里兰卡做出了自己的贡献。

一个小时后，我来到了位于斯里兰卡岛最北端的"佩德罗角"（Point Pedro）。这里有个小渔村，隔老远就能闻到很重的鱼腥味儿。村子里看不到多少人，大概都出海捕鱼了。我穿过村子来到海边，这里停泊着一排小渔船，几个刚刚捕鱼归来的渔民正在从渔网里把鱼卸到船舱里，每个人的脸上都洋溢着幸福的微笑。不过，这些鱼的个头都很小，体长不足10厘米，看来这附近的渔业资源已近枯竭，真不知这些渔民靠什么生活。

"现在要想捕到大鱼，必须出海很远才行。"一位渔民对我说，"这些小鱼是做鱼干用的，也能卖不少钱。"

▼ 杰夫纳的渔民正在整理渔获,可以看出当地近海的鱼都很小,说明很可能已经过度捕捞了

　　果然,村子里几乎每家的院子里都在晒鱼干。本来鱼的个头就不大,晒干后就更小了。不过,我想起斯里兰卡人喜欢吃素,即使菜里有肉往往也被切成小块,对于当地人来说这种小鱼干反而正合适。

　　村子里有个军营,一群士兵正坐在院子里闲聊。司机目不斜视地从军营门前驶过,确定士兵们看不见自己了,便突然一拐,钻进一条小巷,然后又拐了两个弯,眼前出现一个闲置的小院子,荒草已经长到了一人多高。

　　"这就是普拉巴卡兰的家,房子早就被拆掉了,但谁也不敢在这上面盖新房,所以就一直空下来了。"他说。

　　如果不是事先知道此人的事迹,我恐怕做梦也不会想到,在这样一个好似世外桃源的地方,竟然出了这么一个杀人不眨眼的魔鬼。根据书中的描述,普拉巴卡兰是个非常冷血的杀手。他很早就相信只有诉诸暴力才能实现目的,而且越是血腥效果就越好。1975 年,他用一把手枪在很近的距离刺杀了当时的杰夫纳市长,这是斯里兰卡独立后发生的第一起重大政治谋杀案。

　　此后双方你来我往,互相报复,陷入了恶性循环。1983 年,一群由斯里兰卡政府暗中支持的僧伽罗暴徒冲进杰夫纳图书馆,将 9.7 万册图书以及很多珍贵的手抄本尽数烧毁。手抄本中有很多关于印度教和泰米尔人的历史文献都是孤本,损失再也无法挽回。此事标志着斯里兰卡内战正式打响,

斯里兰卡:一朵带刺的鲜花

双方从打砸抢和暗杀偷袭演化成了公开的武装对抗，普拉巴卡兰领导的猛虎解放组织就是泰米尔一方最重要的军事力量。

美国动物学家沃尔夫冈·迪图斯博士那段时间正好在斯里兰卡搞研究，他对我回忆说，猛虎解放组织对战争早有准备，每个人都怀着必死的决心，再加上海外泰米尔人捐了大笔金钱给游击队买武器，所以内战刚开始时政府军的战斗力远不如猛虎解放组织，据说一个游击队队员可以对付十个政府军士兵。直到后来政府军向外界求援，进口了大批先进的武器装备，这才打了个平手。

海外"泰侨"们不光捐钱给猛虎解放组织买武器，而且还在西方国家开展舆论攻势，导致内战初期西方媒体大都站在泰米尔人这一边，指责政府军滥杀无辜。但是随着事实真相逐渐曝光，大家这才发现普拉巴卡兰绝不是什么为民请命的英雄，而是一个地地道道的恐怖分子，他根本不想和政府谈判，唯一的目的就是杀人，然后迫使政府做出让步。于是，越来越多的西方媒体开始倒戈，不少西方政府也改变了立场，宣布猛虎解放组织为恐怖组织。

既然如此，为什么一支失道寡助的游击队竟然在一个没有多少天然屏障的小岛上坚持了二十六年才倒下呢？首先不得不说普拉巴卡兰确实是个军事天才，但最主要的原因是政府无能。关于这一点还有很多说法，有人认为斯里兰卡政府官员其实不希望内战这么快就结束，因为他们可以从军火生意中捞到很多好处。也有人认为原因在于政府内部思想不统一，有的主战有的主和，这才让猛虎解放组织苟延残喘了这么久。

最终结束内战的是现任总统马欣达·拉贾帕克萨，他是一个非常强势的总统，决定不惜一切代价结束内战。他任命自己的弟弟戈塔布哈亚担任国防部长，这样在行动的时候就可以不受其他政治家的约束了。最能体现他办事作风的就是和猛虎解放组织的最后一战，当时猛虎解放组织游击队已经被逼到了死角，无路可退了。普拉巴卡兰挟持了数万名平民作为人质，要求和政府谈判，一些政府官员担心人质安全，希望以谈判解决问题，但拉贾帕克萨根本不想谈判，一心就要全歼游击队，彻底结束内战。最终双方在一处海滩展开最后的决斗，普拉巴卡兰被击毙。那场战斗据说导致大约七千名士兵和一万名平民死亡，以英国BBC电视台为首的西方媒体指责拉贾帕克萨滥杀平民，犯下了反人类罪。但是斯里兰卡国内对这个决定倒是叫好的多，就连一些泰米尔知识分子也都认为国际社会高估了死亡人数，拉贾帕克萨的决定是正确的，如果留着普拉巴卡兰，必将后患无穷。

内战结束后，有一部分人认为泰米尔人失去了谈判的筹码，今后的日子将越发不好过了。不过据我观察，情况正在向好的方向发展，斯里兰卡政府加大了在泰米尔地区的投资力度，很多过去制定的歧视政策也正在被逐步废止。大多数斯里兰卡人，不论是僧伽罗人还是泰米尔人，都试图忘掉这段历史，抬起头向前走。

也许，对于这样一个各方面都还很不成熟的国家来说，自上而下的改变才是解决民族争端最好的办法。

斯里兰卡计划要拍一部关于国王杜图伽摩奴的大片，斯里兰卡人相信这位英勇善战的国王是佛祖派来拯救僧伽罗人的大救星，佛祖在他身上施了魔法，借他之手拯救了僧伽罗民族，也拯救了佛教，保护佛教是佛祖赋予僧伽罗民族的伟大使命。

今天的斯里兰卡街头到处可见拉贾帕克萨总统的巨幅头像，他双手合十，面露微笑，发誓要带领斯里兰卡人民过上好日子，并宣称这是佛祖和斯里兰卡人民赋予他的伟大使命。

2012年，斯里兰卡出现了一个名为Bodu Bala Sena的极端佛教组织，其成员相信佛教就快要被消灭了，拯救佛教是他们义不容辞的伟大使命。这些人不但四处袭击斯里兰卡国内的其他宗教组织，甚至把触角伸到了国外。他们还鼓励其成员参政议政，尽一切可能干预政府的决策。不少有识之士都担心，如果任其发展下去的话，斯里兰卡有可能变成下一个伊朗。

诺贝尔经济学奖获得者、印度人阿马蒂亚·森（Amartya Sen）曾经于2007年出版过一本书，名字就叫《身份认同与暴力：使命感的幻觉》（Identity and Violence: The Illusion of Destiny）。他在书中指出，对于神圣使命的幻觉是暴力思想的温床，它给了人们一种不容置疑的绝对权力去实施暴力，人类历史上的很多战争和冲突都不是源于对财富或者权力的追求，而是源自这种想象中的使命感。正是由于这个原因，班达拉奈克没有死于印度教徒之手，而是被一名佛教徒枪杀；甘地没有死于英国人之手，而是被一名印度教徒刺杀；拉宾也没有死于巴勒斯坦人之手，而是被一名犹太人杀死了。

睁眼看看今天这个动荡的世界吧，满眼都是这种使命感的幻觉。

# 津巴布韦：黄金之国

理解这个国家的历史和现状，不但有助于我们理解非洲大陆所遇到的困境，还可以帮助我们更好地理解自己，理解中国的现代化之路。

# 五彩的津巴布韦

一个什么样的国家，会在经历了如此剧烈的震荡后安然无恙呢？更让人难以理解的是，究竟是什么样的国民，会在政府明目张胆地抢走了他们的血汗钱之后还投票支持他们的总统呢？带着这样的疑问我来到津巴布韦，发现这个国家太复杂了，是很多因素结合起来才导致了今天的局面。

## 紧急起飞

2016年1月的某一天早上，我在一家非洲的背包客旅店里醒来，正准备穿上衣服去餐厅吃早饭，突然手机响了，收到一条语音微信：

"我刚刚联系上了宋黎，她说今天早上弗朗西斯科要开飞机去玛纳普斯（Mana Pools），你想不想跟她一块去？"

"想啊！几点？在哪里碰面？"我立刻回复。

"她预计半小时后起飞，你赶紧叫辆出租车，让司机朝军事学院方向开，机场就在那附近，具体地址我问到了再告诉司机。"

10分钟后我已收拾完行李，退了房，跳进一辆出租车，朝郊外那个人人皆知的军营开去。我的心里既兴奋又紧张，兴奋的是我终于可以去到梦寐以求的玛纳普斯了，而且还是坐飞机去，紧张的是我不知道那是一架怎样的飞机，以及那位未曾谋面的飞行员弗朗西斯科到底靠不靠谱。

这个玛纳普斯位于赞比西河南岸，孤独星球出版的《非洲指南》上说这是全非洲唯一一个允许游客徒步游览的野生动物保护区。我以前在非洲看过很多次野生动物，但都是坐在车里看的所谓"Safari"，感觉就像是在逛一个很大很大的动物园，不太过瘾。如果真的能在保护区里徒步，和狮子、大象、长颈鹿什么的来一次亲密接触，那才是真的和大自然融为一体呢。不过，去玛纳普斯的路大部分是土路，据说旱季至少要开七个小时才能进去，1月正值雨季，那条路经常因为下雨而关闭，游客就进不去了。

今早给我发微信的是"狂野非洲"旅行社的老板赵瀚清，他在非洲待了很多年，对这里的情况十分熟悉，答应帮我想想办法。而那个弗朗西斯科是一个在非洲做生意的意大利商人，他和另一位名叫宋黎的中国商人合作，在玛纳普斯建了一座生态旅馆。虽然至今尚未开门营业，但房子已经基本建好了，我去了肯定有地方住。

大约15分钟后，出租车开到了军事学院附近。那天是我刚到非洲的第三天，还没来得及买当地的电话卡，于是我让黑人司机帮我给赵瀚清打了个电话，询问飞机场的地址。

"打电话没问题，但我得去买通话时间。"司机一边说一边拐到路边一家小店门口停下，从钱包里摸出一张钞票，朝窗外挥了挥。虽然那钱已经脏得不成样子了，我还是一眼认出那是一张1美元的纸币。一位原本坐在马路边发呆的男子见到钱立刻站起身跑了过来，从口袋里掏出一个小纸片交给司机。司机熟练地刮去纸片上的涂层，掏出手机输入了一串号码，拨通了赵瀚清的电话。

"1美元可以买4分钟通话时间，可以打三四次电话。"司机告诉我。

"难道你的手机上连一分钟通话时间都没有了吗？万一你着急打电话却买不到电话卡怎么办？"我好奇地问。

"我们这儿的人都是需要打电话了再去买时间，大街上到处都是卖通话时间的人。"司机回答。

难道非洲人都是这么淡定吗？我看了一眼这辆出租车的油表，发现指针果然指在E这个字母上。这幅画面是国内司机的噩梦，但却是非洲最常见的状态。

司机按照赵瀚清的指示拐上了一条土路，眼前出现了大片农田，但很多地块上并没有种庄稼，而是长满了野草，有几头牛正低着头猛吃。我和司机对望一眼，我俩都不敢相信前面会有机场，但事已至此，只能硬着头皮继续往前开。

又开了一阵，眼前终于出现了一排平房。走近一看才发现房前的草坪上停着一架小飞机，一个戴墨镜的白人男子正焦急地四下张望。一定是弗朗西斯科了！我跳下车迎上去来个自我介绍。他面无表情地和我握了握手，然后上下打量了我几眼，说道："你人可以上，但行李必须留下，超重了。"

"可我的换洗衣服、牙膏、牙刷什么的都在包里呢。"我还想坚持一下。

"就待一天，明天就回，你不需要这些玩意儿。"他一边说一边抓起我的背包扔进自己的车里。我看了一眼那架小飞机，不敢再和他争辩了。

这是一架单引擎螺旋桨式飞机，机身大约5米长，螺旋桨的长度还不到1米，看着跟玩具似的。机舱很像跑车的驾驶舱，除了两个紧挨着的座位外真没有多少空间可以放行李了。我按照弗朗西斯科的指示爬进机舱，系好安全带，他从另一侧爬进来，递给我一个头盔让我戴上，然后发动了飞机引擎。

"你确定你没事吗？"他通过机上的麦克风问我。

"我以前坐过类似的小飞机，没问题。"我淡定地回答。

我没有告诉他的是，我上次坐的是六人座的观光小飞机，比这个大多了，即便如此我还是吐得一塌糊涂，幸亏那天早上我没来得及吃早饭，即使吐也吐不出什么东西来。

"那就好。起飞前先给你一点基本信息：这架飞机是我四年前买的，最大功率100马力，自重450公斤，一次能装100升汽油，巡航时速210—220公里，大约1小时15分钟能到玛纳普斯。"此后他便不再说话，开始逐一检查各个旋钮和操纵杆是否正常，以及所带的东西是否齐全。我注意到他只随身带了一个小背包，里面除了几份文件外就只有一把手枪。他特意拆开弹夹检查了一下，里面装满了子弹。

整个过程中，那个出租车司机一直待在原地没走，大概是担心这架小飞机飞不起来，我找不到回城的车。

飞机在太阳底下足足热身了10分钟，各种数据一切正常。弗朗西斯科扣上机舱盖，拉动驾驶杆，飞机缓缓地驶上了一条草皮跑道。突然我感到后背被人猛地推了一把，还没等我明白过来，人已经在天上了。

出发前我无论如何也不会想到，我的这趟非洲之旅竟然会以这样一种神奇的方式拉开序幕。但这就是非洲，只要你愿意冒险，每天都会有精彩的事情等着你。

### 非洲之殇

不知道有多少人注意到了,在上面这个故事里我故意用"非洲"这个词代替了我此行的真正目的地——津巴布韦。这么做之所以没有让读者感到突兀,原因就在于这个故事中的所有元素,无论是那个开着飞机四处乱逛的欧洲商人,还是那个"活在当下"但又心地善良的出租车司机,似乎都是这块大陆上随处可见的景象。换句话说,这个故事里的所有元素都符合普通老百姓对于非洲的想象,大家心目中的非洲就是这样一个充满了野生动物和贫穷黑人的冒险家的乐园。

我曾经看到过一幅英语四格漫画,第一幅画中的主人公告诉朋友说他要去印度旅行,第二幅画中的主人公告诉朋友说他要去墨西哥旅行,第三幅画中的旅行目的地变成了匈牙利,到了第四幅画,主人公对朋友说,他要去非洲了。四幅画中的那个朋友都是一脸坦然,仿佛这四个说法都差不多,不值得大惊小怪。

确实,在多数人的心目中,非洲经常被当作一个整体来看待,仿佛所有的非洲国家都一个样,用不着区分。尤其是撒哈拉沙漠以南的那些非洲国家,大部分没有去过的人都说不出它们有什么独有的特征,南非大概是唯一的例外。

这种情况是非洲独有的,其他大洲都不是这样,这个事实从一个侧面反映出非洲在人类社会中的地位。这块大陆的总面积相当于三个中国,国家总数为五十四个,比任何一个洲都多,人口总数也已超过10亿,占全球人口总数的七分之一。但非洲所有国家的GDP总量加起来还不到全世界的2%,是地球上最穷的大陆。更糟糕的是,非洲的经济发展极不均衡,北非地区约占非洲GDP总量的三分之一,撒哈拉以南的非洲国家当中南非又占了一半。也就是说,如果不算南非,以及经济较为发达的北非地区的话,剩下的三十多个非洲国家的经济规模连全世界的零头都不到,这三十多个国家就是大众语境中的"非洲",无论是整体还是人均都是全世界最穷的地方。

非洲不但穷,而且似乎对人类社会也没有做出多少贡献。如果不算南非和北非的话,大部分人恐怕想不出任何一样工业产品是在非洲生产的,也想不出有任何新的科学理论或者关于人类社会的新想法来自非洲,甚至连诞生于非洲大陆的电影或者音乐也想不出来。非洲出过的名人也很少,而且大部分名人出的都不是好名,像曼德拉这样的人属于凤毛麟角。

甚至连这些非洲"坏人"也都坏得非常相似，不是战犯就是独裁者，普通人很难分得清他们谁是谁，到底是怎么一个坏法。据统计，国际刑事法庭（ICC）目前正在调查的九起涉及"战争罪"的案子当中有八起发生在非洲，全非洲四十八个有正常选举制度的国家当中有十五个国家的总统的任期已经超过两届，或者总统本人正打算这么做。

作为现代智人这一物种的发源地，非洲是地球上所有人的故乡。追根溯源的话，我们的祖先都是非洲人，我们都是非洲的子民。既然如此，这块大陆为什么会变成今天这个样子？

是因为缺乏资源吗？肯定不是。非洲大陆地貌复杂，高山、草原、森林、沙漠、江河湖海一样也不缺，动植物资源更是极为丰富，尤其是大型野生动物，无论是种类还是数量都傲视全球。非洲大陆蕴藏着取之不尽的矿产资源，煤和石油虽然谈不上有多么丰富，但绝对够用。

是因为天灾吗？也不是。非洲大陆横跨赤道，气候相对较热，虽然南北各有一个干旱带，但总的来说还是很适合人类生存的，起码比冰天雪地的西伯利亚或者青藏高原要好多了。这块大陆所遭受的飓风、洪水以及火山、地震等自然灾害也较少，基本构不成威胁。

如此看来，就剩下人祸了。

一个常见的理论认为，非洲曾经在很长一段时间内沦为欧洲列强的殖民地，这是非洲大陆之所以如此贫困的根本原因。但南北美洲的殖民历史更长，澳大利亚也曾经是英国的殖民地，这三块大陆虽然都有各自的问题，但都远比非洲富裕得多。

如果仔细研究一下人类的殖民史，不难发现非洲是唯一一个保留了大量原住民的前西方殖民地，这才是非洲大陆最独特的地方。再加上参与殖民的欧洲国家数量多，非洲大陆被瓜分得非常厉害，直接导致独立后的非洲国家数量特别多，国家内部，以及国与国之间的民族成分和语言差异也相当大。也就是说，非洲其实是民族多样性最丰富的大陆，和一般人的看法正相反。

即便如此，非洲大陆还是给人留下了普遍贫穷的印象，于是有人以此为据，认为非洲的贫困源于黑人整体的无能，甚至还将其作为种族歧视政策的根据。他们举例说，经济相对发达的北部非洲的主要居民其实是黑白混血，而整个非洲最发达的国家南非也是白人居民比例最高的"黑非洲"国家，这不能算是巧合。

不管你承不承认，上面这个说法得到了很多人的支持。另有相当一部分人虽然嘴上不敢明说，但内心里恐怕或多或少还是认同这个说法的。那么这个说法到底对不对呢？还是去非洲亲眼看一看吧。

### 黄黑白红绿

虽然我没提津巴布韦的名字，但其实我在前文的那个故事里留了一个线索，那就是出租车司机停车买电话卡时手里挥舞着的那张皱巴巴的1美元纸币。整个非洲就只有津巴布韦在日常生活中普遍使用美元，因为津元贬值太厉害，已经成为历史笑话了。

如果说撒哈拉以南的非洲除了南非外还有哪个国家被大众所熟悉，答案几乎可以肯定是津巴布韦，原因就是津元创纪录的贬值幅度。要知道，津元在20世纪80年代初期时还和美元等价，但自2000年开始一路狂贬，到2008年底市场上已经出现了面值100万兆的津元纸币，也就是1后面跟着14个"0"！不用说大家也可以想象，这样的纸币连厕纸都不如，这个国家的金融体系彻底崩溃了。

我在2006年时访问过津巴布韦，当时最大面值的津元纸币还只有2万，但也已经是我亲眼见过的最恐怖的通货膨胀了。那次旅行中我曾经在大街上遇到一位小贩，打算用三个精美的石刻动物模型换我脚上穿着的一双袜子，由此可见这个国家的日用品已经紧缺到了什么程度。

但是，这还不是最让我惊讶的地方。津元在那几年的贬值幅度超过了人类历史上任何国家的任何时期，但津巴布韦居然没有发生大的骚乱，而是相对平稳地渡过了危机，甚至连总统都没有换。最终津巴布韦在2009年废除了津元，改用美元作为日常流通的货币，这才有了前文故事里那张皱巴巴的1美元纸币。因为印钞权不在自己手里，津巴布韦市面上的美钞大都是外国游客们留下来的，又脏又破，用起来很不舒服。由于游客们没有留下足够的硬币，津巴布韦政府便专门制造了一批相当于美元的硬币，但仅限于在津巴布韦国内使用。

一个什么样的国家，会在经历了如此剧烈的震荡后安然无恙呢？更让人难以理解的是，究竟是什么样的国民，会在政府明目张胆地抢走了他们的血汗钱之后还投票支持他们的总统呢？带着这样的疑问我来到津巴布韦，发现这个国家太复杂了，是很多因素合起来才导致了今天的局面。巧的是，津巴布韦的国旗有五种颜色，正好可以用来代表影响津巴布韦的五个最重要的因素。

首先是黄色，象征着丰富的矿产。津巴布韦曾经是全世界最著名的黄金产地，并因此诞生了非洲南部最强大的黑人帝国。这个帝国的都城名为"大津巴布韦"（Great Zimbabwe，简称大津巴），是撒哈拉以南非洲面积最大、保存最完好的古代建筑遗址。最早发现它的葡萄牙人不相信这是非洲人建造的，认为这是外来文明留下的遗迹。但后来的考古证据表明这些石头建筑确实是非洲人自己造的，没有外国人什么事儿。从此以后，大津巴就成为当地人的新图腾，甚至连津巴布韦这个国名也源自这里。

然后是黑色，象征着非洲原住民及其文化。津巴布韦和大多数非洲国家一样，其国界都是由白人殖民者人为划定的。境内民族众多，但绍纳族（Shona）人口约占80%，排名第二的恩德贝利族（Ndebele）仅占12%左右，前殖民地国家中类似这种民族比例的国家还有很多，很容易导致强势民族欺负弱势民族的局面，大家熟悉的印度和斯里兰卡都是典型案例。这种情况还很容易导致内战，津巴布韦自然也不例外，好在内战很快结束了，但双方的敌对情绪一直延续了很长时间，对津巴布韦的民主进程产生了深远的影响。

接下来是白色，原来的意思是象征着和平，但我认为白色更适合代表白人殖民者，他们对这个国家的影响一点也不亚于黑人。这块地方曾经相继被葡萄牙人和南非布尔人看中，但都没有殖民成功，最终还是英国矿业大亨塞西尔·罗得斯（Cecil Rhodes）征服了这块地方，将其纳入大英帝国的版图。来自英国的白人殖民者统治了这块地方将近一百年，极大地改变了这个国家的面貌，直到1980年白人统治才宣告结束。津巴布韦是整个非洲很晚独立的非洲国家，仅比南非和纳米比亚早。

然后是红色，原本象征着黑人士兵为国家解放而洒下的热血，但也可以象征红色中国对于津巴布韦的影响。津巴布韦是中国在非洲发挥影响力的典范，罗伯特·穆加贝（Robert Mugabe）当年就是依靠中国的帮助打赢了解放战争，并成为津巴布韦第一任领袖的。此后中国对于津巴布韦的援助一直没有停止，是津巴布韦最重要的盟友。中国对于津巴布韦有多重要呢？仅举一例：津巴布韦首都哈拉雷（Harare）国际机场内的各种标牌上只有两种语言，一种是英语，另一种就是简体中文，我走过全世界很多国家，这种情况还是第一次遇到。

最后是绿色，原来象征着津巴布韦的乡村和农业，但我认为绿色更适合作为环境保护运动的象征，尤其是野生动物保护，更是津巴布韦的基石之一。这个国家的旅游业几乎完全建立在野生动物的基础上，但保护野生动物是需要钱的，而津巴布韦政府最缺的就是钱，所以这里就成了盗猎分子最喜欢光顾的地方。于是，动物保护人士和盗猎分子就在津巴布韦展开了一场盗猎与反盗猎的战争，战况空前惨烈，甚至连中国人也加入了战团。

黄黑白红绿，这五种颜色代表了津巴布韦的五个重要方面，接下来我将依次考察这五个方面，为大家展示一个五彩的津巴布韦。

# 黄金之国

黄金铸就了一个强大的非洲帝国，帝国留下的古迹顺理成章地成为这个国家的新图腾，但其实这个帝国的缔造者并不是这块地方的原住民，那些人已经被赶到了沙漠里，几乎就要被灭绝了。

## 从哈拉雷到马斯温戈

"主啊，您是我们的看护人，我们要永远跟随您，请您保佑我们旅途平安。"听到这句话的时候，我正坐在一辆大巴车里，准备从津巴布韦首都哈拉雷长途汽车总站出发，去250公里远的大津巴遗址参观。开车前售票员把一位牧师请上了车，用英语念了一段祷告词。对此我并不感到惊讶，因为我早已知道大部分津巴布韦人是基督徒。真正让我惊讶的是我手里那张长途车票上居然印着一段英文警示语，大意是说，可能会有宗教人士上车从事和宗教有关的活动，敬请乘客谅解。

我不记得自己在欧美国家看到过如此政治正确的警示语，没想到却在津巴布韦看到了。

这辆大巴车已经有年头了，各种部件都相当陈旧，但车内设施齐全，窗帘、头枕、垃圾袋什么的应有尽有，而且相当干净。虽然不断有小贩上来叫卖各种零食小吃，但他们全都转一圈就走，一点也不像南亚一些国家的小贩那样执着。司机和售票员全都穿着正装，车内乘客也都衣着整洁，举止彬彬有礼，说话声音很轻，一点儿也不像是新闻联播里经常出现的那些非洲穷人，更不像是来自一个刚刚经历了史上最夸张通货膨胀的国家。

上午9点,大巴车准时出发,在滚滚车流中穿城而过。哈拉雷市中心高楼林立,建筑风格五花八门,从典型的殖民地风格石头建筑到玻璃墙面的现代化高楼应有尽有,虽然看上去没有章法,但街道还算干净,路边很少见到非洲城市常见的摆摊小贩。后来得知这是因为津巴布韦总统穆加贝在2005年发起了一个"清理城市贫民运动"(Murambatsvina,本意为清理垃圾),动用军警把城里的小商小贩全都赶走了,那些无家可归的穷人在路边搭建的各种临时窝棚也都被强制拆除。此举虽然让哈拉雷变得整洁了,却导致上百万城市游民无家可归,被迫回到农村。

哈拉雷中心城区面积很小,大巴车很快就驶上了一条高速公路。这条路是连接哈拉雷和约翰内斯堡的主干道,公路质量相当好,但路上车辆并不是很多,所以车速很快。这条路地处津巴布韦中部高原,平均海拔在1500米左右,所以气温并不是特别高,起码早晚还是相当凉爽的。放眼望去,公路两边全是低矮的灌木丛,看不到多少农田,也没有太多村庄。构成灌木丛的植被种类单调,看上去千篇一律,让人昏昏欲睡。我曾经在南部非洲游历过好几次,知道整个地区都是如此,如果没有野生动物的话,这地方很难吸引游客。

大约开了两个小时后,大巴车停在路边一个休息站休息。我注意到休息站的厕所相当干净,而且备有卫生纸,一点儿也不比欧美的长途车休息站差。但有一点和欧美不同,那就是休息站附近的阴凉地里坐着不少无所事事的闲人,目光呆滞地望着我们。后来我发现,几乎所有的津巴布韦城镇都是如此,这一方面说明这个国家的失业率相当高,另一方面也说明这个国家的人有点儿懒。

大约四个小时后,大巴车到达了津巴布韦南部重镇马斯温戈(Masvingo)。我下了车,在路边一个加油站里找了一辆私人出租车,载我去20公里外的大津巴遗址公园。

"现在是旅游淡季,能拉个客人可真不容易。"路上这位司机对我道出实情,"最近几年来津巴布韦旅游的人越来越少,我只能靠走私外汇赚点小钱养家糊口。"

果然,大津巴遗址公园门口冷冷清清,我是唯一的游客。进门后我听从管理人员的建议,住进了遗址公园内唯一的游客营地,这个营地其实就是政府修建并管理的简易旅馆,由十几个简陋的小木屋组成,虽然价格并不便宜,但我别无选择,能有个住的地方就谢天谢地了。没想到当天晚上水管居然坏了，连洗漱用水都没有，可钱还是照收不误。

管理员告诉我，我是当天唯一入住的游客。除我之外还有一辆大巴车停在营地里，那是南部非洲常见的陆上旅行团，团员们自己搭帐篷，自己生火做饭，营地赚不到什么钱。从这个细节可以看出，津巴布韦的旅游业实在是太不景气了，让人颇感意外。要知道，大津巴是撒哈拉以南非洲最大的中世纪古建筑，所有旅游书上都说大津巴在南部非洲的历史地位相当于欧洲的帕特农神庙、南美洲的马丘比丘、东南亚的吴哥窟、南亚的泰姬陵和中国的长城，后面这几个地方即使是淡季也都人满为患，而津巴布韦又没有战争，为什么会如此冷清呢？带着这样的疑问，我走进了大津巴。

### 大津巴传奇

"大津巴"全称叫作"大津巴布韦"（The Great Zimbabwe），在约 720 公顷的土地上零散地分布着数十个大大小小的石头房子，"津巴布韦"在绍纳语里就是石头城的意思。遗址的主体部分可以分成山下的后宫和山顶的卫城两部分，我按照路牌的指引首先来到位于山下的后宫，它就像其英文名称 The Great Enclosure 所暗示的一样，是一个用石墙围起来的圆形建筑，原来的茅草屋顶当然早已不见了，只剩下一个直径约100 米的围墙，墙体由无数块花岗岩堆积而成，最高的地方超过了 10 米，最厚的地方超过 5 米，从远处看还是挺震撼的，但走近了就会发现这些石块的堆积方式相当普通，和我们熟悉的砖墙没有区别。虽然接缝处没有用灰浆，但无论是墙体的打磨还是接缝处的细腻程度都远不如南美印加人修建的那些严丝合缝的石墙那样令人难忘。

我顺着一条用石块垒成的甬道走近后宫，发现里面还有一道内墙，两墙之间的缝隙还不到 1 米，一次仅能容纳一人通过，完全没有实用价值，看来这座后宫的设计其实是相当随意的。可惜的是，那天除了我之外居然连一个游客都没有，我想拍张照片都找不到参照物，无法表现出墙缝是多么的窄。

我侧着身子穿过这条窄缝，又往前走了没多远，眼前出现了一个约 10 米高的圆锥塔（conical tower），塔身同样是用花岗岩石堆积而成，内部很像是藏着什么东西。我绕着塔转了一圈，发现塔的底部有一处地方的石块略显凌乱，似乎是被拆开来过，

▼ 大津巴后宫的内外墙之间距离很窄，不知道为什么会建成这样

原来当年有位考古学家试图从这里打开一个缺口钻进塔内寻找传说中的宝藏，没想到这个塔竟然是实心的，里面什么也没有。没人知道古人为什么要修这样一个实心塔，有人猜测它可能是一种生殖图腾。

后宫的高墙和圆锥塔是津巴布韦的象征，就像中国的长城一样，被弃用前的津元纸币上就印着它们的照片。后宫周围还有不少残垣断壁，但无论是复杂程度还是保存的完整性都远不如后宫，普通游客不看也罢。

平心而论，如果只看房屋的建筑技巧或者遗址的整体规模的话，大津巴与和它几乎同时代建造的马丘比丘或者玛雅金字塔相比差得太远了，甚至连比它古老得多的埃及金字塔或者中国长城都不如，或许这就是大津巴游客稀少的原因吧。但是，衡量一个古代遗址的价值高低绝不能只看其外表是否美观，或者建筑技巧有多么高超，而在于它能传递多少关于古人的信息。整个撒哈拉以南地区的非洲留下来的遗址非常少，导致我们对于非洲先民们的生活方式和文化传统的了解极为有限。对于任何一个民族而言，要想理解它的现状，就必须了解它的过去，大津巴就是我们理解津巴布韦乃至

津巴布韦：黄金之国

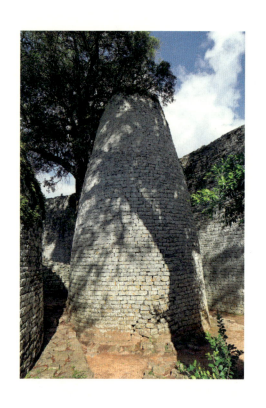

▼ 大津巴的圆锥塔，下面可以看到挖过的痕迹

整个非洲的一把钥匙。

  对于大津巴来说，最有趣的还不是地面上的那些石墙，而是地下挖出来的文物。当年，考古学家在后宫的地下挖出过不少有趣的东西，它们大都被保存在遗址公园内的一个博物馆里，其中最重要的文物当属鱼鹰形象的石雕。非洲鱼鹰（African Fish Eagle）是南部非洲特有的一种猛禽，大津巴遗址附近的一个湖是它们捕鱼的地方，当地人将它视为图腾，就连津巴布韦国旗上也刻画着鱼鹰的图像。但是，如此明显的地域标记物也没能让早年的白人殖民者相信大津巴是当地人建造的，因为他们对黑人存在严重的偏见。

  根据史料记载，第一个"发现"大津巴遗址的是 16 世纪初期的葡萄牙探险家，但他们只对这个地方做了简单的描述，并没有做出任何评价。葡萄牙殖民者一直试图占领津巴布韦，却被当地部落联合起来打退了，一直到 18 世纪末期英国人到来之后大津巴这才终于迎来了第二拨欧洲游客。这批人当中有不少考古学家，他们看到大津巴高高的围墙后便认定这座建筑不可能是黑人祖先建造的，而是外来移民的作品。其中一部分人认为大津巴是希伯来《圣经》中提到过的那个和所罗门王同时代的示巴女王修建的行宫，另一部分人则相信这是腓尼基水手或者阿拉伯商人修建的。当年居住在这块地方的黑人原住民也说不出个所以然，这就让白人殖民者们更加坚信大津巴绝不是黑人造出来的。直到1932年有位德国考古学家对遗址系统地进行了挖掘和研究，终于找到令人信服的证据证明大津巴确实是在此地生活的黑人所建，时间跨度大约是从11世纪开始，直到15世纪时整座城被遗弃为止。

那些黑人为什么要建造这样一座宫殿呢？考古学家挖掘出来的文物给出了答案。研究人员在大津巴遗址找到了大量来自中东地区的玻璃珠子、硬币和衣物，甚至还找到了不少中国生产的青瓷，这些东西都是阿拉伯商人最喜欢的贸易品，说明这地方曾经是整个南部非洲地区的贸易中心。原来，阿拉伯商人早在一千多年前便驾船来到东部非洲，比葡萄牙人早了五百多年。这些阿拉伯商人在东非沿岸建立了几个定居点，开始和当地人做生意，如今居住在东部非洲的斯瓦西里人（Swahili）就是双方在基因和文化等方面互相交流后的结果，斯瓦西里语里夹杂了不少阿拉伯语单词就是明证。

早年，阿拉伯商人最喜欢非洲的动物制品，尤其是非洲象牙，质地比亚洲象牙软，更适合雕刻。但象牙的供应毕竟是有限的，好在阿拉伯商人很快就发现了另一样好东西，那就是黄金。津巴布韦中部高原盛产黄金，大津巴遗址不远处就有一个被废弃的金矿，从规模看产量应该是很高的。虽然现在津巴布韦的黄金进出口总量仅仅

▼ 大津巴的石墙局部，砖头的制造工艺略显粗糙

津巴布韦：黄金之国

▼ 大津巴山顶的皇宫入口

排在世界第十五位，但中世纪时的津巴布韦绝对是全世界数一数二的黄金出口大国。据统计，1000—1600 年津巴布韦一共发现并开采了四千座金矿，加起来一共生产了 600 吨黄金，而同一时期全世界的黄金总产量还不到 2000 吨，由此可见当年建造大津巴的那个非洲帝国肯定富得流油，有足够的财力和物力为国王的众多妃子建造这样一个奢华的后宫，而国王本人则住在山顶的卫城。

卫城这个名字显然来自雅典，其实这就是建在山顶的皇宫。这座山位于后宫附近，高约 100 米，上山的路是一条狭窄的小径，其中有一段路居然是从两块几乎靠在一起的大石头中间穿过，绝对是"一夫当关，万夫莫开"。我在半路遇到一位正准备下班的公园管理员，他自告奋勇要给我当向导，看上去似乎他一整天都没见到游客，想找个人说说话。

"这条路是故意这么修的，当年的国王就是靠这个挡住了入侵的敌人。"他指着上山的小路对我说，"我们绍纳人的祖先充满了智慧，这才得以成为津巴布韦的统治者。"

这位导游一看就是个爱国主义者，对祖国敬爱有加。山顶的皇宫无论是花岗岩石块的堆积方式还是墙体的完好度都和山下的后宫差不多，但在他嘴里完全变成了举世罕见的杰作，甚至连曾经住在卫城的八任国王都成了夜御十女的异能人士。

"我们的国王有两百个老婆，平时住在山下的后宫，每天晚上他手下会选几个老婆送上山来，国王能让她们全都非常满足。"他指着山下的后宫对我说，"原因就在于我们的祖先有一种草药，让国王具备了这种能力。"

"这种草药现在还有吗？"我好奇地问。

"有啊！你看那边有个小村庄，村里人有这种草药，你可以去买。"

我朝他手指的方向望去，果然看到几座尖顶的茅草屋。这是非洲最为常见的样式，大概和大津巴鼎盛时期普通老百姓居住的茅屋没什么两样。据说大津巴最多时住了将近2万人，但这座规模宏大的城市不知为何只维持了三百年就销声匿迹了。没有证据表明这里曾经发生过大规模的战争，因此有人猜测可能是气候变化导致的粮食歉收，或者人口膨胀导致粮食不够吃，也有人认为是金矿开采殆尽后这群人搬到了其他地方。另据考古学家分析，大津巴的居民没有发明出轮子，因此也就没有马车，运输能力有限，再加上这个民族没有文字，管理能力不足，是一个相当脆弱的文明，任何一个在后人看来没什么大不了的原因都有可能导致整个文明的解体。

虽然那个导游有点爱吹牛，但我还是决定跟着他走，起码可以知道当地人是如何看待自己的祖先的。他带我去看了那个著名的回音壁，其实就是一个开口朝外的山洞，据说国王就是站在洞口向山下民众发号施令的；洞的内壁可以把声音反射出去，起到了扩音器的作用。他还带我去看了山顶的一块巨石，从某个角度看有点像鱼鹰的头，据他说这就是为什么国王要把皇宫建在这座山上的原因，这样就相当于获得了鱼鹰的神力，因此也就取得了统治的合法性。

总的来说，建造大津巴的这群人在很多地方都还处于人类文明的初级阶段，难怪某些考古学家不相信大津巴是他们所建。不过，这些考古学家也并不是没有私心的，他们抱着先入为主的成见，竭力要证明当地人尚处于未开化的原始状态，这样一来，白人实行的殖民统治就有了充分的理由。

在很多现代民族国家的统治者眼里，历史古迹要么是用来展示民族独特性的舞台，要么是用来证明统治合法性的工具。津巴布韦的统治者自然也不例外，他们将大津巴奉若神明，就是为了证明绍纳人的祖先才是这块地方的主人。独立后的国家之所以改名津巴布韦，就是为了展现绍纳人对文化传承的重视程度。这种传承是现代民族国家的法理基础，也是团结民众的绝佳黏合剂。但是，如果真要较真的话，绍纳人并不是这块地方最早的居民，甚至也不是英国殖民者最早见到的人。

## 南部非洲的主人

我的下一站是布拉瓦约（Bulawayo），这是津巴布韦的第二大城市，位于大津巴西边二百多公里远的地方。两地之间没有直达班车，只能先去马路上拦顺风车回到马斯温戈，再坐当地人的长途客运小巴去布拉瓦约。我以前还没有在马路上拦车的经历，没想到第一次就给了非洲。

拦车很顺利，很快就有一辆小丰田停在我身边。后来我才知道，津巴布韦的公共交通很不发达，像这样的偏远小镇只能靠顺风车，所以有不少人开着私家车在路上拉活儿，招手即停，随上随下，倒也很方便。问题在于，车主为了多挣钱不惜超载，很快这辆五座两厢二手轿车里就挤进了七个成年人，其中两人只好坐在了后备箱里。

到了马斯温戈，我很快就找到了一辆去布拉瓦约的长途车，谁知这辆车居然也是随上随下的那种，而且是不挤满了人不发车，几乎全程都处于超载状态。让我略感惊讶的是，虽然车厢里人挤人，味道也不那么令人愉悦，但没有一个人抱怨，也没有发生任何不愉快的事情。一开始我把这归功于津巴布韦人脾气好，这种拥挤程度要是在国内肯定吵起来了，但我后来发现，像这样的拥挤程度在津巴布韦是常态，也许人家早已习惯了，不觉得有多么难以忍受。归根结底，每个地方的"吵架阈值"都是不一样的，和国情有关，没必要上升到民族性的高度。

因为全程走走停停，二百多公里的路居然开了八个小时。别小看这二百多公里的距离，我已经离开了绍纳人的地盘，来到了恩德贝利人的家乡。恩德贝利是津巴布韦的第二大民族，布拉瓦约是他们的首府。这座城市明显比哈拉雷要脏一些，但也更热闹，马路边全是小贩，穆加贝的"清理城市贫民运动"显然没有得到很好的执行。

"恩德贝利人和绍纳人一直不睦，曾经为此打过一场内战，如今双方的民族矛盾已经消解了，布拉瓦约常住人口当中有一半都是绍纳人了。"我住的旅馆老板对我说，

"不过，今天的布拉瓦约变成了津巴布韦反政府势力的大本营，绝大部分人选举时都投反对党的票。"

恩德贝利人的祖先原是祖鲁（Zulu）国下属的一个部落，这个祖鲁国原本是生活在南非东南部的一个黑人部落，19世纪初期该部落出了一位尚武的国王，他就是大名鼎鼎的祖鲁王恰卡（Shaka）。此人建立了南部非洲的第一支职业化军队，其士兵一辈子不准结婚，专门打仗。他率领这支部队到处打家劫舍，用残暴血腥的手段征服了其他部落，成为整个南部非洲的统治者。从某种意义上说，恰卡就像是中国的秦始皇，自他开始南部非洲的政治构架便从松散的部落联盟转变为以恰卡为国王的中央集权模式。

姆兹里卡兹（Mzilikazi）是祖鲁国下属的一个部落的酋长，但他不愿意臣服于恰卡国王，便率领手下人逃到了北方高原，即今天的津巴布韦境内，最终选择在布拉瓦约安营扎寨，他们就是今天的恩德贝利人的祖先。当时从祖鲁国里逃出来不少类似的部落，它们四处流窜，不断袭击当地原住民，逼得人们无家可归，四散奔逃。这段时期史称"迪法盖"（Difaqane），意为"强迫迁徙"或者"强迫分散"。这一时期的南部非洲很像是中国的战国时代，今天的南非北部、津巴布韦、博茨瓦纳、莱索托和斯威士兰在"迪法盖"期间全都是一片混乱，是军阀混战的战场。

恩德贝利是个游牧民族，其成员本来就擅长打猎，再加上酋长姆兹里卡兹从恰卡那里学来了军团制度，率领这群专职士兵不断骚扰周边部落。当时居住在津巴布韦高原、主要以务农为生的绍纳人就这样成了恩德贝利人的手下败将。在绍纳人撰写的津巴布韦历史书里，恩德贝利人被描绘成一个来自南方的蛮族，生性残暴凶恶，专靠抢劫为生。这个描述虽然有泄私愤的嫌疑，但在恩德贝利语里布拉瓦约确实有"屠杀之地"的意思，恩德贝利人比较善于打仗应该是没错的。

当英国人首次来到津巴布韦时，第一个和他们打交道的就是恩德贝利人，而不是绍纳人。恩德贝利人曾经以此为据，试图成为津巴布韦的新主人。无奈绍纳人人数占优，最终还是他们赢了。

不过，如果用历史的眼光来看，无论是绍纳人还是恩德贝利人都不是津巴布韦最早的定居者，这个头衔必须让位给科伊桑人（Khoisan）。要想了解他们的故事，就必须去马托博（Matobo）国家公园走一趟。旅游书上说这座公园里保存着大量科伊桑人的壁画，是整个南部非洲地区看科伊桑壁画最好的地方。

▼ 马托博国家公园是整个南部非洲地区看科伊桑壁画最好的地方

马托博坐落在布拉瓦约以南33公里的地方，出租车司机载着我径直开进了公园，然后顺着一条柏油马路直奔第一个目的地波莫维（Pomongwe），据说这里有一个巨大的天然石洞，科伊桑人曾经以此为家。这个洞果然非常大，洞口也相当隐蔽，可是洞内的壁画却极为模糊，几乎看不清了。

"波莫维是较早发现的有壁画的石洞，当年有几个考古学家不知道怎么想的，居然打算用植物油来保护这些壁画，结果油把壁画溶掉了，非常可惜。"负责看管石洞的一位工作人员对我说，"但后来人们又在国家公园内发现了好几千幅壁画，有几个洞穴里的壁画保存得相当完好，我可以带你们去看。"

我立刻决定雇他为向导，带我们去看壁画。出租车开了9公里后来到一座山的山脚下，我们下车徒步向山顶进发。半山腰有个名叫恩斯瓦图基（Nswatugi）的山洞，洞本身很小，但里面的壁画把我惊呆了。画的内容无甚稀奇，无外乎是各种非洲动物以及人类劳动时的场景，但无论是动物还是人类形象全都栩栩如生,绘画者的技巧实在是太高超了。更赞的是,这些壁画都用动物脂肪混合着红色黏土画成,经过了数千年后颜色居然还是那么鲜艳,简直匪夷所思。

接着我们又开了13公里,去了一个名叫斯洛兹瓦尼(Silozwane)的山洞,这个洞的位置更高,我们顺着山坡爬了很久才到。但这番努力显然是值得的,这个洞内保存的壁画比上一个洞更加逼真,颜色也更加鲜艳,内容也更丰富。我居然看到了一条长着鹿头的蛇,自然界显然没有这种动物,这是画家凭借自己的想象画出来的。

我在这些壁画前凝视良久,试图想象当时的场景,以及作画之人创作这些壁画时的心情。我心里知道,他们才是南部非洲最早的定居者,甚至可以说是人类最早的旅行家。他们依靠打猎和采集为生,几乎没有为后人留下什么实物,这些画是研究他们的最重要的线索。

众所周知,人类诞生在非洲,但具体位置存在争议,目前主流的看法认为智人诞生在东非,也就是今天的肯尼亚、坦桑尼亚和埃塞俄比亚一带。我们的祖先在这块地方生活了十几万年后,其中一部分富有冒险精神的人开始了人类历史上的第一次长途旅行,其中一部分人

▼ 科伊桑人壁画局部,这些壁画都用动物脂肪混合着红色黏土画成,经过了数千年后颜色居然还是那么鲜艳(上)

▼ 马托博国家公园内的科伊桑人壁画,这些壁画最老的画于一万多年前(下)

往北进入阿拉伯半岛,他们是所有非洲之外的人类的直系祖先。另一部分人决定向南走,进入了今天的南部非洲,他们就是科伊桑人的祖先。在这个故事里,命运和人类开了第一个玩笑。往北走的那群人运气好,等待他们的是一个全新的世界。往南走的那群人很快发现他们走到了世界的尽头,前方再也没有什么新大陆值得去征服了。于是他们留在原地,继续过着狩猎加采集的古老生活,他们就是桑人(San)的祖先。

有限的考古证据显示,桑人在南部非洲至少有三万年的历史。之后有一群学会了饲养牲畜的科伊人(Khoi)来到这里,和桑人混合后变成了科伊桑人。虽然科伊桑人掌握了畜牧业,但他们不会制造铁器,社会组织构架也很原始,一直处于石器时代。但这不等于科伊桑人就是什么都不懂的野蛮人,马托博国家公园里的这些壁画就是明证。同位素分析显示,这些壁画中最早的画于一万年前,最晚的也有数千年的历史了。

大约三千年前,有一个掌握了铁器制造技术的原始部落从西非和北非出发向南方迁徙,逐渐占领了整个撒哈拉以南的非洲,历史学家称为班图人(Bantu)。今天居住在东非、西非和南部非洲的绝大部分黑人都是班图人的后代,他们被分成六百多个不同的部落,所说的语言都属于班图语系。

班图人早在500年左右便到达了南部非洲,他们创建的文化史称"沟口米尔(Gokomere)文化",大津巴就是由这群人建造的。之后他们进化出了许多不同的部落,祖鲁就是其中之一。换句话说,无论是绍纳人还是恩德贝利人本质上均属于班图人,他们都是外来移民,属于南部非洲的殖民者,科伊桑人则是被殖民的对象。不过,班图人的殖民过程要温和得多,主要是通过通婚和兼并来实现的,其血腥程度比后来的欧洲殖民者差远了。

根据最早到达南非的欧洲水手们的描述,16世纪时南部非洲的班图人和科伊桑人还处于混居的状态,双方相安无事,但今天的科伊桑人全都被赶到了纳米比亚和博茨瓦纳的沙漠之中,津巴布韦境内几乎没剩下几个人了。从壁画的数量可以知道,马托博国家公园曾经是科伊桑人的家园,如今这个地方却变成了野生动物的天下,为什么会这样?因为白人来了。

# 白人冒险家的乐园

津巴布韦的前身是南罗得西亚,这里曾经是白人冒险家的乐园,黑人只是他们发财的工具。津巴布韦之所以成为今天这个样子,和这批白人有很大的关系。

## 罗得斯传奇

马托博国家公园的核心区是一座小山,山顶有几块巨大的岩石,从很远就能看到。这座山本身是一个园中园,进门要另收 10 美元门票,如果愿意再加 2 美元的话就能雇一个导游。这些导游都是附近的村民,经过政府机构培训后来这里上班。为我服务的是一位年轻的黑人女性,说一口流利的英文。

这个园中园其实就是塞西尔·罗得斯(Cecil Rhodes)的墓地,这位津巴布韦的开国元勋死后就葬在这座小山的山顶。墓园的入口处有一个简单的展示厅,挂着几张他的老照片。罗得斯出生于 1853 年,父亲是英国的一个小镇牧师。罗得斯小时候身体不好,十七岁那年父亲把他送到南非,希望非洲的阳光和新鲜空气能治好他的心脏病。养病期间,罗得斯抓住机会投资了一个钻石矿,挣到了人生的第一桶金,并用这笔财富彻底改写了南部非洲的历史。

"这个墓地是白人政府修建的,所以有些地方我们是不同意的。"那位女导游指着入口处的一块刻在岩石上的标语牌对我说,"比如这个牌子上说,本墓地只安葬那些为这个国家做出过突出贡献的人,但罗得斯是个种族主义者,我不认为他对国家做出过什么贡献。"一个国家公园的官方导游居然公开反对公园里的标语,这倒是件奇事。

不过更让人奇怪的是津巴布韦黑人政府居然还没有把罗得斯的墓毁掉，因为那位导游说得没错，他确实是个种族主义者。穆加贝之所以手下留情，恐怕是基于以下事实：罗得斯很喜欢这个国家，而且确实为津巴布韦做出过突出贡献。从某种意义上说，他甚至可以被称为是"现代津巴布韦之父"。事实上，津巴布韦独立后白人政客曾经提议用马托博作为新国家的名字，穆加贝差点就妥协了。

不仅是津巴布韦，罗得斯还对南非、赞比亚、博茨瓦纳和马拉维等国家的形成起到了至关重要的作用。有相当多的历史学家都认为，罗得斯对于南部非洲所做的贡献就相当于华盛顿或者林肯对美国所做的贡献。

要想理解罗得斯这个人的所作所为，就必须先来了解一下白人进入非洲大陆的过程。第一个在南部非洲大陆登陆的是葡萄牙水手，时间是 15 世纪末。精于海上航行的葡萄牙人垄断了绕过非洲大陆通往印度的航线，但他们的兴趣主要集中在亚洲，对于非洲大陆兴趣不大。

一个半世纪后，荷兰人向葡萄牙人发起挑战，荷兰东印度公司于 1652 年在开普敦附近建立了一个永久据点，一批荷兰农民来这里开辟农场，生产水果蔬菜和牛肉，为绕过好望角去亚洲做生意的欧洲商船提供廉价补给。这批荷兰农民的后代就是如今南非白人的主力——布尔人，Boers 这个词在荷兰语里就是农民的意思，如今南非通用的官方语言——非洲语（Afrikaans），就是荷兰语的变种。从这一点可以看出，今天生活在南非的白人之所以认为非洲也是他们的故乡，就是因为他们的祖先已经在这片土地上生活了三百多年，时间足够长了，而且他们认为自己的祖先最初是以拓荒者的身份而不是以殖民者的身份进入非洲的，道义上也说得过去。

最初那批荷兰农民认为非洲是无主之地，谁先到谁先得，于是他们在向北扩散的过程中和科伊桑人发生了冲突，并且凭借手中的先进武器把对方打得很惨。但他们没有意识到，科伊桑人虽然尚处于石器时代——既没有固定的住所，也没有开辟属于自己的农田，但他们依靠打猎为生，这块地方就是他们赖以生存的猎场，同样也可称之为家园，更何况他们已经在这里生活了几万年！

除了科伊桑人之外，荷兰人在开荒过程中也和班图人爆发了冲突，结果同样是荷兰人获胜。曾经有一部分历史学家认为祖鲁国的国王恰卡之所以要实行军事化管理，就是为了团结黑人部落对付白人侵略者。

值得一提的是，当年交通不便，信息不畅，这群白人移民连续好几代都生活在非洲，对欧洲发生的文艺复兴和工业革命等各种新变化完全一无所知；《圣经》是他们唯一的精神食粮，因此他们虽然看着是欧洲人，但却是一直生活在中世纪的欧洲人，这么多年一直没有进步。于是，当一群被各种新思想洗礼过的英国人于18世纪初占领开普敦，并试图将南非纳入大英帝国的版图时，不可避免地和布尔人爆发了激烈的冲突。双方打过很多次仗，最终还是武器装备和思想意识更加先进的英国人打赢了。

当然了，进入非洲的英国人也不是什么"黑人的福音"，只不过他们比僵化保守的布尔人进步一点罢了。比如，当罗得斯听说津巴布韦高原可能有金矿时，他没有动用武力直接占领津巴布韦，而是试图和当时统治这一地区的恩德贝利部落谈判，最终于1888年获得了津巴布韦金矿的开采权。关于这次谈判，我曾听一位津巴布韦的华人导游说，英国人用一包白糖从非洲人手里换来了金矿的开采权。这个说法在津巴布韦流传甚广，但却是种族主义者炮制的谣言，实际情况远非如此。根据史书记载，当时恩德贝利部落的酋长是姆兹里卡兹的儿子罗本古拉（Lobengula），他是个见过世面的人，知道白人心怀鬼胎，因此双方的第一次谈判并没有成功。后来罗得斯指使担任翻译的英国牧师在翻译合同文本时故意译错了，这才骗得罗本古拉在许可证上签了字。

罗得斯之所以想要进入津巴布韦，挖金子只是其中的一个目的。他骨子里是个极其坚定的种族主义者，坚信白人才是这个世界上最高贵的人种。他甚至把白人也分成了三六九等，认为盎格鲁-撒克逊人比其他白人更高一等，因此他要尽一切力量让英国人占领并管理更多的土地，而这就意味着必须和欧洲其他国家竞争。当时除了英国外，法国、葡萄牙、荷兰、德国、比利时和意大利等国都对非洲虎视眈眈，罗得斯不惜采用卑劣手段进入津巴布韦，就是想把这块土地尽早纳入大英帝国的势力范围，不要被其他欧洲列强抢了去。

有意思的是，罗得斯虽然很爱英国，但他并不喜欢英国的殖民地管理部门，嫌他们太官僚，于是他决定用自己的方式来为英国女王效忠。采矿合同签订之后，他迅速成立了英国南非公司（BSAC），用私人公司的形式管理这块土地。别小看这个公司，其实它背后有军队支持，几乎就是一个政府。当罗本古拉意识到自己受骗，想要收回金矿开采许可证时，罗得斯派一支骑兵队向布鲁瓦约发动进攻。罗本古拉卫队的长矛

津巴布韦：黄金之国

根本不是马克沁机关枪的对手,这位可怜的国王被迫出逃,并被尾随而来的白人骑兵队杀死了。

这支骑兵队打着探矿的名义一路向北进发,进入了绍纳人的地盘。1890年6月他们在今天的马斯温戈安营扎寨,将其命名为维多利亚堡(Fort Victoria)。同年9月他们又到达了今天的哈拉雷,将其命名为索尔兹伯里堡(Fort Salisbury),这两座非常重要的津巴布韦城市就是这么来的。

这支骑兵队相当于BSAC公司的先遣部队,后面跟着一大批白人矿工。罗得斯听说了大津巴的故事,认为凭借欧洲人先进的挖掘技术,他可以让津巴布韦的老金矿起死回生。事实证明他完全低估了非洲矿工的技术水平,所有那些老金矿都被挖得干干净净,很难再榨出多少油水了。失望的白人矿工们本来想放弃这个地方,但有人发现津巴布韦高原气候温和,降水量充足,土壤也很肥沃,非常适合开辟成农田,于是这批矿工摇身一变成了农民,这下黑人原住民可就遭了殃,很多人被强行赶出了家园。

绍纳人性格较为温和,对于这些凶悍的不速之客采取了忍让的态度,但性格暴烈的恩德贝利人不干了,他们终于意识到这些白人最终是要把津巴布韦变成殖民地,这是不能容忍的。1896年,恩德贝利人揭竿而起,和白人入侵者展开游击战,一部分勇敢的绍纳人也加入了战团,津巴布韦历史上第一次黑人解放战争(Chimurenga)就这样开始了。骁勇的恩德贝利游击队差点把BSAC公司赶出津巴布韦,但罗得斯又从南非调来大批援军,终于把这次起义镇压下去了。

"比起门口那个标语牌,这个纪念碑才是我们津巴布韦人最讨厌的,很多人都想把它拆掉。"女导游指着山坡上一座像岗楼一样的建筑物对我说,"两年前有一批参加过解放战争的老兵打算把它炸掉,被穆加贝总统制止了,他觉得这是历史的一部分,还是留着为好。"

我走近一看,原来这是为了纪念在第一次解放战争中被打死的三十四名白人士兵而建的纪念碑,碑的侧面刻着他们的名字。纪念碑的底座上还刻着一行字 To Brave Men,意为"为勇敢的人而建"。

"他们是杀人犯,不是什么勇敢的人。"女导游说,"津巴布韦刚独立的时候就曾经有不少人想把它拆掉,白人农场主给政府捐了一大笔钱,这才把它保住了。"

▼ 马托博国家公园内的罗得斯墓,英国殖民者塞西尔·罗得斯被认为是现代津巴布韦之父

此时我们已走到山顶,在几块巨大的岩石中间,我看到了一个埋在地下的石棺,上面盖着一块巨型花岗岩石板,石板上有一块金属铭牌,上面刻着塞西尔·罗得斯的名字。

"罗得斯特别喜欢马托博,因为他觉得这片山区有一种孤独的美,非常迷人。他尤其喜欢这座小山包,称之为世界风景(World View)。他经常来这里看风景,一坐就是一整天。"女导游对我说,"他实在是太爱这里了,决定自己死后一定要葬在山顶,继续看风景。1902 年他因病死在了南非,遗体被运到这里安葬。"

不但他本人被葬在此处,就连他的两个最要好的朋友和知己的墓也都在山顶。罗得斯一生未婚,也没有女朋友,不少历史学家断定他其实是个隐藏的同性恋,那两位好友是他的恋人。

我站在山顶向外望去,整个国家公园尽收眼底。以前这块地方曾经是恩德贝利人的猎场,这座小山是他们举行宗教仪式的地方。因为罗得斯的缘故,这块地方很早就被保护起来，成为津巴布韦有史以来第一个国家公园。此时正值雨季，公园内绿树成荫，山石都掩映在树丛之中，看不太真切。女导游告诉我，旱季时公园里一片枯黄，成千上万块大小不一、形状各异的石头便显露出来，从高处看很像是一个充满了怪物的奇妙世界。

小山西边较远的地方还有一座更高的山，山顶立着一个巨大的十字架，打老远就能看见。

"你知道当年骗你们的黑人酋长在采矿许可证上签字的是一个基督教牧师吗？"我问那个女导游。

"不知道啊，我从来没听说过。"她不好意思地拽了一下衣角。

我注意到她身上穿着的圆领衫上印着一句口号，号召女性用禁欲的方式预防艾滋病，而不是避孕套。很多在非洲开展防治艾滋病项目的国际非政府组织都强烈反对这种治标不治本的做法，但如果罗得斯还活着，政治立场一贯保守的他一定会认同的。

### 从布拉瓦约到维多利亚瀑布

罗得斯去世时才四十八岁，没能等到他心目中的伟大计划付诸实践的那一天。他一直想为大英帝国修建一条纵贯非洲大陆的铁路线，他称之为"从开普到开罗"（Cape to Cairo，Cape 指的是开普敦），他希望这条"双开"铁路能够帮助大英帝国统治整个非洲，但这个野心显然是太大了。事实上，这条铁路直到今天也没修好，除了地形复杂、成本太高等自然原因外，最大的困难在于非洲很早就已经被瓜分完毕了。埃塞俄比亚把来犯的意大利军队击败了，因此得以保持独立，但其余的非洲国家都变成了某个欧洲列强的殖民地，这条铁路自然也就修不下去了。

虽然这条假想中的铁路通不到开罗，但在大英帝国控制的范围内还是可以修通的。在罗得斯的努力下，到 19 世纪末期整个南部非洲的大部分地区都被英国人控制了。其中林波波河以北、赞比西河以南的这块地方被称为南罗得西亚（Southern Rhodesia），也就是后来的津巴布韦。赞比西河以北的那块地方叫作北罗得西亚（Northern Rhodesia），独立后改名为赞比亚。当初之所以取这两个名字显然是为了纪念罗得斯，因为当时这两块地方都在 BSAC 公司的控制之下，只是因为和不同的酋长签了不同的协议而被分成了两部分。

如果大家仔细看一下非洲地图，不难发现很多国家之间的分界线是一条笔直的直线，而不是按照山川河流的走势而划分的，原因就在于很多国境线都是被欧洲殖民者们依照经纬度而人为划定的。这么做的结果就是很多非洲原始部落被强行拆散，分成了不同的国家，或者两个原本有敌意的部落被强行分到了一个国家里，津巴布韦就属于后者，绍纳和恩德贝利这一对冤家被迫生活在同一个屋檐下，为后来爆发的内战埋下了伏笔。

英国人喜欢修铁路，殖民地占到哪里，铁路往往就修到哪里。"双开"铁路先是从开普敦修到了布拉瓦约，然后又从这里开始一路向北，修到了赞比西河南岸，最终从维多利亚瀑布附近跨过赞比西河，进入了赞比亚境内。这条铁路线如今依然在使用，只不过火车车头和车厢都换成了中国货。我本想坐一次体验一下，但听说这趟客运列车的时速只有30公里，而且经常走走停停，从布拉瓦约到维多利亚瀑布不到400公里的路要走一整天。我时间有限，加之还有其他计划，只能放弃了这个想法，改搭顺风车沿着一条和铁路几乎并行的高速公路向北进发。

这条高速公路纵贯津巴布韦西部低地，这里海拔只有500米左右，气候炎热干燥，中间也没有河流穿过，属于不太适合农业的贫瘠地块。当年这片区域采采蝇泛滥，畜牧业也开展不起来，所以白人农场主把黑人从肥沃的津巴布韦高原赶下来之后，将他们全都集中到低地，任其自生自灭。如今采采蝇没有了，当地人又学会了打井抽取地下水，所以公路两边时常可以见到小块的牧场和农田，以及若干零星分布的小村庄。

在津巴布韦转了一圈之后，我发现这个国家的人口特点就是城镇人满为患，乡村地广人稀。无论多小的乡镇总是能看到很多人，聚集在树荫下无所事事地发呆，但一离开乡镇就见不到人了，很少看到有农民在田里干农活。资料显示，津巴布韦总面积39万平方公里，比德国还大一点，但总人口只有1300万，不到德国人口的六分之一。查资料的时候我注意到津巴布韦人口总数在20世纪90年代时就已经是1300万了，现在还是这个数。然而津巴布韦政府并没有推行计划生育政策，有四五个孩子的家庭很常见，为什么多年以来人口总数不见增长呢？

"因为有大批津巴布韦人在外国打工，常年不回家。"我的顺风车司机毕比解释说,"津巴布韦经济不景气已经好几年了,很多人找不到工作,只能去周边国家打零工。据我所知,仅是在南非打工的津巴布韦人就有三百多万。"

毕比本人就曾经是南非打工族中的一员。他今年四十多岁,大学学历,此前在一家津巴布韦公司管财务。2008年公司倒闭,他找不到其他工作,便去了约翰内斯堡,在一家白人开的贸易公司里打零工,挣的钱大都寄回家,他家里还有妻子和三个孩子需要养活。

"那你为什么又回来了?难道你不喜欢给白人老板工作吗?"我问。

"没有啊,我以前的公司老板也是白人,我喜欢为白人老板工作。"他的回答让我有些吃惊。要知道,津巴布韦建国前实行的是种族隔离政策,黑人不但政治上没有选举权和被选举权,而且在经济、教育和社会福利等很多具体的地方都受到了白人政府明目张胆的歧视。比如,南罗得西亚政府曾经颁布过一部《土地法》,把全国一半的耕地分给了25万白人农场主,而且这部分土地大都是优质耕地,另外一半贫瘠的耕地则被分给了500万黑人农民,这部充满种族歧视色彩的《土地法》为后来津巴布韦的社会动荡埋下了伏笔。

值得注意的是,这部《土地法》是1969年颁布的。如果是在"二战"之前还可以理解,毕竟那个时候种族歧视是人类社会的一种普遍现象。"二战"之后,尤其是20世纪60年代民权运动风起云涌之后,种族歧视已经成了人人喊打的过街老鼠,津巴布韦政府之所以还敢顶风作案,主要原因就在于整个南部非洲都是如此。这块地方的白人居民比例相对较高,他们大都是布尔人的后代,思想保守却势力强大,不惜采取一切手段保护自己的既得利益。再加上非洲之外的那些白人国家投鼠忌器,除了经济制裁之外也不敢对南部非洲的白人政府动真格的,导致白人政客们有恃无恐。

更糟糕的是,即使实施了经济制裁往往也是三心二意。当年有很多欧洲和北美国家名义上制裁南非和罗得西亚,背地里却纵容私人公司和它们做生意。另外,经济制裁反而迫使南非和罗得西亚自给自足,于是这两个国家的政府都下大力气发展自己的工业,尽可能地自己生产自己所需要的绝大部分商品。所以这段时间南非和罗得西亚的经济反而飞速发展,双双迈入了中等发达国家的行列,今天的哈拉雷还有不少那时留下的老建筑,依稀可以看出当年繁华的样子。

平心而论,南罗得西亚的经济繁荣主要得益于白人农场主的苦心经营。前文说了，津巴布韦中部高原土地肥沃，降水充足，非常适合种庄稼，所以津巴布韦一直把发展农业视为国策，烟草、牛肉、棉花和玉米是津巴布韦的主要外汇来源。由于《土地法》把绝大部分好地都分给了白人农场主，于是津巴布韦的经济命脉就掌握在了这些白人手里，黑人只能成为白人农场主的雇工，依靠出卖劳动力赚取微薄的报酬。前南罗得西亚总理戈德弗雷·希金斯（Godfrey Huggins）曾经公开发表讲话，称津巴布韦的白人和黑人之间的关系就像是一名骑手和他的马。这话听有些刺耳，但在当时的语境下却并不显得突兀。英国BBC电视台曾经播出过一部关于津巴布韦的纪录片，里面有段珍贵的历史视频，拍的是白人农场主在教黑人雇工怎样使用铁锹。这段视频说明当时黑人农民的耕作技术非常原始，很多人连铁锹都不知道怎么用。

问题在于，当黑人学会了使用铁锹之后，白人农场主如果还像对待马匹一样对待他们，必然会遭到强烈的反抗。"二战"结束之后不久，整个非洲大陆爆发了声势浩大的独立运动，一大批非洲国家在20世纪五六十年代宣布独立，摆脱了殖民统治，其中就包括1964年宣布独立的赞比亚。南罗得西亚也想摘掉英国殖民地的帽子，但却不愿放弃种族隔离政策，英国政府拒不承认这样的独立，要求南罗得西亚政府给予黑人公民选举权，以便实现真正意义上的"多数人统治"（Majority Rule）。当时的南罗得西亚总理伊恩·史密斯（Ian Smith）是个极端右派，他曾经公开宣称："在我的有生之年，不可能看到非洲人有足够的成熟和理性，能够使他们接管统治大权。"1965年底，史密斯在白人农场主的支持下决定和英国翻脸，单方面宣布独立（Unilateral Declaration of Independence，简称UDI），改国名为罗得西亚。《独立公告》特意用古体文写成，从形式到内容全部模仿美国的《独立宣言》。但史密斯没有意识到，美国独立时黑人和原住民均只占少数，白人统治者是不怕选举的。但罗得西亚的黑白人口比例悬殊，要想维持白人统治，就必须采取种族隔离政策才行，这就不是真正的民主制度了，肯定是行不通的。

果然，史密斯宣布UDI之后，英国立即决定制裁罗得西亚，联合国也做出了同样的决定。但史密斯得到了南非和葡萄牙殖民地莫桑比克的支持，显得有恃无恐。事实证明经济制裁根本不起作用，最终还是依靠黑人游击队的力量，用武力推翻了史密斯的政府，这才结束了种族隔离政策。

在外人看来，津巴布韦的黑人用自己的鲜血换来了自由，应该不会愿意再为白人雇主卖命了，这就是为什么我对司机毕比的回答感到奇怪。

"你为什么喜欢为白人工作呢？难道你不觉得他们歧视你们吗？"我问毕比。

"那是过去的事情了，现在的白人雇主大都比较开明，白人公司的管理制度也比较健全，如果有选择的话我通常会选择为白人公司工作。"他说。

"既然如此，那你为什么不在那个南非公司工作，却跑回来开出租车呢？"我好奇地问。

"因为我不喜欢约翰内斯堡，那地方太不适合我们这些穷人居住了！"毕比斩钉截铁地回答，"南非富人可以选择住在有保安的小区里，而我只能住在市中心，那里几乎每天都有谋杀案发生，可那些杀人犯经常第二天就被放出来了，因为南非的警察太腐败了，法律也是偏向罪犯而不是受害者。我们津巴布韦是个有法制的国家，我们的警察也比南非的更负责任，犯罪率比南非低多了。"

他这最后一句话的确是事实。约翰内斯堡虽然是整个非洲经济最发达的城市，但治安之差也是在全世界都出了名的，我在很多场合都听到过关于其治安的恐怖故事，害得我两次经过那里都没敢进城看看。相比之下，津巴布韦的治安非常好，犯罪率极低。考虑到这个国家的经济如此不景气，这种情况简直可以称得上是个奇迹。

正聊着，前方出现了几个警察的身影。"今天他们怎么这么早就上班了？"毕比叹了一口气，把车停在路边接受检查。一个胖警官围着出租车转了一圈，然后命令毕比打开后备箱。两人用我听不懂的当地语言交谈了几句，毕比似乎是在争辩，但语气并不激烈。两人只争论了不到一分钟，就见毕比从钱包里掏出10美元钞票递了过去。胖警官笑着接了过来，一挥手让我们走了，我注意到他并没有开罚单。

"警察为什么罚你钱？你哪里违章了？"我问毕比。

"我后备箱里的备胎气压不足，被他发现了。"毕比语气平静地回答，"津巴布韦法律很严的，车上所有零部件都必须完好无损，甚至还必须自备灭火器，否则就会吃罚单。"

"我开了二十多年车，第一次听说有人因为这个吃罚单。"我被这张罚单的理由气乐了，"美国比你们富多了吧？也没听说备胎必须打足气，车内必须自备灭火器的。这纯粹就是明目张胆地抢钱，你们的政府真够腐败的。"

"你只要四处转转就知道了，全非洲的警察都一样，南非的更厉害。别看津巴布

▼ 世界三大瀑布之一的维多利亚瀑布经常可以看到彩虹

韦的警察嘴上凶,如果你不要发票的话只需塞一点小钱就能对付过去。"毕比说,"我也知道我们的政府很腐败,但被警察罚钱总比被强盗抢劫要好,所以我还是更愿意在津巴布韦生活。"

这句话让我愣住了。按照西方媒体的说法,津巴布韦总统穆加贝是个独裁者,津巴布韦政府的腐败也是出了名的。但我没想到,一个津巴布韦的普通老百姓竟然会有这样的想法,到底是哪里不对?

当天下午我到了维多利亚瀑布。这是公认的世界三大瀑布之一,以水量大、落差高名闻天下,是津巴布韦最吸引游客的景点。今年南部非洲大旱,瀑布的水量和我十年前看到的相比小了很多,但十年前的瀑布水量太大,空气中全是细小的水珠,根本看不真切,从美感上来讲反而要比今年差。

维多利亚瀑布是苏格兰传教士戴维·利文斯顿(David Livingston)于1855年首次"发现"的。利文斯顿还是一位探险家,也是那个年代少有的不歧视黑人的欧洲人。他和罗得斯一样非常热爱非洲,他死后他的朋友

津巴布韦:黄金之国

247

▼ 维多利亚瀑布公园内的利文斯顿雕像，他是非洲殖民时期最著名的英国探险家

专门把他的心脏运回纳米比亚安葬，这一点也和罗得斯很相似。但从本质上讲，两人对非洲的爱有着天壤之别。罗得斯把非洲当成了发财的捷径，非洲在他眼里就是一个冒险家的乐园。利文斯顿则把非洲看作地球的一部分，和其他大陆没有区别。他之所以冒着生命危险横穿非洲大陆，只是为了发现世界之美，顺便传播上帝的福音。在探险过程中他得到了很多非洲人的帮助，因此他对黑人充满感激之情。成名之后他致力于废除黑奴制度，希望通过传教和贸易活动来传播文明的种子，改善非洲人民的生活质量。可惜像他这样的欧洲人实在是太少了，罗得斯才是殖民者的常态。于是，当黑人终于翻身做了主人之后，他们发现自己已经被文明的大船远远地抛在了后面。

# 黑非洲的困局

津巴布韦是很晚真正获得独立的非洲国家，津巴布韦黑人直到 1980 年才获得了选举权和被选举权，从时间上看仅次于南非和纳米比亚。但这个国家此后发生的一系列事情震惊了全世界，为我们提供了一个理解非洲人民奋斗历程的极佳案例。

## 一个酋长的自白

作为世界三大瀑布之一，维多利亚瀑布是津巴布韦旅游业的最后一根救命稻草。在这里我终于看到了大批游客，以白人居多。瀑布本身看半天足够了，于是旅行社为游客们提供了很多旅游项目，以冒险类活动居多。最受欢迎的是在那座距地面 130 米高的瀑布大桥上玩蹦极，以及坐橡皮艇沿着河道一直划到瀑布下面。我更喜欢文化游，选择了访问津巴布韦传统农村这一项目。这村子距离瀑布城 10 公里，路上居然又遇到了警察拦路检查。好在我的导游兼司机准备充分，开的又是一辆价值不菲的新车，警察随便看了几眼就放行了。

"津巴布韦的警察都是势利眼，只拦穷人的车。"司机对我说，"而且他们也不敢拦白人，只拦黑人的车。"

"津巴布韦不是取消了种族隔离政策吗？大部分白人也都被穆加贝赶出去了，为什么还怕白人？"我不解地问。

"没办法，这么多年养成的习惯很难改，再说留在津巴布韦的白人大都是很有钱的农场主，一般情况下警察也不敢得罪他们。"他说。

由此看来，津巴布韦普通老百姓对于政治问题的看法还是有很大分歧的。

说话间，汽车离开主路，顺着一条林间小道开了很久，终于到达目的地。迎接我的是一位头发花白的老者，司机介绍说，他就是这个拥有五千多成员的部落的酋长姆皮西（Mpisi）。这位酋长一开口我就明白为什么由他来负责接待游客了，因为他不但说得一口流利的英语，而且是穆加贝的坚定支持者。我们坐下来还没说几句，他就把话题引到了这位老总统身上。

"穆加贝总统是人类有史以来最好的国家领导人，因为他率领津巴布韦人民打败了白人殖民者，又带领我们走上了一条独立自主的道路。"姆皮西说，"白人从来就没安好心，他们来非洲的唯一目的就是掠夺我们的资源，然后拿出去卖钱。现在全世界都听白人的，只有穆加贝不听，他坚持走自己的路，这才是非洲人民最需要的榜样。"

"穆加贝要是真那么好，他应该先把那些在路上拦车索要小费的警察开除掉。"我笑着说，"这些腐败警察只敢欺负穷人，而且他们的所作所为严重影响了游客的心情。"

"这怎么能怪穆加贝呢？完全是你们的错。"姆皮西冲那个带我来的司机说道，"你们在津巴布韦开车就应该遵纪守法，如果你觉得警察滥用职权，那就去法院告他们啊。就是因为你们不敢告，总希望用小费贿赂警察，希望少罚钱，他们这才有恃无恐的。"

那个司机不置可否地笑了笑，显然他并不认同姆皮西的说法。

"既然穆加贝这么优秀，为什么津巴布韦会发生如此严重的通货膨胀，最后竟然被逼得使用美帝国主义的钱了呢？"我又向他提出了一个自认为很尖锐的问题，以为这次能把他问住，没想到他回答得很利索："谁都有犯错误的时候。穆加贝总统确实犯了错误，但他敢于承认自己的错误，并立即做出修正，这不更加说明他是个好领袖吗？"

接下来他又喋喋不休地历数白人殖民者的种种恶行，比如强征人头税，以及把最好的农田据为己有，把到处都是采采蝇的贫瘠土地留给黑人，其中就包括他这个村目前所在的地方。之后他又开始列举穆加贝的各种政绩，其中他最喜欢的就是土地改革政策，把白人抢走的土地又抢回来还给了黑人，看来津巴布韦人对土地的感情真的很深。

夸完了穆加贝又开始夸中国，称赞中国政府帮助津巴布韦修建机场和高速公路等基础设施，同时又不像西方政府那样在每一笔经济援助后面都附加了很多政治条件，体现了中国政府对津巴布韦人民的尊重。

我本来是想参观津巴布韦的传统民俗的，没想到被这位酋长上了一堂政治课。在我的多次暗示下，他终于站起身，领着我去村子里转了转。村民们全都住在非洲传统的圆形茅草屋里，屋顶用厚厚的茅草铺成，但墙壁已经从过去的泥巴墙换成了现在的砖墙。他领着我走进了一间据说是用来会客的茅草屋，我刚一进门就感觉眼前一黑，同时差点被扑面而来的浓烟熏了一个跟头。等我的眼睛适应了黑暗，我发现屋内竟然围坐着十几号人，大部分都是妇女儿童，屋内没有点灯，照明全靠屋子中间烧着的一盆炭火，浓烟就是从这里冒出来的。

"我们津巴布韦人平时就是这么生活的，吃饭聊天会客都在这里。"姆皮西酋长指着屋内的人对我介绍说，"他们全都是我的家人，我们津巴布韦人家庭观念很重，平时都住在一起。当然了，等儿子长大了会分一块土地给他，让他在新的地方成家立业，不过现在的孩子们不再喜欢种田了，我的大儿子就跑去南非打工了。"

望着眼前的景象，我突然意识到，我在哈拉雷或者布拉瓦约见到的只是少数城市知识分子而已，真正的津巴布韦在这里。要想理解这个国家，必须先去理解他们。可惜他们都不讲英语，再加上我实在被浓烟熏得难受，只在屋里待了一会儿就出来了。

姆皮西酋长是穆加贝的坚定支持者

"外面的空气这么好,为什么不出来坐呢?"我不解地问,"中国最近正在闹雾霾,空气中的颗粒物对身体很不好,我们都巴不得能呼吸到你们这儿的空气呢,可你们却整天待在屋子里吸烟雾,太不可思议了。"

"你根本就不懂,这种空气对人体有好处。我们非洲妇女天天呼吸这种空气,所以不会生出残疾儿童。"姆皮西答道,"你们这些现代人不习惯,这才会生病。"

这位酋长自我介绍说,他是个远近闻名的巫医(Medicine Man),经常有人从很远的地方专程跑过来找他看病。他瞧不起西方医学,认为那都是白人用来欺骗非洲人的把戏。

听了他的这番话,我觉得我找到了理解津巴布韦的钥匙。津巴布韦原住民——无论是绍纳人还是恩德贝利人,都是非常古老的部落民族,从思想观念到社会习俗都还停留在原始社会的状态,却被突然造访的白人殖民者强行拖入了现代社会,根本来不及适应,自然会出现很多问题。

## 民主主义与民族主义

20世纪60年代初期,民族主义浪潮席卷非洲大陆,津巴布韦的黑人成立了"津巴布韦非洲人民联盟"(ZAPU,以下简称"津人盟"),在乔舒亚·恩科莫(Joshua Nkomo)的领导下和白人政府对抗。本来黑人游击队人数占优,形势一片光明,但游击队内部却起了内讧,绍纳人和恩德贝利人积攒多年的部落恩怨爆发了。由于恩科莫是恩德贝利人,属于少数派,人数占优的绍纳人不服他的领导,另立山头,成立了"津巴布韦非洲民族联盟"(ZANU,以下简称"津民盟"),一位名叫斯托拉的牧师被选为领袖,穆加贝则担任了津民盟总书记一职。这两个组织为了争夺势力范围大打出手,给了白人保守势力一个反扑的机会。极端右倾的"罗得西亚阵线"用"维稳"作为口号,赢得了1962年的大选。该党领导人,也就是后来的罗得西亚总理史密斯借口平暴需要,取缔了"津人盟"和"津民盟",并且未经审判就将恩科莫和穆加贝等反对派领导人关进了监狱。

1965年罗得西亚白人政府单方面宣布独立后,"津人盟"和"津民盟"相继向政府宣战,开始了津巴布韦历史上的第二次黑人解放战争。其中,"津人盟"游击队以赞比亚为境外训练基地，其背后的支持者是苏联；"津民盟"以莫桑比克为境外大本营，并得到了中国的支持。罗得西亚政府的背后靠山则是南非，后者把罗得西亚当成了抵抗非洲独立运动风暴的缓冲带。

　　由于英国政府出面调停，这场战争并没有持续太久便宣布停火，津巴布韦人民过了几年相对太平的日子。1974 年，前葡萄牙殖民地莫桑比克和安哥拉相继宣布独立，给罗得西亚政府造成了很大压力。南非政府害怕战火扩大到南非，逼迫史密斯和黑人民族主义者和解，释放了恩科莫和穆加贝。没想到这两位领导人获得自由后便立即加入了各自的游击队，向白人政府发起了总攻，双方均损失惨重。

　　为了尽快结束内战，包括撒切尔夫人和基辛格在内的很多西方国家领导人纷纷前来调停，劝史密斯尽快结束种族隔离政策，给予黑人以平等的选举权。最终各方代表于 1979 年在英国兰开斯特召开了制宪会议，在确保白人获得一百个议会席位中的二十个的前提下，史密斯这才不情愿地在《兰开斯特大厦协定》（Lancaster House Agreement）上签了字，罗得西亚正式成为津巴布韦。

　　津巴布韦的第一次总统选举其实就是恩科莫和穆加贝两人之间的较量。恩科莫出身于中产阶级家庭，性格较为温和，政治倾向也偏向中立。穆加贝则来自一个非常贫穷的家庭，他出生不久父亲就抛弃了母亲，走投无路的母子俩被教会收容。穆加贝天资聪颖，喜欢读书，从教会学校毕业后又通过函授的方式拿到了六个专业的大学文凭。也许是受到了基督教的影响，穆加贝从小就对人世间的所有不公平深恶痛绝，对白人殖民者恨之入骨，再加上他口才极佳，很善于利用演讲激发起黑人群众的革命热情，当初他就是凭此绝技当上了"津民盟"的最高领导人。

　　据熟悉他的人说，穆加贝私下里是个非常有教养的人，举手投足间颇有绅士风度，待人接物甚至比英国人还像英国人。但他在公开场合却表现得像个坚定的马克思主义者，多次表示要让津巴布韦走社会主义道路。这点倒也不难理解，因为当时已经独立的非洲国家当中有很多都选择了社会主义。这一方面是受苏联的影响，战后蓬勃发展的社会主义苏联让非洲领导人看到了希望，他们相信落后国家要想迅速赶上领跑者，社会主义是最好的选择。加纳的第一位黑人领袖、泛非运动的主要倡导者恩克鲁玛就曾经说过："我们必须一往无前，为有计划的经济发展做好充分准备，以取代声名狼藉的殖民主义和腐朽没落的帝国主义所留下的贫穷、无知、疾病和文盲。唯有社会主义,才能在最短的时间内给人民带来美好的生活。"

另一方面。传统的非洲社会从某种意义上说更接近社会主义,比如土地共有制度、资源的平均分配、长老集体决策和基于血缘关系的社会服务网络等,这些非洲村落的共同特征其实都包含了很多社会主义元素。非洲社会主义的主要倡导者、坦桑尼亚前总统尼雷尔就曾经说过:"我们非洲,既无须'皈依'社会主义,也无须'学习'民主,两者都深深植根于我们的历史,植根于我们生于斯、长于斯的传统社会。"

虽然穆加贝的主张得到了上述这两位著名的非洲领导人的支持,但却遭到了津巴布韦白人群体和自由主义者的激烈反对。这些人大都是私营农场主,自然不愿看到一个马克思主义者上台执政,于是他们暗地里都支持相对温和的恩科莫。但可惜他们全都押错了宝,穆加贝在选举中大获全胜,成为津巴布韦第一任总理。

事后看来,不管穆加贝的政治立场如何,他都会当选的。数据显示,穆加贝在所有绍纳人的聚居地都大获全胜,而在恩德贝利人的聚居地的结果则正好相反。事实上,津巴布韦后来的几次大选的投票模式也都是如此,民主选举制度在这样一个思想意识落后的国家完全变了味,成为一个纯粹比拼候选人民族成分和人口组成的数字游戏。当年史密斯政府为了避免这种情况,曾经规定绍纳人和恩德贝利人在参众两院的代表人数必须相等。但当穆加贝上台后,这项规定便自动取消了。

民主制度最难的地方不是少数服从多数,而是多数人如何保证少数人应有的权利。在部落文化依旧占有统治地位的非洲,后者实在是太难做到了。事实上,虽然绝大多数非洲国家名义上都采纳了殖民地时期留下的民主选举制度,但最终结果则很大程度上取决于这个国家的民族成分的分布情况。津巴布韦一大一小,绍纳人的人数是恩德贝利人的四倍,选举结果很容易预判,劣势一方很容易遭到排斥。南非则比较幸运,它有八个主要的黑人民族,人数都差不多,谁也不占优势,因此南非的选举没有出现津巴布韦这种一家永远独大的情况。

非洲国家民主选举的另一个屡屡被人诟病的顽疾就是腐败,几乎每次选举都会爆出贿选丑闻。但是,用蝇头小利诱惑选民的做法几乎哪里都有,不能算是非洲的专利,为什么在非洲这个缺点经常被无限放大,甚至成为民主制度的绊脚石了呢?

由此看来,尼雷尔关于非洲人天生适合民主制度的看法是有疑问的,而白人的殖民统治是造成这种局面的主要原因。首先,非洲殖民地的划分没有尊重当地人的意见，导致很多素来不睦的原始部落被强行合并到同一个国家之中。民族解放战争期间这些部落有个共同的敌人，还能相互合作，一旦革命胜利，双方便很容易化友为敌，互相争斗起来。其次，大多数殖民地名义上实行的是民主选举制度，但却都仅限于白人群体，对于广大黑人来说殖民制度本质上是集权制。黑人民众长期生活在专制统治之下，缺乏代议制民主的经验。独立后的黑人政府突然把一张选票交到老百姓手里，他们当然只会把它投给自己熟悉并且信任的部落首领，或者那个能给他带来实际好处的人，哪管他到底适不适合当总统，是不是一个国家的好领袖。

就这样，穆加贝登上了历史舞台。他出生于1924年，1980年上台时已经五十六岁了。谁也不会想到，如今已经九十二岁的他仍然是津巴布韦的最高领导人，而且不久前刚刚表态说他还打算继续当下去。他这三十六年总统生涯到底是怎么过来的？不同的人有着完全不同的答案。

## 双面穆加贝

穆加贝的总统生涯大致可以分为三个阶段，每个阶段都发生了很多神奇的事情。支持他的人和反对他的人针对同样的事情分别做出了完全不同的解读，这件事本身甚至比穆加贝更有意思。

第一个阶段从1980年津巴布韦建国开始，到1990年结束。

穆加贝上台后先是留用了两位白人部长，接着又留用了前罗得西亚武装部队总司令和前情报机关的头目，这两人原来都是穆加贝的死敌，多次试图暗杀他。穆加贝甚至还和前罗得西亚总理史密斯交上了朋友，经常邀请他参加政府高层会议。史密斯大为感动，在日记中称穆加贝为"成熟、理性、具有公平意识、有教养的西方绅士"。

安抚好白人官员之后，穆加贝又转向白人农场主，保证不会强行没收他们的土地。穆加贝甚至公开发表讲话说："我们不想把任何人赶出这个国家，每个人都会在这个国家占有一席之地，我们保证让胜利者和失败者都感到安全。"话音未落，穆加贝便宣布恩科莫密谋造反，派遣一支特种部队进入恩德贝利人的地盘大开杀戒，至少有一万名恩德贝利平民在这场暴乱中被杀，其中包括不少妇女儿童。

以上是历史事实。支持方解释说，穆加贝是一个胸怀宽广、不计前嫌的人，这才会让那两个曾经试图杀他的白人重新执掌兵权。穆加贝也并不是一个部落主义者,他在内阁中安排了三名恩德贝利人,但恩科莫不领情,仍然试图分裂国家,穆加贝当然不能允许这种事情发生,所以才会派军队打击分裂分子,在此事件中死亡的恩德贝利平民都是被误杀。

反对方则认为,津巴布韦建国初期百废待兴,白人农场主掌握了太多的经济资源,穆加贝只能先加以利用,以后再找机会和他们算总账。与此同时,穆加贝一心想建立一个一党专政的国家,"津人盟"主席恩科莫是他心目中最大的敌人,必须首先将其除去,所以才会对他栽赃陷害,借机清除异己。

穆加贝派去镇压分裂分子的那支特种部队被称为"第五支队",这是穆加贝的私人卫队,编制上完全独立,不归政府国防军管,只听穆加贝一人指挥。队内绝大多数士兵都是绍纳族人,他们被穆加贝秘密派往朝鲜接受军事训练,战斗力极强。恩德贝利人不是他们的对手,这场内战很快就结束了。此后津巴布韦开始了持续十年的经济稳定增长,GDP 年平均增长率达到了 3.5%,其中尤以农业领域的发展最为出色,粮食产量屡创新高,被誉为南部非洲的粮仓。工业方面虽然稍逊一筹,但也没有落下太多。

以上是历史事实。支持方相信,津巴布韦的案例说明社会主义制度很适合非洲,黑人完全可以成为建设国家的主力。但反对方则认为,非洲唯一没有被殖民过的国家埃塞俄比亚经历了无数次大饥荒,其余大部分非洲国家在赶走了白人统治者之后经济都大幅下滑,无论它们实行的是社会主义还是资本主义都一样。津巴布韦之所以能逃过这个诅咒,主要是白人农场主的功劳。虽然他们人数不到六千,却拥有全国 40% 的耕地,雇用了三分之一的工薪族劳动力。白人农场生产的农产品占全国总量的 75%,而且主要用途是出口换汇,其出口额占到津巴布韦出口总量的三分之一。

第二个阶段从 1990 年土地改革开始,到 2000 年结束。

独立前签署的《兰开斯特大厦协定》规定,津巴布韦政府十年内不得进行大规模土地改革,即使十年后要土地改革,也必须遵守愿买愿卖的原则,购买白人土地所需经费将由英国政府帮忙解决。1990 年禁令到期,穆加贝立即公开要求白人把土地交还给黑人,此事引起了白人农场主的恐慌。与此同时,穆加贝接受了国际货币基金组织和世界银行的建议,实施"经济结构调整计划",扩大引进外资,放宽政府控制,开放党禁，结果津巴布韦经济大幅度下滑，GDP 年增长率降为 -2.6%，通货膨胀率高达 60%，失业率急剧上升至 50% 以上，老百姓怨声载道。1999 年 9 月，以工会为基础的反对党"争取民主变革运动"（Movement for Democratic Change，以下简称"民革运动"）成立，党主席莫根·茨万吉拉伊（Morgan Tsvangirai）向穆加贝发起了挑战。2000 年初，穆加贝在一次关于修宪的全民公决中失败，这是他第一次在选举中失利。

以上是历史事实。支持方指出，英国政府在签署《兰开斯特大厦协定》时保证为土地改革提供必要的资金支持，但英国首相布莱尔背信弃义，拒绝为津巴布韦政府提供任何帮助，这才是津巴布韦土地改革从温和转向暴力的主因。而那个"经济结构调整计划"相当于把社会主义计划经济变成了资本主义自由市场，最终的失败恰恰证明资本主义经济模式不适合津巴布韦。

反对方则认为，白人农场主已经在津巴布韦生活了一百多年，不应该强迫他们把土地无偿交还给黑人，除非他们自愿这么做。穆加贝之所以接受世界银行的建议，只是因为 1989 年东欧巨变，紧接着苏联解体，穆加贝失去了来自社会主义阵营的支持，这才被迫倒向西方。这次经济转型的失败并不能证明自由市场不好，主因在于大批白人农场主被迫撤离津巴布韦，带走了资金和技术。

第三个阶段从 2000 年修宪公决失败开始，一直到现在为止。

修宪公决结果公布十天之后，穆加贝宣布立即实施"快速土地改革计划"（FTLRP），一大批退伍老兵手持斧头和砍刀闯入白人农场，殴打农场主和他们的黑人雇员，捣毁农场基础设施。此举导致大批白人撤离津巴布韦，随后经济失控，津巴布韦开始了人类历史上最严重的一次通货膨胀。2005 年穆加贝又发起了"清理城市贫民运动"，把城市贫民赶到了乡下。2008 年总统大选第一轮投票茨万吉拉伊获胜，但支持率没有到 50%，第二轮投票之前茨万吉拉伊突然宣布退出竞选，穆加贝不战而胜。之后穆加贝提出和"民革运动"分享权力，茨万吉拉伊出任联合政府总理一职。他上台后立即废除了津元，引入美元作为流通货币，稳定了局势。2013 年茨万吉拉伊再次和穆加贝竞选总统，这一次穆加贝轻松获胜，联合政府旋即被解散。

以上是历史事实。支持方解释说，穆加贝政府给了白人农场主很多机会，但他们选择顽抗到底，坚决不肯妥协，导致 1980—1990 年只有 7.1 万户黑人农民分到了土地，距离计划目标 16.2 万户相差甚远。穆加贝被逼无奈，只能采取极端措施强行征收了 980 万公顷土地，安置了 26 万户黑人农民。由此导致的经济崩溃主因不在穆加贝，而是西方政府为了声援白人而对津巴布韦实行了大规模经济制裁的结果。这件事正好说明津巴布韦不能永远依靠西方，应该走独立自主、自力更生的道路，通货膨胀就是津巴布韦人民为了实现这一目标而必须付出的代价。

反对方则认为，穆加贝所做的一切都是为了满足自己的权力欲，土地改革的真正目的是笼络庞大的黑人老兵群体，诱使农村选民投他的票。政府没收来的白人土地则大都分给了穆加贝的亲信以及政府高官。选举过程中，穆加贝动用国家机器对不给他投票的人实行报复，甚至发动老兵群体对支持"民革运动"的民众进行精神恐吓和肉体摧残。"清理城市贫民运动"则是对城市民众不给穆加贝投票的报复，如今的津巴布韦已经不按民族分界了，而是分成了农村和城市两大阵营，前者是穆加贝的票仓，后者是反对派的大本营。

两方意见针锋相对，到底应该信谁的呢？我决定去津巴布韦农村走一趟，用自己的眼睛寻找答案。

## 手机农民

伊瑟尔（Ethel）是狂野非洲旅行社的职员，她的哥哥詹姆斯·帕拉宰（James Paradzai）是一名津巴布韦老兵，在土地改革中分到了哈拉雷近郊的一块土地。一天上午，他俩开车带我去参观他家的小农场。

"我出生于 1957 年，1975 年参军，跟随穆加贝去莫桑比克受训，然后潜回国内参加革命，小腿还负过伤。"帕拉宰挽起裤腿，给我看他腿上的伤疤，"伤好后我被穆加贝选中，担任了他的私人保镖。退伍后我在津巴布韦中央情报局（Central Intelligence Office）工作，现在退休了。"

现年五十九岁的帕拉宰身材有些发福，头发花白，表情憨厚，一点也不像是个前特工。"参军前我就是个小屁孩，啥也不懂，长官给我起了个名字叫 Tafirezi Zimbabwe，翻译过来就是'为津巴布韦而死'，革命胜利后我才改回了原来的名字。"帕拉宰接着说道，"我一直在政府机关工作，没有自己的地，土地改革的时候每家可以分到 6.5 公顷（约合 100 亩）土地，只要申请就有，不要钱。很多人不敢申请，我不怕，于是就分到了现在这块地。"

津巴布韦官方宣传册中经常看到"为祖国而死"这样的字眼，类似这样的爱国主义教育方式对我而言倒是一点也不陌生。津巴布韦人对于土地的感情也和中国人一样强烈，我在哈拉雷遇到的很多人都在乡下有一块地，甚至连出租车司机也是如此。

哈拉雷城区很小，我们很快就驶入了乡村。由于全球气候变化，再加上厄尔尼诺现象的影响，如今整个南部非洲遭遇到了罕见的大旱，大片的农田荒废了，上面长满了杂草，少数几块玉米地里的玉米高矮不一，说明播种的时间相差很大。

"我们这里一般是在雨季开始的时候播种，到雨季结束的时候正好收获。"帕拉宰对我说，"没想到今年雨季晚了两个多月，种下去的玉米都干死了。前几天终于开始下雨了，不少人又补种了一茬，但比正常种植季晚了两个多月，最后能不能有收成就说不好了。"

玉米是津巴布韦人的主食，最经典的津巴布韦饮食 Sadza 就是在一大碗浓稠的玉米糊上浇一勺肉汁，配以煮蔬菜和肉块，甚至连津巴布韦人很爱喝的一种软饮料也是用玉米汁做成的，可以说这是一个被玉米喂大的民族。从眼前的景象来看，今年的玉米很可能要绝收了，难怪穆加贝不久前宣布整个国家进入紧急状态，呼吁国际社会施以援手。

"津巴布韦会出现大面积饥荒吗？"我问。

"如果你指的是像埃塞俄比亚那样饿死很多人的大饥荒的话，应该还不至于，津巴布韦的经济基础比埃塞俄比亚好多了。"帕拉宰回答，"不过政府肯定要去国际市场上买粮食，否则就会有人饿肚子。"

一个曾经的非洲粮仓如今却不得不向别人买粮食，这一转变到底是如何发生的呢？土地改革的影响真的有那么大吗？

答案在我看到帕拉宰家的农田后便揭晓了。这块地相当平整，土质也很松软，上面覆盖着一层茂密的植物，已经有膝盖高了。可惜的是，它们全都是杂草，不是庄稼。帕拉宰弯下腰拔了一阵子，清理出一小块，我这才终于看到了几排仅有 10 厘米高的玉米苗，它们被杂草遮住了，平时连阳光都见不到。

"我两周前刚刚找人播的种，但后来就再也没管了。"帕拉宰说，"我平时都住在城里，哪有工夫种地？一般都是花钱雇人帮我种，住在附近的农民多得很。"

据帕拉宰估计，这块地只要雇五个人干一天就能把草全都拔干净，按照每人每天10美元工资计算，只要50美元就够了。但因为大旱，播种晚了两个月，帕拉宰对收成没抱太大希望，所以一直不舍得花这笔钱。他有退休金，本来也没指望靠这块地吃饭，所以他对种地这事儿一直三心二意，能收到粮食自然好，收不到也无所谓。

我后来了解到，在津巴布韦像他这样的人特别多，当地人甚至专门发明了一个词形容他们，叫作"手机农民"。这些人原本都是有工作的城里人，在土地改革中分到一块地，平时没时间打理，便雇用当地农民负责照看，平时只偶尔用手机询问一下庄稼的长势。

"我记得咱们从大路上开进来的时候路过一个小河沟，我明明看到河里有水啊，只要修一条水渠把水引到田里不就不用靠天吃饭了吗？"我问。

"这附近不但有一条河，还有一个人工湖呢。那是很多年前挖的，但现在没人买得起抽水机，也没人组织修建水利设施，我们虽然守着一个水库却用不了里面的水。"帕拉宰说道。

据他说，被土地改革逼走的白人农场主带走了所有可以带走的设备，如果实在带不走的话就把它尽数毁掉了，黑人继承的只是一块地而已，所有与农业生产有关的东西，包括拖拉机、收割机、播种机和灌溉设备，以及种子、化肥、农药和除草剂等通通需要另行购置。绝大部分分到土地的黑人都非常穷，根本买不起这些东西，于是津巴布韦的农业生产水平在土地改革后一落千丈，至今没有恢复。

"虽然如此，土地改革仍然是必须要进行的！"帕拉宰斩钉截铁地说，"你现在看到的这片平整的耕地一共有一万多公顷，原来都只属于同一个白人农场主！土地改革后这块地分给了六百多户黑人农民，他们原来全都住在山沟里，我带你去看看他们以前住的地方你就明白了。"

我们跳上车，朝附近的一座小山包驶去。沿途除了农田之外见不到一幢房屋，也看不到有人在田里劳动。大约开了10分钟后来到山脚下，路边终于出现了房屋，随着海拔越升越高，房屋居然越来越多，原来农民们全都住在山上，难怪山下的农田里见不到人了。

"当年白人政府把山下那块平坦的好地全都给了白人农场主，黑人只能住在山沟里，靠在门前屋后开辟出来的几小块耕地勉强度日。"帕拉宰说，"土地改革的时候政

▼ 山区农民马蒂罗和他的妻子在自家门前合影,他们自愿选择住在山中,自食其力

府给每个人都发了申请表,只要申请就分给你 6.5 公顷好地,而且是免费的。胆子大的甚至一个人申请了好几份,但更多的人不敢申请,或者出于某种原因不愿意下山,所以至今还住在山里。"

我们沿着一条石子路一直开到了尽头,那里住着一对姓马蒂罗(Madiro)的夫妇。两人住在自己盖的茅屋里,没有电,水是用一根橡皮管从半山腰的一处泉眼引下来的。丈夫马蒂罗在山坡上开辟出了几块薄田,靠种蔬菜养活了四个孩子。夫妇俩都不识字,也不大会说英语,只能听懂几个单词。我问他们为什么至今仍然住在山里,他们通过翻译回答说:"不敢下山。"

临走前,马蒂罗从自家的地里摘了一大堆黄瓜和茄子塞给帕拉宰,然后一直站在原地,微笑着目送我们离去。

"其实当年我们并没有从一开始就要求白人把所有的土地都还给黑人,只是让他们自愿拿出三分之一。"回城的路上,帕拉宰向我解释了土地改革的经过,"少数白人农场主愿意配合,主动把土地交了出来,这些人至今仍然在津巴布韦经营商业农场,日子过得很好。但大多数农场主心存侥幸,不愿意和政府合作,最后我们只能去抢了,否则黑人永远没有活路。"

必须承认,我如果是在来的路上听到他这番话,说不定会和他争辩几句,但现在我一句反驳的话也说不出来,脑海中全是马蒂罗夫妇的形象。

不管历史学家如何评价，像马蒂罗夫妇这样的黑人确实受到了白人殖民者的不公正对待，这是毫无疑问的。通过土地改革让这样的黑人农民拥有更优质的农田，这件事本身也是没有错的。也许错在改革的速度太快了，没有从更务实的角度出发吧。

两个实力相当的人赛跑，后出发的人追不上领跑者是正常的，只要别被人家落得越来越远就心满意足了。像津巴布韦这样的后进国家，要想追上领跑者，只有自己加倍努力才行，如果想走捷径，暗中使绊子，引得对方"以其人之道，还治其人之身"，其结果很有可能变得更糟。

不过话又说回来，津巴布韦一路走来虽然历尽坎坷，但也一直在进步，毕竟进步才是人类的大趋势，任何人都无法阻挡。比如，前文提到的那个支持穆加贝的酋长姆皮西其实是一个恩德贝利人，部落主义正在这个国家慢慢消失。

### 一个人的英雄一定会是另一个人的恶魔

2016 年 1 月，非洲联盟（African Union）在埃塞俄比亚首都亚的斯亚贝巴召开高峰会议，即将卸任的非盟轮值主席穆加贝在大会上做了最后一次发言。他将矛头对准了同样即将卸任的联合国秘书长潘基文，要求联合国改革安理会，增设非洲席位。他甚至建议潘基文把联合国总部搬离纽约，搬到中国、印度或者非洲去，因为那里人多。

"非洲人也是人，不是鬼。"穆加贝指着潘基文说，"那些指责我执政三十五年太长了的西方人给我闭嘴，只要我还能呼吸，我就仍然有能力给予有力的回击。我将一直在总统的位子上做下去，直到上帝召唤我去和天使会师。"

从现场录像来看，穆加贝精力充沛，中气十足，浑身似乎有使不完的力气。据说他不吸烟不喝酒，每天都要在家里的健身房锻炼身体。他的母亲活了一百零二岁，他的第二任妻子比他小四十一岁，所有这一切似乎都暗示着他还会参加下一轮的总统选举，继续在这个职位上做下去。

非洲各国元首似乎对此均没有异议。穆加贝在讲台上连续讲了一个小时，其间数次被热烈的掌声打断，大家显然都很喜欢这个戴眼镜的九十二岁老头。

与此同时，一部名为《穆加贝：天使还是恶魔？》（*Mugabe: Villain or Hero?*）的纪录片在伦敦上映，公开为穆加贝翻案。牛津大学的学生们则发起了"打倒罗得斯"（Rhodes Must Fall）的运动，要求牛津大学把罗得斯的雕像拆除，因为他是个殖民主义者。要知道，罗得斯是牛津大学的校友，以他的名字命名的罗得斯奖学金被公认为是全世界最具影响力的研究生奖学金之一，被称为全球本科生的诺贝尔奖。获得过该奖的名人包括美国前总统克林顿、加拿大总理约翰·特纳、澳大利亚总理鲍勃·霍克和托尼·阿博特，以及谷歌、迪士尼、柯达摄影、麦肯锡咨询公司等多家跨国企业的董事长和CEO等。

一个人的英雄一定会是另一个人的恶魔，大概只有这句话才是永恒不变的真理吧。

# 绿色津巴布韦

绿色是环保的专属色,对于非洲来说环保几乎等同于野生动物保护。动物保护不但需要好的理念和细致的宣传,更需要充足的资金。津巴布韦的野生动物保护困难重重,原因就是这个国家实在是太穷了。

## 万基与乔贝

万基(Hwange,又译万盖)是津巴布韦面积最大的野生动物保护区,交通也最方便,是游客最喜欢去的旅游景点。2015年夏天这里爆出了一幢轰动全球的丑闻,一个喜欢打猎的美国牙医猎杀了被誉为"津巴布韦狮王"的公狮塞西尔(Cecil)。此事在国际动物保护界引发了激烈的讨论,双方各持己见,谁也说服不了谁。我也不知道哪方的意见更正确,便决定去实地看一看。

万基位于津巴布韦的西北部,距离维多利亚瀑布不太远。这地方海拔较低,天气炎热干燥,非常不适合发展农牧业。事实上,这就是它为什么被划为自然保护区的原因,非洲绝大部分自然保护区都是因为对人类没什么"用处"被保留下来的。

我事先预订了一家旅馆,一路搭车到达这里时已是傍晚。和大津巴遗址一样,我是这家旅馆当天唯一的房客。津巴布韦动荡的政治局势把大部分欧美游客吓跑了,整个国家的旅游业真的是一片哀鸿。

因为没人和我搭伴,第二天我只能一个人乘坐一辆敞篷车去看动物。我的司机亨利(Henry)已经在这儿当了十四年导游,之前他是个电工,负责维护保护区内的十几个太阳能水泵。整个保护区没有一条河流流过，旱季时野生动物喝水很成问题，于是公园管理方安装了这些太阳能驱动的水泵，抽取地下水给动物喝。

第二天早上 6 点准时出发，亨利首先开车带我去了观景台。这是一个二层小楼，楼上有一个小看台正对着下面的一个人工水塘，水塘里的水全部来自水泵。我坐在看台上朝下看，水塘里隐隐约约可以看到两头河马，它们把整个身子埋在水下，水面上只露出两个鼻孔，半天都没有抬一下头。亨利见我有些失望，便又带我去看另外两处水塘，没想到情况更糟，连河马都没有了。这下他也没了主意，只能继续开车带着我漫无目地四处乱逛。四个小时逛下来，我们只看到了一群黑斑羚和几只长颈鹿，除此之外任何大型野生动物都没见到。

我在很多非洲国家看过野生动物，这是最让我失望的一次。我突然明白了管理方为什么要安装人工水泵了，给动物喝水不是主因，把动物从密林里吸引出来让游客看才是最主要的目的。对于动物保护人士来说，野生动物也许代表了生态环境或者生物多样性等各种严肃的概念，但对于这些以发展旅游为目的的非洲国家公园来说，野生动物就意味着钱。它们好比是一部舞台剧的演员，游客不是来看布景的，动物才是主角；而狮子、猎豹和犀牛这些难得一见的大型哺乳动物就好比是那些名角，有了它们就可以卖高价了。

狮王塞西尔就是万基的名角，事实上它的名字就来自于津巴布韦之父塞西尔·罗得斯，可见它在津巴布韦人民心目中的地位。狮王出生于 2002 年，长大后成为万基保护区体重最大的雄狮，而且非常上相。再加上它对人类没有攻击性，游客可以近距离拍摄它的一举一动，说它是万基最大的卖点一点也不为过。既然如此，为什么万基还允许狩猎者将其杀害呢？

"塞西尔不是在保护区内被杀的，当时那个猎手请来的向导用几块牛肉把它引出了保护区边界，进入了狩猎区，这才将其射死的。"亨利对我说，"虽然手段有些卑鄙，但整个过程都是合法的，我们一点办法也没有。"

津巴布韦是非洲很有名的狩猎天堂，因为这个国家太穷了，非常需要这笔收入。但是正式的国家级保护区内是绝对不准打猎的，这是保护区的底线。于是狩猎公司都会在保护区外围的缓冲地带设立专门的狩猎区，满足欧美狩猎爱好者的愿望。这些人来非洲打猎当然不是为了好玩，而是把打猎当成了一项传统文化活动。比如那个美国牙医就把塞西尔的头割下来做成标本带回了美国，这是狩猎者的最高荣誉，就像冠军奖杯一样。

狩猎听起来很残忍，但其实很多动物保护主义者都是支持的，原因就在于这是一种有计划、有监管的商业行为，其背后的逻辑就是通过牺牲少数野生动物，最大程度地获得动物保护经费。比如那位美国牙医为塞西尔付出了 4.5 万美元的狩猎费，如果这笔钱真的能用在动物保护上面那倒也不错。津巴布韦通货膨胀那几年，老百姓买不起肉，导致全国 20% 的野生动物都被吃掉了，由此可见贫穷才是野生动物最大的敌人。如今这个问题倒是基本上解决了，但盗猎现象却越来越严重。现在的盗猎分子武器装备越来越先进，反盗猎变成了一项非常耗钱的工作，几乎需要养活一支常规部队才行，否则根本对付不了敌人。

但是，对于一个经营状况正常的国家公园来说，狩猎应该只是经济收入的小头，大头是旅游。有人曾经统计过，万基鼎盛时期仅仅一个高档观光客旅馆每天就可以赚到 9800 美元，这种水平只要能维持五天，赚到的钱就比出卖塞西尔的狩猎费高。那时很多游客都是来看塞西尔的，这下大家就都看不成了。

当然了，如果保护区能找到新的狮王代替塞西尔，那倒也不错。但我这次实地考察后发现，万基的野生动物种群密度显然是太低了，我在公园里逛了一上午，居然连一头大象都没看到，这实在是太不正常了。

导致这一结果的主要原因就是盗猎，因为盗猎不但会减少野生动物的数量，还会让活着的野生动物越来越怕人，一见到人就躲进树林。但是，狩猎对这一结果同样负有责任，这一点是有数据支持的。英国牛津大学的一个研究小组从 1999 年开始便一直在万基研究野生动物，科学家们想知道保护区外围狩猎区的打猎行为是否会对保护区内的野生动物种群数量带来影响。为了实现这个目标，研究人员给六十二头狮子戴上了无线电颈圈，以此来跟踪它们的行踪，塞西尔就是其中之一。截至 2015 年，一共有三十四头戴了颈圈的狮子被打死，其中有二十四头都是在狩猎区被合法的狩猎者干掉的。

津巴布韦官方统计显示，万基的狮子种群数量在过去的二十一年里下降了 42%，目前只剩下五百五十头了。科学家们在分析了各项数据后认为，狮子种群数量的下降确实和保护区外围的狩猎行为有着直接的关系。除了直接猎杀导致的数量减少外，雄

▼ 博茨瓦纳的乔贝国家公园以大象数量多而闻名于世，图为一群正在饮水的大象

狮被打死（狩猎者最喜欢猎杀狮王型的雄狮）往往会导致一个狮群失去了保护者，狮群内的幼狮就会被其他公狮杀死。

"狮子是一种行为复杂的群居动物，任何人为的改变都会导致狮群失去平衡，结果往往超出人们的预料。"这项研究的负责人之一安德鲁·罗弗里奇（Andrew Loveridge）博士解释说，"失去平衡的狮子不但会杀幼崽，还会主动攻击人类，对于游客来说这显然也不是一个好消息，对于那些生活在保护区边缘的当地居民来说这就更加糟糕了。"

说来说去，问题的关键就在于狩猎是否能在不影响游客观感的前提下进行，否则的话游客就不来了，保护区得不偿失。要想做到这一点，关键就在于保护区的管理部门是否尊重科学规律，狩猎许可证的发放能否严格按照科学的要求来进行。以我这几天对津巴布韦的了解，这件事非常不乐观。

为了证明我的判断是正确的，我决定去乔贝（Chobe）国家公园走一趟。这个公园紧挨着万基，野生动物可以自由地在两个公园之间迁徙。不同的是乔贝属于博茨瓦纳，这是南部非洲政治局势最稳定同时也是最富裕

津巴布韦：黄金之国

▼ 博茨瓦纳乔贝国家公园内的一头正在吃草的母河马，旁边是它刚出生的孩子

的国家。因为不差钱，博茨瓦纳不允许任何形式的狩猎，对盗猎行为的打击也非常有效。

我加入了一个旅行团，去乔贝玩了一天，看到了完全不同的景象。路上导游介绍说，全非洲三分之一的大象生活在博茨瓦纳，我当时还不信，去了一看才知道所言不虚。这里的大象几乎成灾了，长颈鹿也多得数不清，黑斑羚、狒狒和野猪等小型动物更是随处可见。我们还近距离观赏了一头母河马带着一只刚生下没几天的小河马去河边吃草的整个过程，把大家看得如醉如痴。临走时我们又亲眼看见了大象野外交配的场景，据导游说这样的情况是很难遇见的。

唯一的遗憾是没有看到狮子，不过考虑到我们出海关耽误了一点时间，到达乔贝时已经是上午10点了，那天天气很热，狮子们估计都躲进了树丛，很难见到。

我在乔贝发现了好几个用来监视盗猎分子的瞭望哨，上面有荷枪实弹的士兵在站岗。所有这些都是需要钱的。不过从游客的数量来看，乔贝仅靠旅游业就能把钱赚回来了，根本不需要开放狩猎，这才是动物保护的良性循环。

那么，如果津巴布韦政府真的没钱搞环保，我们就没有办法了吗？答案是否定的。

▼ 博茨瓦纳乔贝国家公园内随处可见的长颈鹿

## 玛纳普斯的民间环保

让我们再回到开篇那次小飞机冒险之旅吧。我的目的地是玛纳普斯野生动物保护区。这个保护区位于津巴布韦最北端，和赞比亚之间仅隔着一条赞比西河。从飞机上看，保护区位于两山之间的一块冲积平原之上，地势平坦，森林覆盖率很高，但似乎相当干燥。资料显示，赞比西河过去经常发大水，这大概就是为什么这块肥沃的土地一直没有被开垦成农田的原因。但自从赞比西河修了大坝之后，河水不再大起大落，河道也相对固定了，这块地方便顺理成章地变成了自然保护区。

我们从哈拉雷起飞，飞了大约一个小时之后，飞行员弗朗西斯科降低了高度，眼前出现了一条红色跑道，但风向标似乎被什么东西缠住了，我们在跑道上空绕了一圈也没看出风到底是朝哪个方向刮的。我注意到跑道边站着几个人，其中一个人似乎在用脚踢土，大概是希望扬起的灰尘能帮助我们看清风向。

弗朗西斯科终于确定了风向，平稳地把飞机降了下来。我长出一口气，这才发现双腿因为太久不动都麻木了。飞机停稳后，几个晒得黝黑的中国人迎上前来欢迎我们，原来他们就是大名鼎鼎的中国民间公益组织——蓝天救援队的成员，这次是来津巴布韦协助当地政府反盗猎的。

这支救援队一共有四名成员，队长张广瑞参加过多次灾难救援，野外生存经验丰富，队员朱磊是鸟类学博士，负责在专业上把关，另一名队员刘嘉楠负责医疗和后勤工作，那位在机场踢土的人叫胡英健，是三角翼飞行器的教练，据说是国内玩三角翼玩得最好的几个人之一。

据介绍，他们是这个项目的第二期成员。第一期的主要任务是帮助保护区管理方和盗猎分子作战，中方成员带着枪和巡逻队一起巡逻，没想到这个做法引起了很大争议：一些国外动物保护组织质疑蓝天救援队的动机，一部分津巴布韦当地人也不喜欢中国人拿着枪在他们的国家里执行任务，万一打死一个津巴布韦人似乎有些说不过去。于是第二期项目对策略进行了调整，不再直接参与反盗猎战斗，改为物资捐赠和人员培训。这批捐赠物资中包括一艘皮划艇，以及一架可以用于空中侦查的三角翼飞行器，没想到三角翼的进口手续出了问题，等了将近两个月才终于在昨天运到了玛纳

▼ 蓝天救援队和他们捐赠给玛纳普斯自然保护区的三角翼飞行器

普斯。但此时这批队员已经在津巴布韦待了三个月，回国的飞机票早已买好，后天就要离开玛纳普斯了。

弗朗西斯科这次就是专程飞过来看三角翼的。他是个意大利商人，在津巴布韦开了家制鞋厂，专门为军队提供军靴。他的合伙人是个中国人，名叫宋黎，她是华联总会的另一名副会长，一直对野生动物很感兴趣，广州长隆野生动物世界2015年从津巴布韦进口二十七头小象的事情就是她一手经办的。穆加贝访华时和中国政府达成协议，由中方提供价值230万美元的野生动物保护器材，宋黎借此机会成立了中津野生动植物基金，得到了津巴布韦华侨和国内环保人士的大力支持，蓝天救援队就是在宋黎的帮助下进入津巴布韦开展项目的。

弗朗西斯科本人则是一个野生动物的狂热爱好者。他是玛纳普斯的常客，每年都要来这儿住上几个月，和公园管理方混得很熟。四年前他突发奇想，决定在玛纳普斯建一个高档度假村。这个想法很多人都有过，但玛纳普斯向来以其原始风貌闻名于世，津巴布韦政府一直不允许任何人在这里建立永久营地。弗朗西斯科动用了私人关系，这才终于得到了批文。然后他投资250万美元，用了三年半的时间建造了十二幢设施豪华的小木屋，一次可以同时接纳二十四名游客。我去的时候度假村尚未开业，但基础设施已经基本完工了。

因为宋黎的关系，蓝天救援队把营地建在了度假村里面。村内现有的基础设施，包括水、电、厕所、厨房和Wi-Fi等都可以供队员们免费使用，救援队需要的食品也可以借用度假村的车从保护区外运进来。否则的话，即使像张广瑞这样野外生存经验丰富的队员恐怕也无法在非洲丛林里生活三个月。

也许是因为这层关系，队员们都非常尊敬弗朗西斯科，背地里称他为老弗。据我观察，老弗才是这支救援队真正的领队，所有事情几乎都是他说了算。他不但对保护区的情况极为熟悉，而且和保护区管理方的私交也很好，很多事情都是由他出面代表救援队和对方谈的。

那天中午我们一行人坐老弗的车去保护区管理办公室商量三角翼试飞的相关事宜，但只有老弗径直走进办公室，和保护区的领导唠起了家常。蓝天救援队的四个小伙子都坐在树下乘凉，没有一个人进屋参与谈话。

老弗的英语水平不是很高，而且说话的时候带有浓重的意大利口音，听着很费劲，但他非常敢说，而且经常会用脏字来加重语气。这种方式效果非常好，一下子拉近了他和保护区领导之间的关系。相比之下，中方队员虽然英文水平也不算差，但却不敢开口，开口了也不知道说什么，很难跟当地人建立起私人感情。

造成这种局面的原因是多方面的：一则中国人大都较为内向，不善于和异族人打交道，这是民族性使然；二则老弗毕竟在津巴布韦生活了二十多年，再不善交际的人也混出来了；三则欧洲人毕竟是非洲曾经的主人，所以当地人对于白人还是有些敬畏的。这种态度很难说清楚，但在非洲待久了肯定会感觉得到。

事实上，我认为上述这三个原因就是中国人在非洲所遇到的最大障碍。这不是一天两天就能改得了的，需要时间。好在已经有不少中国人改变了这一形象，之前提到的赵瀚清就是一个好例子。

当天下午，那架国内赞助的价值30万元人民币的三角翼飞行器终于在胡英健的操纵下试飞成功。老弗是个资深飞行员，一直坚信直升机才是反盗猎的最佳武器。他将信将疑地坐在三角翼的后座上试飞了一次，下来之后他就像换了个人，不但连声称赞三角翼性能卓越，而且对胡英健也刮目相看，称赞他飞行技术出色。之后胡英健又带着一位保护区官员试飞了一次，那人着实被这个看似简单的飞行神器惊呆了，下来后拉着胡英健的手问个不停，希望胡英健帮忙培训飞行员。但我从这个细节看出，在此之前双方的信息交流并不顺畅，对方直到今天才终于搞清楚中方捐赠的这个三角翼到底是个什么东西，能够在哪些方面帮上忙。

胡英健飞了上万小时才有了现在的技术，要想让保护区的人能自己操作这架飞行器，他得留在这里教很长的时间。而且胡英健不会说英语，对方学起来肯定更加吃力。以我对双方的了解，我担心这架三角翼飞行器将会在玛纳普斯的机库里度过余生，很难有机会真正地派上用场。

试飞结束时天已经快黑了，我们把三角翼拆下来打包装箱，然后坐车回营地。此时老弗终于显出了意大利人的本色，居然在保护区凹凸不平的土路上把吉普车开到了80迈，我被颠得七荤八素，简直比坐小飞机还难受。突然眼前出现了几只狒狒，它们先是被灯光惊得待了一秒钟，然后突然明白过来，扭头向路边逃窜。没想到老弗突然一拐把，径直朝它们冲了过去。我吓得惊叫了一声，不明白他到底想干什么。好在他追了十几米后便停止了追击，又回到了主路上。

"我讨厌狒狒，它们是一群令人恶心的机会主义者。"老弗愤愤地说，"它们贪得无厌，会去吃一切能吃的东西，比如掏鸟蛋、袭击幼鹿等。"

"可这是它们正常的行为啊，保护野生动物的原则难道不是杜绝一切人为干涉吗？"我不解地问。

"鸟是很珍贵的动物，数量稀少，鹿的数量也不算多，而且种群数量不稳定，但狒狒不一样，它们数量很多，而且到处乱窜，简直就是非洲丛林里的流氓，所以我非常愿意杀掉一半的狒狒。"老弗说。

"可是狮子也会吃鹿，还会吃其他一些珍贵的食草动物，你会因此而讨厌狮子吗？"我接着问。

"当然不，我喜欢狮子，它们是优雅的捕食者，不像狒狒，只会乘人之危。"老弗的回答让我大为惊讶，专业动物保护人士肯定是不会这么说的。后来我得知，老弗最喜欢打猎，以前经常来玛纳普斯就是来打猎的。他后来告诉我，反盗猎最积极的就是像他这样的合法狩猎者，他们花了很多钱来非洲打猎，当然不希望盗猎者一

▼ 弗朗西斯科和他修建的玛纳普斯别墅

分钱不花就做了同样的事情。不但如此，他们和盗猎者打的是同样的动物，本质上属于竞争者，如果那些值得打的动物都被盗猎者打光了，狩猎者也就没的玩了。

老弗的另一个身份是度假村的老板，这个度假村最吸引游客的地方就是玛纳普斯的野生动物，这是老弗从事动物保护的另一大动力。因为这个保护区位置偏僻，交通不便，游客稀少，这里的野生动物大都不怕人，胆子大的游客可以走到距离动物很近的地方观察，这一点很少有保护区能做到。为了吸引野生动物供游客观赏，老弗在度假村的四周埋藏了很多喷水管道，旱季时依靠人工喷水保证草不变黄，靠这个把动物吸引过来。他甚至在度假村周围的树上安装了数个高功率探照灯，以便游客能够在晚上看到夜行的野生动物。

所有这些行为在那些专业动物保护人士看来肯定都是不合规的，但游客们肯定会喜欢。况且他这么做真的会对保护区的野生动物产生什么负面影响吗？专业人士的"不干涉"政策真的就一定是动物保护的金科玉律吗？我说不好。

退一万步讲，业余的动物保护人士肯定会有这样那样的缺点，但津巴布韦目前的状况非常严峻，仅靠专业人士是远远不够的，像老弗和蓝天救援队这样的业余动物保护人士是一个很好的补充。

救援队的队员们原定第二天坐车回哈拉雷，但第二天一早老弗突然接到保护区打来的电话，据说前方发现敌情，请求空中支援。蓝天救援队的小伙子们立刻来了精神，一致决定改变计划，先执行完任务再离开。

一阵紧张的忙碌后，已经拆下来打好包的三角翼飞行器又被重新组装起来，胡英健带着一位保护区工作人员飞出去侦察敌情。三角翼可高可低，可快可慢，能够在很短的时间里对一大片区域来一个彻底的大搜查，确实是反盗猎的最佳辅助工具。一个多小时后，两人安全返航，可惜没有发现敌情，也许盗猎者看到飞行器后躲起来了。

通过这次实战演习，大家一致认为也许三角翼最好的使用方式不是用来侦察，而是用于震慑敌人。不过这就需要经常性地让它在空中执勤，对于飞行员的要求就更高了。

当然了，到底应该如何使用它还需更多实践才能知晓，可惜队员们没有时间了。侦察任务完成后他们立即坐上卡车离开了玛纳普斯，营地里只剩下了我和老弗。他开车带我来到赞比西河边，我俩在沙滩上散了会儿步。整个河谷地带见不到一个人，只看到一头河马在河边吃草，我俩走到距离河马大约30米的地方，河马牙齿咀嚼草叶的声音都听得很清楚，但它依然埋头狂吃，仿佛我俩根本就不存在一样。

"不要再走近了，河马是非洲最危险的野生动物。"老弗轻声对我说，"千万别相信那些人与动物和平共处的童话故事，这里的动物都是野生的，行为完全不可预测。而且，它们的力量和速度都比人强太多了，人和它们打架没有任何赢的可能。"

此时已近黄昏，太阳斜斜地照过来，把大地染成一片金黄。我俩站在河滩上欣赏着眼前的美景，很长时间谁也没说话。

"你为什么不回意大利生活，而选择在津巴布韦这个穷国定居呢？"最终还是我先打破了沉默，因为我听说他妻子受不了这里的生活，撇下他一个人回到了意大利，而他却死活也不肯跟妻子回去，两人只能离婚。

"你觉得我这样的人生活在意大利有可能吗？"老弗平静地回答，"我肯定会在津巴布韦度过余生的，因为我在这里任何一天所经历的事情，在意大利一辈子都碰不到。"

### 危险非洲

我们原定第三天一大早就飞回哈拉雷,但起床后发现天空乌云密布,好似要下雨。老弗不停地打着电话,询问哈拉雷机场附近的天气状况。一直等到上午9点多,老弗突然一声令下:"我们有一小时的窗口,快走!"

20分钟后,我们已经升到了空中。前方果然有一大块乌云挡路,但左边似乎有一个缝隙可以穿过。老弗驾驶飞机绕了个小圈子,终于把那块乌云甩在了身后,没想到前方又有一块更大的乌云拦住了去路。此时我们的小飞机只剩下一小时的油了,没时间绕圈子了。老弗没有选择,只能硬着头皮朝乌云冲了过去。小飞机立刻被浓密的云层包在里面,什么也看不到了。我感觉自己身处一个巨大的棉花糖里,完全感觉不到速度,只有前窗的雨滴告诉我,我们确实是在空中飞着。

小飞机在乌云中飞了将近6分钟,全凭卫星导航指引方向。不知为何我全无惧意,居然掏出手机开始录视频。录了5分多钟后我实在举不动了,只好停止拍摄。此刻我玩心大起,发现机舱的后侧有个很小的通气孔,便试着把手指伸出舱外,立刻感觉自己被无数细针一通乱扎,疼得我立刻把手缩了回来。

好不容易飞出了云层,终于看到陆地了,但没一会儿又飞进了下一个云层。我们就这样在乌云里钻进钻出,半个多小时后终于彻底甩开了云层,看到了哈拉雷的高楼大厦。

此时又遇到了新问题,我可以清楚地看到前方有好几朵乌云正在下雨,并伴随着阵阵闪电。我们的小飞机显然不敢跟雷电作对,但此时油箱里的汽油只能维持20分钟了。又飞了一会儿,我们终于看到了机场的跑道,它居然刚好在两朵正在下雨的乌云之间!我们实在是太幸运了!老弗迅速调整好机位,然后一个猛子扎了下去,终于安全降落在机场。我俩刚把飞机拉进机库,一朵乌云就飘到了机场上空,跑道上顿时下起了倾盆大雨。

不得不再次慨叹,我们真的是太幸运了。

老弗仔细检查了飞机,发现螺旋桨上的漆都被雨水打掉了好几块,机舱里也积满了水,老弗用一块大海绵吸了半天才清理干净。

后来得知,这种型号的小飞机一般不建议在如此恶劣的天气里飞行,老弗把我们的经历告诉了意大利厂商，他们非常好奇，要走了我拍的视频。据说他们打算给顾客播放这段视频，告诉他们这种飞机是可以在雨里飞行的！

这段冒险经历让我完全相信了老弗的话，津巴布韦真的是一个神奇的冒险家乐园。只要你有胆量，有能力，有耐心，这里可以满足你的所有愿望。

但是，就在我写下上面这段文字的当天，前方传来了一个令人震惊的消息。老弗的意大利同胞，反盗猎人士克劳迪奥·奇亚雷里（Claudio Chiarelli）和他的儿子在玛纳普斯巡逻时被公园的另一支卫队当作是盗猎分子开枪打死了。这位奇亚雷里先生早在 1982 年就来到津巴布韦从事狩猎和旅游业，当年就是他把老弗吸引到津巴布韦来的。后来两人又一起加入了反盗猎志愿者行动，蓝天救援队的队员们曾经跟他有过接触，聊得很愉快，没想到那次分别竟然成了永别。

津巴布韦就是这样一个地方，既可以体验到惊险和刺激，又充满了实实在在的危险。也许整个非洲都是如此，就看你有没有胆量来这里闯一闯了。

# 红色中国在非洲

今天的中国人去非洲不是为了掠夺资源，也不是要去改变世界，而是为了谋生。

尼扬加（Nyanga）是位于津巴布韦东部的一个山谷，谷底有个湖，湖边建了一个独栋别墅式的度假村，是哈拉雷的富人们周末休闲的首选。一个周日的早晨，太阳从山背后缓缓升起，照得大地一片金黄。从一幢别墅里飘出阵阵歌声，回荡在山谷间，和金色的阳光遥相呼应。

> 主的爱比天高
> 主的爱比海深
> 再高再高也高不过他
> 再深再深也深不过他

这是一群在津巴布韦做生意的中国人和他们的家属，周六从哈拉雷开车四个多小时来这里欢度周末。他们当中有很多基督徒，周日上午自发组织起来读《圣经》，然后大家一起跟着手机里播放的中国台湾的福音歌曲齐唱赞美诗，场面甚是庄严。

多年以来，很多西方政客一直对红色中国在非洲的"渗透"感到不安，怀疑中国政府打算步欧洲殖民者的后尘，来非洲掠夺宝贵的自然资源。如果他们有机会看到眼前的这一幕，不知会不会改变看法。当年欧洲对非洲的殖民很大程度上是政府行为，真正的民间人士也有，但这些人来非洲的主要目的是传教。今天的中国人则正好相反,来非洲做生意多半是个人行为,他们不但不会主动向非洲人传播任何理念,甚至有很多人在非洲的影响下皈依了基督教。

这件事也许就是红色中国和白色欧洲最大的不同。今天生活在非洲的大部分中国人并不是来掠夺资源的,也不想改变非洲人的生活方式或者向当地人传播某种思想,他们就是来谋生的,非洲帮助他们实现了自己的人生梦想。

## 中国人早就来了

其实中国人很早就到过非洲。根据史料记载,唐朝人杜环早在8世纪就到达过摩洛哥,大旅行家汪大渊在14世纪时曾经租借了一艘海船,满载着瓷器、丝绸和药材,从福建泉州经马六甲海峡到达亚丁湾,再换乘小船经尼罗河运到开罗。中国人和撒哈拉以南非洲最早的一次亲密接触则是由郑和和他的船队完成的,1405—1433年,郑和率领的船队七次下西洋,最远到达过非洲东海岸。郑和船队的水手甚至在非洲留下过后代,他们一直住在肯尼亚,后来一位被称为"中国女孩"的肯尼亚姑娘还被中国政府邀请回国认祖。

虽然比欧洲人早到非洲,但郑和从没打算要留下来。肯尼亚那位"中国女孩"的祖先是因为船出了事故而不得已留在非洲的。事实上,最早流落海外的中国人大都选择去了富裕的欧美国家或者日本,只有极少数人误打误撞才选择了非洲。比如,1933年有一位在法国谋生的温州小商贩程志平乘船来到非洲贩卖瓷器,因为误了船期而被迫滞留在了加蓬。聪明能干的程志平很快在加蓬闯出一片天地,并娶了当地酋长的女儿为妻,生下一子取名让·平(Jean Ping)。这位有着一半中国血统的年轻人在巴黎接受了西方教育,回到加蓬后先后做过矿业、能源和水力资源部部长,甚至还担任过非盟委员会主席,这个职位相当于整个非洲的"洲长",说明让·平在非洲人心目中的地位是很高的。

1949年后,中国政府主动和非洲国家发展友好关系,但早期的中非双边合作大都是以政府间对外援助的方式进行的。据统计,自1956年中国和第一个非洲国家(埃及)建交开始,至2008年上半年,中国一共向53个非洲国家和政府提供了无偿援助,在49个非洲国家建成了804个各类成套项目。其中标志性的坦赞铁路从1970

年开始建设，1975 年建成通车，比原计划提前两年完工。这条铁路全长 1860 公里，沿途修建了总长度超过 10 公里的隧道和三百余座桥梁。中国援坦专家公墓安葬着六十九名烈士，其中四十七人是为修建坦赞铁路而牺牲的。

一些西方国家的政客指责中国政府对非援助是出于"冷战"的需要，有很强的政治目的。但他们忘记了，对外援助这个概念最早来自英国维多利亚时期的传教士，他们这么做的主要目的就是向非洲（还包括其他原始社会的原住民）传播基督教。当这个需求变得不再迫切后，西方国家便开始研究这种对外援助到底对自己有什么好处，如果看不到好处就不打算做下去了。转机发生在 1950 年，这一年美国总统杜鲁门公开发表讲话，称对外援助促进了穷国的发展，扩大了需求，最终将带动全球的经济发展。此后这个思路逐渐被大家接受，成为西方国家继续对外援助的新动力。

杜鲁门很可能是受了英国的影响才说出上述那番话的。英国政府早在 1940 年就通过了《殖民地发展和慈善法案》，拨出专款在殖民地开展慈善项目。这是欧洲殖民国家中第一个通过的类似法案。《美国经济评论》（*American Economic Review*）杂志于 2001 年曾经发表过一篇论文，在比较了欧洲各国殖民地的发展情况后指出，英国殖民地之所以比其他国家的殖民地经济发展水平更高，与该法案有直接的关系。

早期西方国家的对外援助重点是促进殖民地国家的经济发展，所以援助的对象大都是与经济发展有关的基础设施，比如工厂、煤矿或者输油管道什么的。后来西方政府意识到，由于殖民地政府普遍存在的腐败行为，普通老百姓很难从这类援助中得到好处，于是便改换思路，把援助重点放到了消除贫困、提高民生方面来，这就是为什么各类非政府组织（NGO）逐渐成了对外援助的主力。相比之下，中国早年间的对外援助主要还是针对经济发展的，因为当时中国援非的一个主要动力就是帮助非洲国家摆脱对帝国主义的依赖，这就是为什么中国援非的口号一直是"自力更生"。

与此同时，新中国和非洲大陆之间的贸易活动也一直在进行。早期中国出口到非洲的商品种类单调，主要是茶叶、瓷器和丝绸，被戏称为"老三样"。此外就是少量粮油食品和轻工产品，附加值都不高。进口商品则主要为棉花和磷酸盐等原材料，后者可以被用来生产新中国急需的化肥。

1963 年底，周恩来总理访问非洲十国，揭开了大规模对非经济援助的序幕。中方在建设援外项目时，除去从中国运去设备和物资外，还需要在受援国当地购买原材料和生活用品，以及支付当地人的工资等。由于当时的中国政府外汇短缺，于是就出口一部分商品给当地商人，由商人把货款存入当地银行，我方再从银行取出这部分货款，用于支付在受援国发生的上述费用。这种由援助带动的贸易让一些不明真相的人误以为中国对非援助动机不良，实在是没有搞清楚状况。

到了1969年时，中国已与非洲38个国家和地区建立了贸易关系，贸易总金额达到了1.82亿美元。当时中国出口到非洲的纺织品大都是整匹的布料，不是成衣，所以当年援非的中国人当中流传着一个顺口溜，形容非洲人"穿衣一块布，吃饭靠大树（面包树），建设靠援助，说话不算数"。如今这种情况已经有了很大改观，起码在津巴布韦已经不是这样了。

"冷战"结束后，无论是西方还是中国，都逐渐改变了过去的策略，把对非援助的重点放到了贸易上来。于是，商人代替了慈善家，成了非洲访客的主流。

改革开放初期，中国把主要注意力都放在了欧美和日韩，对于非洲不太重视。转折点出现在1996年，那一年吴仪陪同江泽民总书记出访非洲六国，从此中非贸易就像坐上了火箭，一路蹿升。1992年的中非贸易总额仅有8.3亿美元，2000年首次超越了100亿美元大关，达到了106亿美元。21世纪头五年中，中非贸易总额的年增长率达到了惊人的72%。2008年中非贸易额再次取得突破，达到了1068亿美元。从百亿美元到千亿美元，只用了八年的时间。2013年中非贸易总额又突破了2000亿美元大关，从1000亿美元到2000亿美元仅用了四年时间。

中非贸易的主力一开始是国企，但民营企业迅速赶了上来。2001年中国民营企业对非洲的出口额仅为8.3亿美元，2005年猛增到70亿美元，仅比国企少6亿美元。2006年民营企业出口额首次超过国企，达到了111亿美元，此后继续一路飙升，早就把国企甩得远远的了。

如此快速的增长说明中国民间资本终于意识到非洲的巨大潜力，开始把目光转向这块被中国人遗忘的大陆。随着双方贸易额的飞速增长，越来越多的企业家和他们的亲朋好友有机会踏上了非洲这块土地。他们看到的不只是一个倾销中国商品的市场，还是一个中国人可以大展宏图的舞台。

那天早晨在尼扬加度假别墅里高唱赞美诗的，基本上就是这些人。

## 从雪糕厂到梦想秀

那天来尼扬加欢度周末的一共有二十多人,分乘五辆 SUV 从哈拉雷开到度假村,一口气租下了四间独栋别墅。他们唱完圣歌后便去体验骑马和游艇等度假村提供的游乐项目,晚上却没有去村里的高级餐厅吃饭,而是纷纷拿出从哈拉雷华人超市买来的食材,做了一桌丰富的中餐。

这些人绝大多数都是私营企业的小老板,尤以来自东北和福建的居多。他们当中有开杂货铺的,有开饭馆的,还有开赌场的,大家聚在一起聊得最多的就是国内娱乐圈的八卦新闻,间或也聊点生意经,但很快就会转到抱怨津巴布韦法律不公正,或者调侃黑人雇员太懒等话题上。他们很少谈起津巴布韦本地新闻,提到当地人时也从来不说"津巴布韦人",而是一律用"黑人"代替。

一晚上我听了很多故事,其中几个温州人在哈拉雷开雪糕厂的故事最有意思。缪仁友原来是一家温州雪糕厂的厂长,但在中国做雪糕利润太薄,挣钱越来越难,于是他决定来哈拉雷碰碰运气。正赶上津巴布韦政府出台新法规,所有津巴布韦境内的工厂的外国投资占比都不能超过 50%。这条规定吓跑了很多原本打算在津巴布韦投资建厂的欧美大企业。他很快就托朋友在哈拉雷找了一个当地人作为挂名假股东,满足了津巴布韦政府的要求,但实际上所有投资都是他出的。

这件事很能反映出中国私营企业在非洲的生存状况。他们也许在技术和管理水平上比不过欧美企业,资金也不如人家雄厚,但他们经营方针非常灵活,敢于打擦边球,有时反而比欧美大企业更有优势。

解决了注册问题之后,缪仁友在哈拉雷近郊租了一间废弃的厂房,又把温州工厂的一位薛姓工程师请到津巴布韦,负责安装生产线。2015 年 10 月,这条总投资约为 100 万美元的雪糕生产线终于建成投产了,所需原材料绝大部分都必须进口,只有蔗糖和鸡蛋采购自本地。他生产的雪糕分含奶的和不含奶的两种,前者定价 50 美分一支,后者卖 25 美分一支,价格和当地的其他品牌相比还是很有竞争力的。

最难的一关闯过去了,没想到却在销售环节出了问题。普通超市和加油站小卖部这些地方倒是很容易打入,但雪糕这玩意儿必须沿街叫卖才最有效。缪厂长打算雇一批当地人推小车去叫卖,没想到哈拉雷市政府规定小商小贩一定要去办一个零售许可证才能上街。

"办一张一年有效的零售许可证需要 140 美元,但办证的人肯定要刁难你,所以还要再给点小费,算下来一张证怎么也得花 200 美元才能办下来,我们这种小本生意,不一定能赚得回来。"缪仁友说,"这还不算,黑人不可靠,经常有人从我们这儿拿了许可证后就不回来了,我们根本找不到他,所以也不敢给黑人办证。"

想来想去,缪厂长想出了一个解决办法。他去超市买了一批家用保温箱,装上一根背带,让当地人背着箱子去大街上叫卖。虽然性质差不多,但根据当地法律,推小车沿街叫卖绝对不行,但背箱子叫卖则属于灰色地带,经常可以混过去,大不了贿赂一点小钱也可以蒙混过关。就这样,这家小工厂终于运转起来了。

"一只保温箱可以装 36 只雪糕,如果卖含奶的可以赚 7 美元,不含奶的赚 3.5 美元。一个人努努力一天赚 20 美元不成问题,这在当地算是很不错的收入了。"缪仁友说,"可是黑人工作态度很不积极,'三天打鱼,两天晒网'。我们后来知道了,工资必须每天发,绝不能攒够一周或者一个月后再发,因为黑人没有存钱的习惯,到手的工资没几天就花光了。"

确实,非洲人似乎都没有未雨绸缪的意识,不知道为未来做打算。比如很多津巴布韦人手机里从来都不存话费,需要打电话的时候再到街上去买。这是一种典型的原始社会思维方式,不能说它一定就不好,甚至还可以贴上乐观主义的标签,但却非常不符合现代商品社会的要求。一个国家里如果都是这样的人,经济发展肯定会受到影响。相比之下,中国人勤劳节俭的生活习惯就比较符合现代社会的需要,所以中国人走到哪里都可以生存下来。比如这家雪糕厂,虽然遇到了各种困难,但依靠这几位温州人的努力,基本上可以实现 50% 的利润率,一年之内应该就能收回成本了。

这就是中国人之所以不远万里来非洲谋生的最大原因。这里虽然辛苦,也不太安全,但钱真的是太好赚了。

当然了,中国人也有自己的问题。比如这位缪厂长和他手下的薛姓工程师居然都不会说英文,只能花钱雇了一位在孔子学校学过一点中文的当地人做翻译。可以想象,他们跟当地人的沟通肯定不会太顺畅,受人欺负也就在所难免了。这一点恰恰是西方人的强项,他们的祖先是非洲的殖民者,无论是非洲人的宗教信仰还是社会制度全都来自欧洲，因此非洲人普遍对白人有一种发自内心的敬畏，这种心理优势是中国人很难享受到的。

好在随着中国的进步，这种情况正在发生改变。据我观察，来非洲的中国人当中越是年轻的英文就越好，学历越高的适应能力越强，和当地人的沟通也就越顺畅，在津巴布韦的成功概率自然也就越高。前文提到的狂野非洲旅行社老板赵瀚清就是新一代中国移民的典范，下面就是他的故事。

赵瀚清今年四十多岁，是东北大学的本科毕业生。二十多年前他来津巴布韦投奔自己的姐姐，在哈拉雷开了家中餐馆，生意很不错。后来他妻子去美国读书。他也跟着去了，但他很快就意识到在美国那样一个什么事情都很成熟的地方很难有他的位置，便又返回了津巴布韦，继续当他的小老板。

他英文很好，性格随和，善于交际，和很多政府要员和本地商人成了朋友。他的生意越做越大，钱越赚越多，终于可以在富人区买房子了。据他说哈拉雷郊区有 7 万座豪宅，都是当年白人农场主留下来的，如今很多豪宅的主人都变成了中国人。

值得一提的是，他不用担心那个外资控股不超过 50% 的土政策，因为他的侄子金山娶了一位津巴布韦妻子，只要把企业划到侄媳妇名下就可以了。这个金山也很有意思，他十四岁来津巴布韦，在当地上的中学。在学校里他不但学会了英文，还自学了绍纳语，这一点让他在津巴布韦如鱼得水。2015 年央视摄制组来津巴布韦拍纪录片，他不但全程担任地陪兼翻译，还用自己的无人机帮央视拍了不少素材，为这部片子做出了很大贡献。

非洲人结婚都早，金山二十岁就结了婚，今年才二十九岁的他已经是三个孩子的父亲了。他的两个混血女儿一个九岁，一个七岁，性格活泼可爱，但却一句中文都不会说。"我们家没这个环境，我也无所谓。"他这样解释。

如今这一代中国人，真的和老一辈不一样了。

接着说赵瀚清的故事。餐饮业干腻了，他决定尝试旅游业，在哈拉雷开了一家"狂野非洲"旅行社，很快就成为津巴布韦最大的华人旅行社。目前每年大约有五千个中国人来津巴布韦旅游，几乎全都是他家接待的。相比之下，南非每年可以接待 15 万中国游客，差别巨大。"那是我的目标，但很多事情不是我能控制的，只能耐心等待。"他说。

因为生意做得大,性格又非常豪爽,赵瀚清在津巴布韦当地华人当中很有威望,被选为津巴布韦华人华侨联合总会的常务副会长。别看津巴布韦只有大约一万名华商,但他们居然组建了三个不同的协会,彼此间明争暗斗,这也算是中华文化的一大特色吧。

有一年春节华联总会要办个晚会,委托赵瀚清负责筹备。他打算模仿电视节目,也搞个达人秀。他原来只想在华人中间搞,但只有三个人报名。他灵机一动,这些华人老板手下肯定有不少黑人员工,为什么不让他们加入进来呢?于是他把报名范围扩大到了当地人圈子里,没想到反响极为热烈,最后不得不先搞了好几轮预赛。最后的总决赛是在当地一座大型体育馆里举办的,据说盛况空前。

这件事被当地媒体知道了,纷纷前来报道。赵瀚清看到了商机,决定第二年接着搞,又联系了一家电视台全程录播。因为版权的缘故,这个选秀活动改名"梦想秀",一共办了二十六期,收视率越来越高。赵瀚清本人也出镜担任评委,因此成了当地小有名气的人物。

第一期"梦想秀"选出了好几位很有表演天赋的年轻人,其中有不少来自穷人家庭。赵瀚清联系了一些国内娱乐机构,把他们请到中国去表演,让这些穷人家的孩子也有机会走出国门去看世界,顺便还能挣点钱。接着他又成立了一家娱乐公司,请来津巴布韦最有名的流行歌手担任制作人,准备把几位有潜力的选秀歌手包装成流行歌星。其中最有潜力的大概要算是获得第三名的尼亚沙,他天生一副好嗓子,人也很有型,擅长舞台表演,前途无量。我跟他聊了聊,发现他是一个非常聪明的小伙子,知识丰富,谈吐得体,模仿能力超强。他自学了王菲的《传奇》,在哈拉雷华人春节联欢晚会上登台表演,受到了热烈欢迎。

2015年底习近平主席访问津巴布韦,在讲话中专门提到了这个"梦想秀",把赵瀚清高兴坏了。他希望习近平主席的认可能够帮助他从中国大使馆申请到一笔经费,把"梦想秀"做成一个能够上星的电视节目,在全非洲播放。

他要通过"梦想秀",实现自己的梦想,在文化娱乐界这个向来被白人垄断的行业闯出一片属于自己的天地。

像赵瀚清这样的故事,在非洲应该还有很多。如果说老一辈中国侨民给人的印象是勤奋死板,不善交际,不愿意融入当地人生活的话,那么到了赵瀚清这一代,

▼ 狂野非洲旅行社老板赵瀚清（左）和他侄子金山（右）一家在位于津巴布韦东部一个瀑布公园里的合影，金山和他的津巴布韦妻子所生的三个混血孩子非常可爱

情况已经发生了很大的变化。这一代人在国内上的大学，受过良好的教育，同时又有强烈的进取心和冒险精神。这批人的出现极大地改变了中国人在非洲的形象，影响极为深远。

别看赵瀚清已经算是在津巴布韦混得很好了，但他还是会遇到麻烦。就在开车去尼扬加的路上，他两次被警察拦住：一次说他超速（当时时速仅有70公里），罚了10美元；另一次说他汽车后牌照上方的照明灯坏了，罚款20美元。他据理力争，还假装给津巴布韦高官打电话，但警察根本就不理他。与此同时，他的侄子金山一路上也遇到不少麻烦，但他摇下车窗，用流利的绍纳语跟对方胡侃了几句，然后一踩油门就跑了。

还是中国的老话说得好：长江后浪推前浪，一代更比一代强。

# 神秘的南太平洋

文化本身没有好坏之分，但科技却有进步与落后之别。科技的发展是不以人的意志为转移的，文化必须尽力去适应它，而不是反过来。

## 发现南太平洋

1520年11月28日，一个名叫麦哲伦的葡萄牙人指挥一支西班牙船队从南美大陆最南端的一个海峡里钻了出来，驶进了一个欧洲人从未涉足过的未知海域。因为这片海域风平浪静，麦哲伦将其命名为太平洋。

因为计算错误，麦哲伦认为太平洋面积很小，于是他指挥船队一路向西航行，相信自己很快就能到达传说中的香料岛。没想到船队在茫茫大海里航行了三个月都没有见到陆地，沿途只发现了两个无人居住的珊瑚岛礁。可以想象，船员们的内心一定是崩溃的，再这样下去，即使不被渴死饿死，也会被坏血病慢慢地折磨死。

所幸船队在第二年的3月6日到达了关岛，船员们总算没有全部葬身鱼腹，麦哲伦也作为首个完成环球航行的人而被载入史册。这次著名的航行纠正了欧洲人关于太平洋总面积的计算错误，但却引入了一个新的错误概念，认为太平洋是个死气沉沉的大洋，没有多少海岛，因此也就不具备商业价值。这两件事多多少少降低了欧洲人开发太平洋航道的热情，太平洋的秘密又多保留了将近两个世纪。

现在我们知道，麦哲伦只是运气不好外加航海技术不精而已。事实上，仅是南太平洋里就有两万多座岛屿，至少有几百万原住民在此居住。他们当中的波利尼西亚人早在公元前3000年就开始了太平洋上的长征，他们驾驶自制的帆船，用了两千多年的时间逐步占领了几乎所有适合人类居住的太平洋海岛。那时的欧洲还处在黑暗时代，连帆船都还不会造呢。

麦哲伦环球航行五百年后，也就是2016年11月30日，我乘坐歌诗达"大西洋号"邮轮从天津港出发，也来了一次环南太平洋海岛之旅。在这四十六天的时间里，我们先后拜访了北马里亚纳群岛（Northern Mariana Islands）、巴布亚新几内亚（Papua New Guinea）、所罗门群岛（Solomon Islands）、瓦努阿图（Vanuatu）、斐济（Fiji）、汤加（Tanga）、美属东萨摩亚（American Samoa）、法属波利尼西亚（French Polynesia）和新喀里多尼亚（New Caledonia），差不多把整个太平洋里最重要的海岛（夏威夷、新西兰和复活节岛这三个太过知名的除外）都走了一遍，基本上相当于从反方向重走了一次麦哲伦之路。

这几个目的地当然也都可以坐飞机去，但那样一来就无法体会这些海岛最重要的特质了——与世隔绝。尤其是斐济首都苏瓦（Suva）、法属波利尼西亚的塔希提（Tahiti）和新喀里多尼亚的努美阿（Nouméa）这三个地方，其发达程度已经和很多内陆国家的中型城市没什么两样了，大街上到处可见时髦的商铺和川流不息的车辆，如果是坐飞机降到这里，你会不知道自己身在何处。但我们是坐邮轮过来的，很清醒地意识到它们只不过是汪洋大海中的一座小岛，更容易体会到那种沧海一粟的感觉，而这才是这些太平洋海岛的本来面目。

我们乘坐的歌诗达邮轮"大西洋号"是一艘排水量 8.6 万吨的海上巨无霸，巡航速度最高可达 22 节，可以很轻松地做到日行千里，和古代的那种小帆船不可同日而语。大多数时候我根本不觉得自己是在一艘船上，很难体会到古代航海家们和大风大浪做斗争时的感觉。只有到了晚上，尤其是乌云把月光遮住的时候，我才能隐约感觉到那种茫茫大海一叶孤舟的可怕之处。古人没有卫星导航，只能靠太阳和星星来辨别方向。如果什么都看不见，那种恐惧感真的是无论怎么夸张都不过分的。要知道，今天的我们已经很清楚太平洋里都有什么，气象卫星甚至能提前告诉我们前方会遇到什么样的天气，海浪会有多高。古人没有这个知识，远航就是拿生命在冒险，一旦迷了路，等待他们的就只有死亡，那种勇气实在是令人难以想象的。

麦哲伦那次横穿太平洋的航行只遇到了两个无人小岛，但我们真的没资格嘲笑他，只有在坐过一次远洋邮轮后才会明白，要想在茫茫大海中发现一座小岛，实在是一件非常困难的事情。太平洋上的海岛大致可以分成三类，第一类是珊瑚礁岛，绝大部分太平洋海岛都属此类。顾名思义，珊瑚礁岛是由珊瑚礁堆积而成的，几乎就是一块浮在海面上的平板，海拔通常只有几米，除非航行到很近的距离，否则根本看不见。第二类是火山岛，虽然可以有上千米高，但数量极为有限，太平洋里总共也没几座。第三类是古大陆的残留，这类岛同样可以很高，但数量更少。另外，后两类海岛虽然够高，距离稍微远一点同样有错过的可能，因为海面上经常会出现乌云，轮廓和海岛极为相似，看多了就审美疲劳了。

我们这次航行不但横穿了太平洋，而且还纵向穿越了两次赤道，这就给了我们一个很好的机会去体验海洋风向的变化。因为日照不均匀的关系，赤道上空有一个非常明显的无风带，那里的海面真的像绸缎一样顺滑，看不到一丝海浪。如此景象虽然看上去很美，但对于古代的航海家来说则是一个可怕的噩梦，因为早年的远洋船都是依靠风力行驶的帆船，无风意味着没有动力，只能原地打转。再加上太平洋核心地带的海水缺乏营养，鱼虾等生物资源极度匮乏，几乎可以说是地球上面积最大的沙漠，这就是为什么当年的航海家最怕赤道附近的南太平洋，这块海域是无数远洋船只的坟场，海底下不知堆积了多少船员的尸骨。

赤道无风带南北两侧各有一个信风带，北边刮东北信风，南边刮东南信风，当年麦哲伦曾经在赤道无风带被困住了，多亏他明智地先向北航行，进入东北信风带，这才终于从死亡陷阱里挣扎了出来，最终顺利地抵达关岛。后来欧洲人陆续发现南太平洋诸岛后，一直不愿相信岛上的原住民来自亚洲，这两股信风的风向就是原因之一，欧洲人不相信原住民有能力逆风航行到那么远的地方。

另一个原因在于，细心的欧洲人发现太平洋岛民的文明程度自西向东越来越高，更像是自东向西扩散过来的。事后证明欧洲航海家们的观察是准确的，但原因很复杂，和他们想象的不一样。

总之，上述两个原因促使一部分欧洲人相信太平洋诸岛上的原住民来自美洲大陆，即使岛民们的肤色、相貌以及动植物的种类、分布等特征都明确无误地指向亚洲起源。这一矛盾曾经让很多欧洲人感到十分不解，进一步增加了南太平洋的神秘感。这个谜团直到科学发展到一定程度之后才被解开，南太平洋的秘密这才大白于天下。

### 千差万别的太平洋诸岛

虽然欧洲人并不知道南太平洋诸岛上的原住民都是从哪里来的，每个岛的生态环境、语言习俗和文明程度也都不尽相同，但这些岛在被欧洲航海家们发现时都处于石器时代，文明程度比欧洲差了很多，于是几乎所有的海岛都逃脱不了被殖民的命运。

自17世纪开始，来自葡萄牙、西班牙、荷兰、英国、法国和德国的远洋船队纷纷驶入太平洋，花了三百年的时间把整个太平洋勘察了一遍，几乎所有的岛都被他们发现了。欧洲人和太平洋原住民之间的初次接触方式因岛而异，但结局几乎都是一样的，最终都是以欧洲人对岛民的屠杀和奴役而告终。但是，今天的太平洋诸岛却变得非常不一样了，社会发展程度从第一世界到第三世界应有尽有。是什么导致了如此巨大的差异呢？这就是我此行最为关心的问题。

衡量一个国家/地区的富裕程度，人均国民生产总值（GDP）是公认的一个较为准确的指标。按照联合国公布的2015年GDP数据，我们这次访问过的太平洋诸岛大致可以分成三档。第一档只有新喀里多尼亚这一个地区，人均GDP为33966美元，和日本并列世界第二十七位。第二档包括法属波利尼西亚和北马里亚纳群岛（首府为塞班），人均GDP分别为18161美元和13300美元。按照这个标准，上述这三个地区都比中国（8109美元）富裕。

剩下的国家/地区全都可以归为第三档，人均GDP从高到低依次为斐济4922美元，汤加3784美元，巴布亚新几内亚2798美元，瓦努阿图2783美元，所罗门群岛1842美元。美属东萨摩亚在联合国GDP榜单上没有数据，但应该和北马里亚纳群岛差不多，均为13000美元左右，属于第二档。相比之下，西萨摩亚的人均GDP为4006美元，一下子降到了第三档。

但是，人均GDP并不能完全反映出一个国家的真实情况，必须亲自去看一看才能得出准确的判断，这就是旅行的意义。当然了，我们这次每个目的地只停留一个白天，是典型的走马观花，很难深入下去。不过我仍然可以通过观察街道的干净程度、街边小贩的精神状态、公共交通的便捷程度，以及旅游服务设施是否健全等各种细节得出一个比冰冷的数字更加准确的判断。

据我观察，新喀里多尼亚的确可以列入发达行列，起码首府努美阿的现代化程度很高，公共交通非常发达，商店里的商品质量和价格都是发达国家水平，城市环境也是又干净又美丽。塞班、塔希提和美属东萨摩亚也和它们的人均GDP排名相符，从各方面来看都像是某个发达国家的城郊，虽然市中心没有那么多高楼大厦，但城市街道干净整洁，居民的生活水平也不低，大街上看不到穷人，老百姓的精神面貌也都很好。

第三档国家/地区的情况就比较复杂了。斐济首都苏瓦很像是东南亚国家的某个城市，虽然不那么干净整洁，但房屋和车辆非常密集，所有人都忙忙碌碌的，说明这个国家的经济相当活跃。相比之下，瓦努阿图首都维拉港（Port Vila）则更像是人们心目中的热带城市，大街上的老百姓显得懒洋洋的，不像斐济人那么勤勉，汽车和房屋的档次也比斐济差那么一点点。

▼ 新喀里多尼亚的首府努美阿建有一座造型独特的文化中心

从各方面看,巴布亚新几内亚和所罗门群岛绝对是此行到达的国家中最穷的,公路年久失修,路边垃圾遍地,商店里商品匮乏,街边小贩卖的东西也很廉价。最能说明问题的是,大街上无所事事的人特别多,说明这两个国家经济萧条,老百姓普遍缺乏工作的机会和动力。两者当中,所罗门群岛虽然人均 GDP 比巴布亚新几内亚要低,但感觉却比后者好一些,起码没后者那么危险。巴布亚新几内亚的首都莫尔兹比港(Port Moresby)是世界闻名的犯罪之都,持枪抢劫是家常便饭。此次歌诗达南太平洋之旅曾经把莫尔兹比港设为一站,但后来旅行社实在怕出意外,改成了一个距离首都非常远的小镇阿洛淘(Alotau),结果这一站被公认为是此行最差的一站,旅游设施和服务都相当差劲。

汤加则是这个榜单中的异类。这个国家名义上人均 GDP 比斐济要低,但首都努库阿洛法(Nuku'alofa)却异常干净整洁,大街上也没有那么多小商小贩,大家都在正经商店里买东西,公共设施也很完善,总的感觉比斐济要强很多,甚至可以和塞班或者美属东萨摩亚相提并论。

◤ 巴布亚新几内亚的阿洛淘港口,这里不常有邮轮停靠,旅游设施严重不足

接下来一个很自然的问题是:到底什么原因导致这些太平洋海岛走上了完全不同的道路呢?

## 强国之路

像太平洋岛国这样的前殖民地国家/地区之所以会有不同的结局,原因有很多。我首先想到的就是归属的不同,前两档的四个地区当中,新喀里多尼亚和法属波利尼西亚属于法国的海外领土,北马里亚纳群岛和美属东萨摩亚则属于美国的海外领土。换句话说,这四个相对富裕的地区全都找了个有钱的"干爹"。

新喀里多尼亚和法属波利尼西亚原来都是英国的地盘,但自从法国在英法战争中输给英国,并丢掉了北美殖民地后,便把注意力放到了太平洋上,尤其是塔希提岛更是法国人的最爱,因为法国探险家路易斯-安东尼·德·布干维尔(Louis-Antoine de Bougainville)在 1768 年发现该岛时

▼ 所罗门群岛经济不怎么发达，当地人大都依靠打鱼为生。图为一位卖鱼妇女，背景里是我这次乘坐的歌诗达"大西洋号"邮轮

受到了当地原住民的热烈欢迎，当地妇女们甚至主动以身相许，让那些在海上漂了好几个月的法国水手们受宠若惊。布干维尔的经历让法国哲学家卢梭更加坚信原始人都是物质贫乏但精神高贵的圣徒，"高贵的野蛮人"（noble savage）这个说法从此在法国流行开来。著名的法国画家高更之所以选择来到法属波利尼西亚群岛安度晚年，与这个说法有很大关系。

可惜布干维尔的看法是错误的，他没有意识到在他之前已经有一个名叫萨缪尔·瓦利斯（Samuel Wallis）的英国航海家到过塔希提岛，并和试图前来抢船的当地人发生了冲突。瓦利斯下令开枪，打死了几名当地人。第二天，几百名当地人划着小船前来进贡，用新鲜食物和年轻妇女作为筹码，试图和英国人交换砍刀、锤子和钉子等铁器。原来，当时的塔希提岛原住民尚处于石器时代，岛上的各个部落互相争权夺利，斗得很厉害，而铁器是他们梦寐以求的东西，可以帮助他们打败敌对部落，称霸整个塔希提岛。也就是说,当地人并不像卢梭想象的那样是什么高贵的野蛮人,他们和地球上其他原始民族一样,见到好东西也都会抢的。他们第二天之所以改变了态度,只是因为他们意识到欧洲人要比他们厉害很多而已。

一个有趣的小插曲是,塔希提岛的原住民有文身的习俗,当地妇女不愿意和没有文身的男子发生性行为,于是法国水手们纷纷给自己文身,以此来赢得当地妇女们的青睐。这件事逐渐被其他国家的水手们知道了,从此文身就成了欧洲海员们的标配。事实上,英语"文身"(tattoo)这个词就来源于塔希提语 ta-tau,ta 是文身师用木槌敲击针头时发出的声音,tau 是永久的意思。如今文身已经成为欧美年轻人表达个性的标配,但据我观察,如今的塔希提岛人有文身的反而不多。

如果说法国占领塔希提岛还有点浪漫因素的话,那么美国占领东萨摩亚则纯属战略需要。这个岛位于南太平洋的中心地带,从澳大利亚驶往美国西海岸的船只正好可以在这个中点补充给养。与此类似,北马里亚纳群岛和夏威夷诸岛也是从美国西海岸去往东亚诸国的必经之地。"二战"时美国和日本争夺太平洋霸权,这几座岛都发挥了巨大的作用。

"二战"结束后,民族独立的浪潮席卷全球,太平洋诸岛自然也不例外。但

▼ 塔希提岛上的原住民是能歌善舞的波利尼西亚人

▼ 塔希提导游为
游客们表演跳水

是，由于各种复杂的原因，上述这四个群岛的居民不愿意失去来自宗主国的援助，选择了部分独立的道路。今天的法属波利尼西亚和新喀里多尼亚虽然有自己的民选政府，但无论是政治制度、外交国防，还是经济政策、教育体系等均被法国控制，当地人拥有法国护照，享有选举法国总统的投票权。相比之下，东萨摩亚和北马里亚纳群岛这两个美国海外殖民地的居民没有总统选举权，他们只能算是美国国民，不是美国公民，但他们依然可以享受来自美国政府的各种福利，其政治经济制度也完全仿照美国本土。这两个地方的居民说美式英语，用美元消费，生活方式已经彻底美国化了。我在美属东萨摩亚看到了很多美式橄榄球联盟（NFL）的队旗，当地人告诉我，橄榄球是东萨摩亚人的最爱，这个小岛为 NFL 培养过不少优秀的运动员，他们退役后大都选择回到家乡生活，把自己部落的成员培养成了自己所属球队的粉丝。

除了这四个岛之外，我们这次访问的其他太平洋诸岛都选择了完全独立，结果没有一个岛富强起来，全都沦为了第三档。由此可见，起码对于这些太平洋岛国来说，"傍大款"绝对是快速发展的最佳途径。

那么，同样都"傍大款"或者都选择独立的国家/地区之间为什么还会有那么大的差异呢？我能想到的第二个因素就是自然环境。比如，我们这次到访的海岛大都是火山岛，山势陡峭，可供耕作的平地或者缓坡面积有限，因此农业都不怎么发达，原住民大都依靠打鱼为生，粮食严重依赖进口。唯一的例外就是汤加，该国的主岛是一个极为平整的珊瑚岛礁，整个 260 平方公里土地几乎都可以被开发成农田，因此这个国家的农业非常发达，养活了大量人口。欧洲人进入南太平洋之前，汤加一直是整个南太平洋地区的霸主，汤加武士最远曾经打到过 2700 公里远的所罗门群岛，可见农业的影响有多大。古代汤加之所以会以胖为美，原因也和农业发达有关。汤加人种植的农作物大都是木薯、甘薯和香蕉这类富含淀粉的粮食作物，吃多了容易发胖，而一个只能吃鱼的民族通常是不会有胖子的。

再比如，我们这次拜访过的法属波利尼西亚波拉波拉岛（Bora Bora）周围有一个面积很大的潟湖，湖水干净清澈，通透度极高，是浮潜的好地方。于是这里成了全球新婚夫妇们公认的度蜜月最佳地点，高档旅游业为这座小岛带来了巨额收入。

还有，新喀里多尼亚盛产镍矿，全球 10% 的镍都产自这里，镍的出口收入约占其总 GDP 的六分之一，是其最可靠的经济来源。也许因为这个原因，这里的旅游业很不发达，服务人员也不像其他国家那么敬业。首府努美阿邮轮码头附近的超市和饭馆到了晚上 7 点就关门大吉了，游客连吃饭的地方都找不到。

不过，再仔细一想就不难发现，自然资源的差距并不是决定性的。整个南太平洋具备旅游潜力的海岛数不胜数，无论是斐济、汤加还是瓦努阿图都有无数个适合潜水的好地方，这几个国家的旅游业之所以发展得不如法属波利尼西亚那么好，软件方面的差距才是最根本的原因。至于说矿产资源，那些历史不长的火山岛和珊瑚礁岛确实没法和新喀里多尼亚相比。但是，巴布亚新几内亚和新喀里多尼亚一样，都曾经是古大陆的一部分，矿产资源同样丰富，但它却是世界上最贫穷的国家之一，这是为什么呢？

不少人认为宗教信仰是决定一个国家是否富强的重要因素，但几乎所有的南太平洋国家实行的都是宗教信仰自由的政策，这方面差距不大。事实上，太平洋诸岛的原住民一直以宗教信仰虔诚为特点，我在巴布亚新几内亚的一个小渔村里看到了当地村民自发组织的唱诗班，还在汤加看到了天主教、摩门教教堂和伊斯兰教清真寺同处一个街区的景象，这些海岛国家最不缺的就是各种宗教的信徒。

还有不少人相信社会制度是关键，但几乎所有的南太平洋国家实行的都是民主选举制度，唯一的例外就是汤加。这个国家一直实行君主立宪制度，国王是世袭的，国民也按照出身的不同分成了贵族和平民两个阶层，但汤加反而是第三档中最富裕、最安全的国家，很多方面几乎可以和第二档国家/地区平起平坐，这又是为什么呢？

老话说得好：创造历史的永远是人民群众。无论是君主、"干爹"还是民选总统，归根结底都是人民群众自己选择的结果。再优质的自然资源，也需要由人民群众来开发。一个国家为什么富强？答案必须从人的身上去寻找。

## 人的差异

无论是一个人还是一个民族，在其成长的过程中总会有一个标志性的事件成为转折点。对太平洋群岛原住民来说，影响最大的标志性事件就是殖民。不过，这一地区的原住民第一次接触欧洲人的时间虽然各有不同，但双方的早期接触都是断断续续的，直到19世纪初期欧洲人才大规模进入太平洋，殖民就是从那个时候开始的，岛与岛之间的差别并不大。殖民的过程也都是先由传教士开道，奴隶贩子和庄园主紧跟其后，基本模式也都差不多，无法用来解释如今的差异。

这其中有两个例外。一个是巴布亚新几内亚，这个岛的沿海地区很早就被欧洲人发现了，但他们没有意识到，在岛的中央有一个平均海拔超过1000米的盆地，那里居住着大约100万原住民，直到20世纪初期才有几个澳大利亚探矿者发现了他们，双方有了第一次接触。因为"二战"的缘故，澳大利亚殖民者直到20世纪60年代才终于大规模地进入了这片高地，所以说这个国家有相当一部分原住民接触现代文明的时间只有五十年，实在是太短了。

我们这次只访问了巴布亚新几内亚的两个港口城市拉包尔（Rabaul）和阿洛淘，当地人都属于很早就接触到欧洲人的沿海部落，对住在高地的同胞嗤之以鼻，认为他们没有开化，文明程度不高。一位当地人告诉我，莫尔兹比港之所以犯罪率那么高，主要是因为那里有很多从高地下来的打工者，他们离开了自己的部落，再也没人管了，野性就暴露了。

另一个例外是汤加。这个国家虽然被欧洲传教士说服了，改信了基督教，但却从来没有被任何一个国家殖民过，一直有自己的君主和政府。可是，今天的汤加和巴布亚新几内亚却有着天壤之别，这又是为什么呢？

这就必须要从太平洋原住民的来源说起了。

欧洲航海家很早就注意到，太平洋群岛原住民虽然都是生活在石器时代的黑皮肤人种，但彼此之间仍然有着明显的差异。法国探险家杜蒙特·迪维尔（Dumont d'Urville）根据这些差异，以及它们相应的地理位置，把太平洋诸岛分成了美拉尼西亚（Melanesia）、波利尼西亚（Polynesia）和密克罗尼西亚（Micronesia）这三大块。美拉尼西亚的字面意思是"黑人群岛"，主要包括澳大利亚、巴布亚新几内亚、所罗门群岛、斐济、瓦努阿图和新喀里多尼亚等位于太平洋西部的海岛，其特点是原住民肤色较黑，生活习俗更加原始。波利尼西亚的字面意思是"多岛群岛"，其范围包括夏威夷、新西兰、复活节岛，以及以上述这三个岛为顶点的所谓"波利尼西亚三角"内的所有海岛，我们此行到过的汤加、萨摩亚和法属波利尼西亚均属此列。波利尼西亚的特点是海洋总面积巨大，岛屿众多，原住民肤色较浅，文明程度也较高。密克罗尼西亚的字面意思是"小岛群岛",包括位于太平洋西北角的北马里亚纳群岛、关岛、瑙鲁和帕劳等,其特点是岛屿面积较小,原住民的肤色和文明程度与波利尼西亚更接近。

后来的考古学、人类学和遗传学证据表明,欧洲航海家们的观察是有道理的,太平洋岛国的原住民确实可以按照来源的不同分成上述三大类。美拉尼西亚人来自一个很古老的非洲人群,其中一部分人走出非洲后沿着亚洲大陆的南岸一路迁徙,大约在5万—8万年前就到达了巴布亚新几内亚和澳大利亚,以及周围的一些群岛,包括所罗门群岛。当年的海平面比现在低,他们不需要高超的航海技巧就可以完成上述迁徙。但因为所罗门群岛的东面缺乏可供利用的海岛跳板,美拉尼西亚人迁徙到所罗门群岛后便停止了扩张的脚步。

波利尼西亚人的祖先是一群生活在台湾岛的原住民,属于南岛语族。不知什么原因,大约从公元前3000年开始,一群航海技术高超的台湾少数民族驾船驶离台湾岛,一路以海岛为跳板逐渐向东南方向迁徙,最终占领了太平洋上几乎所有的岛屿。在这个堪称人类历史上最伟大的迁徙过程中,波利尼西亚人肯定和居住在巴布亚新几内亚的美拉尼西亚人有过接触。以前的人类学家相信他们之间曾经发生过文化和基因交流,但最新的遗传证据表明波利尼西亚人并没有在美拉尼西亚人的地盘停留太久,也没有和对方发生太多实质性的接触,而是迅速撤离了巴布亚新几内亚和所罗门群岛,继续向东航行,相继占领了瓦努阿图、斐济、新喀里多尼亚、汤加和萨摩亚。他们在这几个海岛上停留了近千年的时间,然后又从萨摩亚出发,开始了第二波迁徙,最终占领了法属波利尼西亚群岛、夏威夷、新西兰和复活节岛,足迹遍布整个太平洋。

与此同时,美拉尼西亚人从波利尼西亚人那里学到了航海技术,并一路跟随他们迁徙到了斐济、瓦努阿图和新喀里多尼亚,这就是为什么这三个岛如今也变成了美拉尼西亚人的地盘的原因。但这三个岛的美拉尼西亚人受波利尼西亚文化影响较大,文明程度要比澳大利亚和巴布亚新几内亚的美拉尼西亚人高。

密克罗尼西亚和波利尼西亚较为接近,其原住民也是在几千年前才迁徙至此的东南亚人,属于南岛语族。

换句话说,太平洋原住民由两大族群组成,一个是几万年前就来到这里定居的非洲部落,另一个是几千年前才迁徙至此的亚洲人。

这两大部落虽然都处于石器时代，但相互间有很多细微的差异。比如，居住在澳大利亚的美拉尼西亚原住民和欧洲人斗得非常凶，双方的交往史极为血腥，自始至终都势不两立。巴布亚新几内亚、所罗门群岛、斐济和瓦努阿图的美拉尼西亚原住民也很厉害，不少传教士都是被他们吃掉的，以至于当年的欧洲传教士一提起美拉尼西亚食人族都谈虎色变，生怕自己被当地人做成了烤肉。事实上，巴布亚新几内亚高地直到 20 世纪 80 年代还保留着吃人的传统，疯牛病的前身"库鲁病"就是因为高地原住民喜欢吃死人脑子而流传开来的。

相比之下，波利尼西亚人则相对平和，虽然也有冲突，但不会把欧洲人吃了，"高贵的野蛮人"这个说法形容的就是波利尼西亚人。另外，波利尼西亚原住民非常狡猾，欧洲人没少吃亏。比如，著名的英国航海家库克船长驾船到达汤加，当地酋长摆出一大桌丰盛的食品招待整个船队，库克一高兴便把汤加群岛命名为"友好之岛"（Friendly Islands），没想到那是当地酋长的一条计谋，为的是把船员集中到一起然后一网打尽，但因为细节没有安排好，被迫取消了计划，等他准备再次行动时库克船队已经起锚离开了，侥幸逃过一劫。不过，库克的好运气并没有持续太久，最后还是被夏威夷原住民偷袭杀死了。

两大部落的文明起点有所不同，结局也很不一样。上文提到的前两档国家/地区全都以波利尼西亚人为主，第三档中只有汤加是波利尼西亚人，其余都是美拉尼西亚人。但正如前文所述，汤加是第三档中最像第二档的国家，其中一个很重要的原因就是汤加人移民海外的非常多，他们带回来大量外汇，补充了国内经济，但这笔钱却不被计入 GDP。

那么，同属美拉尼西亚的新喀里多尼亚为什么会成为南太平洋最富裕的地区呢？我刚一登陆便知道了答案。原来，这里有一半人口都是白人或者混血儿，努美阿的白人比例更高。当年法国政府把这个岛当成了海外监狱，很多政治犯被送到了这里关押，其中还包括一些巴黎公社的成员，不少犯人刑满后选择留在这里开荒种地，逐渐把这个岛变成了南太平洋上最"白"的岛，这个过程有点类似于澳大利亚和新西兰，其结果也类似。

其余的第三档国家/地区中，斐济为什么排名第一呢？答案同样来自于人口组成。斐济是英国的殖民地，英国殖民政府决定在斐济发展种植业，但当地人不愿劳动,于是殖民者从印度招募了六万多名劳工,合同结束后大部分劳工选择留在了这里,最多时斐济有一半人口都是印度裔。按照斐济法律,外国人不可以拥有土地,只能租种斐济人的土地,但印度劳工依靠自己的勤劳发了财,贫穷的斐济地主们发起了多次暴力排印行动,使得今天的印度人口下降到只占全国总人口的三分之一。但印度人已经实际控制了整个国家的经济命脉,斐济人再怎么抗议也无济于事。

接下来一个很自然的问题是:美拉尼西亚民族到底哪里出了问题呢?是不是因为他们很笨?答案是否定的。事实上,我们这次邮轮之旅接触了很多当地原住民,他们大都非常淳朴善良,人也很聪明,智商不是原因。

但是,他们在一些很细微的地方表现出了一些和其他民族的不同之处。比如,我们访问了巴布亚新几内亚的一个小村庄,同行的一位朋友主动拿出自己随身携带的蓝牙音箱给一群当地孩子播放音乐,其中一个十几岁的孩子居然在光天化日之下把音箱拿走了,最后还是村里的一位酋长帮忙找回来的。再比如,我在瓦努阿图的一个孤岛度假村玩潜水,结果被偷了200美元。偷钱的几乎可以肯定是那个度假村的工作人员,他从我的钱包里拿走了两张100美元钞票后又把钱包放回了我的背包,算是个雅贼吧。一位当地人告诉我,太平洋群岛的原住民从小就习惯了分享一切,私有财产的观念非常淡薄,这就是为什么当地人很少有开杂货铺的,因为大家都会光明正大地进来拿东西,开不了多久就得破产,于是几乎所有太平洋岛国的街边杂货铺都被中国人承包了。中国店主不允许当地人偷东西,招来了不少人的仇恨。每次骚乱,不管起因是什么,当地人都会拿中国百货商店出气,双方的矛盾始终没有缓解。

还有,所罗门群岛的一位出租车司机告诉我,美拉尼西亚人非常重视"老乡"这个概念,即说同一种方言的人。巴布亚新几内亚和所罗门群岛加起来有好几百种方言,这就相当于有好几百个利益共同体。每个共同体内的老乡们通常都会无条件地互相帮助,无论是坐出租车还是挤小公共汽车,如果发现开车的是老乡,那就不用交钱了,或者价钱减半。与此相应的是,如果对方不是老乡,那么就宰你没商量了。我们这次造访了巴布亚新几内亚的拉包尔,那里有座活火山,1994年喷发过一次,火山灰把老城掩埋了。如果当地人能够团结起来,积极地清理火山灰,这座历史悠久的老城应该会保住的,但当地人不但没有齐心协力抵抗自然灾害,反而趁着强制疏散的机会成群结队地去商店抢东西,任由老城的大部分房屋慢慢地被火山灰压塌。

◀ 巴布亚新几内亚的拉包尔有好几座活火山，是看火山的好地方

上述这几个特点都是原始部落时期留下的风俗习惯，在当时的情况下是有好处的。比如，我从没有在南太平洋岛国的大街上见到过乞丐，再穷的人也饿不死，因为总会有老乡救济他。但是，这种古老的风俗习惯却无法适应现代的商品经济社会，老乡概念的存在一方面使得私营企业很难发展壮大，另一方面也妨碍了司法的公正。法律和私有财产是现代文明社会的两大基石，美拉尼西亚人在这两方面都出了问题，结果自然好不了。

更严重的是，岛民们的文化传统让民主选举变成了一纸空文，因为选民只选自己的老乡，根本不管他的政策是否真的有利于国家，所以很多南太平洋国家虽然名义上实行的都是民主制度，但政党和派系全都是按照亲缘关系的远近来划分的，根本起不到民主制度应有的制约作用。

美拉尼西亚人在这方面表现得最差，因为他们的文化相对更加原始。美拉尼西亚人习惯了部落间连年不断的对抗，排外思想非常严重，老乡文化很难改变。但是，原本统治了美拉尼西亚地区的英国和澳大利亚殖民者在20世纪60—70年代的民族独立浪潮中迅速从南太平洋地区撤离，把巴布亚新几内亚、所罗门群岛、瓦努阿图和斐济等美拉尼西亚国家留给当地人实行民主自治，结果很快爆出各种选举丑闻，军事政变如同儿戏，这几个国家也在数十年的政治动荡中一蹶不振，一直没能走上富强的道路。

波利尼西亚人的情况要好很多，他们的传统文化中出现了权力更大的国王，基于血缘或者方言的小团体就没么重要了。他们很早就进入了农耕社会，出现了复杂的社会结构，知道应该如何去面对它，于是波利尼西亚人更容易适应新的时代，他们成了太平洋上先富起来的人。

有趣的是，美拉尼西亚传统其实是更"民主"的，美拉尼西亚人崇拜自然神，神与神之间是平等的，酋长也都是部落成员集体选出来的，能当选的往往是那些威望高、口才好的智者。波利尼西亚传统反而更"独裁"，波利尼西亚宗教是分等级的，大神控制着其他小神，他们的社会也是分等级的，贵族和平民分属不同的种姓，波利尼西亚国王是世袭的，没有选举这一说。现任汤加国王虽然只是图普六世（Topou VI），但汤加的老国王们都长寿，图普一世从1845年就开始掌权了。也就是说，图普家族已经统治了汤加长达一百七十二年。

从这个例子可以看出，起码在原始社会，民主并不是一个民族是否开化的标志，事实往往正相反，国王和贵族的出现是一个民族从野蛮到文明的必经之路。

## 尾　声

一个国家的兴衰，通常被归结于政治制度的好坏或者自然资源的多寡，但我走了这么多地方，却发现最终起决定作用的往往是这个民族的文化传承。一个国家的政治制度容易改，一个民族的文化传承却很难变，前者应该去适应后者，而不是反过来。

文化本身没有好坏之分，但科技却有进步与落后之别。科技的发展是不以人的意志为转移的，文化必须尽力去适应它，而不是反过来。如果双方差距过大，传统文化跟不上科技前进的步伐，其结果就是各种灾难，南太平洋岛国为我们提供了很多这样的案例，值得我们认真研究。

写到这里必须再次强调，文化传承的差别不等于民族的优劣，更不意味着人种的差别。地球上的所有人都是二十万年前走出非洲的那群人的后代，彼此之间没有本质的差别。今天的美拉尼西亚国家虽然落后了，但居住在巴布亚新几内亚高地的美拉尼西亚人独立地发展出了农业，是地球上仅有的四个农业中心之一，仅此一点就可以证明他们的智商是没有问题的。但是，美拉尼西亚民族的文明进程为什么放缓了呢？答案很可能是因为缺乏交流。他们几万年前就迁徙到了太平洋孤岛上，和其他文明失去了联系，没能跟上人类前进的步伐。

如今的地球已是平的，科技的进步使得各民族之间的思想和科技交流变得越来越容易，人类也因此进入了一个历史上从来没有见过的飞速发展期，我们只有保持一个开放的心态，才能跟上人类前进的步伐，充分享受科技进步带来的各种好处。

# 南极：人类最后的边疆

南极大陆是地球上最大的一块未知陆地，也是人类在地球上的最后的边疆。

# 缘何去南极

南极是地球上最为独特的旅游目的地,这一点毫无争议。去南极旅游不需要理由,只需要一颗好奇的心,一个健康的身体,以及一笔不菲的费用。不过,南极实在是太特殊了,所有的旅行者都应该事先对南极的历史、地理、气候和生态环境有一个基本的了解,只有这样才能找到最适合自己的旅游路线和方案,获得最大程度的享受。

2016年11月初,我从北京机场出发,飞往阿根廷最南端的火地岛,再从火地岛的港口城市乌斯怀亚(Ushuaia)搭乘一艘极地邮轮"海精灵号"(Sea Spirit),用了将近三周的时间依次拜访了福克兰群岛(又名马尔维纳斯群岛)、南乔治亚岛和南极半岛,顺利地完成了南极三岛之旅。

此次南极之行我准备得相当充分,事先阅读了好几本有关南极的书,又上网查阅了很多相关资料,对此行将要拜访的南极三岛的地理位置、地形地貌和气候特征等基本情况都有了详细的了解。我还看了不下十部有关南极的纪录片,对南极地区汹涌的海浪、雄伟的冰川、壮丽的冰山,以及几乎所有能在南极看到的野生动物,包括企鹅、海豹、海鸟和鲸的名称、分布范围、形貌特征和生活习性等基本信息也都了然于胸,而且复习过很多次。实际看到的情况和我想象的差别并不大,整个旅行过程也大致在我的预料之中,并没有出现太多意料之外的惊喜。

换句话说,虽然旅行社针对此次南极三岛之旅打出了"探险"的旗号,但实际上整个过程并没有遇到什么值得一提的危险,探索未知的戏份也不大,和古代那些真正的探险家们的南极之旅有着天壤之别。

当然了,这种情况并不是南极独有的。对于像我这样的普通旅游者来说,如今几乎所有的旅行目的地都没有了前辈们最初发现它们时的那种神秘感,也不像信息不发达年代那样充满了未知带来的诱惑。拜现代科技所赐/所误,无论是多么小众的旅游目的地,网上都可以很方便地找到关于它们的详细的旅游攻略,以及网友们从各个角度拍摄的照片,更何况是南极这样大名鼎鼎的地方?

如果说现代科技还有任何短板的话,那就是互联网很难传递出旅游目的地特有的气味。正是因为这个原因,此次南极三岛之行给我留下最深印象的就是海滩上那些动物们散发出来的味道。那是一种混合了南极海狗和南象海豹的排泄物、从它们嘴里喷出的鱼腥气,以及南极企鹅换下来的旧羽毛在泥水中腐烂变质后发出的味道,相当独特。这种味道无论我读过多少本书,看过多少部野生动物纪录片都无法事先猜到,因此它便成了我此次探险之旅中几乎唯一能被划入"探索"范畴的新发现,难怪这种味道会给我留下如此深刻的印象,那么多天之后仍然挥之不去。

既然如此,难道现代人出门旅行的目的就只剩下闻味儿了吗?当然不是。当我终于有时间坐下来整理南极笔记,并开始撰写南极三岛游记的时候,还是很清楚地意识到我从这次南极之旅中获得了非常多的收获,这些收获无论事先阅读多少本参考书,看多少部高清纪录片都无法得到,必须亲自去趟南极才能获得。

一则,对于这个地球上绝大多数热爱旅游的人来说,南极都是他们最难到达的目的地,也是他们最渴望实现的人生理想。虽然听起来似乎有些虚荣,但谁不愿意在自己的人生履历表上写下"去过地球上全部七大洲、四大洋"的字样呢?

南极洲之所以如此难以到达,不仅是因为它位置偏僻,环境恶劣,而且因为南极大陆上没有永久居民,没有宾馆饭店等旅游设施,也没有民用机场,绝大多数普通游客只能先飞到地球最南端的阿根廷城市乌斯怀亚,然后乘坐为数不多的南极邮轮跨过德雷克海峡才能到达。这个海峡是地球上著名的风暴中心,强劲的西风掀起的惊涛骇浪会把不善航海的人晃得痛不欲生。所以说,如果你想去南极的话,仅有金钱和时间还不够,还要有足够好的身体和足够坚强的毅力才能成行,门槛很高。

二则,如果你是一名热爱大自然的生态旅游爱好者,那么南极洲有着地球上最为独特的生态系统,其他任何地方都体会不到。具体来说,南极上空的大气被强劲的环形西风带包围了，来自北方的温暖空气很难进来。南极海域冰冷的海水也被近似圆形的环南极洋流封在里面，很难和来自北方的温暖海水发生热交换。这两个原因导致南极远比北极要冷得多。这就是为什么总面积高达 1400 万平方公里的南极大陆表面有超过 98% 的地区常年被冰雪覆盖，这是一个白色的世界。

南极大陆本身的海拔并不高，但南极冰盖的平均厚度超过了 2000 米，正是它把南极大陆变成了地球上平均海拔最高的大陆，同时也是地球上最寒冷、最干燥、平均风速最快的大陆。如此极端的自然环境使得南极大陆成为地球上对生命最不友好的地方，能在这里存活的动植物种类极少，而且几乎都生活在南极大陆周边那不到 2% 的未被冰雪完全覆盖的土地上。另外，南极大陆的动植物大都是南极洲独有的，南极之外绝难见到，因此也就极为珍贵。

人类虽然自称是地球之王，我们的祖先虽然很早以前就占领了地球上绝大部分陆地，就连自然环境同样十分严酷的北极地区和青藏高原也没能"幸免"，但直到 19 世纪初期之前，人类都还没有进入过南极海域，南极大陆更是连看都没有看到过。人类真正大规模地进入南极大陆还不到一百年的时间，这里绝对是地球上受人类活动影响最小的地区，没有之一。如果你想知道人类出现之前地球的样子，只有来南极洲才能最大限度地满足你的愿望。甚至可以说，在星际旅行成为现实之前，南极大陆是地球上最接近星际旅行模式的旅游目的地。这里的一切都和你所熟悉的地球环境相去甚远，很多微妙之处只有亲自来这里走一趟才能体会。

没错，市面上关于南极的纪录片已经拍了很多，但你必须意识到，这些片子几乎都是商业产品，追求的是票房和收视率，因此所有这类片子展现的都是南极自然环境当中最为"美丽"的一面，南极的野生动物在片子中表现出来的行为也都极富戏剧性，很多情节甚至一点也不输职业演员参演的好莱坞大片。但真正的南极并不是这个样子的，只有亲自来一趟才能看到南极大陆平时的样子，看到南极野生动物们"不演电影时"都在干些什么，很多细节都和纪录片中表现出来的景象存在差异。

比如，纪录片中憨态可掬的海豹和企鹅在岸上的大多数时间都是懒洋洋的，一点也不"刺激"，它们的身上也被泥水弄得脏兮兮的，一点也不"好看"。再比如，南极是一个对弱者毫无"同情心"的地方，我一路上见到了好几只受伤的企鹅站在原地等死，因为它们的肚皮被海豹或者虎鲸咬出了一道血淋淋的大口子，再也无法下海捕鱼了。我还看见一群贼鸥在分食一头刚死的企鹅，企鹅的肚皮被扒开，露出了鲜红的肌肉和内脏。这才是动物世界正常的样子，野生动物不是人类的宠物，像"卖萌""残忍"和"贪婪"这类充满人类情感和偏见的词语在这里是不适用的。

三则，如果你更关心人类，那么南极更是一个人类故事的宝库。市面上任何一本有关人类探险史的书籍当中，南极探险史绝对都是最重要的一章。尤其在欧美国家，南极英雄们的名字更是家喻户晓，像库克、德雷克、罗斯、斯科特、阿蒙森和沙克尔顿等南极探险家在欧美文化中的地位就相当于曹操、刘备、关公和诸葛亮在中国文化中的位置，他们的事迹就像《三国演义》那样深入人心，甚至连他们使用的航海船也都大名鼎鼎，如同关公的赤兔马一样在人类文化史中占有一席之地。这就是为什么美国的航天飞机和行星探测器有很多都取了和当年的南极探险船相同的名字，比如"勇气号""企业号""奋进号"和"机遇号"等。从这个细节也可以看出，欧美人把太空探索比作新时代的南极探险，两者都代表了人类对未知世界永恒的探索精神。

由于历史原因，中国人没有参与过南极大陆的发现和地理考察，因此关于南极探险的故事在中国读者当中知名度不高，远不如郑和下西洋。虽然郑和船队的航海技术水平很可能不输给哥伦布或者库克船长，但因为双方的目的不同，最终给人类社会带来的影响也不可同日而语。前者只能作为人类史中的一件奇闻逸事而存在，后者则很大程度上改写了整个人类史，划定了当今世界的基本格局。作为人类大家族中的一员，我们不但要了解郑和，更要了解斯科特、阿蒙森和沙克尔顿，他们身上体现了人类最宝贵的探险精神，这种精神在中国传统文化中是缺失的，当代中国人急需补上这一课。

补课当然可以靠读书，但无数事实证明，一个人要想长见识，不但要读万卷书，还要行万里路。尤其在南极这个冰冻世界，很多历史故事的发生地都完好如初地保留了下来，来现场看一看可以帮助我们更好地理解书中描述的场景，更深刻地体会当初那些南极探险家们的不易。但是，由于这里的自然环境太过恶劣，目前绝大多数普通游客都无法进入南极大陆的深处，无法还原很多精彩故事的现场。不过，也有很多故事的发生地不在南极大陆，而在南极周边的海岛上。从这个意义上说，福克兰群岛和南乔治亚岛几乎和南极半岛一样重要，都非常值得去。

可惜的是，有相当数量的中国游客太过看重南极旅游虚荣的那一面，要么过分追求纬度，要么过分贪图享受，选择了坐大船从乌斯怀亚直奔南极半岛的路线。这样的路线虽然可以让游客只花费较少的代价就能登上南极大陆，而且所到达的纬度也可以很高，满足了他们在社交媒体上展示自己的需求，但却错过了福克兰群岛和南乔治亚岛这两个内容丰富的目的地，以及它们背后所代表的精彩故事。另外，排水量大的邮轮虽然相对较稳，坐起来也许会比较舒服，但却会大大减少登陆的选择、次数和时间，南极旅行中本来就不多的探险成分便会大打折扣，这个做法同样得不偿失。

四则，如果你喜欢科学，关注环境问题，那么你一定要来南极走一趟。南极大陆就是一个露天科学实验室，来南极旅游就相当于旁观了一次科学实验，不但可以学到很多有用的知识，而且可以从中窥探到人类的未来。南极大陆虽然与世隔绝，但却和人类的生活息息相关，在这里发生的事情可以左右人类未来的发展方向。

说到南极和人类未来的关系，很多人都会首先想到南极地区所蕴藏的丰富资源。没错，南极地区富含煤炭和石油等矿产，南极海域的生物资源也相当丰富。当年欧美捕鲸者从南极带走的鲸油和海豹油为欧洲的工业革命提供了急需的润滑剂，南极海域特有的磷虾资源也被很多人认为是人类最后的蛋白质宝库。但是，南极最大的价值并不是为人类社会的经济发展提供资源，而是为人类探索未知世界提供了一个无可替代的试验场。南极大陆独特的地理位置和自然条件为地质学、天文学、气候学、大气物理学和海洋（生物）学等尖端学科提供了一个绝佳的露天实验室，科学家们在这里获得了很多重要的科研成果，其中最著名的当属南极臭氧洞的发现。毫不夸张地说，这个发现以及随后世界各国共同签署的关于减少氟氯烃等工业气体排放的《蒙特利尔议定书》拯救了地球上所有的生命，当然也包括人类自身。

还有一件事值得一提，那就是气候变化对南极的影响。由于上文提到的原因，相对封闭的南极大陆受全球气候变化的影响程度小于北极地区。即便如此，南极大陆也是地球上受气候变化影响第二严重的地区，仅次于北极。不断变暖的极地反过来也会给地球环境带来严重的负面影响，海平面上升即是一例。单从这个角度来看，北极地区只有格陵兰岛威胁较大，而南极冰架的断裂，以及随之而来的南极冰川的消融则有可能在很短的时间（数十年）里使得海平面上升好几米，给生活在沿海地区的居民带来严重的后果。

任何一个有机会来南极大陆旅游的人都有可能看到很多不断崩解和退缩的冰川，

以及断裂的冰架所产生的巨型桌状冰山。这些旅游手册上列出的"美景"正在以一种最为直接的方式提醒人们，气候变化的威胁迫在眉睫。

正是因为科学家们意识到南极大陆对于科学研究的无可替代的重要性，1957年被定为国际地球物理年，来自全世界六十多个国家的科学家们联合起来在南极大陆开展科研活动，取得了一批丰硕的成果。在这次大规模联合科考行动的促进下，以美国为首的十二个原始缔约国于1959年12月1日一致通过了著名的《南极条约》，以"冻结"的方式搁置了各个主权国家对南极领土的要求，以此来确保南极科考能够顺利展开，南极大陆可以被人类和平地加以利用。

《南极条约》于1961年6月23日正式生效，迄今为止已经正常运行了半个多世纪。这是人类历史上第一个和平利用无主领土的国际条约，被誉为是人类和平解决国际争端的最佳样本。这个条约把占地球表面积十分之一的南极地区变成了人类共同的财产，为人类社会未来的发展指明了方向。

目前，《南极条约》共有49个缔约国，其中28个协商国（包括中国）有权表决和通过决议。这项条约保证了南极大陆只有科学家、后勤服务人员和游客才能进入，而且所有人都无需签证，在遵守《南极条约》所有条款的前提下共享南极大陆无可比拟的自然环境，以及南极地区那无与伦比的美景。

# 福克兰之争

福克兰群岛是此次南极之旅的第一站，这个群岛资源丰富，地理位置十分重要，历来就是各种生物之间相互竞争的战场，人类自然也不例外。

地球上距离北京最远的城市是哪个？答案是阿根廷的乌斯怀亚。如果把它和北京连成一条直线，这条线几乎穿过地球的正中心。从北京飞乌斯怀亚，仅飞行时间加起来就要三十多个小时，中间还至少需要转三次机，很多想去南极的人仅仅因为这个就打退堂鼓了。

乌斯怀亚是大部分南极邮轮的始发点，因为这是距离南极半岛最近的港口城市，和南极半岛之间只隔着一条五百多公里宽的德雷克海峡，大部分邮轮只需航行两天就能穿过去。而南极半岛则是南极大陆纬度最低的地方，它就像南极大陆伸出来的一根手指头，勾引着好奇的人们前往探视。难怪人类和南极大陆的最初几次接触都发生在这里，这一点也很好地解释了为什么当年的中国人对南极不感兴趣：这跟手指头距离中国实在是太远了。

绝大部分从中国去南极的游客都必须加入一个旅行团，自由行的人非常少。我这次跟随的旅行团是由一家专做高端邮轮的名叫"船客"的旅行社组织的，团员们先飞到阿根廷首都布宜诺斯艾利斯，在这里休整一晚，第二天下午再飞乌斯怀亚。结果第二天上午我们团的一位团友在光天化日之下被两个骑摩托车的强盗抢走了一块金表。这两人显然是惯犯，配合默契，他们先是在一家中餐馆门前埋伏，看中了团友的金表。就在我们一行人从大巴车上下来走向那家餐馆时，其中一个强盗突然从后面扑上来抱住受害者,另一人熟练地摘下金表,然后两人迅速跳上一辆没有熄火的摩托车跑掉了。这位受害者还以为是某位团友在开他的玩笑,等他明白过来罪犯已经跑得无影无踪了。

"这两人大概是从哥伦比亚来的非法移民,不是阿根廷本地人。"旅行社安排的一位华人地陪解释说,"这些人最喜欢抢华人,因为这个季节过来布宜诺斯艾利斯的华人游客大都是去南极的,普遍很有钱,年纪又偏大,比较容易得手。"

对财产的争夺,简直是人类的共性,全世界莫不如此,只不过所用的手段不同而已。后来得知,我们这位团友运气还算好的,人没受伤,钱包和护照等贵重物品也没有丢。就在同一天,另一家中国旅行社的一位老年团友遇到四个强盗抢相机,他试图和抢劫者搏斗,结果受伤住院,南极之行也泡汤了。看来中国人去南极的注意事项里还必须加上一条:一定要小心阿根廷强盗,尽量不要和他们发生正面冲突。

当天下午,我们乘坐阿根廷航空公司的一架波音787-800型客机飞抵乌斯怀亚。飞机上至少有一半乘客是中国人,显然都是要登船去南极的。这条线路在几年前还不为大多数中国人所知,但如今中国已经排在南极游客榜单的第二位了,仅次于美国。

乌斯怀亚位于南美洲最南端的火地岛(Tierra del Fuego)上,起飞前布宜诺斯艾利斯已是初夏,降落时便需要披一件羽绒服了。火地岛是一座近似三角形的岛屿,如今由阿根廷和智利共享。这个岛的北面和南美大陆之间隔着著名的麦哲伦海峡,1520年葡萄牙航海家费迪南·麦哲伦率领的船队正是从这个海峡穿过南美大陆进入太平洋,首次实现了驾船环游地球一周的壮举。当时他看到海峡南侧的陆地上浓烟滚滚,火地岛的名字即由此而来。

后来证明,岛上的烟火是印第安原住民点的,他们早在一万多年前便来此定居,为了取暖而养成了点篝火的习惯。据说火地岛上最多时曾经生活着将近一万名印第安人,欧洲人登岛五十年后这个数字就下降到只有三百五十人了,大部分原住民死于英国传教士带来的传染病,新大陆的居民对天花和流感等旧大陆传染病毫无抵抗力。还有一部分人死于白人奴隶主之手,西班牙奴隶主对南美原住民的压迫是臭名昭著的。

火地岛虽然位于西班牙人控制的南美洲,但最早来这里生活的却是来自英国的殖民者和传教士,乌斯怀亚最早就是由英国传教士建起来的。事实上,最早意识到火地岛是一座岛的正是英国皇家海军著名的军舰"比格尔号"（HMS Beagle），达尔文就是乘坐这艘军舰环游世界的。1833年"比格尔号"在考察南美大陆期间首次发现了火地岛南端有一条连接大西洋和太平洋的狭窄海峡，并从这里穿了过去，因此这个海峡被命名为比格尔海峡（Beagle Channel）。乌斯怀亚就坐落在比格尔海峡的北岸，所有南极邮轮都要先从海峡里穿出去进入大西洋海域，再驶往南极。

当晚旅行社安排大家住进了乌斯怀亚最好的阿拉库（Arakur）酒店，当年莱奥纳多·迪卡普里奥拍《荒野猎人》时就曾在这里住过。这部让他获得奥斯卡奖的电影拍的是加拿大森林里发生的故事，后期剪辑时导演想补拍几个镜头，可当时北半球已是夏天，地球上哪里还能找到和加拿大冬季森林类似的外景地呢？答案只有一个，那就是火地岛，因为整个南半球除了南极大陆外就只有火地岛的纬度能够和加拿大北方森林相比了。

从这个小花絮可以看出，地球的南北两个半球是不对称的，北半球陆地多，纬度也高，火地岛的纬度在北半球相当于苏格兰，比这更北的地方多了去了。这一点曾经让不少古代学者相当困惑，尤其是那些相信对称和平衡是宇宙最高法则的古希腊哲学家更是感到不解，比如亚里士多德就认为南半球应该有一块和北半球相对应的大陆，他称之为"南方大陆"（Terra Australis）。继承这一思想的著名埃及地理学家托勒密更是在他绘制的世界地图上画出了一个想象中的南方大陆，后人称其为"未知的南方大陆"（Terra Australis nondum incognita）。

必须特别说明一下，欧洲学者们心目中的"南方大陆"并不是南极大陆，而是一块和欧亚大陆纬度差不多的富饶土地，甚至有人认为它就是《圣经》中所罗门王的金矿所在地，这就是为什么有那么多欧洲人试图南下寻找南方大陆了。同理，包括中国人在内的世界其他民族为什么从来没有关心过地球的南边有什么？距离如此之近的火地岛上的印第安原住民为什么那么多年都没有试图寻找南极大陆？一大原因就在于这些文化中没有关于南方大陆的传说，因此也就没有任何驾船南行的动力。不过，也正因为如此，南极大陆成功地躲过了人类活动的干扰，成为地球上最后一块未被开垦的处女地。

麦哲伦那次环球之旅的主要目的虽然是寻找第二条通往亚洲的航道，打破葡萄牙人对好望角航道的垄断，但他的一个次要目的就是寻找传说中的南方大陆。当时他认为海峡左边那块冒着烟的土地就是南方大陆的边缘，可惜1578年英国著名的海盗弗朗西斯·德雷克（Francis Drake）被风暴意外地刮进了德雷克海峡，证明火地岛及其周边的若干小岛是南美大陆的尽头，往南走是一片汪洋，很长时间都看不到任何陆地。

不过，对财富的渴望并没有阻挡欧洲人探索南方大陆的脚步，但因为航海技术的限制，这个谜最终被解开已是两百年后的事情了。

## 登上"海精灵号"

第二天上午，我们终于在乌斯怀亚码头上看到了此行将要乘坐的极地邮轮"海精灵号"。这是一艘柴油动力的1D级抗冰船，长90.6米，宽15.3米，动力为4720马力，排水量4200吨，在海洋邮轮当中算是非常小的，巡航速度也只有14节，不算快。当时码头上还停靠着另外两艘南极邮轮，都比"海精灵号"大一圈。记得当时团友们都非常担心这艘小船能不能抵抗得住南极海的惊涛骇浪，甚至对于它过于小巧的身姿产生了一丝自卑的情绪。但后来的事实证明极地邮轮其实是越小越珍贵，因为小船胜在机动灵活，非常适合在冰山中穿行。再加上小船吃水浅，可以在港湾深处抛锚，便于冲锋艇抢滩登陆，游客体验要比大船好太多了。

"海精灵号"注册地为巴哈马，隶属于俄罗斯的波塞冬探险公司（Poseidon Expeditions）。这艘船每年的4—9月跑北极航线，10月到来年的3月跑南极航线，全年几乎一刻不歇，由此可见极地邮轮市场有多么火爆了。尤其对于想去南极的大部分游客来说，邮轮不但是最好的选择，甚至可以说是唯一的选择。

虽然人类航行南极已经有一百多年的历史了，但由于南极的自然环境太过恶劣，危险性太高，直到1969年才有一位名叫拉尔斯·林德堡（Lars Lindbald）的瑞典人首次开办了南极邮轮业务，普通人终于有机会登上南极大陆。他的船取名"林德堡探险号"（Lindbald Explorer），是芬兰制造的，挂挪威国旗，因为船身涂成红色，大家都亲切地称之为"小红船"。刚开始的时候有机会乘坐小红船去南极的游客主要来自欧美和日本等发达国家，但随着中国经济的腾飞，南极邮轮市场也迎来了一次大爆发。如今每年都有约三十艘邮轮在南极海域巡游，把将近4万名游客送往南极半岛。

这个数字比十年前增加了近一倍，来自中国的游客做出了很大贡献。

可惜的是，这三十多艘南极邮轮当中没有一艘船是中国制造的，目前也没有任何一家中国公司有能力驾驭这些邮轮，中国旅行社只能采取外包国外邮轮的方式来运作。像这艘"海精灵号"的船长是俄罗斯人，大副是波兰人，总机械师是菲律宾人，海员和后勤服务人员来自十多个国家，但没有一个中国人。中华民族的航海传统在郑和之后便丧失殆尽，至今仍未完全恢复。

南极邮轮大多是能载好几百人的大家伙，"海精灵号"的最高载客量只有一百一十四人，算是其中的小不点。很可能就是因为游客担心船太小会晃，或者航程太长的缘故，此次"海精灵号"没有卖满，只搭载了七十九名乘客，其中六十五人为中国游客，分属两家不同的旅游公司。

据我观察，来自中国的游客大都是20世纪50—60年代出生的人，他们大都已经功成名就，既有时间又有财力来南极旅游。"70后"和"80后"几乎一个也没有，这个年龄段的中国人正处于打拼阶段，很少有人能腾出一个月的时间出来玩。但让我惊讶的是，船上居然有好几个"90后"，看来新一代中国年轻人还是有希望赶上来的。

11月6日下午4点正式登船，团友们受到了贵宾式的接待。"海精灵号"虽然外表朴素，但内部装饰极为豪华，除了房间面积略小之外，其余设施都跟陆地上的豪华旅馆差不多，该有的都有了。大家刚进屋放下行李，船上广播就响了起来，让所有乘客立刻穿上救生衣去甲板。原来，"海精灵号"是"国际南极旅游组织协会"（以下简称IAATO）的成员，根据IAATO的要求，所有前往南极的邮轮在出发前都必须先对所有乘客进行紧急救生培训，内容包括遇到危险该去哪里集合，以及如何穿救生衣等。团友们演习得很认真，但其实大家心里都知道，一旦真的在南极海出了意外，活下来的可能性是很小的。这片海域不但水温低，而且不在任何一条主要航道上，偶遇其他船只的可能性几乎为零。

正因为如此，南极邮轮公司的老总们于1991年成立了IAATO。顾名思义，IAATO就是南极邮轮公司的行业协会，一方面为所有付费成员提供导航和天气预报等服务；另一方面也希望一旦出事相互能有个照应。更重要的是，为了保护南极自然环境（同时也就保护了南极的旅游资源），IAATO还为每位成员规定了严格的南极旅游行为准则，内容比其他地区的旅游规范要严格得多。比如，IAATO把南极邮轮分成三类，每一类都分别规定了航线和登陆点。Ⅰ类为200人以下的小船，"海精灵号"就属于此类，这类船能走的航线最多，登陆点也最多。Ⅱ类为载客量200—499人的中型邮轮，大部分南极邮轮都属于此类，无论是航线还是登陆点的选择范围就要少很多。Ⅲ类为500人以上的大船，这类船不但可走的航线较少，而且干脆就不允许登陆，只能在南极海巡游。

另外，IAATO还规定每个登陆点每次登陆的人数不得超过一百人，因此如果一艘船载了三百名客人，那么每个登陆点就只能分三批登陆，这样算下来每位乘客在陆地上的时间就要大打折扣了。我们这次只有不到一百名乘客，因此大家可以一起登陆，基本上不用轮换，每个人在岸上的时间都相当充裕。

还有一条很重要：IAATO规定每个登陆点不能同时有两艘以上的船靠岸，这就避免了其他热门旅游景点经常人满为患的局面。对于南极这样一个以"人迹罕至"为最大特点的旅游目的地，这是很关键的一条规定，它保证了所有南极游客都能有一个最好的旅行体验。

演习完毕之后，汽笛一声长鸣，"海精灵号"缓缓驶出码头，沿着比格尔海峡向西驶去。海峡很窄，又刮着西风，因此"海精灵号"行驶平稳，一点也不晃。

事实上，从乌斯怀亚的植被的长势就可以看出，这地方常年盛行西风。早年的欧洲帆船大都是从大西洋到太平洋，因此都是逆风行驶，船长必须要有高超的技巧才行。为什么这地方常年刮西风呢？帆船是如何逆风行驶的呢？这些问题一般的中国导游是回答不上来的。不知是因为中国旅游业尚处于初级阶段，还是中国游客缺乏好奇心，我接触的大部分中国旅游团配备的中文导游业务水平都不高。像我们这次在乌斯怀亚的自然保护区待了一个上午，配备的中文导游对那里的自然生态完全不了解，大多数游客也只会抓起相机一通狂拍，这样的景点式旅游收获很小，很快就忘了。

幸运的是，"海精灵号"配备了一个专业探险队，全部十三名成员都是具有丰富极地经验的专业导游，其中甚至有好几位博士，所涉及的专业领域包括海洋生物学、生态环境学、地质学、冰川学和历史地理学等，几乎涵盖了南极的所有方面。探险队除了协助我们登陆并指导探险活动外，每个航海日都会举办各种讲座，帮助大家了解关于南极的各种专业知识。讲座全部用英语进行，由一位获得了国外生态学博士学位的中国留学生负责同声翻译成中文。后来不少游客都表示，探险队是此次南极三岛之旅最大的惊喜，也是南极旅游和其他旅游行程最大的不同。可惜的是，据我观察，船上的十四名外国游客每次讲座几乎都不缺席，但中国游客当中至少有一半的人不来听讲。中国人对这个世界的好奇心不知道是在哪个年代丢掉的，至今仍未找回来。

当天晚上，探险队队长德国人安雅（Anja）为大家做了第一个讲座，内容是航海注意事项和登陆规范。给我留下最深印象的有三点：第一，此次南极三岛之行不是普通的邮轮巡游（cruise），而是探险之旅（expedition），希望大家怀着一颗探求未知世界的好奇心去探索神秘的南极，并做好吃苦的准备。事后证明，探险队说到做到，通过他们的努力为我们营造了一个相当逼真的探险经历。第二，除了船尾指定的吸烟区之外，船上其他地方严禁吸烟，更不允许往海里扔烟头。为了让大家更好地遵守这项规定，安雅给出的理由不是怕海洋动物误食烟头，而是担心烟头被风吹回来酿成火灾。可惜第二天船上的监控录像就拍到了一名中国游客没有遵守这一规定，并通过船上广播对其提出了口头警告。多年的旅游经验告诉我，少数中国烟民正在成为国际旅游业的公害，这种状况不知什么时候才能改变。第三，南极是地球上最大的荒野，希望大家能帮南极保持这种状态，不要以任何方式破坏南极的自然环境，或者干扰野生动物的正常行为。据我观察，船上绝大部分团友对于这一点遵守的还是相当好的，但仍然有个别中国人无视这一原则，为了拍到更好的照片而以各种方式干扰野生动物，探险队员数次试图制止都无效，最后差点爆发冲突。每次出国旅游我都会意识到，中国的自然环境之所以这么差，一个重要原因就在于相当多的中国人缺乏环保意识，这一点恐怕需要很长时间的公众教育才能得到改善。

由于时差的原因，当晚大家很早就上床休息了，一夜无话。第二天凌晨我被一声巨响惊醒了，原来是厕所里的一个垃圾桶被晃倒了。醒来后我立刻感觉天旋地转，像是躺在一个剧烈摇晃的摇篮里一样，甚至需要双手抓住床沿才不至于掉出去，没想到此次南极之旅的第一天大海就给了我们一个下马威。

安雅通过广播告诉我们，"海精灵号"遇到了7级大风和高达5米的海浪。这种天气对于那些超级邮轮来说也许不算什么，但对于"海精灵号"这样的小不点来说问题就严重了。我晕得几乎下不了床，早饭也没有吃。上午我勉强下床去听了一个讲座，回来就吐了，因为没吃早饭，吐的全是酸水。当时我就想，大船也有大船的好处啊！如果你只是想去南极看看，不想探险，那还是坐大船吧。后来一位团员给大家念了一个网上找到的晕船顺口溜，实在是太贴切了：一言不发，二目无神，三餐不吃，四肢无力，五脏翻腾，六神无主，七上八下，久卧不起，十分难受。

我赶紧吃了片晕船药，借助药劲睡了一觉。幸好晚上的时候海浪减到了3米，我强迫自己吃了几口饭，稍微恢复了一点儿体力。晕船最可怕的一点就在于，它让人没有食欲，并因此而体力越来越弱，最终导致越来越晕，是一个典型的恶性循环。我终于体会到当年那些欧洲航海家们的不易，他们的帆船可比"海精灵号"小多了！当年达尔文环游世界时乘坐的"比格尔号"帆船只有27.5米长，他刚上船时晕船反应极为严重，完全吃不下饭，所幸半年后他终于适应了，否则就没有进化论了。

在生命的进化树上，人类属于陆地哺乳动物那一支，海洋不是我们的家，而是我们征服地球最大的障碍。当年我们的祖先为了跨越海洋的阻挡到达南极大陆，付出了惨重的代价。相比之下，今天的我们只是晕个船而已，根本不值一提。

"海精灵号"在海上航行了一天两夜之后，于2016年11月8日到达了此行的第一个目的地：西点岛（West Point Island），我们的南极三岛之旅终于正式开始了。

## 福克兰之争

各位读者，你们听说过下面这几个地方吗？皮特凯恩群岛（Pitcairn Islands）、阿森松岛（Ascension Island）、安奎拉岛（Anguilla Island）……答案恐怕是否定的。但是，你听说过福克兰群岛（Falkland Islands），或者它的西班牙语别名马尔维纳斯群岛（Islas Malvinas）吗？相信很多人的答案都是肯定的，尤其是年龄大一点的读者，一定听说过它的大名。

上述这些海岛有一个共同点：它们都是英国的海外领土。作为曾经的"日不落帝国"，英国的绝大多数海外殖民地在"二战"结束后都相继独立了，但上面提到的这些海岛因为地理位置偏僻，在被欧洲人发现之前都没有原住民，因此也就没人和英国抢，于是英国人把它们据为己有，成为大英帝国昔日辉煌的仅存的证据。

就拿福克兰群岛来说，最早看到它的很可能是西班牙水手，但他们都没有在地图上将其标出来，因此目前公认最早发现它的是英国的约翰·戴维斯（John Davis）船长，时间是1592年。第一个登岛的人是另一位英国船长约翰·斯特朗（John

Strong），时间是1690年，相隔了将近一百年。由此可见当年航行至这一海域的欧洲人大都是为了绕过合恩角进入太平洋，对这样一个无人居住的荒凉海岛不感兴趣。

地球上像这样的海岛还有很多。"海精灵号"上贴了一张大号的世界地图，标出了所有这些海外孤岛的位置和所属国，每一个大洋里都有。我仔细看了一下，绝大多数都属于英、美、法这三个国家，比如位于北太平洋上的关岛（属于美国）和位于南太平洋上的新喀里多尼亚（属于法国）等。这些海岛的存在相当于把这几个老牌强国的势力范围扩大到了远离本土的地方，于是就招来了周边国家的不满。福克兰群岛距离阿根廷本土的直线距离只有五百多公里，但它距离英国本土却有1.5万公里之遥，就连最大型的军用飞机也都至少需要加一次油才能飞到，所以阿根廷人觉得这个岛理应属于阿根廷，而且如果阿根廷军队动用武力把它夺过来的话，遥远的英国军队不敢贸然行事。

于是，福克兰群岛就出名了。

阿根廷人想夺福克兰群岛的一个主要原因是它的面积很大，资源相当丰富。整个群岛由东西两座大岛，以及七百四十多座小岛组成，总面积约为1.2万平方公里，如果把它当作一个国家的话，在全世界近200个国家里可以排到第157位。虽然岛本身的自然条件不算太好，但周围海域的渔业资源相当可观，地下还蕴藏着丰富的石油和矿产，据说目前已经有好几家国际石油公司获得了钻探许可。

但是，渔业和石油业都是需要一定的技术实力才能实现盈利的产业，早年的欧洲殖民者没这个能力，福克兰群岛在他们眼里就是一个远洋船队临时歇脚的地方而已。事实上，以当时的航海条件，来这里走一趟都是一件极端困难的事情，更别说殖民了，因此福克兰群岛直到1764年才迎来了第一批殖民者，他们是法国人。之后英国人也来此定居，并建立了一个永久定居点。不过，维持这个定居点的成本太高了，于是英国人在1774年主动放弃了占领，但留下了一个石碑，宣布该岛属于英王乔治三世所有。

英国人一走，西班牙人趁机占领了该岛，直到1810年西班牙丢掉了大部分南美殖民地为止。1820年阿根廷宣布拥有福克兰群岛主权，并开始驱逐那些来岛上歇脚的来自英美的海豹猎手。猎手们向美国求救，于是美国政府派军舰"莱克星顿号"前来该岛，赶走了阿根廷殖民者。

1833年,各方面的实力都达到顶峰的大英帝国又想起了福克兰群岛,遂派军舰再次登岛宣布主权,并开始了有计划地移民。英国人看中了福克兰群岛独特的地理位置,它位于一条重要航线的中间点,来往于美国东西海岸的船只都要经过这里,于是英国人将其打造成一个重要的远洋物资补给站和船舶维修点,并靠倒卖沉船货物发了大财。可惜1914年开通的巴拿马运河断了福克兰群岛的财路,这个群岛的战略地位也大大下降了。

所幸福克兰群岛还有一个赚钱的方法,那就是羊毛业。原来,福克兰群岛的纬度和苏格兰很相似,气候也大致相同,于是大批苏格兰牧羊人很高兴地迁到了这里,以放羊为生,并在这一过程中逐步把福克兰群岛变成了南半球的苏格兰。当我第一眼看到那座位于福克兰群岛西侧的小岛西点岛时,第一印象就是这地方实在是太像苏格兰高地了,放眼望去全都是低矮的丘陵地,山坡上长满了黄绿相间的牧草。岛上虽然看不到树,却长着一丛丛荆豆(Gorse),上面开满了鲜艳的小黄花,打老远就能看得见。这是一种最高可以长到两米多的灌木,本来生长在苏格兰,因为它枝叶密集,而且茎秆上有很多刺,苏格兰人一直将其作为天然篱笆墙使用。

"海精灵号"在港湾里抛了锚,并放下冲锋艇。这处港湾风平浪静,西点岛上甚至还修了一个小码头,所以整个登陆过程波澜不惊,没有遇到任何麻烦。

西点岛上仅有的两位居民艾伦(Alan)和杰姬(Jacky)夫妇站在码头上迎接我

▼ 福克兰群岛的居民大都来自英国,图为一户人家的院子,房主显然继承了英国人爱好园艺的传统

们的到来。两人年纪都在五十岁左右，虽然祖籍都是苏格兰，但两人却都自称是福克兰岛人，因为两人的家族已经分别在福克兰群岛住了七代和五代了。事实上，在英阿战争之前，英国政府不承认福克兰群岛居民的英国公民身份，战争之后才修改了宪法，为每一位福克兰群岛居民颁发了英国护照，可以自由出入英国了，但英国人却不可以随便来福克兰群岛定居，需要特殊的许可证才行。

"西点岛的主人名叫罗迪·纳皮尔（Roddy Napier），他的祖先早在1875年就从一家公司那里租下了这个岛，靠放牧为生。罗迪的母亲于1958年买下了这个岛，去世前把它传给了儿子。"艾伦用一口标准的英式英语向我介绍说，"罗迪本人一直住在首府斯坦利（Stanley），他雇用了我们夫妇俩帮他照管这个岛。"

艾伦的几句话浓缩了福克兰群岛的历史，这里已经被苏格兰移民殖民了一百多年，而且一直是以私人公司和家庭农场的方式在运作，土地则按照先到先得的方式进行买卖。牧羊需要大量土地，岛上原来的生态系统不可避免地遭到了破坏。码头所在的这片缓坡完全就是一个苏格兰农场，当地的野生动植物已经基本上被入侵物种取代了。

我们人老远跑过来当然不是为了看羊的，于是探险队带着我们花了一个小时的时间徒步穿越了这个小岛，岛的另一侧有一处地势很陡的悬崖，不便放羊，因此保留了大量当地特有的高丛早熟禾（Tussac Grass），这种草最高可以长到1米，一丛一丛的非常茂盛，从远处看很像是人的头发。我们沿着一条人工修建的小路下到了悬崖的半山腰，眼前突然出现了一块空地，上面密密麻麻地聚集着一大群鸟，它们躲在高丛早熟禾的后面孵蛋，从远处很难发现。

这是我们第一次近距离看到野生动物，刚才还在有说有笑的团友们立刻默不作声了，纷纷拿出长枪短炮开始拍照，或者按照一句时髦的话说，开始"闯作"。这里基本上只有两种鸟，一种叫作黑眉信天翁（Black-browed Albatross），通体雪白，背部的羽毛呈灰黑色，两眼上方有一簇黑色羽毛，故得此名。就像大多数信天翁一样，这种鸟基本上是生活在空中的，因此它的翼展最多可达2.2米，在空中滑翔的时候甚至可以不用扇动翅膀。不过，就像所有的鸟类一样，它必须找到一块安全的陆地产卵并孵蛋，这可不是一件容易的事情。地球上大部分陆地都被哺乳动物侵占了，只有福克兰群岛这样的远离大陆的海岛还算安全，于是全世界65%的黑眉信天翁都选择在福

▼ 西点岛上一群正在孵蛋的黑眉信天翁

克兰群岛繁殖后代,因此这里是观察这种濒危鸟类的最佳地点。

信天翁是一种对爱情非常忠诚的鸟类,大部分信天翁配偶通常都会在一起过一辈子,感情非常牢固。我们看到不少雄鸟在陪着雌鸟孵蛋,它们用鸟喙互相摩擦,亲密得不得了。

不过,大家的兴趣很快就被另一种鸟吸引过去了,这就是跳岩企鹅(Rockhopper Penguin)。这种企鹅体型很小,平均身高只有64厘米,但长相十分滑稽,脑门上的黑毛是竖起来的,很像传说中的刺头,眼睛是红色的,眼眶上长着一束白色的毛,从正面看很像是一个表情凶恶的小妖怪。如果一头跳岩企鹅突然从草丛中冒出头来,能把人吓一跳,以为遇到了魔鬼,但如果你再看到它的全身,尤其是看到它移动时的样子,一定会笑出声来,因为它很像是一个正在蹒跚学步的婴儿,两条小短腿支撑着肥胖的身子左右摇晃,翅膀像婴儿的两条胳膊,夸张地伸向身后并左右摇摆,以保持身体的平衡。

跳岩企鹅也是一种对爱情非常忠诚的鸟,每对跳岩企鹅每年10月都

▼ 西点岛上的一对正在亲热的跳岩企鹅

会回到同一个地点交配并产蛋，然后夫妻俩轮流孵蛋，一个月后幼企鹅破壳而出，父母交替喂养。一般情况下到来年的4月小企鹅便可以独自觅食了，身上的羽毛也换好了，于是它们便回到海里，捕食南极磷虾和小鱼。跳岩企鹅的窝一般都建在海边的悬崖峭壁之上，它们依靠出色的跳跃能力登上陡峭的山坡，故得此名。我曾经在纪录片里看到过它们跳岩时的样子，弹跳力惊人，遇到难以攀登的台阶时还会用鸟喙辅助，样子相当滑稽。

在此我用了很多人类的形容词来描述信天翁和跳岩企鹅的行为，对于真正的野生动物学者来说这种描述方式是很不专业的，因为野生动物的行为不一定和人类行为意义相同，拟人化的描述方式很可能是不正确的。但是，这种描述方式对于企鹅来说太难避免了，因为它们的样子实在是太像人类了，而这就是企鹅如此受欢迎的根本原因。中国国宝大熊猫也是因为同样的原因而受到了广泛关注，这种情况对于动物保护来说有好有坏。好的一面在于，它们的存在让公众更加关注动物保护事业，其他一些生活在同一区域的野生动物也可以搭顺风车。坏的一面在于，这些"明星物种"吸引了太多的动物保护资金，另外一些不那么受关注的物种及其栖息地就被忽略了，中国的另一种珍贵国宝白鱀豚就是这样灭绝的。

人类的关注度同样是一种有限资源，野生动物们需要竞争才能得到。生命的世界里竞争无处不在，摆脱这一状态需要更高级的智慧。

看完企鹅，大家原路返回。杰姬邀请所有人去她家做客，并为我们准备了英式下午茶和丰盛的茶点。据她介绍，福克兰群岛政府每六个星期会派船来岛上送一次给养，他们需要事先从超市订购物资，一手交钱一手交货，其余时间两人基本上过着与世隔绝的生活，南极邮轮是他们和外人交往的唯一机会，而他们俩都非常喜欢这种隔世的感觉，再也不愿意回到人多的地方去了。同样，当地年轻人高中毕业后通常都会去英国本土上大学，但毕业后超过60%的人会回到岛上定居，因为这种世外桃源的生活方式太吸引人了。

"福克兰群岛政府一直想让罗迪在西点岛上投资建旅馆，吸引更多的普通游客来岛上旅游，但罗迪不干，他想保持现状，把西点岛变成一个野生动物保护区。"杰姬说，"所以我们现在只是象征性地养了几百头羊，主要收入来自南极邮轮。"

如果真的能一直这样下去，那福克兰群岛还是归英国管理比较好吧，我心想。

当天下午我们原定还要去"尸体岛"（Carcass Island）登陆，但不知从哪里刮来一阵狂风，港湾里顿时掀起了两米多高的海浪，冲锋艇登陆变得困难了。探险队长安雅当即决定放弃登陆，再去另一处更加隐蔽的桑德斯岛（Saunders Island）碰碰运气。到了之后发现这里的海浪果然稍微小一些，安雅决定立即抢滩登陆。这一次的冲锋艇之旅要比上午的颠簸多了，海水不止一次打到船上，大家的衣服都被打湿了，幸好我事先有所准备，穿上船方发给我们的那件红色的登陆专用冲锋衣，把相机包抱在怀里，这才没有弄湿。桑德斯岛上没有码头，我们需要蹚水登岸，好在船方还给每位游客配备了一双齐膝的雨靴，我们也都按照要求穿上了防水裤，所以身体一直是干燥的。

在南极旅游，保持身体干燥是非常重要的防护措施，否则很容易被冻伤。生活在北极地区的因纽特人之所以性子慢，甚至给人以懒惰的印象，就是为了防止剧烈运动导致出汗，汗水结冰可不是闹着玩的。这个经验只有善于学习的挪威探险家学会了，最终帮助他们战胜了不可一世的英国人，这是后话。

我们的登陆地点是夹在两座小山包之间的一个马鞍形沙滩，两边都是海，海风吹起漫天黄沙，让人睁不开眼睛。我惊讶地发现，就在这严酷的环境中，居然有一大群企鹅正躺在沙子上孵蛋。它们是适应力极强的巴布亚企鹅（Gentoo Penguin），平均身高约为 76 厘米，鸟喙为橘红色，眼睛上方长着一块白斑，很像评书中的那个白眉大侠徐良。

突然，远处走过来两只身材高大的企鹅，它们的胸前有一块明显的橘黄色标记，走路时翅膀下垂，摇摆得不明显，很像是一个背着手在检阅仪仗队的老首长。原来这就是南极地区体型仅次于帝企鹅的王企鹅（King Penguin），成年王企鹅的平均身高都在 90 厘米以上，通常分布在纬度更高的地区，我们这次运气不错，在福克兰群岛就看到了好几只。

动物摄影爱好者们不但喜欢长相萌的动物，更喜欢体型大的动物，于是那几只王企鹅很快就吸引了所有人的目光。我却注意到沙滩旁边的山坡上有几个明显的地洞，我记得曾经看过的一部纪录片中提到有一种麦哲伦企鹅（Magellanic Penguin）只喜欢在地洞中孵蛋，便拿出望远镜顺着山坡仔细寻找，果然在一处地洞的洞口看到了一只出来晒太阳的麦哲伦企鹅。从名字就可以猜到，这种企鹅是葡萄牙航海家麦哲伦首先发现的。成年麦哲伦企鹅身高约在 70 厘米左右，脖子上有一圈白色的羽毛，胸前也有一圈白色的条纹，很容易辨认。也许是因为它们很早就和人类打过交道吧，麦哲伦企鹅非常怕人，一般人很难接近，只能远观。我们这趟旅行只在桑德斯岛上近距离看到过麦哲伦企鹅一次，而那天只有很少的几个人像我一样意识到需要朝山坡上看才能发现它们的踪迹。观察野生动物是一件需要知识储备的技术活，事先需要做大量功课才能取得最大程度的收获。

值得一提的是，虽然山坡上有很多地洞，但我注意到它们大都被兔子占领了。我还在附近看到了好几只羊在吃草，它们肯定也会干扰麦哲伦企鹅的正常行为。虽然英国人的环保意识算是比较好的，但他们带来了大量入侵物种，对当地生态系统产生了严重的危害。人类最好还是统统撤走，把福克兰群岛还给野生动物吧，我心想。

### 福克兰群岛的启示

一天之内完成了两次登陆，大家都很兴奋，晚饭时相互交流心得，聊得很开心，国内饭局上每个人都忙着拍菜发微博刷朋友圈的情况在"海精灵号"上是不存在的。当然了，大家不再那么热衷玩手机的一个主要原因是船上的互联网信号非常慢，而且流量费极贵，每兆折合人民币10—15元。有位团友花50美元买了30兆流量，结果刚一打开微信20兆就没有了。

"我出发之前已经退了几乎所有能退的群，可有几个群实在是没法退啊！"他无奈地说。

"我已经预见到了这种情况，所以出发前专门注册了一个小号用来上网。"另一位团友笑着说。

据我观察，刚开始那一两天还有几位团友不太适应这种断网的生活，但大家很快就被旅行中碰到的新鲜事吸引了全部的注意力，不再把互联网当回事了。旅行不但可以帮助你开阔眼界，而且可以强迫你换一种生活方式，并在这一过程中发现旧方式的荒诞之处，启发你重新思考人生。

话虽如此，当天晚上正好是美国总统大选开票的日子，还是很让人揪心的。第二天一早，"海精灵号"停靠在了福克兰群岛首府——斯坦利的港口。我打开随身携带的一台小收音机，收到了当地唯一的BBC国际广播电台，得知了特朗普当选的消息。那天BBC播了一整天大选特别节目，内容大多是讽刺特朗普竞选时故意煽动民粹主义情绪，撒谎成性，他的当选将极大地影响美国的未来等，倾向性极其明显。

这样的论调在其他地方听到很可能不会觉得有什么特殊之处，但在福克兰群岛情况就不同了。一位当地人告诉我，福克兰群岛没有海底光缆与外界相通，和"海精灵号"一样都得依靠南极上空的卫星，信号差、速度慢，因此当地人很少上网，电视也不怎么看，这里也没有任何国际报纸，只有一家只刊登当地新闻的名叫《企鹅新闻》的周报。换句话说，福克兰群岛的居民虽然生活在21世纪，获取信息的方式却仍然停留在20世纪初的水平。斯坦利相当于一架时光机，把我带回了一百多年前的世界。我立刻想到，如果特朗普是在那个时代参加竞选，那么他几乎没有任何可能获得胜利，因为选民们获取信息的渠道被少数几家大的媒体集团（比如BBC或者CBS）垄断了，这些大媒体的记者和评论员很少会有人喜欢特朗普这样的候选人。但是，如今我们有了互联网，信息传播的垄断局面被打破，一条新闻或者见解可以不经过任何审查就通过社交媒体传播出去，信息的"可传播性"和它的质量不再相关联，只和它

▼ 南极半岛上顽强的植被，这里的植被以苔藓和地衣类为主，没有树

的煽动性成正比。于是，特朗普的观点便借助社交媒体的草根性质传播开来，并影响了很大一批文化程度不高的选民的倾向性。

如果说社交媒体就是民主的终极表现形式的话，那么特朗普的当选就是民主的胜利。但是，民众自己的选择是否真的就会对民众自己有利呢？那就是另一个问题了。

这就是旅行的另一个好处。一个细心的旅行者可以通过观察其他社会的运作方式，反思自己之前曾经信誓旦旦的价值观，这样的观察和反思是那些只会坐在家里观天下的书呆子很难做到的。

我们在斯坦利的第一项活动是参观吉卜赛湾（Gypsy Cove），这里早在 1963 年就被当地政府划为自然保护区，是全体福克兰群岛人共同的财产。我惊讶地发现，这里的植被虽然非常茂盛，而且大都是本地植物，但野生动物非常少，我只在悬崖上看到了几只正在孵蛋的大雁，山坡上居然连一只企鹅都没看到，沙滩上也是空空荡荡的，连一头海豹都没有。要知道，绝大多数哺乳动物和鸟类都是在陆地上繁殖后代的，春季又正好是动物繁殖的旺季，这种情况是相当罕见，甚至是不可思议的。

为什么会这样呢？保护区入口处的一块牌子给出了答案。原来这里曾经是英阿福克兰战争的主战场之一，阿根廷军队预计英军会在这里登陆，把整个3公里长的海岸线布置成雷区。野生动物是有记忆的，它们很可能还没有忘记那场大战，不敢再来这里筑巢了。

据说当年阿根廷军队在整个福克兰群岛上布置了134个雷区，如今大多数雷区都尚未清除干净，福克兰当局只好在外围拉上铁丝网，禁止任何人进入。吉卜赛湾就有一大块地方被铁丝网围了起来，我们只能在指定的道路上行走。那场发生在1982年的战争虽然已经过去了三分之一个世纪，但其余波尚未完全消除，至今仍然留下了一百多块伤疤。

参观完吉卜赛湾后是自由活动时间，我在斯坦利城内度过了一个少有的轻松下午。这座城市不大，车辆靠左行驶，大部分建筑物带有明显的英国特征，上面插满了英国"米"字旗，甚至还能看到英国特有的红色电话亭和双层大巴。街道上几乎看不到行人，但往来车辆倒是不少，大都是较为高档的SUV，看来当地人的经济状况很不错。

据统计，目前福克兰群岛一共有2563名常住居民，其中2115人生活在斯坦利。

▼ 福克兰群岛首府斯坦利港的主教堂，教堂前面是用鲸骨做的纪念碑

南极：人类最后的边疆

传统的羊毛业虽然还在，但由于合成纤维的出现导致羊毛价格下降，羊毛业的地位已经落在了旅游业的后面。不过，目前福克兰群岛最大的经济来源是出售周围200海里专属经济区的捕捞许可证，这笔收入占到全岛财政总收入的一半以上。

这笔钱总数并不多，因此如果按照总量来排的话，福克兰群岛在全世界二百二十九个经济实体当中仅排在第二百二十二位。但因为人口总数少，如果按照人均来排的话，福克兰群岛则跃居世界前十位。难怪福克兰群岛的移民政策非常严格，任何人想要移民至此都非常困难。在这个地球村概念盛行的时代，这个岛逆流而上，在一块与世隔绝的小岛上悄悄地过着自己的小日子。

一个国家，大虽然有大的好处，但小也有小的优点。我在这些年的旅行过程中见识过不少小国寡民，他们的国家在国际上没什么名气，奥运会领奖台上也从来不会出现他们的身影，但他们的小日子却过得有滋有味，充满快乐。

虽然福克兰群岛的旅游业地位很高，但斯坦利小镇实在是没什么好逛的，这里物价又高，买什么都不划算，于是我把大部分时间都花在了博物馆里。这座博物馆内容相当丰富，里面有很多殖民地时期的文物，让我对当年的孤岛生活有了相当深入的了解。馆内还专门开辟出一块地方做了一个英阿福克兰战争的专题，我正好借此机会重温了一下那场战争的历史。

根据博物馆的介绍，1982年时的阿根廷经济衰退，民不聊生，当时的阿根廷军人政府内外交困，独裁总统莱奥波尔多·加尔铁里（Leopoldo Galtieri）将军决定利用福克兰群岛的主权争议来分散民众的注意力，并通过煽动民族主义情绪来团结阿根廷民众，让大家忘掉对国内局势的关注，进而加强自己的统治。

这是独裁政府的惯用伎俩，历史上发生过很多次，并不稀奇，问题在于这位将军选错了战争对象。1982年4月2日阿根廷军队入侵福克兰群岛，第二天联合国就发文谴责阿根廷军人政府，4月5日英国海军舰队从英国本土出发驶往阿根廷，4月25日便夺回了被阿根廷军队占领的南乔治亚岛，整个过程英军没有死亡一人。5月1日英军轰炸机轰炸了被阿根廷占领的斯坦利机场，双方展开对攻战。6月14日英军夺回斯坦利，一万名阿根廷士兵向英军投降。至此这场战争只进行了74天便宣告结束，英军死亡255名士兵，阿根廷则有649名士兵阵亡，另有3名平民在战争中不幸身亡。6月17日阿根廷总统加尔铁里将军辞职，可谓搬起石头砸了自己的脚。

后来有一位美国海军军官撰文分析了双方的实力对比，认为阿根廷强在空军，海军也不错，还有航母支持，但阿根廷陆军太差，基本上只是一支武警部队，平时习惯于扮演政府打手的角色，战斗力很差。英军虽然空中力量不强，航母也不行（英国隶属于北大西洋公约组织，建造航母的任务交给了美国），但好在英国在大西洋上有一座属于自己的阿森松岛，距离福克兰群岛仅有五千多公里，可以利用这里的机场对登陆行动给予足够的空中支援。因此当双方进入短兵相接的阶段时，英国人在海军陆战队方面的优势便尽数体现了出来。

从这个例子也可以看出英国海外领土的重要性。

这场战争到底哪方是正义的呢？我没有能力做出评价。但 2015 年福克兰群岛曾经进行过一次全民公投，在投票率高达 93% 的情况下，有 99.8% 的投票人支持英国。当然了，如果在阿根廷国内举行一次全民公投的话，结果恐怕会正好相反。问题在于，这种投票能说明什么呢？

斯坦利的博物馆里还有一个占地面积很大的南极馆，里面展出了英国探险家沙克尔顿当年使用过的南极营地的复制品，各种细节都做得相当逼真。沙克尔顿虽然在整个南极故事当中属于稍后出场的角色，但他的地位非常重要，有点类似于《三国演义》里的诸葛亮。事实上，整个南极馆展出的几乎全都是关于沙克尔顿那次著名的横跨南极大陆冒险行动的文物，我们这次南极三岛之旅的路线安排几乎相当于重走沙克尔顿之路。对于那些真正的南极迷们来说，仅此一条便已值回票价了。

这个南极馆提醒所有来参观的人们，福克兰群岛距离南极大陆非常近，这里一直是南极探险家们的大本营，很多南极故事都是从这里开始的。

# 神奇的南乔治亚岛

位于南大西洋和南极海交界处的南乔治亚岛是地球上位置最偏僻、自然条件最恶劣同时也是风景最壮美的海岛之一。这个岛是古代探险家通往南极大陆的门户，同时也为现代游客打开了一扇回望历史的大门。在这个岛上发生了很多惊心动魄的故事，了解这些故事可以帮助我们更好地体会探险精神的含义，更深刻地理解人类与大自然之间应有的关系。

## 初探南极海

2016年11月9日傍晚，"海精灵号"离开斯坦利港，沿着既定航线继续向东驶去。

我写的没错，此次南极之旅的第一周里我们其实一直在向东航行。福克兰群岛的纬度甚至比乌斯怀亚还低，只有51°左右，所以说我们前四天甚至一直在远离南极大陆。"海精灵号"到达斯坦利港的那天最高气温甚至达到了15℃，羽绒服都穿不住，这种天气很难称之为南极探险，别说冰山了，就连一片雪花都不可能见到。

第二天我们继续向东行驶，但气温骤降到了5℃，风力也上升到了6级。根据气象卫星的预报，我们的正前方有一个低气压带，并以此为中心形成了一个暴风眼，中心风力达到了11级，好在暴风中心和船一样都是自西向东移动的，我们只要跟在它后面走就平安无事。

从这件事可以看出，海洋环境千变万化，几乎没有规律可循。气象卫星的存在使得全世界每一艘远洋轮船都能即时知道前方的天气情况和海面状况，船长可以根据这些数据随时调整航线以规避风险。我们的前辈可就没有这个便利了,那时的渔民出海完全就是碰运气,遇到台风就只有死路一条,这就是为什么全世界的渔民都非常迷信,他们确实需要相信有个海神在保佑他们。

11日早晨,我们终于见到了第一片雪花,以及第一座海上冰山。其实当天的气温没怎么变,最高气温仍然在5℃左右,但船长通过麦克风向大家报告说,海水的温度已经从5℃骤降至1℃,说明我们刚刚跨越了南极辐合带(Antarctic Convergence),正式进入了南极海的领地。当天上午,来自德国的探险队员、海洋生物学博士米凯拉(Michaela)举办了一个科普讲座,为大家普及了南极海的相关知识。

要想弄明白南极海是怎么形成的,就必须先从信风说起。众所周知,风是大气从高压带向低压带移动的结果。从全球的范围讲,导致大气压力差异的主要原因是地表受热不均引起的大气环流,比如赤道附近地表温度最高,于是赤道上空的热空气倾向于向上流动,因此产生了赤道低气压带,于是南北纬20°—30°地区的空气便流过来填补空白。地球自西向东的自转使得这两股向赤道方向移动的空气产生了一个偏角,这就是北半球的东北信风和南半球的东南信风的由来。

为了弥补这两股信风导致的真空,更高纬度的冷空气产生了反方向运动,这就是为什么南北纬40°—50°的地区常年刮西风的原因,这块地方也因此被称为西风带。乌斯怀亚和福克兰群岛都处于南半球的西风带上,这两个地方的居民根本不用靠太阳辨别方向,只要感觉一下风从哪里刮过来就知道哪边是西了。

风吹动海面的海水,形成了海浪。无数微小的海浪积少成多,渐渐汇聚成了洋流。北半球陆地太多,洋流走不了多远就会被陆地挡住,于是北半球的洋流路线复杂,方向难以预料。南半球就不同了,因为南极大陆被一圈很深的海洋包围着,使得被南半球西风带带动起来的洋流在整个行进过程中都没有遇到任何阻挡,于是这股洋流便越流越快,带动的海水也越来越多,最终形成了一个宽600—2000公里,深度在2000—4000米的环南极洋流(Antarctic Circumpolar Current)。

环南极洋流是全球最大的洋流系统,其流量是全球所有淡水河总流量的一百多倍。德雷克海峡是环南极洋流所流经的最窄的地方,这就是为什么平均流速很慢的环南极洋流在经过这里时会有一个明显的加速过程,导致这个海峡总是波涛汹涌,成为航海家的噩梦。

环南极洋流相当于孙悟空头上的紧箍咒，把整个南极海包裹在里面，南极大陆融化下来的冰冷的海水很难和来自北方的温暖海水发生热交换，这就是南极之所以比北极冷的最主要的原因。相比之下，北冰洋的海水遇冷下沉之后，来自墨西哥湾的温暖海水可以沿着北大西洋表面很顺利地流过来填补空白，这就是著名的北大西洋暖流（又名墨西哥湾暖流）的来历。这股暖流使得位于北纬78°的全球最北城市斯瓦尔巴在冬天的平均气温仍然可以维持在零下16℃以上，南半球同样纬度的地方至少要比斯瓦尔巴低20℃，人类很难生存。

环南极洋流是一条不规则的宽带，其最北端和温暖海水的交锋之处如今被称为"极锋"（Polar Front），但它曾经还有个知名度更大的名字，就是前文提到过的南极辐合带。南极辐合带南北两侧的海水温度有明显差异，比如我们这次测到的温度差异大约在4℃，如此明显的差异把南极辐合带以南的海洋和其他大洋区别开来了，这就是通常所说的南极海的边界。

南极辐合带的位置会随着季节的变换略有变化，但大体上位于南纬60°附近，因此《南极条约》把南纬60°定为南极地区的政治分界线，60°以南为"条约"适用范畴，以北则不属于"条约"管辖。但这条带在很多地方已经超越了南纬60°线，比如在我们这次的航海区域内，南极辐合带是从福克兰群岛和南乔治亚岛之间穿过去的，因此这两个岛虽然纬度相似，但前者不属于南极地区，后者则位于南极生态圈以内了。不过，因为南乔治亚岛的纬度不够高，通常被称为"亚南极"（Sub-Antarctica）。

换句话说，南极辐合带才是南极地区的科学分界线。从气候和生态学的角度讲，"海精灵号"在11日的凌晨正式进入了南极地区，我们的这次南极之旅总算名正言顺了。米凯拉告诉我们，如果仔细观察，在船上就能看出两者的差别。比如当船跨过南极辐合带时，她观察到船周围的海鸟明显增多了，原因就在于辐合带附近的海水上下混合得很厉害，导致富含养分的底层海水被翻到了海面，于是辐合带附近海域的海藻非常多，以海藻为食的南极磷虾也就多了起来，吸引了更多的海鸟前来捕食。

南极辐合带的形成对于南极来说究竟有多重要？英国广播公司（BBC）拍过一部三集纪录片，详细解答了这个问题。大约在1.7亿年前，南极大陆还和南美、澳大利亚和非洲大陆连在一块，史称冈瓦纳（Gondwana）大陆。当时的南极大陆位于赤道附近，这就是为什么在南极大陆的土壤里发现了大量热带动植物化石的原因。之后发生了第一个大事件，这块超级大陆在板块运动的作用下裂解成几大块，各自向不同的方向漂移。南极大陆约在 1.2 亿年前漂到了现在这个位置，但在之后的两千万年里都没有结冰，原因就是来自热带的海水可以毫无阻力地流到这里，使得南极大陆的气温始终维持在零度以上。

之后又发生了第二个大事件，南极大陆终于和澳大利亚、新西兰分开了。这一变化导致洋流改道，环南极洋流成为一个半封闭的圆环，把南极大陆部分地封了起来，热带海水不那么容易进来了，于是这块大陆终于开始结冰，时间大约为三千四百万年前。

之后又发生了第三个大事件。大约在一千五百万年前，南极大陆和南美大陆也分开了，德雷克海峡被打通，环南极洋流终于成为一个封闭的圆环，把南极大陆彻底封在了里面，于是这块大陆终于盖上了一层厚厚的冰盖，成为今天这个样子。冰盖抬高了南极大陆的海拔，使之成为地球上平均海拔最高的大陆。海拔越高气温越低，这是南极之所以比北极更冷的第二个原因。

冰盖导致绝大多数南极生物惨遭灭绝，只有极少数具备了超级抗冻能力的生命才有可能存活。因此南极生态系统是地球上最为脆弱的生态系统，必须加以严格的保护。根据 IAATO 的要求，所有去南极旅游的乘客都必须事先消毒，尽量减少外来物种入侵南极的可能性。于是我们每个人都要在探险队员的监督下用吸尘器把所有将要带上南极的衣物彻底吸一遍，避免衣物上黏着的植物种子进入南极大陆，所穿的登陆靴也要用消毒水彻底清洗一遍，道理是一样的。安雅甚至还要求大家晚上睡觉前把窗帘全部拉上，防止趋光性的鸟类误撞上来。

整套程序很像是在办南极签证，提醒大家梦想中的南极终于近在眼前了。

### 初遇南极岛

从福克兰群岛到南乔治亚岛之间的直线距离约为 1500 公里，"海精灵号"因为要躲暴风，走了两天三夜才到。11 月 12 日早晨，天空依然下着小雪，透过弥漫的大雾，远方的海平面上隐约出现了一排黑色的锯齿形轮廓，但它实在是太像乌云了，很难确定它到底是什么，直到我们的船走近了我才敢肯定那不是乌云，而是一座小岛。

只有真正在大洋里航行过的人才会明白，仅凭肉眼发现海岛是一件多么困难的事情。

我们眼前的这座海岛是在二百四十一年前才第一次被人类发现的。1775年1月14日这天，库克船长率领的一支英国海军探险队第一次驶进了这片海域，船上的水手托马斯·威利斯（Thomas Willis）看到了和今天同样的景象。唯一不同的是当时地球正处于小冰期，岛上很可能有很多积雪，不像现在这么黑。根据当时的航海日志记载，威利斯观察了很久才终于确认前方不是冰山，而是一座真正的海岛。这是人类发现的第一块位于南极辐合带以南的陆地，具有划时代的意义，因为它是威利斯首先发现的，库克船长将其命名为威利斯岛。

当年的远洋航行虽然要冒很大的风险，但地球上有多少人能以自己的名字命名一座岛屿呢？这可以算作是水手们出海远行的一个很强的动力吧。而对于库克船长来说，他的动力是发现传说中的南方大陆。可他没有想到的是，他的这次航行却最终证明南方大陆是不存在的，而他本人也因为这次航行而成为南极探险故事里第一个出场的英雄人物，其地位很像是《三国演义》里那位武功天下第一的吕布吕奉先。

詹姆斯·库克（James Cook）于1728年11月7日出生于一个苏格兰农民家庭，他从小就勤奋好学，通过自学掌握了航海所需的一切技术。他尤其擅长勘探和制图，这门绝技让他进入了英国皇家海军，参加了英法七年战争。他绘制的北美纽芬兰海岸线地图帮助英国海军出奇制胜，打败了强大的宿敌法国，从此加拿大便改说英语了。这份地图直到两百多年后仍然还在使用，由此可见库克的制图技术在当时可以说是相当超前的。

1768年8月26日，升任船长的库克指挥一艘从运煤船改装的英国皇家海军"奋进号"（HMS Endeavour）帆船从英国出发，绕过合恩角驶入宽阔的太平洋，开始了他的第一次环球之旅。这次航行名义上是受英国皇家学会（Royal Society，相当于英国科学院）的委托，去塔希提岛观测金星凌日的。正是通过这次观测，人类第一次知道了地球和太阳之间的距离。这是一项了不起的成就，因为这是人类第一次从空间维度上知道了太阳系的准确大小，从而知道地球对于宇宙而言实在是一个微不足道的存在，进一步动摇了宣扬地球中心说的基督教的权威性。

这次远航是英法科学界的首次大规模合作，也是当年极其罕见的一次以科学名义进行的远洋航行。要知道，那时的远洋航行危险性极高，一点也不亚于现在的载人航天，没有超强的动机是没人愿意冒险的。比如，开启大航海时代的葡萄牙水手达伽马第一次出海的动力是金钱，他那著名的绕过好望角的航行一共用了 26 个月，出发时有 170 人，最后只有 55 人活着回来，但他运回里斯本的那一船胡椒和肉桂卖得的钱相当于整个远征队所需费用的六十倍，可见当年远洋航行的利润有多高。

早年的英国航海家当然也不是圣人，赚钱是他们出海的唯一动力。事实上，当时葡萄牙和西班牙才是海上霸主，钱都让"二牙"赚走了，眼红的英国人只能当海盗，靠打劫西班牙商船赚到了第一桶金。不同的是，英国人用这笔钱大力发展科学技术，培养了一大批天才科学家，终于在这场国力大比拼中脱颖而出，成为最后的赢家。

举个例子，人类历史上第一次纯科考性质的远洋航行就是英国人发起的，发起人是著名的英国天文学家埃德蒙多·哈雷（Edmond Halley），时间是 1698 年，相当于中国清朝的康熙年间。那次远航的主要目的是考察地磁极，顺便寻找南方大陆。库克船长第一次远航的目的就更丰富了，除了天文学家以外，他还邀请了一大批动植物学家、地质学家、测绘学家和画家（当时还没有照相技术，画家非常重要）上船，甚至还带了一名诗人同行。那次远航开创了海洋科考的新模式，此后英国海军部又组织了多次远洋航行，大都借鉴了库克首创的模式，其中就包括达尔文参加的那次著名的"比格尔号"环球航行。

话虽如此，18 世纪科学还很不发达，远没有达到人类共识的程度，因此很多远航虽然打着科学的旗号，骨子里却仍然是国家之间争权夺利的工具。就拿库克船长的第一次远征来说，他完成了金星凌日观测后，如约打开了英国海军部事先交给他的一封密令，并根据上面的指示挥师南下，去寻找传说中的南方大陆了。原来，当时地球上大部分已知陆地均已被欧洲列强瓜分完毕，只有南方大陆尚未被发现。法国早已派出了大批军舰去南太平洋寻找传说中的盛产黄金之地，英国政府自然不甘落后，便秘密指使库克船长南下太平洋，试图赶在宿敌法国之前将其拿下。库克虽然没有找到南方大陆，但却在那次航行过程中首次环绕了新西兰一圈，证明那只是一座大岛，不是大陆。他还首次在新西兰和澳大利亚东海岸登陆，成为第一个登陆这两块地方的欧洲人。这两个国家今天之所以说英语，与库克船长的那次航行有直接的关系。

英国海军部并不甘心失败，于 1772 年再次派库克船长南下，进行第二次远征。这一次他驾驶英国皇家海军"决心号"（HMS Resolution）帆船一路向南航行，直到浮冰将其挡住，再也无法前进为止。然后他沿着这条纬度绕了地球一圈，证明在这一纬度的北方不存在大陆，那个传说中的黄金之地即使存在的话，也肯定在更南的地方，因此也就会非常寒冷，不会有太多可利用的价值。

就是在这次航行途中，库克跨越了南纬 66°33′，时间是 1773 年的 1 月 17 日，这是人类首次进入南极圈，意义重大。一年后的 1 月 31 日，他又到达了南纬 71°10′ 的地方，创造了人类南行的新世界纪录。有意思的是，正是因为库克证明了南方大陆不存在，让后来者失去了进一步南行的动力，各国政府和王室在很长一段时期内都不再资助远洋船队了，因此库克船长创下的这个纪录直到半个多世纪后才被打破。

值得一提的是，库克的第二次远征携带了一块由英国工匠制造的航海钟，帮助他准确地测量了所在位置的经度。世界上第一座用于测量经度的航海钟是由英国钟表匠约翰·哈里森（John Harrison）首先制造出来的，这项发明极大地提高了英国皇家海军的战斗力，这也是大英帝国之所以称霸全球的重要原因。

1776 年，库克船长驾驶"决心号"第三次驶入太平洋海域。这次远航的公开目的是送一位塔希提土著回岛，但真正的目的是试图发现从欧洲通往亚洲的西北航道，打破葡萄牙人和荷兰人对亚洲市场的垄断，这就是为什么他在离开塔希提岛后并没有立即返回英国，而是继续向北航行的原因。也正因为如此，库克船长成为首个进入北太平洋海域的欧洲人，并在航行过程中发现了夏威夷岛。今天的夏威夷岛居民之所以说英语，与库克船长的这次远征有很大关系。

因为遭到了北极浮冰的拦截，库克船长并没有打通西北航道，但他借此机会首次勘察了美国的西海岸，当时这块地方是被西班牙人占领的，库克的远征最终使得整个北美都说起了英语，否则的话美国很可能被分裂成两个不同的国家。

从全球史的角度看，库克船长的三次环球航行所做的最大贡献还不是证明南方大陆不存在，而是绘制出了详细的太平洋海岸线和太平洋群岛地图。这是人类首次准确地知道占地球表面三分之一面积的浩瀚的太平洋里面究竟有什么，极大地丰富了人类对于世界的认知。如今太平洋周边的很多城市都竖立着一座库克船长雕像，他也因此成为全世界雕像数量最多、范围最广的历史人物。

对于普通人而言，库克船长最大的贡献大概就是让大多数太平洋周边国家都说起了英语，最终确立了英语世界的版图。今天英语之所以成为实际意义上的世界语，与库克有着直接的关系。

库克于1779年死于夏威夷土著之手，享年五十一岁。因为他死得太早，大部分南极探险故事里都没有了他的事迹。但他绝对是历史上最了不起的探险家，后来的所有南极探险家都会以他为榜样，这就好比同样英年早逝的吕布最终却成为三国英雄比拼武功的参照系一样。

库克船长的探险精神激励了一代又一代探险家去探索未知世界的奥秘，南极大陆就是地球探险史上的最后一顶王冠。之后人类又把目光转向太空，美国航天飞机"奋进号"和"发现号"（Discovery）就是根据库克船队的两艘船的名字而命名的，这一举措与其说是为了纪念库克船长，不如说是代表了人类探险精神的传承。

### 探访鸟岛

言归正传，再回过头来说库克船长发现南乔治亚岛的经历。其实这个岛早在1675年就被一名因风暴而偏离航线的伦敦商人看到了，但他一直没有在地图上标明这个岛的准确位置，这个任务是库克船长最先完成的，他将这个岛命名为"乔治亚岛"，以献给当时的英王乔治三世。

威利斯岛只是南乔治亚岛外的一座小岛，库克在发现威利斯岛之后并没有停下脚步，而是继续向东行驶，不久又发现了一个仅有5公里长的小岛。库克从望远镜里看到有很多海鸟在岛上筑巢，因此他将此岛命名为鸟岛（Bird Island）。鸟岛同样是南乔治亚岛外的一个小岛，也是我们计划中的第一个登陆点，虽然那天天气很差，但探险队长安雅仍然决定冒险抢滩上岛，因为这个岛的地位非常特殊，在生态环境方面具有很高的价值。

"早年的海员把老鼠带到了南乔治亚岛，只有主岛周围的几个小岛得以幸免，鸟岛就是其中之一，也是唯一允许游客登陆的无鼠岛。"安雅向我们解释说，"老鼠属于外来物种，它们会偷吃鸟蛋和雏鸟，这就是为什么只有无鼠的海岛上才能看到大量南乔治亚特有的本地鸟类的原因。因为南极的夏季是鸟类繁殖的季节，非常关键，因此每年的 11 月 20 日之后就不允许游客登岛了。我们这次来得早，机会实在难得，所以哪怕要冒一定风险也一定要试一次。"

后来得知，正因为这个岛的生态系统没有遭到人为破坏，使之成为科学家们研究南极圈生态系统的最佳观测站。英国生态学家早在 20 世纪 50 年代初期就在这个岛上研究信天翁和南极海豹，英国南极勘探局（British Antarctic Survey）于 1982 年在岛上设立了一个具备越冬能力的科考站，派人常年驻守在岛上，研究海鸟和海豹的繁殖情况，并通过对这两种捕食者的数量和行为的观察，间接地监测附近海域中南极磷虾和其他鱼类的生存状况。这项工作一直持续到了今天，为南乔治亚周边海域的渔业捕捞额度的确定提供了可靠的科学依据。

终于要踏上南极海岛了，大家都很兴奋。因为海浪太大，这次的冲锋舟之旅比上一次更加颠簸，我的羽绒服和裤子全都被海水打湿了，有位老年团友在登舟时还摔了一跤，好在问题并不严重，最后大家都有惊无险地登上了鸟岛。

刚一上岛，一股奇特的味道立刻冲进了我的鼻孔。原来，在我们登陆的海滩上躺着一大群南象海豹（Southern elephant-seal），以及体型稍小但数量更多的南极海狗（Antarctic Fur seal），那股刺鼻的味道就是从它们的身上以及它们的排泄物中发出来的。这是我第一次闻到这种味道，感觉很恶心，没想到此后的十几次登陆几乎每一次都会闻到这股味道，后来竟成为我这次南极三岛之旅最为刻骨铭心的记忆。

因为这次登陆的主要目的是看鸟，我们没有在海滩上过多停留，而是沿着探险队员开辟出来的一条通道快速通过了海豹休息区，然后顺着一条人工栈道向山上走去。这是一座不高的小山包，山坡上长满了浓密的高丛早熟禾，很多海鸟躲在草丛里孵蛋。当地政府之所以修了这条人工栈道，就是为了防止我们无意中踩到鸟蛋。

我们一路走一路观察，发现了不少黑眉信天翁和灰头信天翁，以及数量很多的锯鹱（prion，因此这个岛又名锯鹱岛）和体积堪比信天翁的南极巨鹱（Southern Giant Petrel），后者因为什么都吃，被称为"南极洲的秃鹰"。我们还看到了南乔治亚岛特有的两种珍稀鸟类：一种名叫亚南极鹨（South Georgia Pipit），是南极地区唯一一种会唱歌的鸟；另一种名叫黄嘴针尾鸭（South Georgian Pintail），是全世界唯一的一种食肉鸭。这两种鸟类只在南乔治亚岛有分布，但因为老鼠的缘故，它们的种群数量都下降了 70% 以上。

更让人惊奇的是，我们居然见到了两只正在等待父母捕食归来的漂泊信天翁（Wandering Albatross）雏鸟，可惜距离稍远，看得不太清楚。漂泊信天翁是目前世界上翼展最大的鸟类，成鸟翼展最高可达3.6米，绝对是鸟中的巨无霸。经过南极辐合带那天我曾经在船尾见到过一只，无论是个头还是飞行姿态都显得鹤立鸡群。后来我又在南乔治亚博物馆里见到了一个双翼完全展开的漂泊信天翁标本，这才终于对这种鸟的体型有了感性的认识。

虽然信天翁家族的成员大都是飞行高手，但这个家族却是目前最濒危的鸟类家族，主因就是远洋捕鱼业所用的长线鱼钩。这种海钓方法主要是为了捕捞金枪鱼的，鱼线甚至可以延续几百公里，上面挂着成千上万个鱼钩，钩上绑着金枪鱼最爱吃的鱿鱼。不幸的是信天翁同样爱吃鱿鱼，于是它们就遭了殃。据统计，目前全球远洋捕鱼船每年都会误杀30万只海鸟，其中有三分之一属于信天翁家族。和其他鸟类相比，信天翁的繁殖周期非常长，种群恢复的速度特别慢，它们是长线鱼钩最大的受害者。英国南极勘探局的研究显示，在鸟岛上筑巢繁殖的信天翁的数量在过去的三十年里下降了30%。可惜的是，如此严重的局面并没有引起公众的足够关注，因为大多数老百姓都没有见过真正的信天翁，不像对待大熊猫那样有感情。

下山途中，有只南极海狗突然从路边的草丛里冲了出来，一边嘶叫一边试图爬上栈道。探险队员亚当（Adam）迅速扬起手中的旗杆冲着它挥舞，终于把它吓跑了。

"幼年的海狗是一种特别好奇的动物，它并不是真的想攻击人类，只是想和我们亲近亲近。"亚当解释说，"成年雄性海狗则有一定的攻击性，因为它们要保护自己的领地不被侵犯，以此来吸引雌海狗。对付它们就一定要正面迎敌，不能调头跑开，否则它们会追着你不放的。"

这个亚当曾经在南乔治亚岛工作过一年，对这个岛的一切都非常熟悉。他告诉我，海狗这个不怕人的习性为它带来了灭顶之灾，南乔治亚海狗种群差点因此而灭绝。

原来，库克船长在后来发表的航海日记中顺便提了一句：南乔治亚岛上生活着大量"海熊"（Sea Bear，即海豹）。没想到这句话引起了不少别有用心者的注意。1786年，第一艘英国捕海豹船抵达南乔治亚岛，猎手们欣喜地发现这里到处是南极海狗，数量多得惊人。海狗就是一种有外耳的海豹，行为很像狗，但行动不如狗灵活。它们不怕人，见了人根本不知道躲避，于是猎人们用棍棒击头的方式在短短的四个月时间里杀死了5万只海狗，当场剥下它们的皮运回了欧洲。海狗皮表面有两种不同长度的毛，长毛粗硬，将其拔除后剩下的短毛则非常柔软，保暖性能极其优异，是做狗皮大衣和狗皮帽子的好原料，可以卖出很高的价钱。

很快，美国猎手也闻讯赶来，加入了这场对海狗的大屠杀。两者唯一的不同在于，英国人把毛皮运往欧洲，最终大都卖给了俄罗斯人，而美国人则喜欢把毛皮运往中国香港，主要供应中国市场。

在英美海狗猎手们的夹击之下，南乔治亚岛的海狗种群数量直线下降，到19世纪初期时已经很难抓到了。猎手们消停了一段时间，等到种群数量稍有恢复时便于1814年又开始了第二轮大屠杀。这一波热潮持续了三十年，再次将南乔治亚岛的海狗捕杀殆尽。此后又消停了二十五年，于1869年又开始了第三轮大屠杀，这一次只持续了很短的时间就没有海狗可捕了。1892年，一位英国海豹猎手宣布南乔治亚海狗灭绝了，因为他连一只海狗都找不到了。

幸亏他的这一判断不完全准确，在鸟岛的某个隐蔽之处还存活着几百只海狗，没有被捕猎者发现。此后人类逐渐有了动物保护的意识，再加上海狗皮也没有那么值钱了，南乔治亚海狗终于获得了难得的喘息机会。由于它们繁殖能力超强，在一百多年后的今天，南乔治亚海狗的种群数量可以说已经完全恢复了。

"由于某个尚不明确的原因，每一千头海狗当中会出现一头金色的海狗，我们根据这一特性统计了南乔治亚海狗目前的种群数量，发现已经超过了300万头。"亚当对我说，"如果库克船长再次回到鸟岛，他会觉得这里和他当初看到的鸟岛没有两样。"

"唯一可能的例外就是，海湾里没有那么多鲸了。"他补充了一句。

事实上，目前南乔治亚海狗的种群数量很可能已经比二百年前多了，原因就在于海狗和大部分鲸都是以磷虾为主食的，因为鲸的数量尚未完全恢复，海狗少了一个主要竞争对手，于是就疯狂地扩张开来了。还有人认为，正是因为海狗的过度扩张，导致鲸的种群数量恢复得特别慢。

这个故事说明了野生动物保护领域的一个定理：在一个健康的生态系统中，每种动物都有自己独特的位置（生态位）和价值，不能因为某种动物长相好看或者商业价值高就厚此薄彼，这是违背动物保护原则的。如果出于某种原因一定要把濒危野生动物们分出档次的话，那就应该按照繁殖效率的高低进行分类，繁殖效率越低的动物保护力度就应该越高，比如大象和犀牛就是如此。可惜的是，大部分民众是认识不到这一层的，他们支持保护野生动物的动机很可能非常简单，那就是某些动物很好吃，或者长相很萌。

要说长相很萌的动物，南乔治亚岛太不缺了！我们很快就见识了这一点。与其说这是我们的幸运，不如说是南极洲的幸运之处，正是因为这些"萌宠"型野生动物的存在，才使得保护南极大陆成为全人类的共识。

### 南乔治亚动物园

离开鸟岛之后，我们原计划于当天下午登陆位于南乔治亚本岛的索尔兹伯里平原（Salisbury Plain），据说那是南乔治亚岛面积最大的一个企鹅繁殖地。没想到那天下午突然刮起一阵大风，海面波涛汹涌，安雅犹豫了半天还是决定放弃此地，"海精灵号"沿着南乔治亚岛的北岸继续向东南方向行驶，寻找下一个适合的登陆地点。

南乔治亚主岛是个月牙形的海岛，长170公里，最宽处只有40公里，总面积约为2755平方公里。这个岛是斯科舍岛弧（Scotia Arc）裸露在海平面以上的部分，是由两块大陆相互碰撞挤压后形成的，类似于喜马拉雅山脉，因此岛上随处可见高耸入云的尖峰，最高峰的海拔高达2934米，这些山峰好似一道屏障，挡住了肆虐的西风，使得岛的两侧有着完全不同的风景。

南乔治亚岛纬度约为南纬54°，和乌斯怀亚差不多，但因为它位于南极辐合带的南侧，总体来说气候要比乌斯怀亚严酷多了。尤其是受西风影响的凹面，更是常年被冰雪覆盖，视觉效果像极了喜马拉雅山脉的北坡。岛的凸面因为背风的原因，虽然山顶依然是白雪皑皑，但山脚下的深谷里却可以看到绿油油的草地，视觉效果堪比喜马拉雅山脉的南麓。

从远处看过去，南乔治亚岛最引人注意的地方就是无所不在的冰川。探险队里的冰川学博士海蒂（Heidi）趁机为大家上了一堂冰川课，普及了冰川的一些基本知识。顾名思义，冰川就是长年不化的积雪被自身重量压成冰，然后顺着山谷缓慢滑下来的冰河。雪花中的气泡被冻在了冰中，改变了光的折射性质，于是冰川会呈现出从纯白到天蓝的不同色调。据海蒂介绍,地球上一共有 20 万个冰川,全都位于高海拔或者高纬度的地区。也就是说,如果你既想看冰川又不想忍受高原反应的话,就只能来地球的南北极。比如眼前这个小小的南乔治亚岛上竟然有 163 个冰川,其中只有 61 个有名字,其余的都隐藏于深山之中,尚未被纳入研究系统。

据我观察,船上的大多数中国游客都对冰川不怎么感兴趣,他们最想看的是动物。可惜当天下午风一直没停,还下起了暴雪,我们只好放弃了登陆,希望明天天气变好。第二天一早雪虽然没停,但风速小了很多,安雅决定在福尔图那湾(Fortuna Bay)登陆。这地方和库克船长当年选择的登陆地点差不多,都是深入内陆好几公里的峡湾尽头。

库克船长在航海日志里写道:"南乔治亚岛的内陆部分一点也不比沿海部分好,到处充斥着高耸入云的山峰和盖满积雪的峡谷,放眼望去看不到一棵树或者一个灌木丛,杂草小到连一根牙签都做不了。"从这段叙述来看,他对南乔治亚岛的生态环境是相当失望的,因为他的内心里仍然对南方大陆存有一丝幻想。如果他意识到这只是一座冰海中的小岛的话,一定会对岛上丰富的动物资源惊得目瞪口呆,哪会有时间去观察植被?

我们乘坐冲锋舟抢滩登陆,刚上岛便受到一大群王企鹅的夹道欢迎,它们大摇大摆地冲我们走过来,有几个胆子大的还走到探险队员事先放置的保温桶旁边,用嘴检视了一番。我们严格遵守规定,尽量和企鹅保持 5 米的距离,它们见我们没有恶意,也没有心思陪它们玩,便旁若无人地从我们身边走过,然后一个挨一个地钻入海水中,去吃早饭了。

刚刚目送这群王企鹅下海捕鱼,远处又走来另一群王企鹅,重复了同样的动作。顺着它们来的方向望去,前方出现了上千只王企鹅,它们长得一模一样,密密麻麻地挤在一起,做着各种小动作,发出阵阵嘈杂的鸣叫声。那种因为"克隆"的数量过于庞大而导致的奇特的视听效果很难用笔墨来形容,身不能至的人只能去找南极野生动物纪录片来看了。

我后来意识到,我看过那么多野生动物纪录片,也没少去这些片子的拍摄地旅游,但很少能在实地看到片子中出现过的动物,更不用说片子里展现的那些奇异的动物行为了。换句话说,野生动物纪录片拍到的都是我们这些普通旅游者根本看不到的

▼ 我乘坐"海精灵号"邮轮来到南乔治亚岛,拜访了生活在这里的王企鹅

▼ 福尔图那湾的王企鹅群，拍摄时尚处南极的初春，企鹅数量不算多

场景。在我的印象里，只有南极和加拉帕戈斯群岛等极少数地方例外，原因就在于地球上只有少数几个地方的野生动物是不怕人的。比如眼前这些王企鹅，它们根本就没把我们放在眼里，就好像我们只是一块石头一样不值得分心。于是我们完全可以像专业的野生动物纪录片工作者那样，用照相机或者摄像机大大方方地记录它们的行为。

我顺着探险队员用小红旗标出来的一条羊肠小道朝前走，登上了道路尽头的一座小山丘，眼前出现了一幅更让人震惊的景象。只见山丘的另一侧是一块面积巨大的平原，上面聚集着上万只王企鹅！企鹅群的外围是成年企鹅，它们长着漂亮的白羽毛，披着黑色的燕尾服，形象威武。成年企鹅群内侧聚集着数量更多的幼鸟，它们的羽毛是棕色的，脖子也不像成年企鹅那么修长优雅，从远处看很像是一个个猕猴桃，难怪当年库克船长以为他看到的是一种全新的企鹅。

探险队里的海洋动物博士米凯拉曾经举办过一个讲座，为我们介绍了王企鹅的生活习性。这种企鹅通常在每年的11月上岸产卵，然后轮流孵蛋。小企鹅出来后由企鹅父母轮流喂养至六周，然后加入一个"托儿所"，由少数几只成年企鹅看护，此时父母亲便可双双下海捕鱼了。我们看到的正是这样一个"托儿所"，上万只"猕猴桃"聚集在一起，一边相互取暖抵抗严寒，一边等待父母回来喂食。王企鹅幼鸟需要一年多的时间才能脱去棕色绒毛，换上"燕尾服"单独下海捕鱼，所以每对王企鹅每三年只能产两只企鹅宝宝，繁殖速度较慢。

接下来一个很自然的问题是，企鹅父母捕鱼归来后如何从"托儿所"里成千上万只长得几乎一模一样的"猕猴桃"中找到属于自己的那只呢？答案是靠声音。我找了块石头坐下来，仔细观察企鹅的认亲行为。只见一只刚从海里回来，肚子被食物撑得圆滚滚的成年企鹅像检阅仪仗队一样从一群"猕猴桃"旁边走过，每只"猕猴桃"见到它都会扬起脖子拼命叫，突然它在一只"猕猴桃"面前停了下来，扬着脖子叫了几声，那只"猕猴桃"立刻回应似地叫了起来，并用嘴巴使劲去顶成年企鹅的下巴。那只成年企鹅似乎认定眼前这只"猕猴桃"就是自己的孩子，点头示意它跟自己走，两只企鹅一前一后地走到一块空地上，然后"猕猴桃"又做出了以

暴风雪中的王企鹅

▼ 一只正在褪毛的王企鹅正从一群正在等待父母的王企鹅幼崽前面走过

▼ 一只嗷嗷待哺的王企鹅幼崽终于找到了自己的妈妈

嘴顶下巴的动作,这个动作显然激发了成年企鹅的喂食欲,只见它低下头并张开嘴,"猕猴桃"也立刻将小嘴伸进成年企鹅张开的大嘴里,将成年企鹅吐出的小鱼小虾尽数吞入肚中。

"其实有研究显示,王企鹅的声音信号并不可靠,经常会认错。"米凯拉对我说,"另外,王企鹅对爱情的忠诚度也不高,因为它们的繁殖周期太长了,如果夫妻中的某一方不能按时回到繁殖地的话,另一方就会毫不犹豫地改弦更张,再结良缘,否则就会浪费一整年的时间,太不划算了。"这个政策比较务实,部分弥补了王企鹅繁殖效率不高的缺点。

回船的路上,我的注意力又被路边随处可见的南象海豹幼崽吸引了过去。它们一个个胖得像肥猪，四仰八叉地躺在地上睡懒觉。听到脚步声便睁开眼睛瞟我一眼，见我没有恶意便很快又闭上眼睛接着睡。我还遇到一只睡饱了的小海豹，一边用两只小短手挠痒痒，一边睁着一双圆鼓鼓的大眼睛好奇地看着我。我蹲下来看它，它居然直起身来，用两只小短腿支撑着肥胖的身体一点一点向我蹭过来，一边蹭一边冲我点头，好像是求我陪它玩一会儿。为了遵守纪律，我只能先撤退，避免和它发生肢体接触，但我心里真的很想跟它玩一会儿啊！

要说卖萌，企鹅根本不是南象海豹幼崽们的对手，它们才是动物界的卖萌之王。不过，比起幼年时的萌态可掬，成年南象海豹却只能用"丑陋"来形容。尤其是雄性，身材肥胖，皮肤粗糙，脖子上满是伤痕，两只眼睛出奇的细小，却长着一只过分突出的大鼻子，看上去很像《丁丁历险记》里的那个大坏蛋拉斯泰波波罗斯。不过俗话说得好：丑到极致自然萌。我看到一头巨大的雄性南象海豹正搂着一头身材娇小的雌海豹在海滩上打盹，它还时不时地仰起头打个大大的哈欠，那副陶醉的表情真是可爱极了。

"每年的9月是南象海豹的繁殖季节，一般是雄性南象海豹先上岸，

▼ 南极最萌的动物不是企鹅，而是南象海豹幼崽

▼ 福尔图那湾岸边生活着很多南象海豹

占住一块沙滩,吸引雌性南象海豹过来交配,生物学上称这种雄海豹为海滩之王(beachmaster),比如这头就是。"米凯拉指着那头正在睡觉的雄性南象海豹对我说,"海滩之王身边的这群雌海豹被称为是它的后宫(harem),平均数量在七十头左右,这就必然导致很多雄性南象海豹找不到配偶,于是它们便会来向海滩之王挑战,后者则必须挺身迎敌,双方相互打斗一番,直到一方认输撤退为止。"

看来南象海豹是海豹界的封建主义者,实行的是王公贵族三妻四妾、平民百姓食不果腹的封建制度。这个制度造就了雌雄异型(sexual dimorphism)这一奇特的自然现象,意即同一物种的两个性别在体型、样貌等方面差异极大。米凯拉告诉我,凡是在陆地上繁殖的海豹实行的都是这种制度,比如南象海豹和南极海狗都是如此,而在冰上繁殖的海豹品种,比如威德尔海豹(Weddell seal)和豹海豹(Leopard seal)则没有这么大的区别,雄性和雌性身材差不多,雌性豹海豹甚至比雄性更大。造成这一区别的主要原因是南极地区陆地稀缺,陆上繁殖的海豹种群生殖竞争太过激烈,所以雄性也就进化得越来越大了。

人类介于两者之间,男人普遍要比女人高大一些,但差别并不显著,这说明人类处于两种生活方式的过渡阶段,既有竞争又有合作,也许这就是为什么人类社会复杂多样,哪种制度都有拥趸的原因吧。

▼ 两只正在决斗的雄性南象海豹

▼ 一只正在休息的雄性南象海豹，身上的伤疤清晰可见

正说着，那位海滩之王好像突然发现了敌情，直起上身扭头朝海边看，原来一头刚刚从海里游上岸来的雄海豹正悄悄地向一只雌海豹爬过去。见此情景，海滩之王立刻发出一声嘶吼，迅速向那头雄海豹冲了过去，速度之快令人咋舌，而且它根本不管前面有没有后宫在睡觉，自顾自地一路碾压过去。要知道，成年雄性南象海豹最高可以长到近5米，体重可达4吨，雌海豹身高往往只有雄海豹的一半，体重更是只有雄海豹的五分之一，完全禁不起压，可她们正在睡觉，根本来不及躲避，被"丈夫"压得吱哇乱叫，场面混乱不堪。

几秒钟之后，两头雄性南象海豹相遇了。它们直起身子，张着大嘴向对方咆哮。最后还是海滩之王先动手了，只见它低下头，上身使劲一甩，一口咬在新来者的脖子上。对方也马上还击，以相同的方式咬了海滩之王一口，双方就这样你来我往地斗了起来。挑战者年轻气盛，但身材不如海滩之王伟岸，在气势上吃了亏，斗了几个回合之后便气馁了，边打边往后退，终于在海滩之王的一次猛烈击打后缴械投降，低头转身灰溜溜地退回了海里。

这场打斗虽然只持续了不到一分钟，却让目睹了全部过程的团友们大呼过瘾。我虽然在纪录片里看到过象海豹打架，但现场看还是很不一样的。两头雄性南象海豹直起身子后都有两米多高，咆哮起来声震如雷，每次击打时脖子上那层厚厚的肥肉都会颤个不停，显然力道十足，如果它在我身上打这么一下，我肯定不活了。

这样的场景在城市动物园里是见不到的，只能亲自来南乔治亚岛走一趟。从某种意义上说，这个岛就是一座巨大的天然野生动物园，参观者可以直接走近大自然，从很近的距离观赏野生动物们的真实生活。地球上像这样的地方很少，大都位于自然条件极端严酷的地方，因为条件好的土地早就被人类占据了，我们的祖先没有给野生动物们留下任何机会。

## 从动物到冰川

当天下午，我们从福尔图那湾出发，重走沙克尔顿之路。关于这条世界著名的徒步线路，以及沙克尔顿这位南极英雄的故事，我们留到后面再讲。

第二天云开雾散，南乔治亚岛露出了罕见的灿烂笑容，我们也利用这难得的好天气进行了两次抢滩登陆，分别拜访了圣安德鲁斯湾（St. Andrew's Bay）和黄金港（Gold Harbour）。两处地方都有一块因冰川退缩而形成的冲积平原，前者面积仅次于索尔兹伯里平原，约有 20 万对王企鹅和数量几乎相同的"猕猴桃"在那里安家；后者面积较小，只有 2.5 万对王企鹅在此繁殖，但在平原的后面是一面几乎直上直下的峭壁，上面长满棕色的苔藓和地衣，在阳光的照射下呈现出迷人的金黄色，故得此名。

这两个地方的野生动物种类及其分布模式和福尔图那湾差不多，都是南象海豹和南极海狗占据海滩的最佳位置，企鹅则在稍微靠里一点的地方孵蛋或等待褪毛，专偷鸟蛋和幼鸟的贼鸥则不停地在企鹅群的上空盘旋，等待机会俯冲抢食。

因为在福尔图那湾看到了太多"精彩"的画面，今天我把注意力集中在一些不那么"精彩"的地方。于是我看到了一只受伤的王企鹅，海豹在它白色的肚皮上留下了

▼ 圣安德鲁斯湾是南乔治亚岛上的又一个王企鹅繁殖地，图中那一个个长相酷似猕猴桃的小家伙就是王企鹅的幼崽

一个红色的伤口，导致它再也没法下海捕鱼了，只能站在寒风中等死；我又看到几只贼鸥在分食一只王企鹅雏鸟，小家伙的肚子已经被扒开，露出了红色的肌肉和内脏，它很可能是因为找不到妈妈而被活活饿死的，大自然就是这么残酷。我还注意到草地上散落着不少王企鹅的脚爪，它们的身子早就被贼鸥吃光了，只剩下啃不动的黑爪子。王企鹅因为经常需要长时间站在雪地里，从而进化出了坚硬厚重的脚掌，好像穿了一双保暖皮鞋。通往企鹅脚掌的动脉和静脉是挨在一起的，血液在流到脚部之前正好可以经历一次热交换过程，把流到脚掌部分的血液温度降下来，同时提高流回心脏的血液的温度，这两点是企鹅的脚不怕冷的重要原因。

上述场景都是野生动物纪录片里很难看到的，因为它们太不"美"了，不符合商业纪录片的运作规律。另一个让我惊讶的地方是，野生动物们似乎都很懒，一点儿也不像纪录片里表现得那样忙碌，好像它们都不需要为生活而奔波似的。不过我仔细一想也就明白了其中的道理，无论是海豹还是企鹅都不是陆地动物，它们在海里忙着捕食的时候我们是看不到的。比如南象海豹一年中有十个月都在海里捕食，只有每年的10月份，也就是南半球的初夏时节才会到岸上来繁殖。雄性南象海豹先上岸占地，交配完毕后就又回到海里去了，雌性南象海豹上岸后首先要把从头年就开始怀胎的幼崽生下来，但它们最多只喂二十五天的奶就丢下幼崽不管，回到海里捕食去了。我在岸上看到的那么多萌死人不偿命的小南象海豹都是被妈妈遗弃的幼崽，它们必须待在岸上耐心地等待换毛，这个过程通常需要五周的时间才能完成，然后小南象海豹们便可以独自下海捕食，开始新生活了，我们也就很难再看到它们了。

在南极看动物，时间点最为关键。一位有经验的探险队员告诉我，南极动物的行为几乎是按周来安排的，每周的状态都不相同。南极游客时间有限，每次来都只能看到某种动物的某一类行为，要想看到同一种动物的不同状态，就只能换个时间点再来一次，别无他法。

我还借此机会观察了团友们的喜好，发现南极团里的拍照党特别多，有人甚至带了三台相机，从早到晚拍个不停，眼睛几乎固定在相机的取景框里了。我还注意到大家最爱拍企鹅，因为企鹅实在是太像人了，几乎每个动作都能引起观众在情感上的共鸣，所以企鹅照片很容易出彩，随便拍一张发到朋友圈里都会引来无数点赞。也正因为如此，企鹅恐怕是全世界被拍次数最多的非哺乳动物，几乎每一种动作和行为都早已被前辈们拍下来了。如果你不是职业摄影师的话,为什么把这么宝贵的时间都用来拍照,而不是用眼睛和耳朵仔细观赏呢?我还看到少数团友为了拍到更"精彩"的照片,不顾探险队员的劝阻冲进企鹅堆里拍照,有人甚至还故意挡住企鹅行走的路线,逼它们改道,甚至朝它们扔石子,严重影响了企鹅的正常行为。难怪网上有人称拍照党为"单反恐怖分子",这些人为了获得朋友圈的点赞真的是什么事情都干得出来。

"别光顾着看动物,这里的冰川也是非常值得看的。"冰川学博士海蒂指着圣安德鲁斯湾背后的那个巨大的冰川对我说,"比如这个冰川表面有很多裂缝,说明它是个非常活跃的冰川,移动速度极快。"

我顺着她手指的方向看过去,只见这座冰川的前锋已经不直接入海了,而是退缩到内陆很深的地方去了,早年冰川入海口的位置上留下了一道由碎石和泥土组成的堤坝,这就是我在教科书上读到过很多次的冰碛(moraine)。这道冰碛距离现在的冰川前锋至少有 1 公里远,说明这个冰川自上一次小冰期结束时就已经退缩了至少 1 公里。

黄金港背后那块绝壁中间的冰川也很有意思,它的前锋虽然距离入海口很近,似乎并没有退缩太多,但冰川两侧的岩石上各有一道明显的分界线,比现有冰川的高度至少高出了 50 米。海蒂告诉我,因为冰期结束后冰川退缩得太快,曾经被冰川覆盖的岩石表面尚未长出地衣和苔藓,所以才会出现如此明显的颜色差异。这条差异线标志着上一次冰期结束前(大约一百二十年前)该冰川所达到的最高点,也就是说,这个冰川在一百二十年的时间里变薄了 50 米。

"库克船长刚到南乔治亚岛时看到的冰川要比现在壮观多了!"海蒂慨叹道,"全球气候变化的影响在南乔治亚岛表现得非常明显,这个岛是国际冰川界的一个研究热点,有好多事情可以做。"

根据英国南极勘探局提供的数字,绝大多数南乔治亚岛冰川都显示出不同程度的退缩,退缩的速度自 1990 年开始明显增加。目前有三分之二的南乔治亚岛冰川比上一个小冰期时的最高峰退缩了至少 500 米,退缩程度最厉害的一个冰川比 1955 年时退缩了 4.5 公里,退缩的速度也从最初的每年退 8 米增加到了现在的每年退 400 米。

冰川是被固定在陆地上的水,冰川退缩意味着有更多的水流进了海里,这将导致海平面上升,给沿海地区带来灾难。这是全球变暖最为人知的后果,但绝不是全部。

气候变化最大的麻烦就是生态影响的不可预见性。对于南乔治亚岛来说，冰川退缩产生了一个此前谁也没有想到的问题，那就是原本被冰川隔开的陆地现在相互连通了。这件事本来也没什么大不了的，但南乔治亚岛上有很多外来物种，它们原本被冰川禁锢在一小块陆地上，无法扩散开来，如果冰川大量退缩的话，这些外来物种就将有机会扩散至全岛，给岛上原有的生态系统带来毁灭性的灾难。

这方面的一个最突出的例子就是驯鹿。最先登岛的挪威捕鲸者为了方便自己吃肉，把原本生活在北极地区的驯鹿引进到了南乔治亚岛。它们很快适应了这里的气候，迅速繁殖了起来。驯鹿的食量很大，破坏了南乔治亚岛原有的植被。随着冰川的退缩，原本只局限在少数峡谷地区的驯鹿开始向周边扩张，南乔治亚政府终于坐不住了，于 2013 年开启了驯鹿清除计划，专门从挪威请来的驯鹿猎手用了四年的时间射杀了 6739 头驯鹿，据说有一部分驯鹿肉被卖给了南极邮轮，那几年来南极旅游的游客口福不浅。

驯鹿体型大，在这个光秃秃的南乔治亚岛上很难藏身，清除起来难度不大。最后一头驯鹿被射杀于 2016 年 1 月 20 日，从此，南乔治亚岛最著名的外来物种终于被灭绝了。几年前的南极旅游手册上还写着南乔治亚岛可以看到北极驯鹿的字样，但现在的游客只能看到作为纪念品被保留下来的鹿角了。

另一个外来物种可就不那么好对付了，这就是老鼠。老鼠体型小，繁殖力强，清除起来难度要大得多。这项任务交给了南乔治亚遗产信托基金会，他们于 2007 年开始着手研究灭鼠方法，最终决定采用直升机投毒的方式，分区灭杀。为此他们专门研制出一种有毒饵料，有效期很短，而且不溶于水，不会对岛上生态带来永久伤害，他们还专门把饵料做成蓝色，防止鸟类误食。当然了，如果鸟类误食了死于毒药的老鼠还是会死的，但老鼠很少死于户外，这个副作用还是可以接受的。目前这项计划仍在进行当中，据说效果不错。基金会还专门派人上船为大家普及了相关知识，并要求我们在岛上徒步时注意观察，一旦发现老鼠的踪迹就立即报告，这可以看作南极旅游业为动物保护所做的贡献吧。

无论如何，像驯鹿和老鼠这类外来动物理论上都是可以被根除的，外来植物就要困难得多。我在南乔治亚岛上看到了欧洲大陆最常见的那种鲜绿色的草坪，它们都是 20 世纪初期从英国引进的品种，比岛上原有的暗绿色杂草长得快，挡住了阳光，所以岛上原有的植被已经很难看到了。我甚至在岛上看到了很多蒲公英开的小黄花，点缀在绿油油的草坪中间，怎么看怎么像欧洲。

几乎所有的外来物种都是欧洲人带进来的，或者更准确地说，是挪威和英国的捕海豹者和捕鲸者带进来的，他们不但杀死了无数本地野生动物，还通过引入外来物种的方式从根本上改变了南乔治亚岛的生态系统。

### 格雷特维肯捕鲸站

在南乔治亚岛的最后一天上午，"海精灵号"驶入了一个隐藏在大港湾里面的小港湾，拜访了被两个港湾保护起来的格雷特维肯（Grytviken）捕鲸站遗址。这是岛上最重要的古迹，它见证了人类历史上发生的一段相当惨烈的往事。

1902 年，一艘名字就叫"南极号"的瑞典科考船在前往南极考察的途中在南乔治亚岛停留了几天，船上的地理学家安德森发现了这个隐藏很深的港湾，还发现了当年海豹猎手们丢弃在岸上的几口用来剥皮的大锅，安德森遂将岸边的一大块平地命名为格雷特维肯，意为"锅之地"。

"南极号"的船长是挪威人卡尔·拉尔森（Carl Larson），他在港湾里发现了好多鲸，密度大得连行船都困难。要知道，捕鲸是挪威人的传统，但当时北冰洋里的鲸已经被捕光了，其他大洋里的鲸也已经被捞得差不多了。拉尔森当然知道自己的发现意味着什么，从南极回到阿根廷后他立即拉来一笔投资成立了一家渔业公司，于 1904 年驾船回到了南乔治亚岛，在格雷特维肯建造了南极地区的第一个捕鲸站。

因为南极鲸密度大，又还没有养成怕人的习惯，捕鲸站正式运营的第一个捕捞季就获得了大丰收，没怎么费劲就抓到了一百九十五头鲸。因为数量太多，捕鲸站根本来不及仔细处理，只是把最厚的脂肪层切下来炼鲸油，其余的全都被当作废物扔回了海里。那段时间整个海湾堆满了鲸的尸骨，就连海水都被鲜血染红了，捕鲸站里到处堆放着还没来得及处理的腐肉，空气中永远弥漫着一股令人作呕的腥臭味道。有位船员回忆说，有一次他们的船在大雾里迷了路，最终船长用鼻子当导航仪，顺着这股臭味找回了家。

鲸身上最宝贵的东西是鲸油，鲸油不但可以用来制作食用油，更是工业用润滑油

▼ 废弃的格雷特维肯捕鲸站，从图中可以想象出当年这里的盛况

和照明用灯油的最佳原料，需求量巨大。很多历史学家都认为，捕鲸业的兴起为工业革命提供了必需的润滑剂，否则的话工业文明绝对不会如此顺利地登陆欧洲。事实上，欧洲工业革命所需的大量原材料都是从全世界其他国家和地区搜刮来的，鲸油只是其中之一。和其他文明相比，欧洲文明具有很强的掠夺性，这是工业革命得以首先在欧洲兴起的重要原因。

南乔治亚岛有鲸的消息很快就传了开来，没过几年岛上就又建起了六个捕鲸站，但无论是规模还是利润都不如格雷特维肯。如今那六个捕鲸站都已被废弃，不允许游客参观了，只有格雷特维肯捕鲸站经过修缮后重新对外开放，为游客们保留了一个回望历史的窗口。当年专供管理人员及其家属居住的高级公寓还被改建成了一座博物馆，里面展出了很多和捕鲸有关的文物。"海精灵号"上的几个外国游客看得津津有味，他们是读着《白鲸》（Moby Dick）长大的那一代人，捕鲸故事对于他们来说就像武侠小说对于中国读者来说那样亲切。历史上中国人几乎没有参与过捕鲸，对这个行业相当陌生，因此大部分中国游客对这个博物馆不感兴趣。其实这场延续了几百年的人鲸大战非常有意思，它很好地说明了技术的进步是如何影响人与大自然之间关系的，同时也为未来可持续发展模式的设计者提供了一个很好的参考案例。

欧洲人最早是划着小舢板去捕鲸的，用的是投掷型鱼叉，因此这一时期只能捕到行动迟缓性情温顺的露脊鲸（Right Whale）。19世纪60年代末期，一个名叫斯万·弗伊（Sven Foyn）的挪威人发明了爆破型鱼叉，就是把装有炸药的鱼叉像炮弹一样打出去，击中鲸后炸药在鲸的体内爆炸，利用火药的威力把鲸杀死。爆破型鱼叉的发明，以及蒸汽动力追逐船的出现极大地提升了捕鲸能力，从此体型更大、性情更为凶猛的抹香鲸、长须鲸、座头鲸和蓝鲸等便开始遭殃了。目前人类捕杀的体型最大的一头蓝鲸就是在南乔治亚岛附近海域捕到的，然后被拖到了格雷特维肯捕鲸站被肢解。那是一头33.58米长的雌性蓝鲸，体重超过了150吨。不难想象，普通的小舢板和投掷型鱼叉不可能是这样一头庞然大物的对手，必须用排水量至少几百吨的蒸汽船外加爆破型鱼叉才能将其捕到。

鲸的食量很大，一般的小鱼小虾不够吃，只有地球的两极地区才会有大批成规模的鱼群和虾群出没，于是大部分鲸都是在夏季的时候去相应的极地海域进食，冬季时再回到赤道附近的温暖海域繁殖。赤道地区的海洋面积大，鲸的密度低，很不好抓，两极地区鲸的密度虽高，但危险性太大，直到人类把船造得越来越大、越来越结实之后才终于敢去极地捕鲸了，捕捞效率也因此成倍提高。当年在南极地区作业的捕鲸船效率高到根本来不及把猎物运回捕鲸站，捕鲸人通常会在杀死一头鲸后往它肚子里塞一个气球并充气，让死鲸浮在海面，然后在鲸的尸体上插上一面旗子作为标记，再去捕杀下一头，最终再将所有鲸的尸体绑在一起拖回捕鲸站。当时的最高纪录是一艘捕鲸船一次拖回十四头鲸，这就是为什么早期的捕鲸站根本来不及仔细处理鲸的尸体，只把最有价值的脂肪层切下来炼油，其余的全都丢回大海里去了。

为了减少浪费，英国政府（确切地说是福克兰政府，因为当时南乔治亚岛归福克兰管辖）规定南乔治亚岛的捕鲸站必须将鲸身上的所有部分都利用起来，于是格雷特维肯捕鲸站进行了扩建，增加了处理肌肉、内脏和骨头的设施。从此不但鲸的脂肪层可以被用来炼油，就连骨髓中的鲸油也被提炼了出来，炼油剩下的残渣被做成了肥料，鲸肉和内脏则被加工成动物饲料，销往全世界的家禽家畜饲养场。这样算下来从一头鲸的身上可以生产出价值2500英镑的产品，这笔钱相当于现在的18万英镑！

如此高的利润吸引了很多人来南乔治亚岛打工，他们大都来自挪威、瑞典和英国这几个北欧国家，每年南半球的夏季来这里拼命工作五个月，每天工作12个小时。

工人的住宿条件极其简陋，工作环境肮脏不堪而且充满危险，业余生活更是极为枯燥。据说当时捕鲸站附设的一家小卖部里最受追捧的商品竟然是香水，工人们买香水可不是为了吸引异性用的（当时捕鲸站里几乎没有异性），而是用来喝的！原来，为了提高工作效率，捕鲸站从来不卖酒，有人发现喝香水也可以产生类似醉酒的效果，于是香水就被工人们买光了。后来甚至有人发明了把香水和鞋油混在一起喝的新方法，据说效果更佳。

如此糟糕的地方，却从来不愁招不到工人，原因就是这里的工资高，鼎盛时期一名普通工人连续工作两年挣到的钱就足够回家乡买农场了！金钱的诱惑把一批又一批欧洲工人送到这个遥远的海岛，杀死了一头又一头鲸。据统计，南乔治亚岛上的七个捕鲸站在其运营的六十多年里一共捕杀了 175250 头鲸，对于一个小岛来说这是一个令人震惊的数字。

读到这里，很多读者都会得出结论说，当现代科技和人类的贪婪本性结合在一起之后，其结果一定是灾难性的。没错，这两样东西的结合在很多地方都导致了灾难，但南乔治亚岛的捕鲸故事并没有这么简单。事实上，英国政府很早就意识到了过度捕捞的问题，出台了很多法律法规对岛上的捕鲸站加以限制。175250 这个数字之所以精确到个位数，正说明英国政府对于捕鲸站的监管还是很细致的。如果总数确实只有这么多的话，南乔治亚岛周边海域鲸的种群并不会崩溃得如此彻底。

但是，英国政府低估了人类的贪婪本性。1925 年，有人把炼油装置搬到了一艘捕鲸船上，建成了一座海上炼油厂，从此鲸不必再拖回岸上处理了，可以直接在海上炼成鲸油。这么做有两个好处：一来捕鲸船可以航行到更远的海域捕鲸，作业范围几乎扩展到了整个南极海；二来可以逃避相关国家对捕鲸行业的管制，资本的贪婪本性可以不加限制地发扬光大。据不完全统计，到 1930 年时已有 41 座海上炼油厂在南极海域作业，另有二百三十二艘捕鲸船为它们提供猎物，南极海域每年的捕鲸数量从 1925 年之前的 14219 头猛增到了 40201 头，其中 90% 都是直接在海上处理的，如此疯狂的捕杀使得南极海鲸的种群很快濒临崩溃的边缘。

捕鲸者当时也会顺便捕杀南象海豹，因为海豹油同样是一种利润很高

▼ 格雷特维肯捕鲸站遗址前的一只受伤的王企鹅,背景是一艘废弃的捕鲸船

的商品。但是,因为海豹是潜水高手,不像鲸那样经常需要浮出海面换气,因此捕杀南象海豹只能在岸上进行,监管起来相对容易,英国政府专门为南象海豹建立的配额制度终于发挥了应有的作用,其结果就是南象海豹种群数量一直维持在一个较为稳定的水平,海豹炼油产业基本上做到了可持续发展。目前南乔治亚岛及其周边海域大约生活着40万头南象海豹,种群状况可以说是相当健康的,和鲸形成了鲜明的对比。

捕鲸行业缺乏监管的特点对于行业本身的影响是致命的。由于海上捕鲸船的泛滥,使得鲸油的价格一落千丈,生产成本更高的陆上捕鲸站不得不关门歇业。虽然后来又有几家试图重新开张,但到1965年时岛上所有的捕鲸站全部永久性关闭了。海上捕鲸也好不到哪里去,随着鲸的数量越来越少,捕鲸的难度也越来越大,成本越来越高,最终整个行业都垮掉了。

读到这里，肯定又会有很多读者得出结论说，还是经济杠杆力量大。但这个说法是站不住脚的，因为如果经济杠杆真的能起作用的话，随着鲸的数量越来越少，鲸油的价格肯定会越来越高，最终还是会有人愿意铤而走险的。经济杠杆是个死循环，不到鲸灭绝的那一天是不会终止的。但是，如今鲸的数量虽然远未恢复到当年水平，但毕竟没有灭绝。比如我们这次航行过程中就看到了座头鲸、长须鲸和虎鲸的身影，之所以没有看到更多，主要原因在于11月份仍然属于南极的初夏，再过一个月应该就能看到更多了。

那么，到底是什么拯救了鲸呢？是宗教吗？答案显然是否定的。格雷特维肯捕鲸站里质量最好的建筑物就是教堂，它坐落在厂区的后面，从教堂的窗户可以很清楚地看到整个屠宰场的全貌，当年弥漫在空气中的腥臭味儿肯定也被正在祈祷的教徒闻到了，但显然并没有起到什么效果。

事实上，真正救了鲸一命的不是宗教，也不是经济杠杆，而是科学技术的持续发展。首先，一个名叫亚伯拉罕·盖斯纳（Abraham Gesner）的加拿大人于1851年发明了从煤中提取煤油的技术，代替了鲸油的照明功能。八年之后，美国宾夕法尼亚州打出了世界上第一口油井，从石油中制成的煤油进一步降低了煤油的成本。再后来，一个名叫约翰·洛克菲勒（John Rockefeller）的商人又学会了如何把各种长度的碳链从提炼煤油剩下的"废料"中分离出来，分别制成蜡烛、凡士林、有机溶剂和干洗剂（石脑油），从此鲸油的所有功能几乎都被廉价的石油替代了。

鲸还有一些其他用途（比如食用），因此日本、挪威、冰岛和俄罗斯等少数国家还在以"科学"的名义捕鲸，但他们的这一行为正在受到来自全世界的压力，原因就在于多年的科学教育使得大多数老百姓都意识到鲸的环保价值要远高于食用价值。同样的情况也发生在动物毛皮产业，海狗之所以没人捕杀了，主要原因就是海狗皮不再是一种时髦的商品了。

值得一提的是，动物保护并不一定意味着不能利用，南乔治亚岛周边海域一直有捕鱼船在作业，只不过它们受到了严格的监管。南乔治亚政府在格雷特维肯港湾附近的爱德华国王角（King Edward Point）设立了一个研究所，通过对周边海域的生态学研究，科学地确立每种鱼的捕捞上限。南乔治亚政府的渔政船常年在周边海域巡游，不定期地对所有来专属经济区捕鱼的渔船进行上船检查，确保对方遵守法律。

这家研究所还着手研究如何减少长线钓鱼对信天翁种群的危害，强制要求所有长线钓鱼的渔船遵守规范。据统计，2006—2011年这五年里，在南乔治亚岛周边海域作业的十艘长线钓鱼船只误杀了四只信天翁，几乎可以忽略不计。如果全世界的渔业管理部门都能像南乔治亚岛这样敬业的话，信天翁的种群恢复指日可待。

所有这一切工作所需的经费全部来自捕捞许可证的出售，卖证的收入已经能够基本满足南乔治亚政府的日常开销了。为了更好地保护渔业资源，2012年南乔治亚政府在岛的周围设立了一个总面积高达1.07万平方公里的海洋保护区，区内禁止一切商业捕捞行为。这个保护区被公认为是全世界面积最大、保护得也最好的海洋保护区，这个头衔直到2016年底才让位给了新成立的南极罗斯海地区的海洋保护区。

南乔治亚岛的例子说明，野生动物的可持续利用并不难，即使像南象海豹这样的大型动物都是可以做到的，但必须满足两个条件，一是科学地设定捕杀上限，二是严格执法，这两条缺一不可。捕鲸业就是因为没有严格执法，最终自掘坟墓。

参观完捕鲸站，探险队组织部分游客在港湾里玩皮划艇，我有幸成为第一批下水的游客，体验了一把泛舟南极海的感觉。

皮划艇又窄又小，我几乎是坐在水下划行的，感觉自己不再是一名游客，而是一条会游泳的鱼，穿行在海带丛林中，和其他南极动物们融为一体。海豹们完全不怕人，就在离我几米远的地方钻来钻去，有一只南极海狗甚至在我面前玩起了侧空翻，身体像纺锤一样转个不停，水平再高的人类运动员都很难做到。我还看到好几只南极燕鸥在海湾里捕鱼，它们长着一个雪白的肚子，飞行能力超强，可以在空中悬停很久，寻找水下目标，找准目标后它们会一个俯冲扎进水中，像炮弹一样迅速。如此复杂的动作即使是目前最先进的飞机都难以做到，进化的力量实在是太伟大了。

虽然那天下起了小雨，空气阴冷，但我玩得非常高兴，和大自然融为一体的感觉真的是太好了。其实人类本来就是大自然的一员，但发达的智力让我们骄傲了起来，觉得自己可以凌驾于大自然之上了。神奇的南乔治亚岛让我看到了自然力量的伟大，同时又体会到了融入大自然的喜悦。这种喜悦是建立在知识之上的，对自然规律理解得越深刻，就越能体会到自然之美。

# 神秘的南极大陆

南极半岛很像是南极大陆伸出来的一根手指,诱惑人类进入它的腹地,但进来后你就会发现,这是个对人类极不友好的地方,只有最强壮的生命才能在这里生存。人类征服南极的过程不亚于任何一部宏伟史诗,这段历史是整个人类共同的精神财富,体现了人类最宝贵的探险精神。要想真正了解南极探险英雄们的事迹,看书是远远不够的,必须亲自来南极走一趟。

## 发现南极大陆

参观完南乔治亚岛上的格雷特维肯捕鲸站,"海精灵号"本应于2016年11月16日下午驶出港湾奔赴南极,但气象预报显示外面起风了,探险队长安雅决定推迟起锚,在原地等待。大家想到第一天晕船时的难受劲儿,纷纷表示接受船方的安排,谁知后来这件事却险些酿成冲突,这是后话。

当天晚上果然起风了,实测风速高达43节(约合每小时80公里,相当于9级大风),把船身都吹歪了,我在身下垫了个枕头才没有从床上掉下去。第二天上午风力减弱到7级,但港湾里大雾弥漫,能见度极低,船长仍然不敢贸然起航。安雅告诉我,这才是南极地区最典型的天气,当年敢于驶入南大洋的帆船不但要禁得起大风大浪的考验,还必须学会在看不清前方状况、也没有星星月亮导航的情况下航行,其难度可想而知。

因为难度太大,没有极强的动机是没人愿意南行的,因此欧美人对于南极的兴趣是波浪式的，每一个超强动机的出现都会在短时间内迎来一股南极探险热，问题解决之后这股热潮便迅速冷却下来，等待下一个动机的出现。

历史学家倾向于将南极探险史分成三个阶段，各持续了大约二十年。每个阶段的动机都不相同，过程和结局也很不一样。第一阶段开始于18世纪中叶，主要动力是寻找传说中遍布黄金的南方大陆，因此这一阶段的赞助者大都是各国政府和海军部，南极探险属于国家行为。随着库克船长最终证明南方大陆不存在，动力消失了，这一阶段便也宣告结束了。此后又逢欧洲大陆政局动荡，南极探险因此中断了半个世纪之久。

南极探险的第二阶段开始于1819年，主要动力是捕海狗。那年的2月19日，英国人威廉·史密斯（William Smith）驾驶的一艘商船在合恩角遇到风暴，被吹到了南纬62°的地方，看到了陆地存在的迹象。英国海军部不相信这个门外汉的汇报，嘲笑了他一番后把他赶走了。不服输的史密斯同年10月再次航行到这一海域，并在一座小岛上成功登陆。这回海军部认真了，派军舰前往勘察，证明史密斯是对的，在这片冰天雪地之中真的有一组群岛，英国人将其命名为南设得兰群岛（South Shetland Islands）。

后来人们知道，南设得兰群岛是位于南极半岛西北侧的一组小岛，和南极半岛的直线距离非常近，今天的邮轮从南极半岛出发只需航行半天即可到达，因此大部分人都把南设得兰群岛看作南极半岛的一部分，到了这儿就相当于到南极了。事实上，当初史密斯登陆的那个小岛后来被命名为乔治王岛（King George Island），如今已经成为大部分南极科考站的所在地，中国在南极设立的第一个科考站长城站就设在乔治王岛上。

但是，当时的英国人可不关心南极科考，他们需要的是海狗皮。史密斯在南设得兰群岛上发现了大量海狗，这一消息把原本在南乔治亚岛捕海狗的英美猎手们吸引到了南方。这片海域最多时有九十一艘捕海狗船在同时作业，猎手们只用了二十年的时间就把这里的海狗杀光了，人类的贪婪本性由此可见一斑。

海狗猎手们迫切需要找到新的猎场，他们不断向更远的地方前进，南极半岛附近海域的绝大部分陆地、海岛和港湾就是这样被发现的。从此，南极变成了捕猎者的后花园，南极探险进入了由海狗猎手主导的时代。但是，出于垄断的需要，海狗猎手都会把自己的行踪和发现当作商业机密保护起来，所以这些"业余探险家"们的成绩并不可靠，大部分陆地和海岛的精确位置都是靠国家出资的探险队最终确定的。

有一个例外值得一提。一个名叫詹姆斯·威德尔（James Weddell）的苏格兰海狗猎手因为找不到合适的猎场，被迫一路向南航行，在南极半岛的东侧发现了一大片开放水域，后人将其命名为威德尔海（Weddell Sea）。他还在航行途中发现了一种新的海豹，后人将其命名为威德尔海豹。他的船最终于1823年2月20日航行到了南纬74°15′的地方，创造了新的世界纪录，比库克船长的原纪录整整多了344公里。

但是，类似这样的例子屈指可数，探险毕竟不是海狗猎手们南行的主要目的，海狗皮才是。话虽如此，海狗猎手们的功劳也还是不能抹杀的。据统计，18—19世纪捕杀海狗的高峰期内，一共有超过一千一百艘海狗捕捞船进入过南极海域，相比之下，同一时期来南极科考的官方探险船只有二十五艘，差距明显。那段时间有很多科学家和探险家都是搭乘海狗捕捞船进入南极海的，不少科考船的补给也是海狗捕捞船帮忙提供的，后来更是有很多南极探险队最终是被海狗捕捞船或者捕鲸船搭救的，这批猎人间接地帮助了南极探险家，双方合力揭开了南极大陆的秘密。

上文提到的二十五艘官方探险船中，有一艘名叫"东方号"（Vostok）的俄罗斯探险船值得一提。那支探险队的队长名叫法比安·别林斯高晋（Fabian Bellingshausen），和库克船长一样是一名出色的勘探和制图高手。1819年他受俄罗斯沙皇亚历山大一世的委托，率领一支俄罗斯探险队进入南极海域，沿着一条比库克第二次环球航行更高的纬度绕了南极大陆一圈。如今南极地图上之所以出现了彼得一世岛、亚历山大一世地和别林斯高晋海这些俄罗斯名字，原因就是他的那次探险之旅。但别林斯高晋那次航行的主要目的是替沙皇扬威，事先并没有什么具体的目的或者计划，因此除了几个新地标之外并没有做出太多有价值的科学发现。

最终让别林斯高晋青史留名的是他无意中记录下的一段文字。1820年1月27日，别林斯高晋看到了一块黑色的陆地，他在航海日志上记下了此地的经纬度，日后证明他看到的就是南极半岛，理论上属于南极大陆的一部分，因此目前国际上公认他是看到南极大陆的第一人。虽然后来有不少海狗猎手声称他们早已看到过南极半岛，但因为他们的航海日志记录得不准确，所以都没有被承认。

那么，谁是第一个登上南极大陆的人呢？这个问题略有争议，但目前普遍认为这个荣誉归一位名叫约翰·戴维斯（John Davis）的美国船长所有，这位和发现福克兰群岛的英国船长同名同姓的海豹猎手驾驶一艘名为西西莉亚（Cecilia）的海狗捕捞船于1821年2月7日登上了南极半岛，不过他没有看到海狗的迹象，只待了一会儿就匆匆离去了，根本没有意识到自己完成了一件壮举。不过，南设得兰群岛和南极半岛位置相近，对于海狗猎手们来说到底在哪里登陆都无所谓，只要发现海狗就行。同样地，别林斯高晋也不觉得自己看到的那片黑色陆地有什么异样，只是在航海日志上记了一笔就离开了。对于真正懂行的人来说，上述这两个记录意义并不大，记录者虽然都是勇士，但他们充其量相当于《三国演义》里曹操手下的那批武将，比如曹洪、张辽、夏侯渊，算不上是真正的大英雄。

综上所述，南极探险史第二阶段的主要动机是捕猎，所有的地理或者科学发现都是捕猎过程的副产品。这样的探险属于小打小闹，不但效率低，可信度更低。要想做出真正有价值的发现，还是需要动用国家的力量，由政府出面主持大局才行。好在19世纪30年代国际学术界有了一个新宠儿，这就是磁场研究。在当时的科学家们看来，地球磁场是个特别神秘的东西，它看不见摸不着，却能作用于指南针，为人类指引方向，或许宇宙的奥秘就蕴藏其中。甚至有人猜测，也许是上帝在地球的南北磁极点各放了一块巨大的吸铁石！于是，各国政府都派出了科考船去地球两极寻找南北磁极点，希望能首先揭开磁场的奥秘，为国争光。其中比较有名的有杜蒙特·迪维尔（Dumont d'Urville）领导的法国南极探险队和查尔斯·维尔克斯（Charles Wilkes）领导的美国南极探险队，这批探险队各自都做出了一些有价值的发现，因此也都在南极探险史上留下了自己的名字。

但是，所有这些人都只是在南极大陆的围墙外向里张望了一眼，看到了一枝出墙的红杏而已。他们都没有找到进入南极的大门，因此也就没能看到南极大陆的真面目。只有第一个做到这一点的人才能被称之为南极英雄，这个人马上就要出场了。

### 走进南极大门

我们为了避风，在港湾里一直等到第二天下午1点。风终于小了，船长下令起锚，"海精灵号"缓缓驶出港湾，沿着南乔治亚岛的北岸向东南方向驶去，三个小时后就到达了岛的最南端。当年库克船长也是这么走的,他心里还存有一丝侥幸,希望他发现的是一块大陆的边缘,但当他看到这个海角后终于意识到这只是座小岛,南方大陆是不存在的,因此他将这里命名为失望角(Cape Disappointment),然后继续向东南方向驶去,很快又发现了另一组小岛,他称之为南桑维奇群岛(South Sandwich Islands)。如今南乔治亚岛和南桑维奇群岛都属于英国的海外领地,库克船长虽然未能找到南方大陆,却为大英帝国开辟了无数新的疆土,可谓居功至伟。

"海精灵号"没有跟随库克船长的脚步继续向东走,而是在失望角右转,朝着南极半岛的方向驶去。马上就要看到南极大陆了,团友们都很兴奋,探险队里的德国历史学家克里斯蒂安(Christian)抓住机会举办了一场讲座,介绍了英国探险家詹姆斯·罗斯爵士(Sir James Ross)的事迹。他是南极探险史第二阶段的标志性人物,其地位很像是《三国演义》中很早就登场亮相的关羽关云长。

罗斯于1800年4月15日出生于苏格兰,他是个神童,十一岁就加入了英国海军当学徒,学会了航海所需的各种技巧。此后他自学了地磁学、天文学和动植物学等相关学科,然后跟随自己的叔叔参加了多次北极探险,于1831年首次发现了北磁极点,证明那里并没有一块吸铁石。这样一位大英雄自然成了大英帝国南极探险队的领队,于1839年驾驶"幽冥号"(Erebus)和"恐怖号"(Terror)考察船从英国出发,去寻找地球的南磁极。一年后船队到达澳大利亚南边的塔斯马尼亚岛,补充给养后继续向东南方向挺进,于1841年1月首次遇到了浮冰的阻拦。罗斯命令船队冲入浮冰区,四天后终于突破了浮冰的包围,眼前出现了一大片广阔的海洋,连一块碎冰都看不到,后人将其命名为罗斯海(Ross Sea)。罗斯命令船队继续向南航行,又发现了很多小岛、海角和山峰,于是罗斯探险队里的很多人都幸运地把自己的名字刻在了南极地图上,就连这两艘考察船也跟着沾了光,分别成为南极大陆的两座高峰的名字。罗斯还看到了无数从来没人见过的鲸、海豹和企鹅,感觉自己发现了一块新大陆。但几天后前方出现了一堵高达100米的白色冰墙,挡住了南行之路。罗斯船队沿着冰墙走了好几天都没有找到突破口,只好放弃了寻找南磁极点的计划,打道回府了。

以上是克里斯蒂安的介绍,历史书上也是这么写的。记得当时我听完讲座后并没有被罗斯的故事感动,也没觉得他的事迹有多么伟大,但很快我就知道我错了。

第二天上午,室外气温首次降到了零度以下,海面上出现了几座冰山,在阳光的照射下发出银白色的光芒，煞是好看。船上的冰川学博士海蒂又为大家上了一堂课，普及了关于海冰的基础知识。听完她的讲座我立刻明白了罗斯难在哪里，他的勇气多么令人赞叹。事实上，罗斯爵士的那次航行意义重大，他为人类找到了进入南极大陆的入口，后来的南极英雄们正是从这个入口走了进去，揭开了南极大陆的神秘面纱。

海蒂告诉我们，迄今为止大家看到的冰山大都是冰川崩解后漂在海上的遗迹，我们的船万一不小心撞上去的话当然很危险（"泰坦尼克号"就是明证），但有经验的船长都会想办法躲开它们，问题不是很大。当然了，如果冰山体积太大也是很难躲避的，但自从"泰坦尼克号"沉没后，国际航海界便开始联合监测大冰山。如今每位远洋船长手头都会有一张全球冰山分布图，图上标出了地球上所有大冰山的详细位置和大致走向，只要根据这张图设计航线，绕开它们就没事了。

但海冰就是另外一回事了。顾名思义，海冰是海水遇冷结成的冰，这种冰比陆地上结成的冰川的冰要薄很多，而且面积广阔，遇上了就很难躲开。海冰通常被分为两种，一种叫固定冰（fast ice），周边和陆地相连，基本上不会移动，可以近似地看成是铁板一块。行船时遇到这种冰还好办，只要弃船上冰往岸上走就行了。另一种叫流冰（pack ice），这是不和陆地相连的移动海冰，大块的海冰在移动中断裂成很多小块，它们相互碰撞，互相挤压，在冰面上形成了不规则的山脊和裂缝。如果你受到裂缝的诱惑钻进去的话，很快就会发现身后的通道在不知不觉间已经合上了，你和你的船都被困在里面，然后船周围的浮冰会越聚越多，越冻越紧，最终把你的船挤碎，此时你只能弃船上冰，然后听天由命，因为移动的浮冰不知道会把你带向何方。

南极海冰的总面积随季节而变，每年的二、三月份最低，只有300万平方公里左右，九、十月份最高，甚至可以达到1800万平方公里，比南极大陆的总面积还要大，所以冬季的南极大陆周围是被一大圈浮冰保护起来的，一般的船别想进来，进来的船也别想出去。夏天海冰融化，纬度较低的南极半岛失去了浮冰的保护，这才终于被人类发现了。但即使在夏季，南极大陆本身依然被浮冰保护着，这就是为什么库克和别林斯高晋都没能发现南极大陆的原因，他们是被浮冰拦回去的。前文提到的那位苏格兰海狗猎手威德尔之所以能够突破浮冰的包围进入威德尔海，原因是那一年南极气候异常温暖，浮冰很少，终于让幸运的威德尔抓住机会，创造了人类南行的世界纪录。但威德尔后来还是胆怯了，没敢再往南多走一点，因此他也没能看到南极大陆的真面目。

相比之下，罗斯船队遇到了真正的浮冰。任何一名有经验的水手都会立即撤退的，但一来罗斯指挥的那两艘船都是经过加固的三桅帆船，抗冰能力和突破能力都很强，这就好比关云长有了赤兔马，武功立刻长进不少。二来罗斯和关羽一样都有一股不服输的劲头，为了达到目的不怕冒险，指挥军队时也是霸气十足，终于说服大家跟着他勇闯龙潭，最终打开了南极大陆的大门，自己也名垂青史。

不过，从严格意义上讲，甚至罗斯也没能看到南极大陆的真面目，他只看到了一堵冰墙，他称之为维多利亚屏障（Victoria barrier），但后人改称其为罗斯冰架（Ross Ice Shelf）。要想知道什么叫冰架，必须先解释一下什么叫冰盖。雪在陆地上堆积成冰，然后顺着山谷滑下来，叫作冰川。如果冰川越积越厚，面积越来越大，已经不像一条河了，便可称之为冰原（ice field）。如果冰原的面积大于5万平方公里，则被称为冰盖（ice cap）。换句话说，冰盖就是面积非常大的冰川。地球上有两个著名的大冰盖，一个在格陵兰岛上，另一个就是南极大陆。南极大陆几乎是被一整块冰盖覆盖住的，平均厚度约为2300米，最厚的地方厚达4700米。全球70%的淡水都被封在南极冰盖里了，如果南极冰盖全部融化的话，将导致海平面升高60米。

冰毕竟是水变的，很不稳定，南极冰盖的四周一直在缓慢地向外滑动，但因为冰盖边缘非常厚，滑出陆地的部分并不立即崩解，而是漂在水上继续向外延伸，这就是罗斯看到的那堵100米高的白色冰墙，科学术语称之为冰架（ice shelf）。换句话说，冰架是冰川延伸出海的部分，它本身依然连接着冰川，但却浮在海面上，下面不和陆地接触。冰架的存在减缓了冰川的滑动速度，因此也就减缓了南极冰盖的融化速度。有迹象表明全球气候变化加速了南极冰架的崩解，所以这个领域是目前南极研究的热点之一。

如果你突破了浮冰的包围，沿着南极大陆的边缘绕行一周的话，你看到的海岸线有90%都是冰架，它就像一堵直上直下的白色城墙，把南极大陆保护了起来。罗斯爵士被眼前这堵100米高的围墙吓住了，放弃了寻找南磁极点的打算。临走前他测量了一下自己的位置，发现身处南纬78°10′，打破了威德尔十八年前创造的人类南行世界纪录。

罗斯没有想到的是，纬度越高意味着距离南极点越近，他发现的这个罗斯海日后将成为人类进入南极大陆的门户，看上去高不可攀的冰墙变成了南极点赛跑的起跑线，而这块嵌入南极大陆深处的罗斯冰架最终成为人类通往南极点的一条捷径。

罗斯爵士于1843年回到英国，完成了这次耗时四年半的南磁极探险之旅。回国后他很快结了婚，并遵照老丈人的要求提前结束了自己的探险生涯，南极探险史的第二阶段也就到此为止了。此后欧洲政局又开始动荡起来，没人再关注南极了，南极探险因此又停滞了半个世纪，直到科学家们再一次站出来呼吁大众关注南极，南极探险这才进入了高潮迭起的第三阶段，一大批南极英雄终于登场亮相了。

## 南极英雄闪亮登场

19世纪末期是帝国主义的鼎盛时期，经过长时间的内斗，欧洲和北美大陆的格局基本定型，以英、法、美、德为代表的欧美列强把目光转向了世界其他地方，开始了疯狂的殖民地扩张运动。与此同时，科学也进入了黄金时代，地质学、地理学、生物学、物理学和化学等学科都相继做出了震惊世界的大发现。正是在这样的大背景下，第六届国际地理大会于1895年在伦敦召开，大会认为地球上大部分地区已经探索完毕，只剩下南极大陆还未被征服，因其地理位置十分特殊，对南极的探索将有助于各个科学分支的进步，因此大会敦促各国的科学学会向南极进军。于是，从19世纪末到20世纪初的这二十几年时间里，有十个国家相继派出了十七支探险队进入南极大陆，取得了一系列惊人的成果，同时其过程也是极为戏剧化的，有很多英雄故事都被写成了小说甚至拍成了电影，因此南极探险的第三阶段又被称为"南极探险的英雄年代"（The Heroic Age of Antarctic Exploration），来自世界各国的南极英雄们共同谱写了人类探险史上最精彩的一章。

与前两个阶段不同的是，19世纪末期各国政府都对南极产生了一丝厌倦情绪，官员们觉得南极探险所耗费的人力财力和取得的实际成果不成比例，他们更愿意把钱投给其他领域，所以这一阶段的赞助者变成了热衷此道的富人和慈善家。比如爆破型鱼叉的发明者弗伊就曾经资助过一支南极探险队，在挪威探险家亨里克·布尔（Henryk Bull）的带领下第二次进入罗斯海，并成功登陆，成为在"正宗"的南极大陆（相对于南极半岛而言）登陆的第一人。

▼ 南极探险史上最大的赢家阿蒙森，南极点就是首先被他征服的

1897年，比利时皇家海军的一名军官阿德里安·德·杰拉许（Adrien de Gerlache）率领一支比利时探险队进入南极海域。他一心想成为首个在南极圈内过冬的人，便一路编造假数据，把船员骗进了浮冰深处，最后不得不留在了那里。没想到长时间见不到太阳对船员的心理健康是个严重的打击，不少人都被无边的黑暗逼疯了。幸亏船上的医生强迫船员生吃海豹肉，大家这才没有死于坏血病。

这一切都被船上的一名无薪船员看在眼里并记在心上，他知道这些经验教训自己迟早都会用得上。此人名叫罗阿尔德·阿蒙森（Roald Amundsen），是南极探险史上最大的赢家。如果用《三国演义》做个类比的话，阿蒙森在南极故事中的角色相当于曹操，虽然他足智多谋，屡战屡胜，他的魏国也是最终的胜利者，但由于各种原因，他的名声在很长一段时间内并不怎么好，被很多人误以为是一个为达目的不择手段的野心家，一个大奸大恶之人。但随着更多原始记录的公开，他的形象终于扭转了，如今大多数人都相信他是南极探险史上最杰出的实干家，一个真正的英雄。

阿蒙森于1872年出生于挪威的一个海员家庭，为了满足母亲的愿望，小阿蒙森并没有像自己的祖辈那样急于出海，而是考进了医学院。母亲去世后，阿蒙森的本性终于得到了释放，他很快就退了学，成为一名见习海员，那年他已经二十一岁了，算是个大器晚成的人。

阿蒙森的偶像是挪威的民族英雄弗里乔夫·南森（Fridtjof Nansen），他是一名动物学家，也是世界公认的极地探险高手。1888 年，南森率领一支六人探险队成功穿越了格陵兰岛，带回了大量宝贵的科学数据。此事轰动了整个极地探险界，挪威也从一个不起眼的北欧小国一跃成为全球公认的极地探险强国。

从南极回来后，阿蒙森立即去拜会了南森，得到了后者的嘉许。在南森的鼓励下，阿蒙森买了一条排水量只有 45 吨的摩托艇，率领五名船员花了三年多的时间从加拿大北部穿过了北冰洋，成为首个打通西北航道的人。这次远征让阿蒙森明白了三件事：第一，探险队人数不必很多，小而精也许才是极地探险的最佳策略；第二，他从北极原住民因纽特人那里学会了很多极地生存的技巧，比如尽量不要做剧烈运动，避免出汗，海豹皮缝制的连体套头衫要比羊毛制造的分离式冬装更适合极地气候，等等；第三，他学会了如何使用狗拉雪橇，又花了十年时间苦练这门技艺，事后证明这是极地探险的最佳运输工具。

西北航道打通后，回到文明世界的阿蒙森高兴地得知挪威刚刚从瑞典人手中独立了出来。非常爱国的阿蒙森暗暗发誓一定要做几件大事，让全世界都知道挪威人的厉害。当时世界上最强大的国家就是大英帝国，这就意味着阿蒙森必须挑战富有而又强大的英国同行，这可不是一件容易的事情。

19 世纪末正是大英帝国最为强盛的时期，无论是军事实力还是科学水平都是公认的世界第一。当时最热心南极探险的英国人是英国皇家地理学会的会长克莱门茨·马汉爵士（Sir Clements Markham），但他一直无法说服英国海军部出钱赞助，只能退而求其次，决定招募一批海军军官组成英国国家南极探险队（The British National Antarctic Expedition），利用来自民间的资助完成南极探险。

1900 年，这支探险队的赞助基本到位了，恰在此时马汉爵士原本认定的队长候选人因为酗酒出丑而被迫出局，马汉迅速任命了当时年仅三十二岁的罗伯特·斯科特（Robert Scott）出任队长。就这样，一位此前甚至从来没有见过雪的海军上尉登上了南极的舞台。

斯科特在南极故事中的地位相当于刘备。两人都年少成名，很早就当上了故事的主角，但最终却因为各种原因把自己的故事变成了悲剧。不过，斯科特的性格和刘备正好相反，是一个刚愎自用、嫉贤妒能的人，他的悲剧几乎可以说是他的性格造成

▼ 南极探险史上最为知名的英国探险家斯科特,他的历史地位相当于《三国演义》中的刘备

的,这一点也成为历史研究者重点关注的话题。

斯科特于1868年6月6日出生于英国的一个中产阶级家庭,他的好几代祖先都是英国海军军官,虽然他的小商人父亲中断了这一光荣传统,但斯科特从小就立志要继承祖业,把海军军人当成自己的终生职业。为此他一直非常努力,二十一岁就当上了海军上尉。不幸的是,斯科特的父亲因经营不善破产,几年后就死了,刚满三十岁的斯科特突然发现自己成了一家之主,母亲和两个未成年的妹妹都要靠他的工资生活。可是,当时英国海军已经有好多年没有打仗了,和平年代一名军人要想通过升官而提高工资是一件非常困难的事情。斯科特当了十年上尉,却仍然没有任何晋级的希望。恰在此时,命运来敲他的门了,斯科特在伦敦的大街上偶遇马汉爵士,从此他的人生轨迹就发生了翻天覆地的变化。

两人早在十多年前就认识了,当时斯科特还是一名海军士兵,因为在一次划船比赛时表现优异而引起了马汉的注意。后来曾经有人猜测说马汉是个同性恋,而斯科特长相出众,所以才被马汉看上了。不过真相很可能没有这么简单,年轻的斯科特确实是一位上进心极强而又能力出众的青年才俊,后来的事实也证明了这一点。而当时已经年近七旬的马汉迫切需要培养一名年富力强的人继承他的事业,于是斯科特被选中了。

伦敦偶遇几天之后,斯科特去马汉家中做客并毛遂自荐,终于获得了马汉的信任。上任后斯科特立即招兵买马，他招募的最重要的一位助手名叫爱德华·威尔逊（Edward Wilson），此人是剑桥大学医学院的毕业生，没有任何极地经验，又曾患过肺结核，本来不适合南极探险，但斯科特一眼相中了他，将其纳入麾下。后来威尔逊成了斯科特最得力的助手，参与了斯科特领导的所有重要的探险活动。

斯科特团队里的第二位重要人物就是欧内斯特·沙克尔顿爵士（Sir Ernest Shackleton），他是南极故事里名声最好的一位大英雄，只是他出场的时间较晚，其地位很像是《三国演义》里的诸葛亮。这位孔明先生在小说已经进行了三分之一后才出场，前半辈子辅佐刘备，刘备死后这才终于能够独当一面。虽然他打赢过不少战斗，但却伐魏失败，没能赢得最重要的战役，因此在三国正史中他只是个配角。不过，他却用自己的智慧和忠诚赢得了中国老百姓的爱戴，最终成为小说《三国演义》里当之无愧的主角。

沙克尔顿就是这样一个人，一个在西方世界家喻户晓的悲剧英雄。很多欧美游客之所以选择去南乔治亚岛旅游，就是为了瞻仰沙尔克顿曾经生活和战斗过的地方。

沙克尔顿于1874年2月15日出生于爱尔兰，十岁时随家人搬到了伦敦。小沙克尔顿是个调皮捣蛋的孩子，不喜欢上课，更不喜欢考试，但他其实是个极富好奇心的孩子，特别喜欢读书，尤其喜爱诗歌，这一爱好预示着他将成为史上最"文艺"的南极探险队队长。

因为沙克尔顿总爱惹是生非，他十六岁就退了学，当了一名实习海员。这段动荡的海上生活让他认识了很多不同背景的人，学会了和陌生人打交道的各种技巧。1898年，他作为一名持有船长资格证的海军军官参加了南非的布尔战争，并结识了一名上尉，后者的父亲是英国国家南极探险队的主要资助人，沙克尔顿因为这层关系进了这支探险队，从此便和南极结下了不解之缘。

换句话说，沙克尔顿并不是斯科特招募进来的，而是走后门进来的。斯科特很快就发现此人不同一般，将来一定是位帅才。但是，两人的性格却严重不合，斯科特是一个严肃刻板的领导人，执意要按照海军的方式管理这支本质上属于民间性质的团队。为了巩固他的权威，斯科特甚至在马汉的帮助下炒掉了原本安排上船的一位科学家领队，自己成为这支探险队唯一的领导人。沙克尔顿则是个生性随和的人，和任何人都相处得很好。因为斯科特权力大，沙克尔顿不得不接受了斯科特的

▼ 南极探险史上名声最好的探险家沙克尔顿，他的地位相当于《三国演义》里的诸葛亮

安排，但他私底下一直以自己的方式对待船员，大家都很喜欢他。斯科特明知有这样一位助手充当润滑剂其实是一件很好的事情，但他却不能容忍有人威胁到他的权威，因此他和沙克尔顿这位探险队的第三号人物面和心不合，只是出于礼貌而没有正式翻脸。

至此，南极探险史上的主要人物均已出场，下面就要看他们表演了。

## 小试牛刀

离开南乔治亚岛的第二天，"海精灵号"继续行驶在斯科舍海（Scotia Sea）上，向着南极半岛的方向前进。探险队长安雅召开了一次全体大会，向大家宣布了南极半岛的行程。由于我们在南乔治亚岛耽搁了一天，再加上前方有邮轮报告说南极半岛周围的海冰依然很多，登陆的可能性很小，因此安雅决定放弃了几个原定的登陆点，只在南极半岛的岛尖上登陆一次，把更多的时间花在南设得兰群岛上，其中包括对中国长城站的访问。

听到这个安排，船上立刻就炸了锅，有几名中国游客当场提出抗议，认为船方违背了协议，没有尽力满足游客的要求。甚至还有人散布小道消息，说船方为了省油，这才不愿意继续南行。这个解释实在是太具有中国特色了，安雅解释了半天仍然说服不了那几个中国游客，双方几乎要吵起来了，最后还是安雅妥协了，她再次改变计划，宣布"海精灵号"将一路向南，直到浮冰把我们拦住为止，为此她甚至决定放弃长城站，结果又引来另一批中国乘客的不满。

这场冲突从某种角度看很像是一次海上哗变，只是没有动武而已。远洋船是个很特殊的环境，所有乘客都只能一起行动，没有第二种选择，这就是为什么船长是个非常重要的角色，他一定要有很高的威望，大家都必须心服口服才行，否则很容易出乱子。

现在看来，这场争论本质上就是旅游体验和个人纪录之争。安雅更看重前者，她希望给游客们提供更好的旅游服务，而一部分游客追求的是后者，他们更看重自己的纬度坐标。其实我们这次连南极圈都进不去，这个纪录是无论如何也拿不出手的，但即便如此，仍然有很多人希望能把小旗插到尽可能靠南的地方，把朋友们比下去。由此可见个人纪录对某些人而言是一件多么重要的事情，相互攀比乃是人类社会共同的本性，每个人都希望自己成为某个领域的第一名，古今中外莫不如此。

"海上哗变"平息下去之后，探险队里的历史学家克里斯蒂安继续为大家上课，接着讲述南极英雄们的故事。1901年8月，南极故事中的"刘备"斯科特驾驶全世界第一艘专门为高纬度探险而设计建造的带有蒸汽动力的三桅帆船"发现号"驶出英吉利海峡，开始了他的第一次南极探险之旅。三副沙克尔顿名义上负责仓储物资的管理，但他的主要任务是负责船上的娱乐工作，可算是"物尽其用"。这艘船上一共有五十几名水手，其中只有很少的几个人有极地经验，但这群"乌合之众"在几位卓越领导人的带领下竟然一路过关斩将，顺利地进入罗斯海，并在麦克默多湾（McMurdo Sound）抛锚。队员们在罗斯岛上搭建了一座小木屋作为过冬营地，这就是后来很多南极探险队的起点。这座"发现号小屋"至今仍然完好地保留着，成为南极探险史上最珍贵的文物。美国也在这附近选了块地方，建造了目前规模最大的南极科考站——麦克默多站。

探险队在南极越冬期间，有一名队员掉进冰窟窿里摔死了，但随船而来的科学家做了不少有意义的工作，沙克尔顿还编辑出版了南极大陆的第一份报纸《南极时报》（*South Polar Times*），应该说是圆满完成了任务。但斯科特并不满足，他突然萌生了征服南极点的念头，并把这个想法偷偷告诉了威尔逊。如果你想知道这件事有多难，那就请先在地图上画一个圆圈，把整个中国大陆全都包在里面，然后从圆上的任意一点走到圆心，其间不但找不到任何食物补给，还要忍受零下五六十度的严寒，以及超过12级的暴风！另外，就在这次探险途中，斯科特首次发现了平均海拔超过3500米的南极高原，南极点就在这高原之上。也就是说，要想征服南极点，还要在最后的冲刺阶段克服高原反应，其难度可想而知。

更糟糕的是，斯科特事先并没有打算征服南极点，准备工作严重不足。比如他虽然带了不少雪橇狗，但却几乎没怎么练习过操纵狗拉雪橇，严重缺乏实战经验。再比如，探险队员穿的是帽子和衣服分离的羊毛衫，结果发现南极最可怕的是风，因为风会从脖子里灌进来，再厚的羊毛衫都不管用。更糟糕的是，斯科特一直以英国绅士的标准要求自己，过分相信人的精神力量，对动物则有一种近乎迂腐的同情心。比如，他不喜欢杀海豹，一直坚持靠饼干充饥，结果全体队员都患上了坏血病，最后还是队医强迫大家生吃海豹肉，这才没有全军覆没。再比如，他一直不喜欢狗拉雪橇，坚信用人力来拉运物资才是最能体现绅士精神的做法，但人一用力便会出汗，汗水结冰后的结果可想而知。

虽然难度很大，但那时地球的大部分地区都已被人类征服，南北两个极点就成了人类探险史上最重要的两顶王冠，人人都想将其戴在自己的头上。斯科特的主要任务虽然是南极科考，但他也禁不住创纪录的诱惑，决定冒险一试。威尔逊支持斯科特的想法，但他坚持再带一个人，于是人缘超好的沙克尔顿就被选上了。

1902年11月2日，在准备极不充分的情况下，斯科特、威尔逊和沙克尔顿组成的三人冲刺小组整装出发，开始了人类历史上第一次征服南极点的尝试。他们克服了种种困难，最终走到了南纬82°17′的地方，创造了当时的世界纪录。虽然那里距离南极点只有850公里，可三人的给养都快用光了，所带的22条狗也全都死了，他们不得不原路返回。回程途中三人全都患上了雪盲症，沙克尔顿还得了严重的坏血病，差点死在路上。回到了营地之后，斯科特坚决要求沙克尔顿中止探险提前回国，但后来有不少人相信这一决定与其说是因为沙克尔顿的病情（他吃了几顿生海豹肉之后就好了），不如说是因为两人的关系出现了裂痕，斯科特找了个借口惩罚了沙克尔顿。

虽然没能征服南极点，但回到英国后的斯科特还是被当成了民族英雄，获得了无数荣誉。他被提升为海军舰长，受到了英王乔治七世的接见。他将探险过程写成书（略去了不少对他不利的情节），出版后受到狂热追捧。他娶了雕塑家凯瑟琳（Kathleen）为妻，后者是著名雕塑家罗丹的学生，同时也是英国文艺界有名的交际花，和画家毕加索、剧作家萧伯纳和舞蹈家邓肯等都过从甚密。有不少人认为凯瑟琳嫁给斯科特属于"下嫁"，但凯瑟琳有很浓的英雄情结，一心想嫁给一位真正的英雄，只有这样她心目中的浪漫人生才会完美，这就是为什么凯瑟琳极力支持丈夫加入南极点赛跑，还通过自己的魅力为丈夫拉来了不少赞助。最终凯瑟琳如愿以偿，把斯科特培养成了一位世界级的英雄人物，还和他生了一个英雄儿子，这是后话。

相比之下，沙克尔顿就不太如意了。不管原因如何，中途退出总不是一件光彩的事情。回到英国后沙克尔顿心灰意冷，改行做了记者，甚至还做过几年投机商人。但他内心中对于南极的渴望最终还是战胜了理智，他运用自己的个人魅力从几个商界大佬那里筹措到一笔钱，组织了一支属于自己的南极探险队。这次他干脆不再用科考当幌子了，公开明确地提出此次南极之旅的最大目就是征服南极点和南磁极点，科考只是副业。

现在想来，个中道理不难理解。沙克尔顿和斯科特都不是科学家，科考对于他俩来说都是为达到个人目的而找的借口而已，而他俩的个人目的是一样的，都是创造世界纪录并名垂青史。可以想象，斯科特听说了沙克尔顿的计划后非常不满，坚决要求沙克尔顿不得使用罗斯岛营地，理由是罗斯岛是他个人的领地，别人无权占用。这是个毫无道理的要求，凭空给沙克尔顿增添了很多麻烦，但沙克尔顿犹豫了半天后居然同意了，所谓"英国绅士风度"在这件事上表现得淋漓尽致。

1908年1月1日，沙克尔顿驾驶的一艘已有四十年船龄的三桅捕鲸船"猎人号"（Nimrod）从新西兰出发，开始了他的第二次南极探险之旅。这一次他改变了斯科特的管理方式，和船员们吃住在一起，有什么事都和大家商量，很快赢得了大家的喜爱和信任，被船员们戏称为"老板"。一个月后"猎人号"顺利进入罗斯海，但由于天气恶劣和冰架崩塌等原因，沙尔克顿根本找不到其他合适的营地，最后不得不违背了自己的诺言回到罗斯岛，在距离斯科特营地三十多公里的罗伊兹角（Cape Royds）安营扎寨。此事被曝光后再次遭到英国探险界的集体诉病，这些人全然不考虑南极的特殊性和征服南极点的困难程度，再一次为我们演示了什么叫作"英国绅士风度"。

在南极越冬之后，沙克尔顿把探险队分成了南北两队，北队前往寻找南磁极点，最终三名探险队员于1909年1月16日成功抵达，把这顶桂冠留在了英国。沙克尔顿本人则亲自率领南队向南极点进军，由此可见在他心目中南极点比南磁极点要重要得多。由于目标明确，这一次他走得比斯科特更远，但他仍然犯了不少和斯科特同样的错误，比如他也不相信雪橇狗，而是把宝都押在了几匹从中国东北买来的西伯利亚矮种马身上，结果证明马不适合南极环境，死的死，伤的伤，最终他只能用人力来拉运物资，效率极低。即便如此，他还是凭借顽强的毅力一直走到了南纬88°23′的地方，距离南极点只有180公里了。

但在此时，沙克尔顿领导的四人冲刺小组已经精疲力尽，剩下的粮食也不够吃了。摆在他面前的只有两个选择，一个是放弃虚弱的同伴，带领身体好的人继续南进，争取戴上南极点桂冠。另一个选择就是放弃南极点，大家一起撤退。他最终选择了后者，四人全都活着回到了营地。事后统计，在一百二十四天的时间里，这四个人一共走了2690公里，个中艰辛已经无法用语言来形容了。

沙克尔顿的夫人艾米丽（Emily）后来回忆说，沙克尔顿对于自己的选择并没有太多遗憾，他对夫人说："我想你宁可要一头活驴也不会要一头死狮子吧？"艾米丽回答说："对我而言，是的。"

回程途中发生的一件事很能说明沙克尔顿的品德。由于吃了变质的马肉，四人患上了严重的痢疾，躺在帐篷里奄奄一息。在这生死悬于一线的情况下，沙克尔顿把本属于自己的一块能量饼干强行塞给了患病最严重的弗兰克·瓦尔德（Frank Wild），此人曾经在斯科特的"发现号"上干过，和沙克尔顿结下了深厚的友谊。他后来在日记中写道："我觉得这个世界上没有人会理解这（块饼干）是多么大的慷慨和善心，我向上帝发誓我永远不会忘记，再多的钱也买不了这块饼干。"

瓦尔德后来成了沙克尔顿一生中最可靠的帮手，两人联手导演了南极探险史上最壮丽的篇章——"坚忍号"（Endurance）探险，那次探险留下来的一块类似的能量饼干在2001年拍出了7600英镑的天价。那次探险究竟发生了什么，使得一块饼干都能值那么多钱呢？请看下文分晓。

## 南极点赛跑

小说一定要有高潮才好看，《三国演义》的高潮毫无疑问是赤壁之战，这也是整本小说最让人津津乐道的章节。同样，南极故事也有个高潮，这就是南极点赛跑。这个故事在西方社会家喻户晓，以至于船上安排了两位历史学家分两次为我们讲述了这个故事。这个故事发生时中国正经历着辛亥革命，恐怕很少有人关心。今天的中国人也许听说过这件事，但因为年代过于久远，也很少有人愿意花时间去了解其中的细节了。确实，只有亲自来一趟南极才会明白当年这件事为什么会引起如此大的轰动。要知道，即使是科技如此发达的今天，去趟南极点都是一件非常困难的事情。事实上，南极点至今仍然是地球上最难到达的地方，目前普通游客唯一的选择就是搭乘旅游公司的包机，花费在 60 万元人民币以上，比登珠峰贵好几倍。

参加南极点赛跑的有很多人，但真正的主角只有两个。一个自然是斯科特，1909 年时的斯科特已经是一位在全球范围内家喻户晓的大英雄，但他内心还是觉得有些不安，因为南极点这个探险界分量最重的王冠尚未有主，无论是谁最先得到了它，都将立刻把自己比下去。上次尝试虽然失败了，但他内心是很不服气的，那毕竟是一次冲动后的产物，他相信如果自己认真准备，南极点一定会被他征服。当沙克尔顿失败的消息传回伦敦后，踌躇满志的斯科特立即着手制订计划，并于 1909 年 9 月 13 日对外宣布他要率领一支由大英帝国精英组成的团队去抢那顶王冠。

与此同时，南极点赛跑的另一位主角还在准备征服北极点呢。阿蒙森虽然打通了西北航道，但那时这条航线的商业价值已经很小了，此事并没有引起太大的轰动，阿蒙森觉得自己还要做一件更大的事情才能确立自己在探险界的地位。另外，作为一个北欧人，阿蒙森心目中最重要的王冠是征服北极点，为此他已经做了两年的准备，包括从挪威前辈南森那里租到了"前进号"（Fram）。这是一艘专门为极地探险而设计制造的帆船，船体圆乎乎的不容易被冻住，船上还配备了当时很少见的柴油发动机，点火快，机动性能比当时流行的蒸汽机更好。南森曾经试图依靠它征服北极点，但不幸失败了。没想到，就在 1909 年的 9 月，媒体报道一个名叫罗伯特·皮里（Robert

Peary)的美国人声称自己已于当年的4月6日到达了北极点,这个消息无异于周公瑾突然发现长江上刮的是西北风,把阿蒙森气得差点没吐血。虽然事后证明皮里很可能并没有到达真正的北极点,但阿蒙森已经管不了那么多了。他当即决定改变计划,转而去征服南极点。

此时斯科特已经对外宣布了他的计划,阿蒙森意识到这个对手非常可怕,因为斯科特的背后是强大的大英帝国,有着比自己雄厚得多的财力和技术能力。再加上斯科特曾经尝试过一次南极点,经验也比自己丰富,自己唯一的优势就是身处暗处,对方还不知道身边已经出现了一个竞争者。阿蒙森当即决定瞒天过海,实施一次偷袭,他甚至连自己的大部分探险队员都瞒过了,他们在出发之后还都以为自己要去北极点探险呢。

阿蒙森的担忧不是没有道理的。大英帝国确实财力雄厚,斯科特本人也已是名人,可以动员全国的力量为自己服务。比如他专门请人设计制造了几台雪地摩托车,并于1910年3月去挪威试验这种新的运输工具,如果成功的话一定比人力或者畜力更佳。作为一名英国绅士,斯科特还去拜访了挪威的极地探险宗师南森,后者建议他带上雪橇狗,北极的经验证明雪橇狗非常有用,斯科特照办了。

出于礼貌,斯科特还专程去拜访了阿蒙森。后者听到这个消息后吓得魂都没了,立刻跑出家门躲了起来,给斯科特唱了一出空城计。在高贵的英国绅士面前,阿蒙森表现得就像是一个没有教养的北欧海盗。事实上,阿蒙森也确实不怎么喜欢这位竞争对手,他不喜欢斯科特独断专行的做派,更不认可英国人到处宣布主权的做法,尤其瞧不起斯科特对罗斯海宣称的专有权。他认为南极领土应该归大家所有,英国人无权独占,而南极点桂冠则最应该戴在擅长极地探险的挪威人头上。

虽然有了雪地摩托车和雪橇狗,可斯科特还是不放心,他仍然迷信马的力量,便仿照沙克尔顿的做法,托人去中国的哈尔滨买马。没想到那人根本不懂马,被当地的马贩子给骗了,花高价买了几匹中看不中用的西伯利亚矮种马,事后证明这几匹马不但没用,还给探险队增加了很多麻烦。

1910年6月初,载有六十五名英国探险队员的蒸汽动力探险船"新地号"(Terra Nova)轰轰烈烈地从英国出发了。几乎与此同时,载有十九名挪威探险队员的"前进号"探险船在一个月黑风高之夜偷偷起锚驶出了奥斯陆。阿蒙森这么做倒不是为了

▼ 挪威探险家阿蒙森从前辈南森那里租借到的"前进号",这是人类极地探险史上最有名的一艘探险船

瞒住斯科特,而是为了躲避债主的追讨。英雄年代的绝大多数南极探险队都是依靠四处化缘才得以成行的,很多探险家都债台高筑,躲债已经变成了一种习惯。

出发前阿蒙森委托自己的助手在10月初才向媒体透露自己的真实计划,此时"前进号"已经在驶往南极的路上了,任何人都无法联系到他了。这位助手还给澳大利亚发了封电报,当10月12日"新地号"如期抵达墨尔本时,斯科特收到了这封电报,上面只有寥寥数字:谨通知您"前进号"驶往南极——阿蒙森。(Beg leave to inform you FRAM Proceeding Antarctic Amundsen.)这回轮到斯科特吐血了,但墨尔本是斯科特离开文明世界前的最后一站,他的下一站就是南极,已经没有时间实施任何应对措施了。

行到此时,双方选手都已换好比赛服出现在了起跑线上,南极点赛跑正式鸣枪。比赛还未分出胜负,观众就先吵了起来。英国媒体对阿蒙森口诛笔伐,包括马汉和沙克尔顿在内的探险界名人纷纷站出来指责阿蒙森不宣而战的做法是小人之举，侵犯了英国在南极的权益。南森则在《泰晤士报》上发表了一篇文章替同胞辩护，声称阿蒙森之所以隐瞒计划只是因为怕被阻拦，阿蒙森选择的登陆点也和斯科特不一样，不能算侵犯英国领土。不过这场架吵得还算理性，大家表达完各自的观点后很快就偃旗息鼓，专心看比赛了。

1911年1月4日，"新地号"在罗斯岛的埃文斯角（Cape Evans）抛锚，在岛上建立了埃文斯营地。十天之后，"前进号"在埃文斯营地以东650公里的鲸湾抛锚，阿蒙森选择在罗斯冰架上建立了自己的营地，取名"前进号之家"。阿蒙森之所以选择在罗斯海的另一侧安家，不仅是为了避嫌，也是因为他通过分析照片得出结论，鲸湾的罗斯冰架相当稳定，短期内不会漂移，而"前进号之家"比埃文斯营地纬度高1°，算下来一个来回要少走将近200公里，相当于少走7%的路程。不过这也就意味着他要走一条前人没有走过的路，风险也是不小的。因此，起码在起跑阶段双方可以说是势均力敌，谁也没有必胜的把握。

营地搭好后，双方都开始为来年夏季冲顶做准备，主要工作就是在沿途设立补给站，以及相关人员的知识和体能储备。从此开始，双方在方案计划、物资设备和人员调度上的差距便开始显现出来。阿蒙森在口粮、燃料、服装、帐篷和补给站选择等方面所做的准备工作都要比斯科特更合理、更细致，工作进展得也更顺利。越冬期间阿蒙森一心一意对探险队员做技术培训，力争万无一失。斯科特却没有吸取上次的教训，依然犯了很多老错误。比如他依然穿着衣帽分离的冬装，装煤油的罐子依然会漏油，补给站的数量和位置选择依然做得十分粗糙，居然只在南极山脉和南纬80°之间设立了两个补给站（阿蒙森设了七个），而且标志不明显，很容易错过。其中原本计划设在南纬80°的补给站还因为马匹不给力等原因设在了南纬79°28′，与原定地点相差56公里。当时负责管理马匹的劳伦斯·奥茨（Lawrence Oates）曾经建议斯科特杀掉马匹继续前进，把补给站设在原定的位置上，但斯科特出于人道主义的原因没有同意。据说奥茨对斯科特说："先生，我认为你会因为没有听从我的建议而后悔。"事实证明奥茨说对了。

越冬期间斯科特还组织一部分人去周边地区从事科考活动，虽然取得了很多成果，但人家都没有休息好。

双方最关键的差别还得说是运输工具。斯科特过于相信西伯利亚矮种马，但马在雪地上的行走速度缓慢，晚上休息时也需要人去照顾，而且马会出汗，需要经常帮它们除冰。相比之下，狗靠舌头散热，身体可以保持干燥，晚上休息时狗会自己在雪地里刨窝休息，不需要人照看。最关键的是，马需要额外准备草料，狗和人一样只需要吃海豹肉就可以了。实在没肉可吃时还可以杀掉体弱的狗，把肉分给其他的狗吃，这叫一物两用。阿蒙森就是这么做的，他计划在爬上南极高原之后就杀掉一半的狗，喂饱剩下的一半，登顶成功后再酌情杀掉体弱的狗，保证活下来的狗体力充沛地把他们拉回来。斯科特却出于人道的原因拒绝这么做，虽然后来他在不得已的情况下也开始杀狗了，但为时已晚。

虽然准备充分，但阿蒙森内心仍然很不安，因为他觉得斯科特有雪地摩托，肯定比雪橇狗强。斯科特确实带了三辆雪地摩托车去南极，但其中一辆在装卸时掉进了海里，另外两辆坏在了雪地上。因为性格冲突等原因，斯科特居然没有让摩托车修理工加入探险队，结果他不得不放弃他唯一的优势。

阿蒙森并不知道这些。为了确保胜利，他居然决定提前两个月出发，结果很快就被暴风雪吹了回来。不过最终他还是于 1911 年 10 月 20 日启程了，比斯科特早了十一天。因为前述的原因，挪威人的行进速度几乎比英国人快一倍，双方差距越拉越大。阿蒙森到达南纬 82° 的时间是 10 月 23 日，斯科特是 11 月 18 日，相差二十六天。双方到达南纬 85° 的时间差距又扩大到了三十四天，当阿蒙森于 12 月 8 日打破沙克尔顿创造的人类南行纪录时，斯科特团队已经落后了四百多公里。

1911 年 12 月 14 日，阿蒙森率领的五人冲刺小组在行走了 1285 公里之后，终于成功抵达了南极点。因为所剩物资十分充足，他甚至决定多待几天，重新测量了一次经纬度，确保自己到达了准确的南极点，然后在那个位置做了标记并合影留念。做完这一切后挪威人便开始往回走了，阿蒙森知道自己必须赶在英国人之前回到文明世界，他的这次探险的成败完全取决于谁先通知媒体。

临走前，阿蒙森把多余物资留在了帐篷里，并给斯科特留了一封信，请他代为转交给挪威国王。后来很多人认为阿蒙森这么做是在羞辱斯科特，但实际上回程的路同样充满危险，谁也不敢保证自己能活着回去，如果最先登顶的是斯科特，恐怕他也会这么做的。

因为准备充分，回程的路走得非常顺利，阿蒙森事先布置的补给站标识明确，储

1911年12月14日，挪威极地探险家阿蒙森和他率领的探险队终于到达了南极点

备的物资也很充足，大家心情舒畅，一路欢歌笑语，最终比原计划提前十天回到了"前进号之家"。这趟赛跑一共花了九十九天，没有人员伤亡，带去的五十二条狗有十一条活着回来了。3月7日，回到文明世界的阿蒙森立刻用电报通知了媒体，全世界立刻轰动了。《纽约时报》评论说：现在，整个世界都被发现了。

相比之下，英国人的情况就惨多了。斯科特原定的冲刺团队只有四人，其中包括他最忠实的副手威尔逊。但不知出于什么原因，临出发前他又决定增加一人，可补给站的物资是按照四人份分装的，凭空增添了很多麻烦。另外，补给站的位置和物资数量是按照马的脚程计算的，可那几匹西伯利亚矮种马已被证明靠不住，英国人只能用人力拉雪橇，不但速度慢，对体力也提出了更高的要求。事实上，后人曾经做过计算，发现在那种天气情况下依靠人拉雪橇徒步行走每天需要消耗8000大卡的热量，这已经超过了人类消化系统每天所能吸收的能量的上限。也就是说，无论斯科特的毅力有多么顽强，只要他仍然坚持人拉雪橇这种方式，那么无情的自然规律便会从数学的角度宣判他的死刑。

于是，英国人越走越慢，还没开始爬山就已经在消耗原本用于高原的食物储备了。冲刺队员的身体状况也不好，有的人被冻伤，有的人患了雪盲症，还有的人得了坏血病，大家纯粹是靠着对南极点桂冠的渴望硬撑着往前走。

1912年1月16日,他们看到了挪威人留下的那顶帐篷,以及帐篷顶上那面刺眼的挪威国旗。斯科特读到了阿蒙森留给他的那封信,他在日记中写道:"最坏的情况出现了,所有的梦都白做了。"

第二天他们又发现了挪威人在南极点所做的标记,斯科特终于意识到自己输了,而且输给了挪威人三十五天,简直是完败。失望的英国人默默地在旁边堆了个雪堆,插上一面英国国旗,然后也集体合了张影。从照片上看,五个人面容憔悴,一脸愁容,全然没有到达目的地后应该有的快乐。他们在这一年多的时间里受尽苦难,就是想成为第一个征服南极点的人,如今这个希望彻底破灭了,想象中的衣锦还乡、荣华富贵、加官晋爵、名垂青史也都付诸东流,他们的精神支柱在这一瞬间彻底垮掉了。

回程的路更是充满艰辛。因为前面耽搁得太久,他们错过了南极最温暖的季节,气温很快下降,暴风雪也开始肆虐。因为补给站设的不好,食物也不够吃了,燃料(煤油)也因为容器的密封性能不好而漏光了,无法融化足够的雪水。一位探险队员在2月17日那天病死了,一个月之后,身体状况极差的奥茨决定不给大家添麻烦了,选择在一个暴风雪的清晨独

▼ 1912年1月17日,斯科特(后排中)和爱德华·威尔逊(前排右)、劳伦斯·奥茨(后排左)等五名队员在南极点合影,可以看出他们并不十分高兴,因为南极点桂冠已经被阿蒙森抢走了

自走出了帐篷。其余三人又往前走了35公里，遇到了更加猛烈的暴风雪。此时食物已经吃光了，燃料也没了，等待他们的只有死亡。

虽然情况很糟糕，但斯科特一直坚持写日记，也许他潜意识里一直认为整个探险都是一场戏，他要为观众们表演到死。他的最后一篇日记写于3月29日，内容是"看在上帝的份上，请照顾好我的队员们"。他很可能就是在那一天或者30日离开人世的。这场大戏最让人唏嘘的地方是，三人遗体所在的那顶帐篷距离南纬80°补给站只有18公里的距离，如果当初斯科特听从了奥茨的建议，用几匹马的生命换来一个位置更靠南的补给站，那么斯科特一行人就会得到一吨的物资。换句话说，斯科特用自己的生命换来了一个人道主义绅士的名声，他扮演的这个英雄角色到死都没有演砸。

还有一个更让人唏嘘的细节是：当同伴们八个月后找到斯科特最后的营地时，发现雪橇上竟然还装着16公斤重的岩石标本。也就是说，当自己的生命都难保的时候，斯科特竟然还没有忘记科考的任务！这样的事情阿蒙森是无论如何做不出来的，这个小细节准确地表明了两人的不同：斯科特是个坚持按照英国绅士标准要求自己的人，他不但要把事情做成，还要把事情做得尽可能漂亮，不给后人留下任何把柄。换句话说，在斯科特看来，征服南极点固然重要，但征服的方式更重要。他希望依靠人的精神力量去征服它，而人拉雪橇才是最完美的方式，最符合他心目中的理想主义精神。甚至有人猜测说，斯科特潜意识里一直想做一个真正的英雄，而悲剧英雄才是英雄的最高境界，所以他早已做好了死亡的准备，甚至死亡本身都早已变成这场大戏的一部分了。

相比之下，阿蒙森则完全没有斯科特的顾虑和约束，他是个彻底的实用主义者，而且目标明确，为了实现目标他可以不惜一切，而且在实现目标的过程中充满理性，严谨到近乎残忍。不过，阿蒙森也是有底线的，比如他也曾禁止部下随意射杀海豹，他本人也很喜欢狗，不到万不得已绝不杀狗，只是在他心目中人命比狗命更重要而已。

斯科特的死讯传到欧洲后，人们震惊了。几乎所有的英国报纸都连篇累牍地报道了这次南极点赛跑。记者一致把斯科特描绘成一位真正的英雄，并暗示阿蒙森对斯科特的死负有间接责任。只有奥茨的母亲是个例外，她公开指责斯科特才是杀人犯，并拒绝去白金汉宫接受儿子获颁的荣誉奖章。

面对英国媒体的冷嘲热讽，阿蒙森的反应是："如果可以换回斯科特的生命，我愿意放弃所有的荣誉和金钱。"由此可见，阿蒙森并不是一个无情无义的人。

相比之下，斯科特的妻子凯瑟琳的回答更值得玩味。她在一封写给斯科特老朋友的信中说："如果他们没有坚守在生病的队友的身旁，可能还有生还的机会……所以我很欣慰他们没有生还。"由此可见，凯瑟琳和沙克尔顿的妻子艾米丽是两个完全相反的人，前者更喜欢看到一头死去的雄狮，后者则正相反，更想看到一头活驴。

夫妻之间的相互影响是一件很微妙的事情。凯瑟琳把斯科特培养成了一头死去的雄狮，而艾米丽则鼓励丈夫勇敢地成为一头活驴。人类社会曾经十分崇尚死去的雄狮，因此斯科特一直是万众敬仰的大英雄，但随着时代的发展，人们终于意识到一头活驴才是更加宝贵的东西，于是沙克尔顿终于红了起来，成为更多人的偶像。我们的这次南极之旅基本上相当于重走了一遍沙克尔顿当年的探险之路，对于很多欧美游客来说，仅此一项便已值回票价了。

## 重走沙克尔顿之路

11月19日清晨，"海精灵号"继续行驶在斯科舍海中。当时的气温只有零下2℃，海面上出现了大量浮冰，一群花斑鹱（Cape Petrel）在船的周围上下翻飞，远处偶尔还能看到鲸喷出的水柱，生命在严酷的环境中依然旺盛地生长着。

早上5点的时候，前方出现了一座黑色的海岛，岛上怪石嶙峋，在浓雾中显得非常诡异。安雅通过广播通知大家，象岛（Elephant Island）马上就要到了。船上立刻骚动起来，团友们纷纷冒着严寒跑到甲板上拍照，因为大家昨天刚刚听完关于此岛的传奇故事，心中的激动尚未平复。

从地理上讲，象岛就是南设得兰群岛最北端的一个岛礁，环境恶劣得无法住人。但这个岛对于我们的南极"诸葛亮"沙克尔顿来讲却有着极为特殊的意义，因为这是他领导的"坚忍号"探险之旅中的重要一站。那次探险可以说是整个南极探险史中最为著名的一次，但它之所以出名，原因并不是因为成功，而是因为失败。

让我们从沙克尔顿的"猎人号"探险开始说起吧。那次探险虽然创造了新的人类南行的世界纪录，沙克尔顿本人也因此而被封爵，获得了很多荣誉，但他内心十分清楚,自己毕竟没有到达南极点,从历史角度看只能算是一次失败。两年之后,斯科特和阿蒙森的南极点赛跑把南极故事推向了高潮。虽然最终一个活了下来,另一个全军覆没,但两人都成功到达了南极点,并因此而永垂青史。

沙克尔顿在那场世纪大赛中完全成了看客,他肯定是不甘心的。于是他为自己制订了一个新的目标,力争成为第一个横穿南极大陆的人。为了实现这个目标,他四处化缘,终于买到了两艘探险船,一艘"极光号"(Aurora)作为补给船从罗斯海一侧登陆,在登陆点和南极点之间设置一系列补给站迎接他下山,而他本人则驾驶"坚忍号"从威德尔海一侧登陆,率队走到南极点,再从罗斯海一侧走出来。他将这次冒险行动命名为"大英帝国穿越南极探险"(Imperial Trans-Antarctic Expedition),"坚忍号"的名字则来自于沙克尔顿的家训:只有坚忍才能成功。(By Endurance We Conquer.)

这次行动的预算为5万英镑,这笔钱相当于现在的350万英镑,对于沙克尔顿而言算是一笔巨款。可还没等钱全部到位,沙克尔顿就在报纸上打出一则广告,上书:"招募勇士共度艰难险阻,酬劳微薄,必会经历严寒极夜,不敢保证活着回来,一旦成功则一举成名。"这则广告引来了五千多份申请书,沙克尔顿遵照人品优先的原则从中选出55人,加上他自己,每艘船各有28名探险队员。其中最重要的有三人,巧的是三人的名字都是弗兰克。第一个自然是沙克尔顿的老朋友弗兰克·瓦尔德,他因为那块饼干而成为沙克尔顿最忠实的助手,被任命为探险队的副队长。第二个是摄影师弗兰克·赫利(Frank Hurley),这次探险之所以名垂青史,与赫利拍摄的大量优秀照片有很大关系。人毕竟是视觉动物,一张照片的力量胜过千言万语。第三个是来自新西兰的航海专家弗兰克·沃斯利(Frank Worsley),他被任命为"坚忍号"的船长。事后证明沃斯利是沙克尔顿选中的最重要的人,如果没有他的话恐怕一船人都得死。

"坚忍号"原计划于1914年8月8日从英国出发,但五天前爆发了第一次世界大战。沙克尔顿主动提出留下为国效力,但当时担任英国海军大臣的丘吉尔回复说"继续"(Proceed)。从这一点即可看出丘吉尔是一个高瞻远瞩的领导人,他已经在想战后的事情了。

两个月后"坚忍号"到达了南乔治亚岛,在格雷特维肯捕鲸站停留了一个多月。

▼ 1914年,英国极地探险队穿越南极探险期间,沙克尔顿在"坚忍号"上目送雪橇队出发去探险

沙克尔顿用赊账的方式从捕鲸站购买了足够多的煤炭和其他必需物资，还专程拜访了岛上的其他几个捕鲸站，和捕鲸者们建立了良好的个人关系，事后证明这两件事都非常重要。

沙克尔顿原定12月5日出发驶往南极，但一位捕鲸站站长提醒他说，今年南极海域出奇的冷，海冰面积比往年扩大了很多，建议他等等再说。经验丰富的船长沃斯利则建议沙克尔顿干脆放弃探险，因为"坚忍号"其实是沙克尔顿廉价买来的一艘蒸汽动力游艇，只有44米长，7.6米宽，船体也不坚固，抗冰能力很差。但沙克尔顿坚持按原计划驶往威德尔海，这是沙克尔顿第一次拒绝听从沃斯利的意见。

几天后"坚忍号"就遇到了浮冰，很快就被困在冰里出不来了。沙克尔顿决定在冰上过冬，希望来年春天浮冰能够化开。为了度过漫长的极夜，沙克尔顿为每个船员都分配了具体的任务，好让大家保持忙碌，尽量减轻黑暗对心理健康的影响。他还经常组织大家在冰上玩游戏，在船上排演戏剧，甚至在地图上模拟世界大战的进程。沙克尔顿做这些事情可谓驾轻就熟，这是他展现领导才能的绝佳机会。

探险队在冰上一住就是十个多月。第二年的10月24日，融化的冰块终于把"坚忍号"的甲板挤破了，海水灌了进来。沙克尔顿无奈地宣布弃船，把东西全都搬到了三艘6米多长的救生艇上。此时沙克尔顿的内心一定是崩溃的，因为他意识到这次探险计划彻底失败了，横跨南极大陆第一人的桂冠也不可能戴到自己头上了，剩下的任务就只剩下逃生了。

为了减轻重量，沙克尔顿要求每位船员最多只能带2磅重的私人物品。他自己以身作则，当着大家的面把金表等贵重物品扔进了海里，却留下了一本白朗宁诗集，他要用诗歌给大家鼓劲。他还撕下了《圣经》中和求生有关的三页，其余的也都被丢进了大海。他又要求船上的木匠哈利·麦克尼什（Harry McNish）把他心爱的猫杀了，以免浪费粮食。这一点引起了后者的不满，但沙克尔顿的态度十分坚决："我的责任是让你们每一个人都活下来，因此我不能感情用事。"

为了抢救存放在船舱底部的玻璃底片，摄影师赫利冒着被冻伤的危险跳进冰冷的海水中，打捞出520张底片。沙克尔顿和他一起从中挑选出150张底片，其余的尽数扔掉了。"企鹅照片已经够多了，我们不需要这些。"沙克尔顿对赫利说，"但那些关于探险队的照片必须留下，否则的话我们就像一群女中学生去郊游却不幸被淹死了一样。"显然,沙克尔顿十分清楚自己在做什么。他必须把这次探险之旅变成一场表演,而这场表演光有文字记录是不够的,还需要图片作为证据。从某种意义上说,沙克尔顿预言了读图时代的到来。

11月21日,"坚忍号"终于沉入海中。船长沃斯利建议大家在冰上原地等待,但沙克尔顿坚持要大家拖着救生艇向400公里外的一座小岛进发。这是沙克尔顿第二次没有听从沃斯利的建议,结果证明他再次错了。海冰表面崎岖不平,拖起来十分费力。木匠年纪较大,累得走不动了,再加上被迫杀猫的事情让他很不爽,便号召大家起来造反。此时沙克尔顿表现出了高超的领导才能,他先是掏出手枪把木匠制服,然后把大家召集到一块,宣布说虽然船沉了,但他仍然是探险队长,仍然会对大伙儿负责,所有人的工资也一定照发不误。

虽然制止了潜在的叛乱,但冰面拖船的方法实在是效率太低了,他们七天只前进了12公里,还不如海冰移动的速度快呢。沙克尔顿终于听从了沃斯利的建议,命令大家在一块浮冰上安营扎寨,希望移动的冰块能把他们带往某个海岛。此时他们携带的粮食已经基本耗尽,船员们只能依靠猎杀海豹维持生存。海豹的脂肪可以用来做燃料,将瘦肉烤成半熟,这样既可以下咽又可以补充维生素C,防止得坏血病。沙克尔顿严禁大家一次性捕杀太多的海豹,这倒不是因为他有多么高尚,而是因为他不想让大家觉得又要在冰上度过很长的时间了,由此而产生绝望的心理。

探险队在这块浮冰上住了三个多月,直到第三年的4月9日,海冰上终于出现了一道裂缝。沙克尔顿立即下令所有人登上三艘救生艇,顺着这条通道驶入了茫茫大海。当时正是南极的初冬,气温在零下20℃—零下30°徘徊,队员们的衣服被海水淋湿了,很快就结成了冰。他们只能拼命划桨,靠身体产生的热量取暖。这还不算,这片海域里到处都是虎鲸,如果它们施展出猎海豹的本事把船弄翻,大家肯定都得变成虎鲸的口粮。

探险队员们就这样战战兢兢地在海上漂流了六天,终于漂到了象岛。此时这座小岛就在我们面前,除了蓝白色的冰川和黑乎乎的岩石,岛上看不到任何植被,也没有海滩,和大海接触的部分全是直上直下的绝壁,根本没有歇脚的地方,正常情况下是不会有人愿意上岛的。不过,当年"坚忍号"上的探险队员肯定不这么想,他们已经有将近五百天的时间没见到过任何陆地了,无论如何也要冒险抢滩登陆。

▼ 图为象岛上唯一的一块平地,当年沙克尔顿探险队在这块礁石上生活了四个多月,那座雕像的主人就是前来搭救他们的智利船长路易斯·帕多

知道了这段历史的我们自然也想上岛看看,但象岛周边海域风急浪高,登陆非常危险。一位探险队员告诉我,他已经来过象岛四次了,全都是在邮轮上看一眼就走了,连冲锋舟都没有放下来。那天我们的运气出奇地好,天空晴朗,浪也不是很大,安雅当即决定冒险放下冲锋舟,向探险队当年的登陆点驶去。那是整个象岛唯一的一块平地,走近才知那其实就是一块 30 平方米左右的礁石,高度不足 2 米,随便来个大浪都会把它打湿。这地方临时歇脚还凑合,常住的话非得把人逼疯不可。因为岸边的浪还是太大,我们最终没能登陆,只在距离岩石很近的地方拍了几张照片。探险队留下的所有遗迹都已经被清理干净了,岩石上只剩下一座半身石像,刻的是当年前来搭救他们的智利船长路易斯·帕多(Luis Pardo)。

亲眼看到了这个历史上非常有名的登陆点,我立刻就明白了沙克尔顿为什么会选择再次冒险出海求救。这地方不但不适合人类生存,而且也不在任何常规航线上,留在这里相当于等死。于是沙克尔顿决定自己带领五名队员组成敢死队,冒险驾船出海去寻找救兵。剩下的二十二名探险队员在副队长瓦尔德的带领下留在岛上等待救援,瓦尔德的主要任务是保证大家不被饿死,但更重要的任务是鼓舞士气,防止有人自杀。

敢死队有三个选择,第一个是距离象岛最近的欺骗岛(Deception

Island），虽然也是座荒岛，但可能有捕鲸船在那里作业。第二个是距离象岛 1000 公里的福克兰群岛，但必须顶风穿越德雷克海峡才能到达，几乎不可能。第三个选择是距离象岛 1500 公里的南乔治亚岛，距离远但顺风，最有可能成功。

木匠麦克尼什奉命将三艘救生艇中体积最大、状态也最好的"詹姆斯·凯德号"（James Caird）进行了加固，增加了一根桅杆和一面风帆。人员组成方面，沙克尔顿决定带上木匠，因为他怕木匠趁自己不在时惹是生非。他还决定带上船长沃斯利，事后证明这是他做出的最明智的选择。不过，他不顾沃斯利的反对，在船舱内放进了很多压舱石。这是沙克尔顿第三次没有听从沃斯利的建议，事实再次证明沃斯利的建议是正确的，压舱石让本来就狭小的船舱变得拥挤不堪，而且坑坑洼洼的，让人几乎没法躺下休息。

1916 年 4 月 24 日，敢死队带着只够吃一个月的干粮出发了。我曾经在格雷特维肯的捕鲸博物馆里见到过"凯德号"的仿制品，它只有 6.8 米长的小舢板，船体纤细，很难想象六个人靠它在波涛汹涌的南极海里航行 1500 公里。实际情况比我想象的还要糟糕，因为加了压舱石的缘故，船体吃水很深，海水不断地涌进船舱，需要有一个人不停地往外舀水，有时甚至需要往外铲冰。于是沙克尔顿把六人分成两组，每 12 小时轮换一次。工作时一人负责掌舵，一人负责风帆，一人负责舀水，12 小时忙个不停。

吃不饱休息不好还不算什么，最可怕的是方向错误，一旦错过目标绝无生还希望。南乔治亚岛只有 170 公里长，要想在航行 1500 公里后找到一个 170 公里长的小岛可不是一件容易的事情。再加上小船晃得太厉害，那几天天气又不好，几乎看不见太阳，担任领航员的沃斯利在整个十六天的航行过程中只看了四次六分仪，大部分时间他都只能依靠直觉行船。

这还不算，行驶到第八天的时候，他们遇到了一场极其罕见的暴风，事后得知附近一艘 500 吨的渔船都被打翻了。他们一边不停地往外舀水，一边祈求上帝保佑。最终"凯德号"奇迹般地经受住了考验，但船中储存的淡水被倒灌进来的海水污染了，他们面临着被渴死的风险。所幸几天后沃斯利看到了海面上漂浮的海带，继而又看到了几只海鸟，他知道这就意味着距离陆地不远了。又坚持了几天后，他们终于看到了陆地。但海面依旧波涛汹涌，根本无法靠岸。不过他们已别无选择，只能硬着头皮驾驶小船冲了上去，居然成功了。事后沙克尔顿回忆说，他怀疑他们是否还能再多坚持一天。

这次航行的整个过程不可思议，被誉为是有史以来最伟大的一次小船海上航行。

上岸后他们先是找到一处泉水暴饮了一顿，又杀死了几只信天翁雏鸟煮了一大锅鸟汤，这才感觉自己又活过来了。他们就这样在岸上休息了好几天，靠泉水和信天翁雏鸟稍微恢复了体力。但新的问题又来了，他们登陆的地方是南乔治亚岛的南岸，所有的捕鲸站都在北岸。他们曾经试图驾船绕到北岸，但"凯德号"在抢滩登陆的时候损坏严重，他们试了一次就知道那是一件不可能完成的任务。

于是，沙克尔顿又做出了一个重大决定，他要带领两位体力好的队员横穿南乔治亚岛，徒步走到北岸去。

我们在南乔治亚岛的时候曾经重走了一遍当年沙克尔顿的徒步路线，但我们只走了 7.4 公里，而且只需要爬上一个 300 米高的小山。更重要的是，我们知道前面是什么，所以一点也不害怕。但当年的情况就不同了，前文说过，南乔治亚岛是一个非常陡峭的海岛，最高峰的海拔将近 3000 米，中央山脉常年被冰雪覆盖，在那之前还从来没有人上去过，根本不知道那里有没有路，到底能不能走得通。但沙克尔顿已经别无选择了，他只能冒险一试。

1916 年 5 月 19 日凌晨 3 点，沙克尔顿带着沃斯利和另一名探险队员出发了。他们只带了够吃三天的食物，除了一根绳子外没有任何专业的登山设备，只能在自己的鞋底插了几根钉子当作冰爪。他们一路不停地走，有好几次走错了路不得不返回重走。下山时又遇到了一处陡峭的悬崖，试了几次都找不到下山的路。他们把心一横，干脆把绳子卷成坐垫，三人坐在上面一路滑下了山谷。我们徒步的时候也遇到了一段 40 多度的陡坡，高度大概有 100 米。我一开始还试图走下来，但走了几步就发现根本站不住，索性一屁股坐在雪地上，学着他们的样子一路滑到了山脚下。记得当时大家都兴高采烈，像是小孩子在玩滑梯，可当年他们滑的是一段至少有 300 米高的悬崖，而且根本看不清山脚下到底有什么，很可能会被摔死。

第二天上午 7 点，沙克尔顿听到了一声汽笛，他们立即发足狂奔，终于在下午 4 点的时候走进了斯特罗姆尼斯（Stromness）捕鲸站。站长疑惑地对眼前这位衣衫褴褛、骨瘦嶙峋、皮肤被海豹脂肪燃烧后产生的烟雾熏得黝黑的人说："我记得你的声

▼ 重走沙克尔顿之路，前方就是那次著名旅程的终点——斯特罗姆尼斯捕鲸站

音，但不认识你了。"

两人上一次见面，已经是十七个月之前的事情了。之后捕鲸站一直没有收到探险队的任何消息，他还以为这帮人已经死了。

这次横穿南乔治亚岛的旅程同样被誉为是有史以来最伟大的一次徒步之旅。三名探险队员在经历了诸般苦难之后又马不停蹄地连续走了36个小时，终于完成了自我救赎。

此后沙克尔顿兑现了承诺，先是驾船到了岛的南岸，接回了困在那里的三名探险队员，又先后四次驾船驶往象岛，终于在第四次尝试时获得成功。剩下的那二十二名探险队员在瓦尔德的领导下艰难地在象岛上生活了四个半月，个中辛苦自不待言。

1916年8月30日，当沙克尔顿费尽千辛万苦找来的一艘智利小渔船冒险冲入浮冰区到达象岛时，他手拿望远镜挨个细数从两只倒扣的救生艇里钻出来的人，一个，两个，三个，四个……当他数到二十二个时，立刻转身和船长沃斯利握了握手，激动地说："他们都活着！"

至此，这段南极探险史上最著名的探险故事就讲完了。当时的世界还处在一个以成败论英雄的年代,于是沙克尔顿被看成是一个失败者,很快就被人遗忘了。直到20世纪70年代有人写了一本书,记录了那次探险的详细经过,人们这才意识到沙克尔顿的壮举有多么伟大。更重要的是,那时人们的价值观已经变了,生命已经被放在了首要的位置。2002年英国广播公司(BBC)曾经做过一个民意调查,让人们选出史上一百名最伟大的英国人,当年让沙克尔顿"继续"的丘吉尔排名第一,达尔文排名第四,沙克尔顿被排在第十一位,是所有南极英雄当中排名最高的,比库克船长还高一位,而当年风头远胜于沙克尔顿的斯科特仅仅排在第五十四位。

不过,也有人提出了一些质疑。比如,虽然"坚忍号"没有死人,但负责在另一侧接应他们的"极光号"却死了三名队员,严格来说这事应该算在沙克尔顿的头上。事实上,有人发现沙克尔顿出发前和一名美国女演员有了婚外情,被发现后他的个人生活遭遇到严重的危机,他之所以在准备不充分、自然条件也不合适的情况下依然决定冒险去南极,就是因为他想依靠这次探险摆脱个人生活的窘境,有很强的个人动机。甚至有人评论说,幸亏"坚忍号"被海冰冻住了,以他当时的状况,如果顺利登陆并走向南极点,就将必死无疑。

"坚忍号"探险结束后,经历了九死一生的探险队员们在三个月后就被送上了"一战"的前线,不少人战死沙场。1922年,沙克尔顿再一次在准备不足的情况下向南极进军,结果出师未捷身先死,在格雷特维肯捕鲸站停留期间被心脏病夺去了生命,享年四十八岁。通常认为,南极探险史上的英雄年代在沙克尔顿死后便宣告结束了。

在妻子艾米丽的坚持下,沙克尔顿被葬在了格雷特维肯捕鲸站的墓地。我们专程去拜访了那个墓地,发现其他人的墓碑都是朝向东方的,只有他的墓碑面向南方,面向那块曾经给他带来了无尽的欢乐和痛苦的南极大陆。沙克尔顿的副手瓦尔德的骨灰就在旁边,他死于1939年,但骨灰被弄丢了,直到2011年才被重新找到,并被转移到了这里,和自己的老上级葬在了一起。

另一位南极英雄阿蒙森在征服了南极点之后又把目光转向北极点,这一次他改乘飞艇,终于完成了这一壮举。事后有人认为,在他之前的几个号称到达了北极点的人都在不同程度上撒了谎,因此两个极点的桂冠都应该戴在阿蒙森的头上。但是,征服了两个极点的阿蒙森突然发现世界上已经没有值得他去冒险的目标了,百无聊赖的他只好宣布退休，回家颐养天年去了。但后来他食了言，在参加一次北极搜救行动时死于飞机失事，享年五十六岁。

阿蒙森死后成了挪威的民族英雄，风头甚至盖过了南森。1993年有几个挪威人来到南极点，打算把阿蒙森当年留在那里的帐篷挖出来献给挪威冬奥会，结果其中一人掉进了40米深的冰窟窿，不幸身亡，挖帐篷的计划也就被迫取消了。看来他们没有学到前辈同胞的实用主义精髓，死得毫无价值。这一点还是美国人做得好，美国科学家于1957年在南极点建立了一个永久考察站，将其命名为阿蒙森－斯科特南极点科考站，这才是对两位先驱者最好的纪念。

说到斯科特，他和两位同伴的尸骨以及他们最后住的那顶帐篷现在应该都已经沉入海底了，因为他们是死在罗斯冰架上的，下面已不是陆地。虽然近年来质疑他的声音越来越多，但他起码有一点是可以骄傲的，那就是他生出了一个优秀的儿子。斯科特和凯瑟琳所生的唯一的儿子彼得·斯科特（Peter Scott）后来成了一位国际知名的鸟类学家、画家和环保主义者，他所做的最知名的事情就是创立了世界自然基金会（WWF），该组织

▼ 一位游客站在沙克尔顿的坟墓前凭吊这位探险前辈

那个著名的熊猫标志就是他设计的。

写到这里,关于南极探险英雄年代的故事就告一段落了。这一阶段之所以吸引了那么多人的关注,主要原因就在于这一阶段的主旋律不再是船与冰的对抗,而是人与大自然面对面的较量。故事主角也不再是性能优异的探险船,甚至也不光是职业探险家或者科学家,还包括了很多诗人、摄影师和艺术家。他们用自己手中的笔和相机艺术地记录了旅程中发生的故事,为原本枯燥乏味的极地探险带来了很多鲜活的人味儿,以及丰富的个人英雄主义色彩。

这一阶段的另一个特点就是个人野心成为探险的主要驱动力,科考在很多时候都成了野心家们实现个人目的的手段。但是,这个世界上谁没点私心呢?当私心变成野心,继而以冒险的形式表现出来后,其结果往往会超出野心家们的预想,变成全人类的大事。哥伦布就是这样一个人,书中介绍的这几位探险家同样如此,他们用自己的冒险行为为我们揭开了南极大陆的神秘面纱,为今后人类大规模进入南极、研究南极、利用南极铺平了道路。而这,就是探险精神的意义所在吧。

### 南极大陆的现状

参观完象岛,"海精灵号"继续向南极半岛驶去。因为一部分中国游客的抗议,船长放弃了原计划将要造访的欺骗岛和半月岛(Half Moon Island),沿着南极半岛的西侧一路向南走,最终到达了位于南纬64°的谢尔瓦湾(Cierva Cove)。前方邮轮发回来的情报说,再往南走就会遇到浮冰,非常危险。于是探险队长安雅果断做出决定,"海精灵号"不再继续前进了,这就是我们此行所能到达的最南纬度。一部分中国游客虽然很不满意,但这次的原因是为了安全,所以大家也就没话说了。

那天天气不错,我们乘坐冲锋艇在谢尔瓦湾的南极半岛一侧登陆。登陆点是一个面积很小的沙滩,没什么可看的,大家在岸上照了一张"签到"式的照片,表明自己登上过南极大陆了,便迅速回到冲锋艇上,继续在海湾里巡游。这里漂浮着很多冰山,有几座冰山露出海面的部分高达三十多米,显然是从很远的某个大冰川上崩解下来,漂到这里搁浅了。冲锋艇在冰山之间钻来钻去,我们被大自然的鬼斧神工惊得目瞪口呆。如此壮丽的景象,地球上只有在两极地区才能见到,这是大自然赠予所有勇

▼ 南极半岛附近的谢尔瓦湾内随处可见这种造型诡异的冰山

敢者的礼物。

海湾里还有很多已经融化得差不多了的小冰山，我们在一座低矮的小冰山上看到了几头食蟹海豹（Crabeater Seal）。这个名字有点误导，其实它们主要以南极磷虾为食，它们的牙齿进化出了一种特殊的形状，像鲸须一样可以用作过滤器，便于从海水里捞磷虾。食蟹海豹是地球上种群数量最多的海豹：一个原因是磷虾资源量足够大；另一个原因就是它们只生活在寒冷的南极地区，人类很难进入它们的领地，它们因此而躲过了地球上最凶猛的捕食者。

不过，我们在南极半岛看到的数量最多的动物还得说是巴布亚企鹅。这种企鹅会捡小石子搭窝，窝的质量远比另一种南极常见的帽带企鹅（Chinstrap Penguin）要好得多。我们在南设得兰群岛中的一个名叫 HO 的小岛上发现了一个企鹅聚居地，两种企鹅共享一个生态位，帽带企鹅明显竞争不过巴布亚企鹅，数量还不及后者的一半。

我们还在米凯尔森港（Mikkelsen Harbour）中的一块大礁石上发现了另一个企鹅聚居地，干脆全都是巴布亚企鹅。那块礁石上布满了厚厚的积雪，但巴布亚企鹅很聪明，挑了几个积雪稍微薄一点的地方拉屎撒尿，企鹅的排泄物颜色深，吸热快，很快就把雪融化了，露出了底下的泥土，于是它们就可以在上面搭窝孵蛋了。

南极：人类最后的边疆

405

▼ 一只巴布亚企鹅和一只帽带企鹅正在相互交流，不知它们是否能听懂对方的语言

▼ 一只帽带企鹅刚偷了块小石子，被偷的巴布亚企鹅拼命冲着小偷叫喊，但无济于事

我注意到巴布亚企鹅经常会吃雪，我原以为它们渴了，但我很快就明白这个动作其实另有用途。探险队组织大家在米凯尔森港里来了次南极冬泳，我只游了 10 秒钟就坚持不住了。据说当天的水温是零下 1℃，那种刺骨的寒冷实在是超出了人类的承受能力。经过这次尝试，我立刻明白巴布亚企鹅为什么要吃雪了，它们习惯了在冰冷的海水里捕鱼，上岸后肯定热得不行。它们吃雪不是因为渴，而是为了降低体温。

与此同时，我对沙克尔顿探险队里的那位摄影师赫利又多了一分崇敬之心。他为了挽救自己的摄影作品，多次潜入冰冷的海水中打捞沉在船舱底部的玻璃底片，这毅力太让人佩服了。

探险队里的生物学家米凯拉告诉我，巴布亚企鹅之所以数量多，主要原因还不是因为它们会搭窝，而是因为它们的食谱非常广，什么都吃，再加上它们对温度的适应能力也很强，从南极到亚南极地区都有分布，因此这种企鹅很可能会慢慢把其他品种的企鹅排挤走，最终成为南极大陆的超级物种。

如此残酷的生存竞争是生物界的常态，人类当然也不例外。英雄年代结束之后，人类探索南极的脚步因为"二战"等原因而停滞了一段时间，"二战"结束后便迅速恢复了。因为科技水平的进步，此时的南极探险不再像英雄年代那样悲壮了，探险家们的人身安全有了基本的保障，南极知识的积累速度也成倍增加。

在这一阶段唱主角的是美国人。"二战"让美国成为全球新的霸主，南极又是地球上唯一未被征服的土地，自然吸引了美国人的目光。美国探险家比较注重高科技，他们继承了阿蒙森的实用主义原则，怎么方便怎么来，因此第一个使用车载运输、第一个使用无线电通信、第一个飞越南极点的都是美国探险队，美国可以说开创了南极探险的机械化时代。

1946年8月，美国政府组织了一次"跳高行动"（Operation Highjump），动用了4700名官兵、29架飞机、12艘舰船和1艘航母组成南极远征军，对南极大陆进行了一次从空中到地面的全方位侦查。通过这次普查，南极大陆表面的所有秘密可以说都被揭开了，南极探险的主旋律也从发现新领地变成了对南极自然资源的攫取，南极大陆岌岌可危。

要想开发南极资源，首先必须划分势力范围。于是，20世纪前五十年里，包括英国、澳大利亚、智利、挪威、阿根廷、新西兰、法国在内的七个国家先后对南极大陆部分地区提出了领土主权要求。他们的理由五花八门，有的说谁先发现归谁，有的说谁离得近归谁，还有的说谁先占领归谁。于是，阿根廷于1951年在南极半岛建成了希望站（Esperanza Station），并开始有计划地向那里移民。他们还故意让怀孕七个月的妇女来这里过暑假，生下了第一个"南极宝宝"。后来甚至发展到在希望站建托儿所和学校，每年夏天选派几名妇女儿童来此居住一段时间，希望能造成南极大陆有永久居民的假象。其实这么做不但耗费了大量人力物力，对于当事人来说也不见得是好事情。南极大陆气温低，病毒病菌都被冻死了，在这样的环境里长大的孩子免疫系统发育都不健全，一回到"人间"就开始生病，其中一名在南极大陆生活过一段时间的阿根廷儿童回到阿根廷本土后就病死了。

我们原本打算去这个希望站参观一下，可惜那天天气不好，浪大得没法登陆，我们只在港湾里视察了一会儿就离开了。从望远镜里看过去，这个站的建筑物布置得还挺规整的，但却没有人气，一个行人都没有看到。

眼看地球上最后一块大陆即将被列强瓜分，科学家们再次站了出来。

自1961年生效后，《南极条约》已经正常运行了半个多世纪，被誉为是人类和平解决国际争端的最佳样本。此后,在《南极条约》的框架之下,条约协商国又先后签订了《保护南极动植物议定措施》《南极海豹保护公约》和《南极矿物资源活动管理公约》的最后文件,把南极大陆的动植物和矿产资源统统封存了起来。从此南极大陆变成了一个不属于任何国家的露天实验室,除了科研活动和旅游外,其他一切行为均被禁止。

此后《南极条约》缔约国又签署了《南极海洋生物资源养护公约》（CCAMLR）,把南极海也纳入一个非常严格的监管体系。只不过海洋生物被当成了一种资源,可以在一定的范围内合理使用。

探险队里的生物学家米凯拉曾经在乔治王岛住过一年,对南极科考站有很深的了解。据她介绍,南极大陆现有超过六十个科考站,但有不少科考站基本上就是量量气温、测测风速,科研水平很低,它们的存在就是为所属国家占地盘用的,因为《南极条约》规定只有在南极建有科考站的国家才能成为正式协商国,拥有投票权,否则只能作为非协商国加入《南极条约》,没有投票权。

不过,也有很多科考站科研水平很高,做出了很多对人类社会影响很大的发现。其中最著名的案例就是英国哈雷站于20世纪80年代首次发现南极上空出现了臭氧洞。另一个著名案例就是全球气候变化领域的研究,南极在这个领域具有举足轻重的地位。政府间气候变化专门委员会（IPCC）2013年出版的报告指出,南极冰盖整体在减少,而且减少的速度在加快。1993—2010年每年平均减少90亿吨的冰,2005—2010年平均每年减少1470亿吨的冰！要知道,整个阿尔卑斯山地区的冰川总量也只有3000亿吨,目前南极冰盖每两年就会少掉一个阿尔卑斯山,其后果是非常严重的。

中国是《南极条约》的受益者之一,因为中国人在南极地区出现得非常晚,很难对这块地方拥有话语权。其实古代中国的航海水平并不差,明朝郑和下西洋的时间要比哥伦布早了将近一个世纪。但古代中国人骨子里缺乏冒险精神,郑和走的大都是前人已经发现的航线,并没有发现什么新大陆,甚至连新的海岛都没有发现。意大利传教士利玛窦在《中国札记》中评价说,中国的疆域是如此广阔,边境线是如此漫长,以至于中国人的世界观里有个致命偏见,他们觉得明王朝的疆土就已经是整个世界了,中国人对大洋彼岸的一切几乎一无所知。

相比之下,岛国日本倒是很快赶了上来。南极探险的英雄年代中只有一支来自东亚的探险队，那就是日本探险队。虽然他们装备不良，经验也不足，但居然成功地在鲸湾登陆，并沿着罗斯冰架一直走到了南纬80°的地方。如今南极大陆上还有一段海岸线就以探险队队长白濑矗的名字命名，这是南极大陆上少有的以东方人名字命名的地方。

1949年后，中国人终于有了去南极的机会和能力。1980年中国政府派董兆乾和张青松两位科学家赴南极考察，这很可能是中国人首次踏上南极大陆。1983年中国成为《南极条约》的缔约国，次年便派出一支由591名队员组成的南极考察队乘坐"向阳红10号"科学考察船和"J121号"打捞救生船奔赴南极，并于1985年2月在乔治王岛建成中国长城站，中国也因此而顺利地于1986年正式成为《南极条约》的协商国，终于有了投票权。

我们的行程中原本有访问长城站的安排，但部分中国游客为了追求纬度，强迫船方取消了长城站的访问。后来在更多中国游客的坚持下，探险队长安雅改变了主意，我们终于得以访问了这座具有历史意义的科考站。经过多次扩建，如今的长城站已经成为一个拥有十二座建筑物、总面积高达4082平方米的大规模科考站，可接纳25人在站内越冬，夏季的最高接待能力则达到了80人。可惜我们到达的时候夏季科考队还没有来，站内只有14名过冬的队员在值班。在他们的陪同下，我们访问了活动中心和科研楼，体验了一下在南极过冬的感觉。

活动中心是刚刚建成的，包括一个相当现代化的厨房，所以整幢大楼里都有一股中国饭的味道，可以说具有浓郁的中国特色。活动中心里面还有一个篮球场，据说周边几个考察站的科学家们经常来这里打篮球，篮球场起到了外交的作用。不过我去的时候没人打篮球，场地里倒是放着一张乒乓球桌，桌上还有一个烟灰缸，这两样东西也是非常具有中国特色的摆设。正如米凯拉所说的那样，在南极这个不属于任何人的地方，每个人反而都更爱国了，每个国家的科考站都极具该国特色，科考站里的每个人都活得更像是他隶属的那个国家。

生活习惯可以有民族特色，但科学是不应有国籍的。遗憾的是，在长城站内越冬的一位年轻的气象科学家居然不相信气候变化，不相信国际主流科学界早已达成的共识，认为那都是西方国家为了阻止中国进步而策划的阴谋，不禁让人担忧新一代中国科学家是否会被所谓的"爱国主义"蒙住双眼。有意思的是，长城站内的博物馆展出

▼ 远眺中国南极长城站,这是中国人在南极建立的第一座科考站

了一张1984年12月27日出版的《解放日报》,在报道中国首支南极考察队出征新闻的同时,把南极定义成了一个"万宝之地",把南极大陆描绘成一个"拥有220种矿物,石油、天然气、铁矿石和煤等储量丰富"的地方,暗示中国科考队是去探矿的。该文章还援引新华社电称"南极磷虾储量达到了10亿—50亿吨,如果每年捕捞7000万吨—1.5亿吨磷虾的话,不会影响大洋的生态平衡",暗示中国科考队是去捞虾的。

事实上,最新的数据显示,南极磷虾储量还不到4亿吨。在CCAMLR的严格监管下,目前的年捕捞量只有15万—20万吨,但已经有不少科学家呼吁需要降低配额了,因为南极磷虾是几乎所有南极动物的食物来源,不能有任何闪失。

当然了,随着时间的推移,中国人对南极的态度也有所改变,不再把南极大陆仅仅当作资源宝库了。中国的主流科学家也不都像前面提到的那位年轻气象学工作者那样带有偏见,而是通过自己的努力,对南极的科研做出了自己的贡献。比如,中国科技大学的孙立广教授通过研究南极企鹅的粪便,重建了企鹅演变史。再比如,中国极地研究中心的冰河专家孙波在中国中山站完成了对南极冰盖起源与早期演化的研究，两人的论文都刊登在国际著名的《自然》(Nature)杂志上。

更值得一提的是，中国科学家秦大河于1989年参加了一支由六国科学家组成的联合考察队，成功地徒步穿越南极大陆，成为首个完成这一壮举的中国人。

## 尾 声

离开南极之前，"海精灵号"驶入了位于南极半岛岛尖东侧的南极海峡（Antarctic Sound），试图第二次在南极半岛上登陆。可惜由于海冰的阻挡，大船根本无法靠近陆地。探险队长安雅决定改乘冲锋舟冲入浮冰区，并尝试登上浮冰，让大家体验一下沙克尔顿当年在浮冰上安营扎寨的感觉。初次体验效果还不错，大家在浮冰上蹦蹦跳跳，感觉和在陆地上没什么两样，但很快我就意识到那块浮冰是探险队员事先帮我们选好的，冰面积雪也被清理掉了。否则的话，冰块上出现的裂缝会被积雪盖住，一不小心就会掉进海里去，当年有一名探险队员就是这样掉进了冰冷刺骨的海水之中，多亏沙克尔顿眼明手快，一把将他拉了回来，总算捡了条命。

我们刚刚在浮冰上玩了5分钟，安雅突然下令全体撤退。原来，因为海冰的移动速度很快，我们差点被一块漂移过来的浮冰挡住退路。曾经有一个旅行团就是这样被困在了浮冰上，大家不得不冒险在浮冰上走了很久，这才终于得救。

虽然没能再次登上南极大陆，但我们却因祸得福，看到了一幅南极特有的美景。"海精灵号"特意驶进了一片桌状冰山聚集的海域，并在其中巡游了三个多小时，让我们过足了眼瘾。桌状冰山是冰架断裂后的产物，外表四四方方的像一块大冰砖，和从冰川上断裂下来的普通冰山很不一样。

虽然不如普通冰山那么多姿多彩，但桌状冰山胜在体积巨大，气势雄伟。那天我们看到的最大的一座桌状冰山有2公里长，露出海面的部分高约30米，因此水下部分有将近200米，是一个超出一般人想象的庞然大物。"海精灵号"的船长艺高人胆大，我们也得以从近距离观赏了桌状冰山的细节。这种冰山的表面异乎寻常地平整，上面布满了浮雕般的细微花纹，有一种神秘的美感，让人百看不厌。

探险队的冰川学家海蒂告诉我，冰川学界把比较大的桌状冰山都编了号，目前已

▼ 游客们乘坐冲锋舟去考察冰山

▼ 只有在南极才能看到这种体积巨大的桌状冰山

知最大的桌状冰山代号为 B15，十二年前诞生于罗斯冰架。这座冰山长 195 公里，宽 37 公里，比很多国家都大。它至今仍然没有全部融化，还剩下一些遗迹，科学家们正在密切监视它的走向。

我们在这片海域一直流连到夕阳西下，这才恋恋不舍地告别了南极半岛，向北方驶去。那天是个阴天，乌云好似一块天幕，把桌状冰山映衬得晶莹剔透，宛如仙境。冰山的上方盘旋着无数只南极海鸟，水面上不时有海豹和企鹅探出头来，远处还能见到正在喷水的鲸，这些南极生灵似乎在和我们一起欣赏这幅人间奇景。

不过，理智却告诉我，它们只是在捕食而已，世界上只有人类才有能力感受到大自然的美，只有人类才有能力将这种感受表达出来，这是人性的一部分。我们游泳游不过海豚，打架打不过鲸，耐寒能力比不上企鹅，潜水能力比不过海豹，我们从南极获取资源的能力远远比不上这些动物，但只有我们才具备高级的智慧，能够理解并欣赏眼前发生的一切，这就是人和动物最大的区别。我们是地球上唯一有智慧的生物，我们感受美的能力傲视全球，我们有充分的理由保护南极大陆，因为保护南极之美就是保护我们的人性。